U0563554

文澜学术文库

巴金《随想录》忏悔意识成因传播与影响力研究

张静 著

社会科学文献出版社
SOCIAL SCIENCES ACADEMIC PRESS (CHINA)

总 序

中南财经政法大学新闻与文化传播学院建院虽然只有十余年，但院内新闻系、中文系和艺术系所属学科专业都是学校前身中原大学1948年建校之初就开办的，后因院系调整中断，但从首任校长范文澜先生出版《文心雕龙讲疏》开始其学者生涯，到当代学者古远清教授影响遍及海内外的台港文学研究，本校人文学科的研究可谓薪火相传、积淀丰赡。

1997年，学校重新开办新闻学专业，创建新闻系，相关学科专业建设开始步入新的发展阶段，2004年，新闻与文化传播学院组建。近年来，在学校建设“高水平、有特色的人文社科类研究型大学”的发展目标的指引下，中文系和艺术系相继在2007年和2008年成立，人文学科迅速得到恢复和发展。

为了检阅本院各学科研究工作的实绩，进一步推动研究的深入和学科的发展，我们将继续编辑出版本院教师系列学术论著“文澜学术文库”丛书。

丛书以“文澜”命名，一是表达我们对老校长范文澜先生的景仰和怀念，二是希望以范文澜先生的道德文章、治学精神为楷模以自律自勉。

范文澜先生曾在书斋悬挂一副对联：“板凳要坐十年冷，文章不写一句空。”这种做学问的自律精神在今天更显得宝贵和具有现实意义。《文心雕龙讲疏》是范文澜先生而立之年根据在南开大学的讲稿整理完成的第一部学术著作，国学大师梁启超为之作序：“展卷诵读，知其征证详核，考据精审，于训诂义理，皆多所发明，荟萃通人之说而折中之，使义无不明，句无不达。是非特嘉惠于今世学子，而实大有勋劳于舍人也。”学术研究之意义与价值，贵在传承文明、承前启后、继往开来、推陈出新。范文澜先生之《文心雕龙讲疏》后又经多次修订，改名《文心雕龙注》以传世，作者有着严谨的学风、精益求精的精神，实为吾辈楷模。正因如此，其著作乃成为《文心雕龙》研究史上集旧注之大成、开新世纪之先河的里程碑式的巨著。

先贤已逝，风范长存。高山仰止，景行行止。虽不能至，然心向往之。

是为序。

胡德才

2015 年 7 月 6 日于武汉

内容摘要

原中国作家协会主席巴金晚年奉献给社会的伟大力作是五卷本《随想录》，此书字里行间充满着这位百岁文豪的忏悔意识和自省情怀，亦充溢着这位世纪作家的善良、悲悯与博爱。法国作家卢梭创作的《忏悔录》被誉为“十八世纪全世界的良心”，照亮西方启蒙征程。巴金的《随想录》忏悔意识渊源：中西方忏悔意识流播。《随想录》忏悔意识表现即自我解剖与自我反省。《随想录》忏悔意识的意义在于，推动了中国改革开放时期思想解放运动向纵深发展，重新找回国人曾经失落的人文精神。巴金因《随想录》被誉为“二十世纪中国文学的良心”。

巴金《随想录》被学界认定为中国的“忏悔录”典型代表作。《随想录》忏悔意识传播了两个价值：《随想录》被视为中国文艺气象变迁的“晴雨表”、中国文艺战线上高悬的“明镜”。

《随想录》忏悔意识传播途径：“说真话”。巴金《随想录》之所以被誉为“中国当代文坛的高峰”，在于它是“力透纸背、情透纸背、热透纸背”的“讲真话”的大书。“讲真话”是对“文革”弥天大谎的一种极大反拨。中国建立“文革”博物馆是中华民族自视残缺、同时自立的最好途径。

1958 年的中国在极“左”思潮支配下，“大鸣”“大放”，进而进入“大跃进”时期。文艺界紧跟时代“步伐”，倡导“文艺也有试验田”，“工农文章遍天下”，大力高呼“政治标准第一”的口号。在政治高压之下，说假话、说空话成风。此风更进一步就演变为“文革”这场大骗局。医治“文革”浩劫的良方是“讲真话”。但它却遭到各种极“左”势力的围攻，它痛斥当下社会颓废风气。“讲真话”筑起了一座劫难的纪念碑，揭穿“文化大革命”弥天大谎的大骗局，折射出思想的光辉。

巴金把自己在“文革”中的心路历程概括为两个层面：“奴在身者”与“奴在心者”。他以笔代刀，无情地解剖自己，清醒地深思“文革”产生的原因，自我反省，处处充溢着浓郁的忏悔意识。巴金年轻时代具有赎罪意识；儒家思想重视“内圣”与“反省”；卢梭的《忏悔录》等各种各样的因素都影响着巴金忏悔意识的产生。《随想录》问世后褒贬不一，激烈交锋，形成百家争鸣局面，汇成了一股思想解放的洪流。《随想录》作为“灵魂的呼号”，呼啸于天地间，遗响于中华大地，经久而不衰。巴金的《随想录》被誉为中国的“忏悔录”。

“四害”横行时期，“牛棚”林立，像巴金一样的大批优秀文艺人士由人变成了“牛鬼”，进行劳动改造，更要思想改造，朗诵《毛主席语录》，承认自己的作品是“大毒草”，承认“反党、反社会主义”罪行，饱受着“精神奴役的创伤”。“文革”期间，“长官意志”发挥到极致。无论“长官”提出多么荒谬的主张，都有人吹捧照办，从而大行其道。“长官意志”就是法律，中国宪法形同一纸空文。一纸“勒令”就可以无情剥夺知识分子创作、艺术、言论、出版自由的权利。在“长官意志”的声威下，催生出“精神奴隶”。知识分子丧失独立思考能力，任由造反派奴役而不敢反抗，这是“奴在心者”的表现。巴金延续鲁迅“改造国民性”的思想，呼吁大反封建主义。这是思想解放运动浪潮中掀起的一朵美丽的浪花。

“文革”结束之后，中国拨乱反正，解放思想，实事求是。1986 年 8 月巴金创作《怀念胡风》，解剖自己的心灵，还清欠下的感情债。《怀念胡风》作为一百五十篇《随想录》的压卷之作，显示出老作家对“胡风问题”的严肃谨慎，标志着中国文艺春天的正式到来。

《随想录》被誉为中国的“忏悔录”。问世后虽受到极“左”思潮攻击，但更受到国人广泛的赞颂。它掀起了一场反思“文革”教训的思想解放运动，以大无畏的英雄气概，有针对性地批判各种各样的极“左”思潮，延续了五四启蒙精神，进行改革时代新启蒙，拯救被“文革”肆意践踏的道德，为祖国的复兴而呐喊。《随想录》具有强烈的忏悔意识，通过老作家真诚的忏悔，来救赎人们的灵魂。文学救世，是巴老作为一个知识分子对社会的责任与良知的实践。文学巨匠冰心、曹禺、王蒙、冯骥才等大作家们给予了《随想录》高度评价；巴老研究领域权威专家复旦大学中文系主任兼博士后导师陈思和先生、中国社会科学院研究生院学术委员博士生导师中国文化系主任李存光教授等学者们从学理层面剖析《随想录》的传播影响力。

《随想录》忏悔意识传播形式："抒真情"。"把心交给读者"是巴金"抒真情"方式最显著的体现。巴金崇尚高尔基小说中的"丹柯之心"，早年在《旅途随笔》中就表示要做一块木柴，愿将自己烧得粉身碎骨，"给人间添一点温暖"。巴金的作品折射出他真实自然的人格光辉。巴金的"真情"融合在他的友情、爱情、亲情之中。巴金的《致青年作家》用真情指引着文学大业。巴金的"真情"感召了天下人，国务院授予巴金"人民作家"荣誉称号。叶圣陶称赞巴金"识与不识众口传"，曹禺讴歌巴金："文章见真情，巴金是我师"。

鲁迅与黑暗势力毫不妥协的战斗精神，激励巴金在漫长"文革"劫难中"有勇气地活下去"。鲁迅杂文如投枪、如匕首，针砭时弊，入木三分；《随想录》无情解剖社会，直斥封建专制意识。《狂人日记》《阿Q正传》等经典小说批判社会的功能，也影响了批判蒋家王朝的《寒夜》《家》等不朽名著的创作。七八十年的人生历程中，巴金执着地传播鲁迅人文主义精神，使其人品和文品熠熠生辉。

《随想录》忏悔意识传播层次：从现代文学馆到"文革"博物馆。在巴金看来，创建中国现代文学馆是纪念鲁迅先生最好的礼物，是中国人民用美好心灵建设的一座宝库，也是借鉴东西方成功延伸民族文化的产物，更是亟待恢复保存"文革"中被批为"毒草"的文学作品的需要。为了促成中国现代文学馆最终落成，巴金先后写作《现代文学资料馆》《再说现代文学馆》，并在《人民日报》上发表；他向习仲勋、胡启立等中央负责人请求解决实际困难；为了解决新馆地皮问题，特致信江泽民总书记；他捐出十五万元作为建馆基金，还捐献几千册珍贵的图书与资料。中国现代文学馆建成之后，极大地促进了全球中国现代文学研究，促进了学术的繁荣；它成为全世界现代文学研究学者共同的"家"；它更大大弘扬了中华民族文化精神。巴金被誉为"中国现代文学馆之父"，其受之无愧。

巴金晚年有一个坚定的信念：建立"文革"博物馆。"文革"期间，像巴金一样善良的人被押赴批斗场，电视报刊集体“声讨”知识分子的“罪行”。无数知识分子因此而妻离子散、家破人亡，备受“精神奴役的创伤”，“血淋淋的魔影”充斥着中国大地。建立“文革”博物馆，就是为了让中国人民永远牢记惨烈的悲剧，不要让第二次“文革”卷土重来，就是为了反对并根除封建主义残余的“魔影”，就是要“时时刻刻敲警钟”。几十年过去了，“文革”博物馆至今没有建立，缘于“文革”之后的极“左”思潮还有市场，缘于几千年积淀根深蒂固的封建主义思想。

中国人从20世纪五十年代到七十年代常常谈及“毒草”，几乎到了谈虎色变的程度。毛泽东把文艺作品根据“政治标准”划分为“香花”与“毒草”两类。《巴金文集》被认定是十四卷“邪书”，是“反党、反社会主义的大毒草”。巴金遭受批斗等各种残酷虐待。文艺百花园里，“毒草”丛生，满目疮痍。毛泽东着重从破坏性方面入手，把大批作家与干部清理出“革命队伍”。江青的“样板戏”则响应毛泽东“政治挂帅”号召，着重从建设性方面入手，全国只有《红色娘子军》等八个“样板戏”传播祖国的每一个角落。“样板戏”为江青树碑立传，为篡党夺权鸣锣开道。“样板戏”也掀起了新一轮迫害“牛鬼蛇神”的批斗狂潮。“文革”结束十余年后，春节电视节目、都市报纸依然还在演唱“样板戏”或为“样板戏”唱赞歌，说明“文革”遗毒并没有被彻底扫荡殆尽。国人应牢记“文革”带来的惨痛教训，这是非常必要的。

巴金《随想录》对内传播影响力：批判极“左”思潮，启蒙国人灵魂；真诚忏悔救人心，文学救世救社会；文豪学者高评价，《随想录》影响深远。反思“文革”的伤痕文学成为当代文学的一道亮丽风景线；如今研究“文革”的论文数以千计，论著也达百余部；可喜可贺的是，当下社会反映“文革”如电视连续剧《路上有狼》的影视作品也层出不穷，蔚为壮观。不难发现，巴金的《随想录》传播影响力巨大，推动了国人思想解放。巴金的《随想录》对外传播的影响力在于，巴金作品研究成为中外文化互为流播的有效媒介：巴金翻译名著，传介外国文化；翻译巴金名著，传播中华文明；频授国际大奖，见证文化传播。巴金的《随想录》中《再访巴黎》等九篇访问法国的作品，成为中法文化传播的使者、架设中法友谊的桥梁。“巴金热”当之无愧成为中国文化在法国传播的重要载体。

目 录

绪　论

巴金《随想录》忏悔意识研究意义

2005 年 10 月 17 日 19 时 06 分，一代文学巨匠巴金乘鹤西去，留给后人的最后遗嘱为："我唯一心愿是：化作泥土，留在人们温暖的脚印里"。巴金晚年奉献给社会的伟大之作是五卷本《随想录》，这部"当代文学的高峰"巨作充溢着一位世纪作家的善良、悲悯与博爱，被读者评选为"感动共和国的五十本书"[①] 之一，及今探析与研讨，其意义自不待言。

一　巴金《随想录》：当代文坛反思"文革"的杰作

在《随想录·合订本新记》中，巴金一语道破天机："五十年代我不会写《随想录》，六十年代我写不出它们。只有在经历接连不断的大大小小的政治运动之后，只有在被剥削了人权的'牛棚'里住了十年之后，我才想起自己是一个人，我才明白我也应当像人一样用自己的脑子思考。真正用自己的脑子去想任何大小事情，一切事情，一切人在我眼前改换了面貌，我有一种大梦初醒的感觉。"[②] 我们知道，1955 年反胡风运动、1957 年"反右派运动"、1959 年"庐山会议"、1966 年"文化大革命"，一浪接一浪的政治运动，延绵不断，历经二十载之久。斗争锋芒直指当时知识分子。尤其是"文革"十年，是"人兽转化""人吃人"的疯狂年代，"牛棚"林立，"虎狼"肆虐。丑类们为虎作伥，以整人为乐，多少人在具有"中国特色的酷刑"——"触皮肉"和"触灵魂"的折磨与侮辱下致残致死。1978

① 《出版广角》月刊组织评选，《理论广角》1999 年第 2 期。

② 巴金：《随想录》（合订本），作家出版社，2005，第 5 页。

年由南京大学哲学系胡福明老师撰写的《实践是检验真理的唯一标准》，在全国开展了一场轰轰烈烈的大讨论，世人逐渐摆脱“造神”运动的束缚，拨乱反正。在这样的社会环境下，我们就不难理解巴金在五十年代、六十年代、七十年代前期为何不能写作《随想录》了。“文革”究竟是怎样开始的？人又是怎样变成“兽”的？知识分子为什么会失去自主精神等诸多问题，都是“文革”后的巴金不断苦苦思索的。正如巴老所说：“发表那些文章也就是卸下自己的精神负担。后来我才逐渐明白，住了十年牛棚，我就有责任揭穿那一场惊心动魄的大骗局，不让子孙后代再蒙灾受难。”

《随想录》从1978年起笔，到1986年8月完稿。巴金曾笑称写这部被世人公认的“说真话的大书”是“八年抗战”。巴老原计划“每年写一本”，结果中途因病卧床只能几番辍笔，把“五年计划”变成了“八年抗战”。1979年9月胡德培奉时任人民文学出版社社长严文井之命，到上海看望巴金，并向他组稿。巴老颇为激动地说：“我要写出来，即使现在不能出版，等我死了以后再出，但我要讲真话。”这说明古稀之年的巴金很清楚当时的社会状态。“文革”刚刚结束，“文革”的阴影尚存，世人被囚禁了十年乃至二十年的精神枷锁还没有完全解除，压力之大，可想而知。巴金那蹈死不顾的大无畏精神是同时代作家少有的，后来的事实也印证了这点。一石击起千层浪。随着巴金几十篇《随想录》最初的陆续发表，立即激起了海内外的强烈反响，批评与议论之声也接踵而来。在香港《大公报》上才连载十多篇时，各种叽叽喳喳声就传入巴老耳中，有朋友从北京来信告诉他，有人要对他进行批评，还有人在某种场合说巴老坚持“不同政见”。在发表《怀念鲁迅先生》一文时，《大公报》趁主编潘际炯不在时，删改原文，巴老毅然拒绝继续赐稿以示抗争。巴金作为一位“人民作家”，自觉肩负起社会责任的正义感，是非常难得的。他不回避矛盾，而是直面现实，不作消极的退缩。正如李健吾评论说：“巴金先生单自成为一种力量。”“（人世）更应该有巴金先生那样的战士”。

十一届三中全会以后，中国文坛出现一批散文，怀人念旧，忆别伤逝，与“文革”相牵连，如陶铸的女儿陶斯亮的《一封终于发出去的信》、丁宁的《幽燕诗魂》、孙犁的《远的怀念》。反思“文革”的佳作有丁玲的《牛棚小品》、季羡林的《牛棚杂忆》、钱钟书夫人杨绛的《干校六记》、陈白尘的《云梦断忆》等作品。然而细细比较，这些作品难以像巴金《随想录》那样，进行自我灵魂的拷问。巴金虽然受迫害至深，但在“文革”中被逼讲假话伤害朋友而表现出心灵深处的忏悔之情，达到了较高层次境界。《随想录》是“世纪的良知”，是“中国的忏悔录”，与法国卢梭的《忏悔录》东西交相辉映，是两个半球的耀眼星座。犹如汤显祖与莎士比亚被誉为十七世纪剧坛上的巨星，映照东西方戏剧舞台一样。

1966年爆发“文革”，中国出现了改造知识分子的特殊场所——干校林立，导致冤案丛生。十年“文革”，人转为“兽”，“牛鬼蛇神”遍地皆是。许许多多知名人士如老舍、傅雷、赵树理、杨朔、田汉、闻捷、周瘦鹃、孔厥、罗广斌、李广田承受不了屈辱与攻击，被迫害致死。这是中华民族充满血泪的沉重篇章，令人不忍卒读。忍辱负重的知识分子复出之后，代表了社会的良知与正义，用手中的笔，用纪实手法再现二十余年波澜壮阔的政治运动，对国家与民族命运进行深思与担当。洪子诚先生认为，中国知识分子是“对民族、国家命运，对人的自由精神的发展负有使命的人”。[①]陈白尘、丁玲、季羡林、杨绛、巴金等人在人妖颠倒、虎狼横行的专制岁月里，用坚忍诠释生命的意义，保存自己独立的人格。他们在新时期把心掏给读者，似点点繁星照亮了历史的夜空。

杨绛出身于书香门第。父亲杨荫杭官费留学美国和日本，是辛亥革命前老同盟会会员，是江苏省最早从事反清革命活动的人物之一。他以道义立身，不畏权势，名重天下，给女儿杨绛深刻影响。“文革”之中，杨绛遭受剃“阴阳头”的屈辱而不愿跪地求饶。专政的力量以暴力剥夺知识分子的人格尊严，杨绛的《干校六记》以特有的笔调再现那段特殊的历史。

1968年10月5日，《人民日报》发表《柳河五七干校为机关革命提供了新的经验》，把五七干校推向历史舞台。在某种意义上说，五七干校就是知识分子的劳改场。对亲历者来说，是一段不堪回首的岁月。张光年在抄录昔日的干校日记时，便觉得那是对他感情上的折磨和思想上的鞭打，他的心情无法平静，看到不平处，仍然会怒火中烧。[②]《干校六记》就是一部记载五七干校的代表作。

---

① 洪子诚：《作家姿态与自我意识》，陕西人民教育出版社，1991，第103页。

② 张光年：《向阳日记》，上海远东出版社，2004，第3页。

《干校六记》以“怒而不怨，哀而不伤”的笔风真实地展现了杨绛与同时代知识分子文化人遭受的赤裸裸的精神强暴与灵魂虐杀。杨绛文笔别开生面，不同于一般人对劫难的痛惜与沉重，而是以轻松、诙谐之语娓娓道来那段“无理性的、不可言喻的、令人惊奇的、愚蠢的东西触目皆是”[①] 的黑暗世道。《干校六记》仿照清代作家沈复《浮生六记》，叙写作者本人在1969年底到1972年春在河南息县“五七干校”的生活经历，分为“下放记别”“凿井记劳”“学圃记闲”“小趋记情”“冒险记幸”“误传记妄”六个部分。时间是抚平心灵伤口最好的良药，杨绛以平淡的方式叙述那段苦难岁月。在干校里，文化界的精英们不是著书立说，坐而论道，而是像蓝领一样干着繁重的体力活。他们不是军队里的解放军战士，却要按照军事化管理方式，集体劳动，集体就餐，早请示，晚汇报。“下放记别”描写了锣鼓喧天的热闹欢送场面，年逾七旬的俞平伯夫妇学着儿童排队出发的心酸场景，真实地再现了那一代知识分子“人何以堪”的悲惨命运。对于女婿得一之死，杨绛只用了两句话来交代：“上次送默存（钱钟书）走，有我和阿圆还有得一。这次送我走，只剩了阿圆一人，得一已于一月前自杀去世。”阿圆是钱钟书与杨绛唯一的女儿，女婿被迫害致死，对老岳母一家的打击可想而知。杨绛没有用任何悲痛的言语，只是陈述事实，简单凝练，留给了读者想象的空间，却唤起了读者的哀痛之情。对于女婿自杀的原因，也寥寥数语：“工宣队领导全系每天三个单元斗得一，逼他交出名单，得一就自杀了。”这里没有追问，没有控诉，甚至有些反常。照常理来说，女婿如半子，自杀身亡岳母应该悲天号泣。但正是杨绛用以反写正、平中求奇的文学技巧，使得“大言无悲”的哀痛通过读者的想象自己体会出来。得一死于非命，杨绛马上去干校接受劳动改造，对本“可以放心”的女儿又多了一份牵挂与惦念。对母女别离，杨绛把大悲大痛压在心底，以平和的语调写道：“阿圆送我上了火车，我也促她先归，别等车开，她不是一个脆弱的女孩子，我该可以放心撇下她。可是我看到她踽踽独归的背影，心上凄楚，忙闭上眼睛，越发能看到她在我们那破残凌乱的家里，独自收拾整理。忙又睁开眼，车窗外已不见了她的背影。我又合上眼，让眼泪流进鼻

① 〔加〕诺思罗普·弗莱等著《喜剧：春天的神话》，傅正明、程朝祥等译，中国戏剧出版社，1992，第184页。

子，流入肚里。火车慢慢开动，我离开了北京。”字里行间，可以看出，杨绛想极力压抑自己的悲伤之情，出于母爱的本能，对孤苦伶仃的女儿不放心。一个伟岸而坚强的母亲形象跃然纸上。

首章“下放记别”平静地叙写下放前不安的等待、送别下放的钱钟书、女婿之死、女儿为自己送别等场景，紧紧围绕“别”字展开，既有夫妻离情，母女别意，也有对女儿女婿夫妇生死诀别，流露出来的焦虑与悲伤，但却没有常见的激愤的控诉和狂躁的宣泄。“文革”真正使杨绛家破人亡，女婿沉冤，望着女儿孤独的背影，真是肝肠欲断，虽然作家没有过多的语言表述，但是读者能够窥知她心灵深处的斑斑血泪。

在“凿井记劳”一文中，杨绛这样描写干校庆祝大会表演的节目：

> 有一连表演钻井，演员一大群，却没一句台词，唯一的动作是推着钻井机团团打转，一面有节奏的齐声哼“嗯唷！嗯唷！嗯唷！嗯唷！”大伙儿转呀、转呀、转个没停——钻井机不能停顿，得夜以继日，一口气钻到底。“嗯唷！嗯唷！嗯唷！嗯唷！”那低沉的音调始终不变，使人记起了曾流行一时的电影歌曲《伏尔加船夫曲》；同时仿佛能看到拉纤的船夫踏在河岸上的一只只脚，带着全身负荷的重量，疲劳地一步步挣扎着向前迈进。戏虽单调，却好像比那个宣传“不怕苦、不怕死”的烧窑剧更生动现实。散场后大家纷纷议论，都赞许这个节目演得好，而且不必排练，搬上台去现成是戏。
>
> 有人忽然脱口说“啊呀！这个剧——思想不大对吧？好像——好像——咱们都那么——那么——”大家都会意地笑。笑完带来一阵沉默，然后谈别的事了。

“文革”之中大讲特讲的“文化革命”，原来文艺的特性就是毫无艺术性。如此表演何等荒诞不经，让人啼笑皆非。更可悲的是，“文革”中的人们真正的“思想改造”见效了，竟然把机械的单一色的“嗯唷”声与“思想不大对”挂上钩，不难让人们悟出“文革”反人道、反人性的本质。

“学圃记闲”再现了杨绛安安分分在干校学习种菜的情景：

> 阿香能挑两桶半满的尿，我就一杯杯舀来浇灌。我们偏爱几个“象牙萝卜”或“太湖萝卜”——就是长的白萝卜。地面上露出的一寸多，足有小饭碗那么粗。我们私下说：“咱们且培养尖子”，所以把班长吩咐我们撒在胡萝卜地里的草木灰，全用来肥我们的宝贝！真是宝贝！到收获的时候，我满以为泥下该有一尺多长呢，至少也该有大半截。我使足劲去拔，用力过猛，扑通跌坐地下，原来泥里只有几茎须须。从来没见过这么扁的长萝卜！有几个红萝卜还像样，一般只有鸭儿梨大小。

细细品味此语，不觉哑然失笑。女作家把又脏又臭的劳动用轻松的笔调描绘出来，没有一丝凄苦与哀怨，反而多了一些快乐与活泼。这苦中作乐的生活情景表现了杨绛在逆境与苦难中的洒脱镇定，传达出作者人生态度的达观恬适与超然大度。

“小趋记情”以小黄狗充满灵气与性情的描写，来隐含反衬“文革”灭绝人性：

> 我独自一人看园的时候，小趋总和我一起等候默存（钱钟书）。它远远地看见默存，就迎上前去，跳呀，蹦呀，叫呀，拼命摇尾巴呀，这还不足以表达它的欢欣，特又饶上个打滚儿；打完一滚，又起来摇尾蹦跳，然后就又打个滚儿。

“小趋”黄狗对于在干校劳动改造的杨绛夫妇似乎特别充满同情，它以最崇高的敬意与欢欣来宽慰大作家落寞的心。在情趣斐然的叙写中，反映了作家在厄运与灾难面前仍然不失热爱生活的真诚，以狗之情趣来反衬人之险恶。与之相比，巴金在《随想录》中专文《小狗包弟》却是以极其悲愤的笔调赤裸裸地再现了“文革”的残暴，是含泪含血的控诉。“文革”期间，主人巴金连保护家中小狗的权利也没有了。怕小狗的叫声引来红卫兵，巴金把小狗托人送上了医院的手术台做解剖。巴金对小狗死于非命表示了深深的愧疚与忏悔。

“误传记妄”一章中，杨绛这样写道：

> 公布了，没有他。他告诉我回京的有谁、有谁，我的心直往下沉。没有误传，不会妄生希冀，就没有失望，也没有苦恼。我陪他走到河边，回到窝棚，目送他的背影渐远渐小，心上反复思忖，默存比别人“少壮”吗？我背诵韩愈《八月十五夜赠张功曹》诗“赦书一日行千里……州家申名使家抑”，感触万端。我这一念就想到了他档案里的黑材料。这份材料若没有“伟大的‘文化大革命’”，我们永远也不会知道。

杨绛以异乎寻常的冷静与清醒，揭示出“文革”是一场彻头彻尾的大骗局，借韩愈诗句鞭挞“文革”罪恶。杨绛运用喜剧手法写作《干校六记》，以“历史的亲历者在叙说历史”。“历史的亲历者”可以只对自己负责，以自己的眼光来看历史。杨绛对干校生活更多注重的是把它当作个人的人生经历，在观照苦难历史时，她把握住了自我，敢于嘲讽自己，打趣磨难。而巴金的《随想录》则不同，它是以“历史的见证者在叙说历史”。“历史的见证者”必须对集体大众负责，对历史负责，必须站在更高的角度来看历史。巴金对“文革”这段历史的描述，更注重“文革”的史料价值。① 巴金《随想录》通过对“文革”林林总总的令人发指的暴力的控诉，旨在建立一座“文革”博物馆，让世世代代永远牢记这场民族的劫难。它站在历史制高点上俯瞰中国历史，求索中华民族的出路，这是《干校六记》无法比拟的。

丁玲也是中国二十世纪难得的一代才女，其作品《太阳照在桑干河上》蜚声海内外，获得“斯大林文学奖”。但是在新中国成立后波澜壮阔的政治运动中，她却被打成了“丁玲、陈企霞反党小集团”，遭受残酷的迫害。1979年初丁玲复出文坛后，先后写作《杜晚香》《牛棚小品》《悼茅盾同志》《元帅啊，我想念你》《胡也频》等别具风格的优美华章。其中《牛棚小品》最能代表老作家历尽劫难之后对“文革”的反思，堪称中国当代文学史上的精品，备受世人注目。

1968年夏至1969年春，戴着“反党”帽子，丁玲被隔离在北大荒的

---

① 杨素蓉：《喜剧家笔下的“干校生活”》，《当代小说》2009年第8期。

“牛棚”里，监禁达十个月之久，甚至不能与隔壁“大牛棚”中的丈夫陈明自由往来。因缺乏营养，还患上了夜盲症。《牛棚小品》分为“窗后”“书简”“别离”三章，写于1979年3月中旬的北京友谊医院，发表于1979年《十月》第二期上。作家通过对“牛棚”中生活的三个片段的回忆，向人们展露了苦难岁月中令人感动的人性之光。丁玲对《牛棚小品》的艺术价值了然于心：“难道我这个人不了解我自己的作品吗？”[①] 1936年丁玲逃离南京，穿越重重封锁，到达陕北延安，受到毛泽东亲切接见。毛泽东诗兴大发，挥笔写下了传颂一时的词作《临江仙·给丁玲同志》：“壁上红旗飘落照，西风漫卷孤城。保安人物一时新。洞中开宴会，招待出牢人。妙笔一支谁与似？三千毛瑟精兵。阵图开向陇山东。昨天文小姐，今日武将军。”[②] 丁玲丈夫胡也频是左翼作家，被国民党秘密杀害。晚年的丁玲依然深情，著文怀念。丁玲继承胡也频的革命事业，参加左翼文艺运动，不幸被捕，出狱后去延安，又因写作《“三八节”有感》《在医院中》等文章，1955年被划成“丁玲、陈企霞反党小集团”，1957年又成了“丁玲、冯雪峰右派反党集团”首要成员，1958年遭到“再批判”，以右派之身下放北大荒沙原农场劳改十二年。“文革”爆发后被关进“牛棚”，1970年又被投进关押政治要犯的秦城监狱长达五年之久。二十余年间，丁玲由毛泽东的“红人”成为新中国成立初期文艺战线上的杰出领导人，然而却又因文章变成罪人，人生起伏跌宕，落差何等之大！复出之后的丁玲依然难得地保持着“武将军”的豪迈与洒脱。丁玲对丈夫陈明爱得深沉，爱得执着。《牛棚小品》不是像巴金一样旨在控诉“文革”，相反，其着意叙写大悲大难面前，丁玲与夫君患难与共，意志坚忍，生命力的顽强。《牛棚小品》没有《随想录》的血迹斑斑，没有恐怖的血腥场面，没有《随想录》残酷的揪斗情景，也没有《随想录》痛失爱妻萧珊之后撕心裂肺的剧痛与悲情。但《牛棚小品》着力描摹苦难之中寻找片刻的快乐，努力捕捉残忍现实中的美好情愫。丁玲是个多情、重情、深情的女作家，热爱生活，达观处世。《牛棚小品》以欢娱之笔写凄惨之景，字字是血，声声皆泪，却又意趣高超，神采飞动，毫无缠绵

---

① 丁玲：《丁玲创作生涯》，天津百花文艺出版社，1984，第271页。

② 丁玲：《丁玲创作生涯》，天津百花文艺出版社，1984，第367页。

感伤之弊。[①]《牛棚小品》洋溢着乐观主义精神，体现了“武将军”的从容与淡定，再现了患难与共、相濡以沫的老夫老妻间的深情与厚意。

第一章“窗后”以劫后复出的深情，描写了夫妻间纯真天真的心灵感应；两人想方设法在监视之中捕捉心上人的身影，用眼神传达爱意：

> 我悄悄地从一条窄窄的缝隙中，向四面搜索，在一群扫着广场的人影中仔细辨认。……我找到了那个穿着棉衣也显得瘦小的身躯……我的心急遽地跳着，赶紧地把制服遮盖了起来，又挪开了一条大缝。我要你走得更近些，好让我更清晰地看一看……可是，忽然我听到了我的门扣在响，陶云（监管人员）要进来了。我打算不理睬她，不管她，我不怕她将对我如何发怒和咆哮。但，真能这样吗？我不能让她知道，我必须保守秘密，这个幸福的秘密……于是，我比一只猫的动作还快，一下就滑坐在炕头，好像只是刚从深睡中醒来不久，虽然已经穿上了衣服，却依然恋恋于梦寐的样子。[②]

丁玲偷窥丈夫劳改的身影，这“幸福的秘密”是丁玲在极为恶劣的环境中挺过厄运的动力之源。在这轻快的文笔背后，隐含着“文革”反人性的丑恶——夫妻近在咫尺，却远隔天涯。读者为作家处境掬一把辛酸之泪，也为作家生存智慧发出欢心的微笑。

第二章“书简”闪烁着倔强与悲壮情怀。丁玲坚信党最终能拨开迷雾，因此能够洒脱地承受他人难以想象的折磨与凌辱。她曾对陈明说：“我的案子，当然是文艺界一些人捏造出来的，汇报上去的，但不经上边，也就是毛主席的‘御笔’，他们打不倒我。我尊敬毛主席，但我知道，他老人家错了。我总坚信，他老人家总有一天会觉察到这个错误，还有中央那么多老同志，还有周恩来。”[③] 在“牛棚”生涯中，偷偷接送书信，成为丁玲最幸福的事。文中一段写她接到丈夫书简还没有来得及看的心理，刻画得惟妙惟肖、生动传神：

---

① 郭成、陈宗敏：《丁玲作品欣赏》，广西人民出版社，1986，第14页。

② 杨桂欣：《观察丁玲》，北京大众文艺出版社，2001，第138～139页。

③ 宗诚：《丁玲传》，中国文联出版社，1988，第266页。

> 把该做的事都做完了，便安安稳稳地躺在铺上。其实，我那时的心啊真像火烧一样，那个小纸团就在我的身体下烙着我，烤着我，我表面的安宁，并不能掩饰我心中的兴奋和凌乱。[1]

丈夫的书简像爱情的烈火在燃烧，怀揣着陈明的书简，就像怀揣着丈夫的爱心，怎能不使老作家少女怀春般的“兴奋与凌乱”呢？这种浓烈的相伴生死磨难的爱恋，使得夫妻心心相印，穿过风雨，迎接久雨后的太阳。

第三章“别离”写到她被调往另一个劳改队，接受“革命群众专政”，连“窗后”那几秒钟与丈夫见面的机会也没有了。女作家没有悲切的呼声，没有孤独无助的绝望，取而代之的是她坦然面对艰难险阻的达观与坚强：

> 我明白这是××队派来接我的“解差”。管他是董超，还是薛霸，反正是开步走，到草料场劳动去。
>
> 我看见远处槐树下的井台上，站着一个向我挥手的影子，他正在锅炉旁汲水。他的臂膀高高举起，好像正在无忧地、欢乐地、热烈地遥送他远行的友人。

这段生动活泼的描写给原本悲凄的生离死别的场景增添了一抹亮色，显得乐观而潇洒。陈明高高举起的臂膀仿佛在跟她说：没有过不去的河，挥挥手告别昨日的伤痛，扬扬眉迎接严峻的明天。一切苦难都会过去的！[2]

“庾信文章老更成。”窥一斑而知全豹，丁玲晚年创作的以《牛棚小品》为代表的一类作品，坚忍和峭拔并重，苦难与超脱共存。从人性出发，以艺术见长，有着重要的美学价值。[3]《牛棚小品》虽然没有像《随想录》那样从祖国与民族的高度来控诉“文革”，探索“文革”成因，但是它唱出了老作家在厄运下求生存的凯歌，彰显了老作家老而弥坚的主体精神和自由意志，奏出了中国千千万万个家庭和谐人性与脉脉温情的最强音。

---

① 杨桂欣：《观察丁玲》，北京大众文艺出版社，2001，第141页。

② 陈桂良、周红：《岁寒，然后知松柏之后凋》，《名作欣赏》2009年第29期。

③ 赵焕亭：《从〈牛棚小品〉论丁玲晚年创作个性》，《河南大学学报》2006年第3期。

学界泰斗、世所景仰的季羡林创作《牛棚杂忆》，旨在造福子孙后代，希望后人从“文革”中吸取惨痛的历史教训。在“牛棚”里，季羡林的劳改任务就是打扫两派武斗时破坏的房屋，收捡地上的砖石。每天劳动强度大，总是饥肠辘辘。他发现一个破旧的蒸馒头用的笼屉上有几个已经发了霉的干馒头，简直如获至宝，拿来装在口袋，在僻静地方，背着监改的工人，一个人偷偷地吃。什么卫生不卫生，什么有没有细菌，对于一个“牛鬼”来说，这些都是毫无意义了。为了生存下来，季羡林也学会了说谎。离开大院出来劳动，肚子饿得不行的时候，就对带队的工人说，自己要到医院去瞧病。得到允许，就专拣没有人走的小路，像老鼠似的回到家里，吃上两个夹芝麻酱的馒头，狼吞虎咽之后，再去干活，就算瞧了病。这行动带有极大的危险性，倘若在路上邂逅监改人员或汇报人员，后果将不堪设想。

季羡林创作的《牛棚杂忆》对“文革”的倒行逆施，进行清算：

> 牛棚生活，千头万绪。“革命小将”们的折磨想达到什么目的呢？他们绝不会暴露自己心里的肮脏东西，别人也不便代为答复。冠冕堂皇的说法是‘劳动改造’。这种打着劳动的旗号折磨人的办法，只是改造人的身体，而决不会改造人的灵魂。如果还能达到什么目的的话，我的自暴自弃就是一个最好的例证。折磨的结果只能使人堕落，而不能使人升高。
>
> 我相信，中国的知识分子也就是古代所谓的“士”，绝大部分人都含有这种想法，“士可杀，不可辱”，这一句话表明了中国自古以来就有这种传统。可是，我曾碰到一位参加革命很久的、在文艺界极负盛名的老干部，十多年不见，他见了我劈头第一句话就是：“古人说，‘士可杀，不可辱’。‘文化大革命’证明了：‘士可杀亦可辱。’”说罢，哈哈大笑。他是笑呢，还是哭呢？我却一点也笑不起来。[①]

“文革”十年，季老饱受折磨，精神濒于崩溃。先生以牛鬼蛇神之身，

① 季羡林：《牛棚杂忆》，《文化博览》2005 年第 5 期。

刚出“牛棚”，邻人视若瘟神，避之唯恐不及。就是进商店买东西，也像一个白痴，不知道说什么为好。不敢叫售货员为“同志”，因为自己是“牛鬼”。不叫“同志”，又叫什么呢？叫“小姐”，称“先生”，实有不妥。结果嗫嚅欲言，趑趄不前，一副六神无主、四肢失灵的狼狈相。

以讽刺喜剧《升官图》名扬中国剧坛的陈白尘，当年与文化部数以千计的文化人一同来到湖北咸宁的“向阳湖”五七干校，接受劳动改造。1982年陈白尘参加美国“国际写作计划”，创作了《云梦断忆》，全书共分八章，分别为：“忆云梦泽”“忆房东”“忆茅舍”“忆‘甲骨文’”“忆眸子”“忆鸭群（上）”“忆鸭群（下）”“忆探亲”。陈白尘以切身的感受，回忆了自己在干校劳改的场景，把后人们带回到那个渐行渐远的“文革”岁月。

作为戏剧大师，陈白尘在创作中充分运用讽刺手法，针砭时弊，切中要害。“一九六九年末，我终于到达梦想已久的古云梦泽边那个‘五七’干校”。因为“我虽是从南京被揪回京的，在经过三年多神魂不安的日月之后，能在农村享受，真是心向往之了”，干校改造，实则强制劳动、精神强暴。陈白尘反语说是“能在农村享受，真是心向往之了”。

干校劳动场面荒诞可笑：

> 大雨大干者，因为我们都是“一不怕苦，二不怕死”的革命者，雨下得越大，干得越欢，才显出革命精神。有一天已经下雨了，正在收割麦子的人说：“收工吧，不能收割了。”我们连长以无比豪情叫喊道：“跟老天爷斗争到底！”麦子自然都割下了。但老天爷不买账，一连下了三天雨，收到手的麦子都烂掉了！

剧作家轻描淡写的一句“老天爷不买账”，轻轻一笑之间，就消解了当时流行的人定胜天的“神话”！在那个火红的年代，人们一片狂热，违背自然规律，却被视为“革命行动”，而变得天经地义。“麦子都烂掉了”，真是对连长号令绝好的辛辣的嘲讽。

《云梦断忆》占更大篇幅的并不是这类“嬉笑怒骂”的文章，而是对当地生活和人民的深情回忆和赞美。比如“忆云梦泽”中回忆“是如云入梦，总觉美丽的”。当地的老百姓在当时给了作者最大的安慰：“忆茅舍”一章中写道：“荒谬之中毕竟还有值得怀念的人和事”；“忆房东”一章中，房东家的老二一声“大爷”令作家感慨良多，“四年来，我只被人吆喝来，吆喝去，直呼其名是最客气的，否则须用‘大黑帮’‘大叛徒’之类的恶号称之，何曾有人叫过声‘大爷’？”；“忆鸭群”（上/下）中再现了老作家在向阳湖畔放鸭的经历，心中充满了温馨，对鸭群充满感情。[①]《云梦断忆》显示了陈白尘“幽默诙谐、具有独特艺术个性的美学追求”。[②]

陈白尘在《云梦断忆》的后记里说，它“绝没有在那些伤口上抹盐，倒是企图涂上些止血剂的”。我们不难发现，《云梦断忆》以油滑笔锋再现五七干校真实生活情景，在苦难之中捕捉人文光环，讴歌了人间的真情。《随想录》不是《云梦断忆》的“止血剂”，而是手术刀，一块一块割下脓疮与伤疤。“五卷书上每篇每页满是血迹，但更多的却是十年创伤的脓血。我知道不把脓血弄干净，它就会毒害全身。”[③]

综上所述所论，《牛棚小品》《牛棚杂忆》《干校六记》《云梦断忆》等一批新时期老作家回忆“文革”的散文，都不约而同地回避对历史苦难的直接抒写，也尽可能地隐藏自己的屈辱感，更没有对历史做出直面的批判与反思。与之类似，孙犁的《云斋小说》、于光远的《“文革”中的我》也尽可能地避开“文革”斗争的正面描述，而多描述日常生活的场景，以此来冲淡叙述的政治色彩。这在无形中就反映了新时期老作家书写“文革”苦难的一种倾向性：有意地淡化苦难带来的沉重感，以平和隐忍的心态消解记忆中的不平事，与苦难的历史记忆保持一定的距离。作为历史的见证者，也许他们更应该做的，是对干校与“文革”进行深刻的反思。[④]陈白尘在《云梦断忆》的后记中说：“如果我这些‘断忆’，能为未来出现的伟大作品提供一砖一瓦的素材，余愿足矣！”陈白尘期望的伟大作品，就是巴金的《随想录》，与上述所有作品不同的是，它直面“文革”、毫不虚掩，掏出自己的心，对“文革”中林林总总的暴行痛彻地进行揭批，旨在反思

① 张磊：《论陈白尘〈云梦断忆〉的创作心态》，《江汉论坛》2008 年第 10 期。

② 陈虹：《舞台与讲台——戏剧家陈白尘》，南京大学出版社，2003，第 266 页。

③ 巴金：《随想录》，作家出版社，2005，序言第 1 页。

④ 杨素蓉：《戏剧家笔下的“干校生活”》，《当代小说》2009 年第 8 期。

“文革”的惨痛教训，不让中华民族重演“文革”悲剧。巴金对“文革”中为了明哲保身，对胡风、路翎等人撰文响应运动，表示痛心疾首的忏悔，这也是上述作家无法比拟的博大情怀。

二 “说真话”药方疗治“病变”的当今社会

“文革”期间，巴金曾经惶恐地高呼“万岁”，但当他看出那个“伟大”的骗局之后，“于是我下了决心：不再说假话！然后又是：要多说真话！开始我还在保护自己。为了净化心灵，不让内部留下肮脏的东西，我不得不控制心上的垃圾，不使它们污染空气。我没有想到就这样我的笔会变成了扫帚，会变成弓箭，会变成了解剖刀。”透过巴老这段文字，可以看出，“讲真话”可以分为三个层次：一是人格的真诚。要“净化心灵”，“我最恨那些欺世盗名、欺骗读者的谎言”。二是自我解剖的勇气。要把笔“变成弓箭”，“变成解剖刀”。三是人的独立思考。无数历史事例证明，说不说真话关系到国家民族的存亡。“为了保护我们的下一代”，“不要把真话隐藏起来，随风向变来变去”，我们要“面对现实，认真思考”。“十年的灾难，使我留下一身的伤痕”，“我这个惨痛的教训是够大的了”。

晚年的巴金是在痛苦的忏悔中度过的，尽管“文革”对他的摧残是一场致命的噩梦，但他通过反复拷打自己的灵魂，通过像老托尔斯泰一样言行一致，唤醒了我们和整个民族，正视自己的原罪和过错。一个人乃至一个民族，如果不懂得忏悔，是注定要下地狱的。因为忏悔之情，是最为真诚的，最能反映一个人的良知的，是靠一颗面向未来的大美之心支撑起来的。

巴金当年写这些“随想”和“真话”是冒着一定风险的，因为当时“四人帮”虽已被粉碎，但其思想流毒还没有被完全清除，带有极“左”思想倾向者还大有人在。邓小平当时说：“我们对林彪、四人帮的影响不可低估，不能想得太天真了。”巴金《随想录》创作初期，是在随时可能被打棍子、扣帽子的风险中进行的。由此可见巴金非凡的胆识与勇气。

在改革开放的今天，市场经济体系已经建立起来并逐步加以完善，物质财富迅猛增加，同时也在一定程度上腐蚀着人的精神世界，物欲横流，追求“利润”的最大化，时不时有谎言与陷阱。商界波及政界，一些当政者为了所谓的“政绩”，虚报数据，一批大案要案的查处与曝光，让世人瞠目结舌。政界随之波及学界，清华大学格非教授的长篇小说《欲望的旗帜》，北京大学学者张者的《桃李》，让人读罢为之扼腕叹息：时下社会要做到不欺骗自己、不欺骗他人，对我们来说都不容易。

人文理性的首要任务就是要造就一大批“有勇气在一切事务上运用理性”的“思想战士”——知识分子，从而为现代化的改革大业提供足够的民心基础和智力支持。巴金以“讲真话”方式为中国文学注入了一种现代的特质，通过对现代人的书写，达到对人性的开掘，达到对人的生存状态的关注。鲁迅毕生追求的目标是建立“理想的人性”，巴金传承了下来。《随想录》表现了现代情境里中国人的现实遭际，笔锋直指时弊，用文学作品重塑国人的精神世界，用人道主义的关怀坚守着真善美的人性。世风日下，有甚于误国，许多年来，一些有识之士在振臂高呼。《随想录》对于疗治“病变”社会，无疑具有重要的意义。

三　呼吁建立“文革”博物馆意义重大

“文化大革命”是中国历史的一次大劫难。“文革”是一座人道被兽道践踏的灵与肉的炼狱，压制自由、个性、尊严，表现出强烈的排斥人文主义倾向。思想战士无影无踪，现代化进程遭受严重阻碍。

“并不是我不愿意忘记，是血淋淋的魔影牢牢地揪住我，不让我忘记。”巴金亲眼看到了“兽性的大发作”：抄家、打人、贴大字报、强占民宅、设司令部、“上刀山”、“下油锅”，让人变“牛”，住进“牛棚”，人被视为兽……这场噩梦开始不久，福建十多位全国知名作家、艺术家，几乎悉数关进“牛棚”，有的被勒令在烈日下暴晒，有的被剪了个阴阳头或者戴着高耸入云的尖帽押上大车游街示众，美其名曰“牛鬼蛇神”。

种种非人类所能忍受的“触皮肉”与“触灵魂”的侮辱和折磨，令数不胜数的人痛苦不堪而悲惨地死去。据权威人士估计，在“文革”中受到冲击的约有一亿人，其中被迫害致死的也是一个惊人的数字。

巴金在“文革”中被打成反动学术权威，被剥夺了公民权利、创作权利，挨揪斗、进牛棚，“打翻在地，踏上一脚，永世不得翻身”。作品也被宣判是为地主阶级树碑立传的“毒草”；萧珊仅仅因为是巴金的妻子，就被挂上“牛鬼蛇神”的纸牌，受到红卫兵铜头皮带抽打，身患重病不能治疗，悲惨地告别了人世。“文革”使巴老家破人亡。学者张业松认为，“巴金当然有才情，有文采，但这些都是比较次要的，使他成为一个出色的作家的最关键因素是他不犹疑，他始终有一个清晰的思想目标，就是达到社会改造的意图。”[①] 三十年代以来多少热血青年在《家》的激励下冲出家门，进入外面的世界，走向为人类解放而奋斗的道路。“决不让我们国家再发生一次‘文革’”，因为第二次的灾难，就会使我们民族彻底毁灭。巴金于是“有一个坚定的信念：这是应当做的事情，建立‘文革’博物馆，每个中国人都有责任。”

当初巴金的竭力呐喊，在二三十年之后的今天，老人的愿望依然没有实现。谁之过？这是值得所有国人深思的课题。

我们是否反思过，“文革”博物馆不能建立，原因尽管复杂，至少有一点，我们缺乏一种可贵的品质——知耻而后勇。柯灵说：“《随想录》充满了严格的自我剖析精神。在这方面，鲁迅是榜样，巴金又是一个榜样。”闻一多曾赞美道：“人类的价值在能忏悔，能革新。世界的文化也不过由这一点发生的。”“文革”结束后，巴金不推诿、不虚饰，在文坛一片控诉气氛中，而能直面良知的拷问，把一个受害者对社会的控诉深化为民族苦难命运的承担。巴金曾经坦言：“自从我执笔以来就没有停止过对我的敌人的攻击。我的敌人是什么？一切旧的传统观念，一切阻止社会进化和人性发展的不合理的制度，一切摧残爱的势力，它们都是我的最大的敌人。我始终守住我的营垒，并没有作过妥协。”巴老认为，封建主义幽灵依然在游荡。我们稍稍观察一下，“长官意志”“遵命文学”“官气”，难道或多或少不在我们身边存在？

高尔基认为，“文学的目的就是要使人变得更好”。晚年的巴金仍在呼吁今天还要大反封建，二十多年前巴老要求建立“文革”博物馆，2005 年离开这个世间的时候，他的愿望依然没能实现，不能不引以为憾。巴老

① 张业松：《文学史线索中的巴金与鲁迅》，《当代作家评论》2006 年第 1 期。

“想不通：难道真的必须再搞一次‘文革’把中华民族推向万劫不复的深渊？仍然没有人给我一个明确的回答”。我们重读《随想录》，不难发现写作目的是发掘与剔除国人灵魂中的劣根性，追求着治病救人的现实功利，是一座精神的‘文革’博物馆”。

《随想录》中最核心的内容就是讲真话，这已被公认为他在晚年最辉煌壮丽的文学作品。“讲真话”是对“文革”弥天大谎的一种极大反拨。而在最后的第五卷《无题集》中的专文《“文革”博物馆》，则是异常突出的尖锐问题，道出了皇皇巨著《随想录》创作的最终动机，道出了巴老心底的祈盼与渴望。当代著名作家丛维熙认为建“文革”博物馆是给巴老最好的礼物。他说中国建立“文革”博物馆是中华民族自视残缺、同时自立的最好途径。我们送给巴老的礼物，不只是鲜花和赞美，真正应做的就是建立“文革”博物馆。我们可以说，建立“文革”博物馆是国人对历史的一次严肃的招待，是国人对思想的一场重大解放，是巴金启蒙思想在今天的发扬光大。

四 重新认识巴金信仰的无政府主义，有益于思想解放

无政府主义是十九世纪至二十世纪的欧洲各国，特别是俄国反对沙皇农奴制度的诸种思潮中的一个重要派别，有过很大的影响，包括“五四”运动前后的中国，许多要求变革的进步人士都曾信仰过无政府主义。因为无政府主义思潮反对“生存竞争说”，鼓吹“互助论”，强烈要求民主与个性解放，反对一切“专制”，崇尚个人自由，它对未来社会主义的设想是自治公社的联合。它作为工人阶级内部的一个思想派别，对资本主义制度具有批判意义，对当时进步青年具有极大吸引力。

关于“巴金”这一笔名的由来曾有过许多讹传。巴金曾在1985年回答香港中文大学校刊编辑时表示：“1928年我在法国沙多——吉里城拉丹中学写完了《灭亡》，想取个笔名，刚好当时的中国同学巴恩波投水自杀了。为纪念他，我便取了‘巴’字。而我当时正在翻译克鲁泡特金的《伦理学的起源和发展》，我就取了一个‘金’字，合成‘巴金’的笔名。”而克鲁泡特金就是当时欧洲无政府主义思潮的核心人物。巴金捧读其作品，像着魔似的如饥似渴，认定其学说就是解放旧中国的精神武器。取“巴金”为笔

名，可见是巴金对克氏的顶礼膜拜。

“人间正道是沧桑。”巴金当初做梦也不会想到，四十年之后的中国的疯狂年代，这一笔名成了他信仰无政府主义的“罪证”。有人认为“巴”是无政府主义首领人物巴枯宁的首字，“金”是无政府主义思想领军人物克鲁泡特金的尾字。造反派和红卫兵一声呵斥：“分明是崇拜无政府主义的两个代表人物，不允许有别的解释!”“文革”中的巴金被打成反革命，巴金之名一度成为罪恶的代名词，直至“昏昏浊浊之年，渺渺茫茫之月”才得以结束。

《爱情三部曲》是一部乌托邦与现实主义相结合的作品，最真实地体现出中国年轻的无政府主义者的心灵世界、战斗生活和道德理想。《随想录》的最后几篇文章，他在沉默几十年后第一次回忆了无政府主义者《怀念非英兄》。在以后的文字里他陆续写了《关于克刚》《怀念卫惠林》等，描写了他当年的无政府主义战友。学者张业松在《当代作家评论》2006 年第 1 期著文《文学史线索中的巴金与鲁迅》说：“巴金无疑是标准的新文化人。离开老家之前他所接受的就是世界性的思潮，这个思潮对他影响至深。后来在政治上他也许放弃了无政府主义，但无政府主义作为一种道德影响，对他的影响保持终身。”

无政府主义的信仰，给巴金带来了极大的灾难。巴金出生在一个封建大家庭中，目睹封建家长因专制一手制造的罪恶，并为之深恶痛绝，写下《家》这部作品，抨击以高老太爷为代表的封建势力，压制一切新生事物，摧残青年男女理想与生命的卑劣行为。觉新理想被辗碎，鸣凤投湖自杀，梅的孤寂悲苦病故，瑞珏的难产惨死，无一不是封建家长制封建礼教荼毒残害的结果。而欧洲无政府主义矛头指向封建专制，就无疑引起巴金强烈的共鸣。从《激流》到《寒夜》再到《随想录》，巴金在社会牢笼中对个人自由的渴望，远远大于对其他的兴趣。一个以自由意志为理想的人，一辈子却越来越无法挣脱牢笼束缚，这究竟是他个人最大的悲剧，还是社会的悲剧？

晚年巴金在《〈爱情三部曲〉代跋》中表明他对昔日无政府主义战友的看法，用“理想主义”一词来赞扬他们。研究巴金的专家陈思和先生有缘亲自拜访巴金，协助巴老编辑全集，对巴金信仰无政府主义著文《巴金的意义》，对巴老因信仰而受迫害，但终老不变一事，精辟地论述道："由于巴金的地位特殊，在一种理论学说还被认定是这个国家主流意识形态的敌人的时候，一个生活在社会底层的人私下表达对它的信仰，风险要小得多。但你无法想象，环境会允许像巴金这样地位的知识分子公然表达他的异端信仰。"①

谭兴国甚至认为："没有无政府主义，就没有作家巴金。"并对此进行具体分析说："《家》对家长专制制度的批判，《憩园》对'金钱万能'制度的批判，《寒夜》对'好人受气坏人得志'的社会制度的批判，都和巴金的信仰有关，而且现在还有'无政府主义'的影响。"

马克思辩证法告诉我们，任何事情都有正、反两个方面，我们要用全面的眼光看问题，就不会失之偏颇，以偏概全。无政府主义思想无论是从理论上还是实践上，都存在致命的缺陷，最根本点是不能科学地把握社会发展规律，无法成功地指导革命实践。无政府主义主张个人绝对自由，反对强权和国家，幻想通过暗杀和宣传建立一个生活平等、工作自由、各尽所能、各取所需、互助互爱的无政府共产主义社会。不少早期共产主义者都曾受过它的影响。巴金毕生信仰无政府主义。当马克思主义在"五四"运动前后在中国大地上传播得轰轰烈烈，并且在此理论基础上诞生了中国共产党的时候。巴金仍在反思揣度，两种信仰互相抵触，一种潜在的信仰危机使他变得焦灼不安。但无政府主义同时主张"社会必须是自由的"，希望用"互助"精神抵制日益泛滥的"黄金瘟疫"，提倡"休戚相关、相互帮助"，"自我牺牲、自我贡献"的道德观是很有现实意义的。我国从计划经济走向市场经济时代，打破"铁饭碗"，实行聘任制，职业终身制现象将日渐退出历史舞台。人才的频繁流通，各种资源相互整合，努力实现"社会必须是自由的"。我国与世界面临思想多元化的时期，不同信仰的人相互共存、取长补短，是构建和谐社会的必备条件。任何一个国家，任何一个民族，都不能用暴力压迫改变个人信仰，否则必将导致混乱甚至战乱。

---

① 刘慧英：《巴金：从炼狱走来》，中国工人出版社，2002，第195页。

第一章

《随想录》忏悔意识渊源成因与传播价值

第一节　巴金《随想录》忏悔意识渊源：中西方忏悔意识流播

“忏悔”原是宗教仪式，指僧尼道士代人忏悔，向神佛表示悔过，请求宽恕。人们深感自身的“罪恶”，便不断地反省、深究自我。[①] 在西方传统中，尤其在中世纪基督教神学思想中，有所谓原罪观念，将人类得救的希望寄托在来世和天堂，并希望通过教会引导有罪的世人得到精神的救赎。在这种原罪观念看来，人人都是罪人，人性也必然堕落，这也是一种宗教的人性恶观。[②]

《圣经》中关于赎罪和忏悔的意识记载甚久。这可以追溯到人类的始祖亚当和夏娃受蛇的诱惑，背叛了上帝，在伊甸园偷吃了禁果。神让亚当负责看守伊甸园，吩咐他不可偷吃善恶树上的果子。蛇诱惑说：“你们吃了那果子，眼睛就亮了，你们便如神能知恶善”。两人便违了禁令，吃了禁果，眼睛亮了，才知道自己赤身露体，便拿无花果的叶子遮蔽身体。亚当、夏娃犯罪后感到罪咎，良心受到责备，神在他们心中敲起了警钟。于是人类始祖便向神灵耶和华祈求赦免，并立誓改过自新。忏悔的根源由此便产生了。先知亚伯拉罕、伊撒等都不断违反上帝的训诫，忏悔意识于是传承下

① 杨匡汉主编《20 世纪中国文学经验》下册，东方出版社，2006。

② 陈思和、李存光主编《一双美丽的眼睛》，上海三联书店，2008，第 287 页。

来。这样一来，“陷于罪孽是开天辟地以前实现的，由它产生了时间——罪孽的产儿，而我们得到了世界——罪孽的结果。”① 因为世界是“罪孽的结果”，世间人就必须祈求于忏悔而求得心灵的解脱。

宗教中的“忏悔”，意为向神供认自我积孽，祈求谅解。它是以所谓神的意志，即教规教义为尺度与参照进行的。忏悔者将自己一览无余地展露给至高无上、至真至善至美的神，他们相信神与上帝明了他们，就会宽恕他们的过失，帮助他们渡过难关。他们是神的世界中一滴透明的水，任何的欺骗，都会使神远离他们。而如果没有对神的信仰，他们将是多么无助。他们忏悔的最终结果是：神在他们心中越来越高大，神旨成为他们坚不可摧的信仰；他们自己越来越渺小，渺小到没有自我，只是一个教义的遵从者、执行者、护卫者。②

忏悔是基督教宗教生活的一项重要内容，是基督徒向上帝赎罪的一种必不可少的形式。奥古斯丁就写作了《忏悔录》。忏悔已成为基督教文化熏陶下的西方人不断自我反省、净化灵魂的方式。忏悔意识在全世界范围内广为传播，尤其在法国与俄国非常兴盛。随着欧洲传教士来华传教，以及中国人受到欧风美雨的沐浴，忏悔意识在中国也很快流传开来，并在社会生活中产生了影响。

一 法国卢梭《忏悔录》，照亮启蒙新前程

十八世纪法国的启蒙运动，是后来资产阶级民主革命的先声。启蒙主义代表人物伏尔泰、孟德斯鸠、卢梭大张旗鼓反对封建制度，呼唤平等、自由、博爱，猛烈抨击封建专制主义。这些启蒙思想家饱尝了封建制度下的艰辛和痛苦，强调“天赋人权”，直接冲击“君权神授”的谬论。

卢梭出身贫寒，一生经历坎坷，刚刚出生就失去了母亲，年幼时候父亲因重伤一位军官而亡命天涯。这位孤儿目睹了社会的黑暗与不平，洁身自好，蔑视权贵，主张人生而平等。他贬斥神学，是一位地地道道的平民思想家。卢梭创作了《忏悔录》，对平民阶层自然纯朴的人性、高尚的道德

① 〔俄〕别尔嘉耶夫：《自由的哲学》，董友译，广西师范大学出版社，2001，第112页。

② 陈思和、辜也平主编《巴金：新世纪的阐释》，福建教育出版社，2002，第525页。

情操进行了热情的颂扬，对上流社会的寡廉鲜耻、道德沦丧、伪善阴险进行了无情的鞭挞。他一生饱受封建势力残酷的迫害，长时期流浪生涯的苦难和敌对力量无休止的攻击，使卢梭的身心健康受到严重摧残，死时仅有妻子泰蕾兹一人在他身边，一个伟大的思想家凄凉地走完了自己的一生。十六年之后，卢梭的遗骸被移入巴黎先贤祠中，得到了法国人民应有的尊重。

正如译者陈筱卿所论，卢梭通过《忏悔录》历数了孩提时代寄人篱下所受到的粗暴待遇，描写了他进入社会后所受到的虐待，以及他耳闻目睹的种种黑暗和不平，愤怒地揭露社会的“弱肉强食”“强权即公理”，以及统治阶级的丑恶腐朽。该书名为“忏悔”，实则为“控诉”“呐喊”，并对被侮辱者、被损害的“卑贱者”倾注了深切的同情。

《忏悔录》开篇引用古罗马讽刺诗人波尔斯的一句拉丁文短诗，“发自肺腑，深入肌肤”，强烈地表现了卢梭暴露自己灵魂的心态。篇首便用真诚的文字来显露自己的内心世界：“我在从事一项前无古人、后无来者的事业。我要把一个人的真实面目全部地展示在世人面前：这个人就是我。”这是大无畏的世界宣言，毫无半点迟疑与犹豫，何等坦诚，何等自豪！他响亮地宣称：

> 末日审判的号角想吹就吹吧；我将手拿着此书，站在至高无上的审判者面前。我将大声宣布：“这就是我所做的，我所想的，我的为人。我以同样的坦率道出了善与恶。我既没有隐瞒什么丑行，也没添加什么善举。万一有些什么不经意的添枝加叶，那也只不过是填补因记忆欠佳而造成的空缺。我可能会把自己以为如此的事当成真事写了，但绝没有把明知假的写成真的。我如实地描绘自己是个什么样的人，是可鄙可恶绝不隐瞒，是善良宽厚高尚也不遮掩：我把我那你所看不到的内心暴露出来了。上帝啊，把我的无数同类召到我周围来吧，让他们听听我的忏悔，让他们为我的丑恶而叹息，让他们为我的可鄙而羞愧。让他们每一个人也以同样的真诚把自己的内心呈献在你的宝座前面，然后，有谁敢于对你说：‘我比那人要好！’”①

---

① 〔法〕卢梭：《忏悔录》，陈筱卿译，中国书籍出版社，2005，第3页。

卢梭勇敢地解剖自己，让自己以前的“丑恶”“可鄙”全部公之于众。在拟古与虚假盛行的法国当时社会，可谓逆世而动，何等的难能可贵！这在世界历史上也是罕见的，在卢梭之前的文学史上还没有出现过如此坦诚的作家。基督教中的“忏悔”，仅仅局限于人的内心层面。而卢梭的“忏悔”则完全立足于现实层面，将自己的“卑鄙龌龊”赤裸裸暴露在世人面前！可谓惊天地、泣鬼神！

为了谋生，卢梭当了学徒。可师傅的专横终于使他染上了他所痛恨的恶习，如说谎、偷懒、偷窃。卢梭坦诚地写他偷吃烤肉之后的真实感受：

> 我就这样学会了暗自贪婪、隐瞒、遮掩、撒谎，最后还学会了偷窃。在这之前，我从未动过偷窃的脑子，可从此就怎么也改不掉了。贪婪垂涎而又无能为力必然导致这一步。这就是为什么每个仆人都是小偷骗子，而每个学徒为什么也该如此。

卢梭毫不掩饰自己小偷小摸的行为，更加剖析了偷窃的深层次原因——专制与压迫所致贫困使然。他还以沉重的心情忏悔自己一次行窃后把罪过转嫁到女仆玛丽的头上，造成了她遭到解雇辞退的不幸。“我不知道这个受我诬陷的姑娘的下落，但是看来这事之后她不容易谋到差事了。她蒙受了一种使她名誉扫地的残酷罪名。偷的东西虽不值钱，但终归是偷，而且，更糟糕的是偷了，还去诱惑一个小男孩。总之，既撒谎又死不认账，对这种集各种恶习之大成的女子，人们是不抱任何希望了。我甚至没有看到我把她推进了贫穷、唾弃的最大险境。谁知道像她这么年纪轻轻的，因为无辜受辱而颓丧绝望，会有什么后果呢？唉！如果说我后悔不迭让她身遭不幸的话，请大家想一想，我竟然使她比我更糟，我又有多内疚呀！”①

透过这段内心深处的“忏悔”，我们看到了卢梭一颗真挚的善心。卢梭为自己做出如此卑鄙的恶行而痛心疾首。

不仅惯于行偷，而且还擅长采花猎艳，这就是以前真实的卢梭。他毫不掩遮自己曾经犯下的风流韵事。他对巴齐尔太太竟也动了邪念：

---

① 〔法〕卢梭：《忏悔录》，陈筱卿译，中国书籍出版社，2005，第62页。

> 那一天，她的穿戴近乎妖艳。她姿态优美，头微微地低下，露出了雪白的粉颈；秀发雅致地盘起，还插了一些花。她整个外形透着一种魅力，我仔细地端详着，不能自制。我一进屋便跪倒在地，激动不已地把双臂向她伸去。我深信她不可能听见我，也没想到她能看见我。①

字里行间，显现着一个不折不扣的流氓卢梭形象。他后来“住在一位美妇人家里，魂牵梦绕着她的倩影，白天又老是看见她，晚上被使我想起她来的东西所包围，睡在我知道她睡过的床上。有多少东西在撩拨着我呀！”这种糜烂思想进一步发展，就成为与被认作妈妈的华伦夫人那种半乱伦性质的爱情。

> “我头一次投入到一个女人，而且是一个我所崇拜的女人的怀抱里。我幸福吗？不，我感到的是肉欲。我不知道是什么无法克服的忧伤毒化了它的魅力。我仿佛犯下了乱伦之罪。有两三次，我在激动地拥抱她时，泪水浸湿了她的酥胸。而她却既无忧伤也不激动，只是温柔和平静。由于她不是个淫荡的女人，根本没有寻求过肉欲，所以并没有那种陶醉，也从未因此而悔恨。”②

社会上流人物崇尚灯红酒绿、情欲四溢的生活，使整个社会风气颓废。正是不平等的社会制度，使卢梭“从高尚的英雄主义者堕落成卑鄙的市井无赖。”作为与腐朽、反动的贵族社会的抗衡，《忏悔录》以前所未有的胸襟赤条条地把自己的“下流”展现在世人面前，在鞭挞自己的无耻的同时，也控诉谴责那个没落的社会。

麦特尔先生是一位才华横溢而又品德高尚的民间音乐家，也是卢梭在音乐方面的启蒙老师。他因为受到封建势力迫害，打算从意大利的撒丁王国返回祖国法兰西。麦特尔先生深得华伦夫人赏识与同情。卢梭与“妈妈”——华伦夫人发生乱伦之情后，华伦夫人再三叮嘱卢梭应该一路护送

① 〔法〕卢梭：《忏悔录》，陈筱卿译，中国书籍出版社，2005，第 54 页。

② 〔法〕卢梭：《忏悔录》，陈筱卿译，中国书籍出版社，2005，第 143 页。

那位音乐家到巴黎。然而，卢梭忘恩负义，当音乐家癫痫发作，口吐白沫，不省人事，倒在里昂街头的时候，竟然趁着人们团团围观而逃之夭夭，抛弃了这个此时最需要他帮助的老师。卢梭成名之后，每当忆及此事，就会深感内疚，忏悔不已。他知道，他年轻时代流浪生活中由于困顿潦倒，不得不把麦特尔先生交给自己的音乐作品，对外谎称是自己创作的，因为这个启蒙老师的缘故，卢梭把自己打扮成为从巴黎来的作曲家。他竟然当起了几个年轻姑娘的音乐家庭教师，他的生活一下子大大地改善了。社会最底层的家庭环境培养了卢梭的正义感与同情心，他厌倦了达官贵人高堂华厦里的虚伪道德，他以平民的自傲感，把心灵上的诸多污点统统展露在社会面前，向富贵尊荣阶级显示了自己高尚的人格。在欧洲权倾一时的君主们向他恩威并施的时候，卢梭敢于拒绝他们的赏赐并直言告之。高尔基曾因此称赞卢梭是一个“本性纯真的人”。[①] 这在当时社会为了荣华富贵而巴结奉迎成风的环境里，彰显了一个平民思想家敢于成为道德的“另类”的崇高气魄，可谓感天动地，让风云为之变色！

《忏悔录》“以笔代刀”的手法，无情地解剖了卢梭自己曾经的丑恶行径，因为赤诚与坦荡而赢得全世界人民的爱戴与拥护。卢梭张扬着个性解放精神，揭发了腐朽文明掩盖下的社会创伤与道德溃疡。卢梭坚持“自然人性”理论，他认为人原本应有纯朴善良的天性，人性本身是善的，正因为它是顺乎自然的；社会使人变为邪恶，正因为它是违背自然的。卢梭强调人的良心、理性和自由，尤其认为“自由即是人的一切能力中最崇高的能力。”[②] 所以善良是人的本质，体现为人的自我完善与主动意志，使人成为独立自主的主体。“自然人性”是卢梭用以批判腐朽文明和邪恶人性的正面理想，也是他抨击封建专制的锐利武器。[③]

《忏悔录》问世后，很快席卷整个欧洲，被进步的作家们奉为至宝，争相阅读。歌德的《少年维特之烦恼》深受卢梭的影响。拜伦笔下塑造的一系列叛逆者的形象，处处闪耀着卢梭个性的光芒。司汤达的《红与黑》主人公于连，有人认为是卢梭的化身。个性解放的思潮在欧洲大地迅捷蔓延。

---

① 〔苏〕高尔基：《文学论文选》，孟昌、曹葆华译，人民文学出版社，1958，第 8 页。

② 〔法〕卢梭：《论人类不平等的起源和基础》，李常山译，商务印书馆，1962，第 135 页。

③ 伍厚恺：《简论卢梭〈忏悔录〉的文学地位》，《成都大学学报》1997 年第 4 期，第 56 页。

1927年春天，年轻的巴金远赴法国留学。卢梭《忏悔录》“讲真话”的方式给他心灵以巨大的震撼，它给巴金带来强大的精神引导。五十余年之后，巴金客居法国时时常游走在先贤祠（国葬院）的记忆与“文革”中的痛楚在脑海中交织，写作了《随想录》中的不朽名篇《把心交给读者》。在某种意义上说，巴金的《随想录》是《忏悔录》“讲真话”的改版形式而已。

1927年巴金在巴黎开始写作《灭亡》。

> 我住在拉丁区，我的住处离先贤祠（国葬院）不远，先贤祠旁边那一段路非常清静。我经常走过先贤祠门前，那里有两座铜像：卢梭和伏尔泰。在这两个法国启蒙时期的思想家，这两个伟大的作家中，我对“梦想消灭不平等和压迫”的“日内瓦公民”的印象较深，我走过像前，常常对着铜像申诉我这个异乡人的寂寞和痛苦；对伏尔泰我所知较少，但是他为卡拉斯老人的冤案、为西尔文的冤案、为拉·巴尔的冤案、为拉里·托伦达尔的冤案奋斗，终于平反了冤狱，使惨死者恢复名誉，幸存者免于刑戮，像这样维护真理、维护正义的行为我是知道的，我是钦佩的。还有两位伟大的作家葬在先贤祠内，他们是雨果和左拉。左拉为德莱斐斯上尉的冤案斗争，冒着生命危险替受害人辩护，终于推倒诬陷不实的判决，让人间地狱中的含冤者重见光明。①

巴金在“日内瓦公民”卢梭铜像前沉思，倾诉着一个身处异国他乡的游子内心的不平与苦痛。他要向卢梭、伏尔泰学习捍卫正义、弘扬正气的豪迈情怀，为真理献身的殉道精神。“卢梭”与“伏尔泰”成为年轻巴金心中的两座精神丰碑。而巴金从两位先师那里受到的教育，在“文革”中化作自己的行动准则。

> 这是我当年从法国作家那里受到的教育。虽然我“学而不用”，但

---

① 巴金：《随想录》，作家出版社，2005，第26～27页。

> 是今天回想起来，我还不能不感激老师。在“四害”横行的时候，我没有出卖灵魂，还是靠着我过去受到的教育。这教育来自生活、来自朋友、来自书本，也来自老师，还来自读者。至于法国作家给我的“教育”是不是“干预生活”呢？“作家干预生活”曾经被批判为右派言论，有少数人因此二十年抬不起头。我不曾提倡过“作家干预生活”，因为那一阵子我还没有时间考虑。但是我被关进“牛棚”以后，看见有些熟人在大字报上揭露“巴金的反革命真面目”，我朝夕盼望一两位作家出来“干预生活”，替我雪冤。①

巴金从卢梭《忏悔录》中学到人应有的良知，“没有出卖灵魂”。十年“文革”，人兽不分，人类的良知惨遭践踏，黑白不分，是非颠倒。巴金以《忏悔录》“我控诉”的方式对“文革”进行无情的揭批。巴金与卢梭一样，那么单纯，那么坦白，那么勇敢地挑战现实。巴金与卢梭一样，对当时神圣的信条猛烈攻击——卢梭攻击封建专制，巴金攻击封建迷信。卢梭命运坎坷，被诬陷，被迫害；巴金在“左”倾思潮余威尚在时，为了避开斗争锋芒，在香港《大公报》发表揭露“文革”罪行的《随想录》。巴金与卢梭在这些方面何其相似。

1979 年巴金历尽“文革”劫难而复出，率领中国作家代表团访问法国。他再一次回到了阔别五十余年的卢梭石像前瞻仰缅怀，他更加坚定信心要把刚刚开始写作的《随想录》进行下去，向法国这位先师学习。瞻仰卢梭像的第二天中午，巴黎第三大学中文系师生为中国代表团举行欢迎会。其中有两位法国同学分别用中文和法文诵读了巴金《把心交给读者》美文，因为这篇文章洋溢着巴金对卢梭的热爱之情。在《再访巴黎》一文中，巴金写道：“没有想到在巴黎也有《随想录》的读者！我听着，我十分激动。我明白了，这是对我的警告，也是对我的要求。”《随想录》是中国的“忏悔录”，它蕴含着“真诚”“善良”“正义”等人类普遍的感情，而这些是没有国界的，是人类的共性。《随想录》之所以引起法国读者的注目和共鸣，自在情理之中。

---

① 巴金：《随想录》，作家出版社，2005，第 27 页。

在巴黎的最后一个清晨，在罗曼·罗兰和海明威住过的拉丁区巴黎地纳尔旅馆的七楼上，巴金用留恋的目光观望着巴黎的天空。

> 时间过得这么快！我就要走了。但是我不会空着手回去。我好像还有无穷无尽的精力。我比在五十年前更有信心了。我有这样多的朋友。我有这么多的读者。我拿什么报答他们？我想起了四十六年前的一句话：就让我做一块木柴吧。我愿意把自己烧得粉身碎骨给人间添一点温暖。我一刻也不停止我的笔，它点燃火烧我自己。到了我成为灰烬的时候，我的爱我的感情也不会在人间消失。①

巴金五十余年后重访卢梭像，他在卢梭那儿再次温习“赤情”的含义。榜样的力量是无穷的，他“比五十年前更有信心”。巴金要化作一块燃烧的木柴，为人间带来温暖、带来光亮。言必行，行必果。巴金从1979年创作《随想录》，一写下去就是“八年抗战”，1986年才写完第150篇“随想”。后来他一再要《告别读者》，却总又是停不下笔，再来一个“八年抗战”，完成《随想录》的姊妹篇《再思录》。这是卢梭式的“真情”再现。卢梭向世人宣言：“我说的都是真话。没有可憎的缺点的人是没有的。我要把我的真实面目赤裸裸地揭露在世人面前。”巴金在《随想录》的许多文章中再现了自己“文革”期间为了“活命”，对胡风等人落井下石，响应造反派头头的号召，写“过关”文章，在冤案制造过程中推波助澜等情景。在《怀念胡风》等文章里，巴金表示深深的忏悔。巴金与卢梭是东西方两道神奇的光束，照亮了人类赤诚坦荡的情感世界。

二　托尔斯泰《忏悔录》，再现全世界良心

托尔斯泰非常赞赏卢梭的《忏悔录》，称它是“18世纪全世界的良心”。托尔斯泰深刻认识到俄国社会的黑暗，也感受到自己作为贵族地主阶层的“罪恶”，在心灵深处展开抑恶扬善的斗争，由自我反省到自我忏悔、

① 巴金：《随想录》，作家出版社，2005，第43页。

自我谴责。托尔斯泰旗帜鲜明地向世界宣称:“只有经过忏悔，人才有所进步。”[①] 经过长久的反省与忏悔，托尔斯泰抛弃了贵族立场，完全站到了农民立场。他在《忏悔录》中写道:“我与我的圈子里的生活决裂了。因为我承认，这不是生活，而仅仅是生活的影子。”[②] 托尔斯泰要与他所处的贵族阶级决裂，可谓惊世骇俗，连深爱他的夫人也无法理解。这位隐居在雅斯纳雅·波良纳的老人成了政府和东正教教会迫害的对象，各种反动势力阴谋聚集，威逼托尔斯泰承认错误，收回对教会的攻击。托尔斯泰始终不曾屈服，82 岁那年离家出走，病死在阿斯达波沃车站上。在他与世长辞的那间屋子周围，拥满了警察、间谍、新闻记者。这说明一直到死，他都没有得到安宁。托尔斯泰为他真诚的“忏悔”，付出了惨痛代价，带着无限的凄凉，离开亲人、离开人间。

托尔斯泰出身显贵，又当过军官，年轻时代确实过着放荡的贵族生活。但他身为作家，严肃地探求人生与俄国的出路，一生一世都在与各种欲念作坚决的斗争。他找到了基督教福音书，宣传他所理解的教义。托尔斯泰目睹农民被贵族地主盘剥，处境悲惨。因此他对专制政权和统治阶级进行了猛烈的谴责。他孜孜不倦地探索一条消除罪恶之路，他用基督教虔诚的“忏悔”方式，企求解脱内心的“罪恶感”。托尔斯泰反对暴力斗争，主张贵族阶级应该加强道德修养，爱人如己，只需要少数有理性的有钱人拒绝奴役他人，放弃自己的财产，并且自己参加劳动，自食其力。他们的榜样将推动整个社会的改造，那隔在劳动人民与“老爷们”之间的高墙就会不推自倒。[③] 托尔斯泰希望“少数有理性的有钱人”以他作为榜样，离开书斋把精力花费在种地、修炉灶、做木工、做皮靴等劳动生产上，社会就会自然改良，那道横亘在农民与地主之间的“高墙”就会轰然倒塌。这类似于空想社会主义的主张，反映了托尔斯泰精神上不屈不挠的探索，虽然缺乏实现的可能性，但他的“忏悔”还是给社会带来积极进步的影响，有利于提升人们的道德情操与人生价值。

---

① 〔俄〕列夫·托尔斯泰:《列夫·托尔斯泰文集》(第 17 卷)，谢素台译，人民文学出版社，1989，第 60 页。

② 〔俄〕列夫·托尔斯泰:《列夫·托尔斯泰文集》(第 15 卷)，谢素台译，人民文学出版社，1989，第 56 页。

③ 匡兴:《托尔斯泰和他的创作》，北京出版社，1982，第 119 页。

在托尔斯泰死后，忠实的、把毕生精力都献给丈夫的索菲雅夫人非常后悔。她责备自己当时发了疯，而且在她生命垂危时刻主动向她女儿表示忏悔。据亚历山德拉回忆，她母亲很后悔给托尔斯泰造成痛苦，曾经对女儿说："我真以为我那个时候疯了。"而且她在病危时向另一个女儿吐露真情："我知道我是你父亲死亡的原因。我非常后悔。可是我爱他，整整爱了他一辈子，我始终是他的忠实的妻子。"①

托尔斯泰接受了"平等、自由、博爱"的欧洲启蒙主义思潮，强调"道德上的自我完善"，主张人人都应当忏悔，去恶从善，认为这是解救社会苦难的灵丹妙药。托尔斯泰不仅写作影响深远的《忏悔录》，而且把"忏悔意识"融入他小说创作的主人公身上，从《一个地方的早晨》到《复活》等一系列带有强烈自传色彩的作品中，我们看见了许多栩栩如生的忏悔人物形象。《复活》中的聂赫留朵夫是"忏悔贵族"的典型形象，他走的是一条忏悔、救赎的人生之路。聂赫留朵夫为自己在玛丝洛娃身上犯下的罪过而忏悔，通过为玛丝洛娃奔走呼号申冤来赎罪，使他的人性复活，即人性由丧失到复归——改恶从善，善战胜恶。通过这个人物形象，反映了托尔斯泰的博爱观和道德自我完善理论。托尔斯泰通过塑造忏悔人物形象，试图表明：对自己的忏悔是洗刷自己灵魂污垢的最好方式。这无疑是他主张道德自我完善的形象化图解与折射。

托尔斯泰从性恶论立场出发，深刻反省，进而忏悔，再到否定贵族地主腐朽生活，彻底与之决裂。他在《忏悔录》中说："他们过着的并不是生活，只不过类似生活而已。优裕环境使我们失去了理解人生的可能。"② 托尔斯泰受到基督教影响。基督教认为，人们在现实生活中的一切活动都是为了赎罪，只有在现实社会中时时刻刻进行忏悔，死了之后灵魂才能进入天堂。宗教的原罪与救赎观念，给托尔斯泰潜意识的深刻辐射，也成就了他的作品所蕴含的人类普适性情感，使托尔斯泰成为具有世界意义的大作家，闪烁着文艺复兴以来人道主义的精神光芒。《忏悔录》是托尔斯泰世界观完成转变的告白，记录了他精神探索的轨迹，希望实现灵魂的自我拯救。屠格涅夫评论道：托尔斯泰的《忏悔录》是一部"就诚意、真实和说服力

① 张慧珠：《巴金随想论》，百花文艺出版社，1993，第622页。

② 〔英〕艾尔默·莫德：《托尔斯泰传》，宋蜀碧译，北京十月文艺出版社，1984，第401页。

而言都十分出色的作品。”鲁迅认为托尔斯泰的《忏悔录》是“伟哉其自忏之书，心声之洋溢者也”。托尔斯泰对自我毫不留情的解剖，受到进步人士的热切赞颂。

巴金对托尔斯泰的《忏悔录》给予了足够的关注。他曾引用高德曼这位“精神母亲”的话说：“托尔斯泰把人类关系之概念基础在《福音书》之新的解释上面，然而他和现在的基督教是离的很远很远的。”① 而勃兰克斯则说：“现今只有两个伟大的俄国人时时想着俄国民众，而他们的思想又属于人类全体。这两个人便是列夫·托尔斯泰和彼得·克鲁泡特金。”② 对于托尔斯泰来说，他的宗教就是他的道德。他反对政府、暴力，要求人听命于生活的主宰——上帝的旨意。他同情农民的不幸处境，希望能通过自己的行动来改变他的命运。他为贵族在精神上找不到出路而苦恼。这些问题最终在东正教道德强调的博爱、宽恕和忏悔中解决了。《安娜·卡列尼娜》中列文做出挣扎后皈依了上帝。《复活》书名本身就表达了东正教反复阐述的拯救、复活、灵魂升华的主题，卷首还引用了《马太福音》中的四段话，聂赫留朵夫成为忏悔贵族的代名词。③

巴金创作《随想录》，其实是中国的“忏悔录”。他特地写作《再认识托尔斯泰》，为社会上一些不实的对托尔斯泰的咒骂、诬蔑进行辩护。《读者良友》第二卷第一期上，埃·西蒙斯发表《托尔斯泰》，说托尔斯泰是“俄国的西门庆”“酒色财气之及第的浪子”。巴金愤怒地撰文《再认识托尔斯泰》反击，认为“这样的腔调，这样的论断，有一个时期我很熟悉，那就是“文革”中我给关进‘牛棚’的时候。我奇怪，难道又在开托尔斯泰批斗会吗?”巴金在文末给予托尔斯泰高度评价并且论述了托尔斯泰对世人的深远影响。

> 他是十九世纪世界文学的高峰。他是十九世纪全世界的良心。他和我有天渊之隔，然而我也在追求他后半生全力追求的目标：说真话，

① 巴金：《生之忏悔·〈黑暗之势力〉之考察》，《巴金全集》（第12卷），人民文学出版社，1993，第271页。

② 巴金：《巴金译文全集》（第1卷），人民文学出版社，1997，第2页。

③ 贾蕾：《巴金与域外文化》，北京语言大学出版社，2007，第157页。

> 做到言行一致。我知道即使在今天这也还是一条荆棘丛生的羊肠小道。但路总是人走出来的，有人走了，就有了路。托尔斯泰虽然走得很苦，而且付出那样高昂的代价，他都实现了自己多年的心愿。我觉得好像他在路旁树枝上挂起了一盏灯，给我照路，鼓励我向前走，一直走下去。我想，人不能靠说大话、说空话、说假话、说套话过一辈子。还是把托尔斯泰当作一面镜子来照照自己吧。①

托尔斯泰的《忏悔录》是“十九世纪全世界的良心”，卢梭的《忏悔录》是“十八世纪全世界的良心”，两者前后相继，一脉相承。在一定程度上说，巴金的《随想录》就是“二十世纪全世界的良心”。贾植芳先生在《一点记忆一点感想——悼念巴金先生》一文中，认为巴金是在晚年翻译赫尔岑《往事与随想》的启发下，创作了《随想录》，把自己多年的曲折经历和痛苦忏悔写了下来。贾先生深有感触地说：

> 老托尔斯泰说，“人一生的幸福是能为人类写一部书。”我在生命暮年时刻，有幸读到巴金先生用他颤抖的手，蘸着自己的血和泪所写的那部大书——《随想录》——这部在内容和意境上远远超过卢梭的《忏悔录》的巨著，感到无比的慰藉和兴奋。因为我看到了一个灵魂里淌着血的负伤的中国知识分子的形象，它既是中国良心的真实表露，也是人类理性胜利的生动记录。②

三 中国古代忏悔意识的源起与流播

忏悔，原是一种宗教仪式，僧尼道士代人忏悔时念经文，常称为念经拜忏，向神佛表示悔过，请求宽恕。今义的忏悔，是指认识了过去的错误或罪过而感觉痛心。有关中国文化忏悔问题的学术讨论，有两种对立的观点，形成学术争鸣的态势。1920 年 11 月，周作人在北京师范大学演讲时，

① 巴金：《随想录》，作家出版社，2005，第 242 ~ 243 页。

② 巴金，贾植芳等编《我的写作生活》，百花文艺出版社，2006，序言第 2 页。

他在对中俄文学的对比中感觉到："在中国自己谴责的精神极为缺乏。"① 由此形成"忏悔意识缺乏论"。然而，早在1901年，梁启超创作《说悔》，将佛教、基督教与儒家思想皆因忏悔而并举。到了三十年代，张文穆的《行己有耻与悔过自新》从理论上论述了中国忏悔意识。其实，从《诗经》"变风""变雅"，中经司马迁、吴伟业，再到《红楼梦》等知名作家的作品，都渗透了忏悔思想。忏悔意识在中国可谓源远流长，代代传播，沉积在中华民族心里，成为中国传统文化的组成部分。

（一）忏悔源于《论语》内省情结，李杨忏悔母题绵延千余

悔过意识的产生，早于"悔"字产生以前。"禹汤罪己"的历史典故："禹、汤罪己，其兴也悖焉；桀、纣罪人，其亡也忽焉"，就包含真切的悔过意识。远古先民已经朦胧地认识到自己犯了错误，就应该悔过。孔子等儒家先哲主张"内圣外王"中的"内省"，就是中国忏悔意识的雏形。《论语·学而》云："吾日三省吾身：为人谋而不忠乎？与朋友交而不信乎？传不习乎？"也就是说，每日多次反省自己有无过错，以提高自己的道德修养。《论语·述而》云："暴虎冯河，死而无悔者，吾不与也。"《论语·公冶长》云："已矣乎！吾未见能其过而内自讼也。"孔子这些言论要求人们学会"悔过""自讼"。《论语·泰伯》云："鸟之将死，其鸣也哀；人之将死，其言也善。"由于种种原因，有的人临死才良心发现，做出忏悔。

忏悔有两种方法，即事忏与理忏。事忏是通过实际行动来纠正自己的错误。在中国历史上，廉颇可谓"事忏"的光辉典范。司马迁专撰《史记·廉颇蔺相如列传》，廉颇"负荆请罪"，表示忏悔，显示一代大将非凡的胸襟与英雄的气魄。理忏就是自己做错事后，自己说服自己、规范自己，多用于宗教徒心灵洗礼，比如《早晚功课经·邱祖忏悔文》即是理忏的典型。

在中国历史上，皇帝乃"九五至尊"，极少忏悔。唐玄宗的忏悔，缘于错用奸臣李林甫、杨国忠、安禄山；缘于沉湎女色，"爱江山更爱美人"，对杨玉环"三千宠爱在一身"。安史之乱是唐代历史由开元盛世走向衰落的

① 周作人：《文学上的俄国与中国》，《晨报·副刊》1920年11月15日至16日版。

转折点。唐玄宗的忏悔，更直接缘于马嵬坡事变的薄情负盟。护卫将领陈元礼激于义愤，发动兵变，命令士兵乱刀砍死杨国忠，威逼唐玄宗处死杨贵妃。处死心爱的贵妃，实非玄宗本意，确属无奈之举。在西去成都的路上，唐明皇最想保住的是皇位，而军队随时还有哗变的可能，稳定军心是当务之急。恰好此时，成都进贡的春彩十万余匹运到扶风。他命令将春彩全部列于大厅，召集将士们进来，悔从心中来，悲从口中出，痛哭流涕。这是玄宗生平难得的较为深刻的一次忏悔。将士们哪里见过贵为一国之君的皇帝泪流满面的忏悔，不禁甚为感动，誓死效忠皇帝。唐玄宗笼络军心，掌握控制了护卫军，确保政权不被颠覆。

李、杨爱情故事成为后世作家千余年创作的重要题材，最著名当推唐代白居易的《长恨歌》、元代白朴的《梧桐雨》与清初洪昇的《长生殿》。长篇叙事诗《长恨歌》开篇以“汉皇重色思倾国”起笔，点明唐明皇忏悔的缘由。玄宗好色废政，杨妃恃宠而骄，终至引发安史之乱。这是对历史事实的基本概括，也是诗题“长恨”的因由。从杨妃身亡始，诗情即为沉重哀伤的忏悔氛围所笼罩：

> 归来池苑皆依旧，太液芙蓉未央柳。
> 芙蓉如面柳如眉，对此如何不泪垂。
> 春风桃李花开日，秋雨梧桐叶落时。
> 西宫南内多秋草，落叶满阶红不扫。
> 梨园弟子白发新，椒房阿监青娥老。
> 夕殿萤飞思悄然，孤灯挑尽未成眠。
> 迟迟钟鼓初长夜，耿耿星河欲曙天。
> 鸳鸯瓦冷霜华重，翡翠衾寒谁与共？
> 悠悠生死别经年，魂魄不曾来入梦。[①]

君王与爱妃虽然梦想“在天愿作比翼鸟，在地愿为连理枝”。但是此生此世无法实现，只有永难消解的“长恨”了。最末点明全诗的主题：天长

---

① 袁行霈主编《中国文学史》（第二卷），高等教育出版社，1999，第349页。

地久有时尽，此恨绵绵无绝期！唐玄宗的悔恨与天地同在。普天之下怨男痴女从中看到自己的影子，心灵受到震撼。

元朝著名剧作家白朴有感于白居易《长恨歌》中“秋雨梧桐叶落时”一句，抓住“梧桐”一词细节，创作《梧桐雨》。第四折是全剧最精彩部分，写李隆基怀着忏悔之心，追忆过去的月夕花朝。在落叶满阶的气氛中，李隆基做了一个朦朦胧胧的梦，梦中杨玉环请他到长生殿摆宴，不料才说了两句话，梦却被惊醒了。“窗儿外梧桐上雨潇潇”，这雨声紧一阵慢一阵，淅淅沥沥，“一点点滴人心碎”，淋漓尽致地烘托出李隆基悲凉悔过的心境。

康熙剧坛上最成功、最有影响的作品是洪昇的《长生殿》。“纵使元人多院本，勾栏争唱孔洪词。”《长生殿》演的是唐明皇与杨贵妃的历史故事，习称“天宝遗事”。在马嵬坡悲剧《埋玉》一折戏中，陈元礼向唐明皇施压：“臣启陛下：贵妃虽则无罪，国忠实其亲兄，今在陛下左右，军心不安。若军心安，则陛下安，愿乞三思。”安史之乱，国破家亡，缘于唐明皇迷恋杨贵妃，继而重用杨国忠。因此杀杨氏兄妹，以平国人之愤。这就成为唐玄宗深沉忏悔的负罪原因。唐明皇不断地寻找精神救赎的途径与方法，通过为杨贵妃建造道观庙宇、雕刻塑像等方法来减缓内心的痛苦。“只念妃子为国捐躯，无可表白，特敕成都府建庙一座。又选巧手匠人将旃檀雕成妃子像……亲自送入庙中供养。”对于唐明皇来说，只要能赎生前的负情之罪，付出生命也无怨无悔。他甘愿赴杳冥以自赎：

> 【武陵花】只悔仓皇负了卿，负了卿！我独在人间，委实的不愿生。语娉婷，相将早晚伴幽冥。(《闻铃》)
>
> 【五煞】与你同穴葬，做一株冢边连理，化一对墓顶鸳鸯(《哭像》)

最后唐明皇如愿飞升得与杨贵妃相见，亲自说出心中的忏悔：

> 【豆叶黄】乍相逢执手，痛咽难言。想当日玉折香摧，都只为时衰力软，累伊冤惨，尽咱罪愆。到今日满心惭愧，到今日满心惭愧，诉不出相思万万千。

李隆基在马嵬坡事变中，背离了已有的真情轨道，“空做一朝天子，竟成千古忍人。”江山社稷，不属己有，钟情美人又香魂飘散，痛定思痛，终于走上了救赎之路。当然，杨妃也有忏悔精神和负罪意识，也主要表现在马嵬坡事变之后。她的忏悔主要是对国家和民族深怀负罪之感。[①]

《长生殿》将《长恨歌》里无法实现的幻景，化作了幻想中实现了的美好愿望，以精神的“长生”，消解了现实中的“长恨”，重新复兴了晚明尚情思想。

在中国文学史上，许多正直的文人体恤百姓苦难，反观自身奢华，忏悔之情溢于诗文之中。比如白居易的《观刈麦》写了农民在酷热夏天的劳碌，而自己“不事农桑”却拿“三百石”俸禄，到年终还有“余粮”，因而“念此私自愧，尽日不能忘”。欧阳修的《食糟民》体现出了自己罪感的心理：“嗟彼官吏者，其职称长民。衣食不蚕耕，所学义与仁。仁当养人义适宜，言可闻达力可施。上不能宽国之利，下不能饱尔之饥。我饮酒，尔食糟，尔虽不我责，我责何由逃。”这样的词句直接出现在诗中，明白无误地表达了欧阳修恳切的忏悔之情。因而在忏悔意义上重新理解这类诗作，是很有必要的。对整个古代文学而言，这也不失为一个新的诠释视角。[②]

《散家财天赐老生儿》塑造了忏悔的富商形象刘从善，“今日老的为没儿女，不昧神天，回心忏罪。”[③] 刘从善表白内心：“我今日个散钱波把穷民来济，悔罪波将神灵来告：则待要向天公赎买一个儿。”明代凌濛初编撰的《占家财狠婿妒侄，延亲脉孝女藏儿》，以小说形式改编剧本《散家财天赐老生儿》，同样展示了刘从善忏悔的心态与散财自赎的过程。冯梦龙“三言”中的《桂员外途穷忏悔》《蒋兴哥重会珍珠衫》塑造了忏悔商贾。李梦阳是明中叶复古派的开创者，又是自省与自赎的先驱。“于今将四十，始悟昔年非。”这种悟悔之情，在前七子中有普遍性。何景明自省自赎，著有《樊懋昭墓志铭》。王廷相自称“行年四十觉前非”。[④] 后七子继承前七子省

---

① 李振中：《忏悔灵魂的救赎》，《四川戏剧》2007 年第 4 期。

② 杨金文：《忏悔观念与中国文化之悔过精神》，《现代哲学》2007 年第 6 期。

③ 臧晋叔编《元曲选》，中华书局，1979，第 373 页。

④ 王廷相：《王廷相集》，中华书局，2002，第 315 页。

悔精神。谢榛“绿发稍变白，临镜悔已迟”，[①] 吴国伦“皤然悟昔非”[②]，著名学者陈书录先生致力于元明文学商贾忏悔的研究，认为明代复古派如前后七子有自省自悔，革新派如公安派袁中道深受商贾忏悔的影响。徽商吴文明、吴元询等以散财积善的方式自赎，深深打动了袁中道，使他破例为他们立传。袁中道“深自悔恨”，标志着公安派在自省自悔中从性灵张扬、激情狂放的浪漫主义回归到传统的古典美学。[③] 明朝文人们的这种自悔自赎形式，成为明朝文艺启蒙思想的一种标志。袁中道的《心律》、张岱的《自为墓志铭》被学界视为“忏悔录”式作品，而时间上却要比卢梭的《忏悔录》早一百余年。

（二）《西游记》救赎意识浓厚，《红楼梦》忏悔主旨鲜明

《西游记》救赎意识浓厚，具有英雄化与神化色彩。唐僧今生无罪，但前世有宿罪，取得真经后如来解释：“汝前世原是我之二徒，名唤金蝉子，因为汝不听说话，轻慢我之大教，故贬汝之真灵，转生东土。”三个徒弟西游主要是为了赎罪，孙悟空大闹天宫，猪八戒“蟠桃会上酗酒戏了仙娥”，故而“在福灵山云栈洞造业”，沙悟净“因蟠桃会上打碎玻璃盏”而“伤生吃人造业”。他们犯有信仰罪、破坏秩序罪、道德罪和过失罪。这里反复强调的是神的意志，罪主要来自于对“天条”即封建秩序的破坏，赎罪则要求归附秩序和忠诚。救赎形式有堕落、德罚、忏悔、苦行和自新，经受“苦难”则是救赎的途径。《西游记》所代表的民间佛教文化，是乐感文化，反映了对富足自由极乐世界的向往；是外求式救赎，注重感性信仰。[④]

作为明末清初之际的变节“贰臣”吴伟业“自恨枉节”，戴着沉重的精神枷锁，进行心灵的自赎。这位名垂一时的江南才子在崇祯年间中了进士，曾主持湖广乡试，为海内贤大夫领袖。可惜他生不逢时，命途多舛，仕明而明亡，不愿仕清而违心仕清。仕清以后的岁月，便是他内心的良知不断拷问灵魂的忏悔岁月。翻开《梅村家藏稿》后集，触目尽是缠绵入骨的痛

① 谢榛：《谢榛全集校笺》（卷一），江苏古籍出版社，2003，第2页。

② 吴国伦：《甔甀洞稿》卷30，上海古籍出版社，2002，第432页。

③ 陈书录：《商贾的忏悔与元明文人的自赎》，《南京师范大学文学院学报》2007年第3期。

④ 王敏：《〈神曲〉与〈西游记〉救赎意识之比较》，《西安外国语大学学报》2009年第1期。

悔，那铺天盖地的凄怆，如子规啼血，令旁人不忍听闻。如《过淮阴有感》云："浮生所欠止一死，尘世无由识九环。我本淮王旧鸡犬，不随仙去落人间。"只因他"浮生所欠止一死"，他才担当起比死还难受的生之重担。他的满腔悲愤，都从诗里喷薄而出，他的诗里有他的泪痕，有他的血痕。[①] 吴伟业饱含血泪为自己的失节忏悔，但他不是一味贬抑自我，而是靠种种自辩努力坚守自身的道德底线。"（梅村）性至孝，生际鼎革，有亲在，不能不依违顾恋，俯仰身世，每自伤也。"[②] 以"孝"代"忠"，以"情"代"义"，在此，吴伟业未殉国而仕清廷，反而是一种忍辱负重、可以谅解的行为。正是他的忏悔、他的自辩、他引以为耻的"贰臣"遭遇，投射到他的诗歌中，使得其诗流光溢彩，冠绝千古。而我们后人谈起他，更多的是对其诗的赞赏与对其遭遇的嗟叹。可以说，吴伟业用自己的诗歌赢得后世的理解与宽容，这也应该算是他痛苦一生的慰藉。[③]

《红楼梦》的问世掀起了一股"红学"潮流。早在1876年，江顺诒在《谈〈红楼梦〉杂记》一文中就指出它是"作者自道其生平"、"自忏自悔"之作。王国维认为《红楼梦》之精神是"自犯罪，自加罪，自忏悔，自解脱。"[④] 胡适也在《红楼梦考证》中指出，《红楼梦》的忏悔因素颇为明显。鲁迅研究后认为，"据本书自说，则仅乃如实叙写，绝无讥惮，独于自身，深所忏悔。"[⑤] 卢梭于1761年开始写作《忏悔录》，而1763年，也就是他开始创作的第三年曹雪芹就去世了。在一定程度上说，《红楼梦》是中国古代忏悔意识集大成之作。胡适早就认定《红楼梦》是"曹雪芹的自叙传"。因此在某种意义上，《红楼梦》是中国古代社会"忏悔录"的光辉典范之作。

在第一回中，作者自云："今风尘碌碌，一事无成，……实愧则有余，悔又无益，大无可如何之日也！当此日，欲将已往所赖天恩祖德，锦衣纨绔之时，饫甘餍肥之日，背父兄教育之恩，负师友规训之德，以致今日一技无成，半生潦倒之罪，编述一集，以告天下人。知我之负罪固多……"自我忏悔构成曹雪芹写作的原动力，写作又成为曹雪芹自我救赎的契机。

① 陈子展：《中国文学史讲话》，北新书局，1937，第271页。

② 赵尔巽：《清史稿·文苑传》，中华书局，1986，第1356页。

③ 罗燕、周加胜：《沉重枷锁下的心灵自赎》，《黄石理工学院学报》2007年第1期。

④ 一粟编《古典文学研究资料汇编·红楼梦卷》（第一册），中华书局，1980，第252页。

⑤ 鲁迅：《鲁迅全集》（第9册），人民文学出版社，1982，第238页。

《红楼梦》成为中国文学史上第一部以小说形式进行自我解剖的内省文本。曹雪芹编纂书毕，自题一绝："满纸荒唐言，一把辛酸泪"，把"言"与"泪"交织在一起，满纸自怜，"字字看来皆是血"，故脂批曰"情文"。明知其荒谬无用而又不得不以忏悔之心"哭成此书"。这是《红楼梦》写作动机曲折杂难的自我告白。曹雪芹是以小说形式通过想象中的人物的生活思想和感情，来抒发自己的情怀，一方面弥补心理上的悔恨，另一方面又勾勒出个人才情的价值观来对抗甚或颠覆儒家思想。[①] 曹雪芹通过自己"忏悔录"式的书写，为中国封建社会唱响了一曲挽歌。《红楼梦》成为中国封建社会走向灭亡的缩影。

贾宝玉鲜明、强烈的负罪感心理是其形象的一大特征。他自认为"枉入红尘若许年"，因此"自怨自叹，日夜悲号惭愧"，发出了"无才可去补苍天"的感慨。他的自轻自贱就是负罪感心理的流露与表现。贾宝玉奉行"不读圣贤书、不走科举路、不做当官梦"的"三不主义"，但他却深深感到这样做是有负"天恩祖德"的，是对君对父的犯罪，所以郁结于胸的是满腔的负罪感。王蒙认为"整部的《红楼梦》都充满了忏意。"[②] 曹雪芹把这种罪感、忏悔化为创作的动力。他希望通过"编述"自己的"半生潦倒之罪"以自慰、自赎，在"蓬牖茅椽，绳床瓦砾"的处境中提笔直书，希望以此来向国家、向君父负荆请罪。故而贾宝玉表现出来的负罪感心理又表现为一种救赎行为。[③] 曹雪芹借喻荒谬的神话，认定贾宝玉是当年为女娲所遗弃的一块顽石，不能担负起自己应有的使命。第三回贾宝玉刚一出场，作者就进行了辛辣的谴责与嘲讽："纵然生得好皮囊，腹内原来草莽。潦倒不通庶务，愚顽怕读文章；行为偏僻性乖张，哪管世人诽谤。"进而痛心疾首地指责他"富贵不知乐业"，"可怜辜负好时光，于国于家无望。"这番评语形象地再现了对于贾宝玉这一角色鲜明而浓厚的忏悔意识。

著名学者朱寿桐研究后认为，隐现在《红楼梦》前八十回中的浓厚的忏悔情绪，在后续的四十回中便为诸多人事的变故所冲淡、所湮没。这恐怕一是高鹗未能清晰地把握曹雪芹的忏悔主旨，二是毕竟续书作者没有原

---

① 余珍珠：《忏悔与超脱：〈红楼梦〉中的自我书写》，《红楼梦学刊》1997年第1期。

② 王蒙：《双飞翼》，生活·读书·新知三联书店，1996，第1098页。

③ 张乃良：《贾宝玉罪感心理的文化分析》，《南都学坛》2007年第1期。

作者的那种切身体验，即使弄清了原著原旨，谅也不能传达得差强人意。张锦池认定高鹗的续书与原书“在基本思想倾向上却貌合神离”，[①] 从忏悔主旨的贯彻这一角度看去，是颇为贴切的。如果单是刻画一种叛逆性格，许多人都能凭借想象加以组构，但要写出符合原著出语情境的忏悔情绪，则没有类似经历和同等情怀的作者都难以勉强。这也是《红楼梦》续书虽多，却无一能与原著比肩的一个重要原因。[②]

“忏悔”话题为当下我国言语活动中的一种时髦话题，备受学界瞩目。这是因为我国社会正处于急剧转型时期，正在走向市场经济，社会中往往会出现唯利是图、贪污腐化等现象，人们道德信仰遭受危机。“忏悔”成为热门话题，究其本质，是社会大众心理对道德良知和真诚的渴求与期待。在当下社会的环境下，梳理中国古代忏悔意识的缘起与流播，作为现实社会人们心灵的参照与坐标，自然具有积极意义。

四 中国现当代忏悔意识的传播

忏悔意识在中国源远流长，几乎历朝历代都有可歌可泣的忏悔故事。五四新文化运动张扬个性解放，鲁迅与巴金等五四产儿接受并传播忏悔意识。中国现当代文学领域中，阐释忏悔意识的名作数不胜数，彰显着耀眼的人文光芒。“凡是现实的都是合理的，凡是合理的都是现实的。”[③] “忏悔”而今成为伦理学和社会学瞩目的对象，作为一种对真诚与良知的热切渴望，获得世人广泛接受。CCTV－12 中国法制频道很多年以来开辟“忏悔录”节目专栏，一个个忏悔故事震撼人心、启迪人性，这有利于提升中华民族的道德素养与人文情怀。

（一）五四前后思想解放，名家张扬忏悔精神

晚清因马嘉理事件派遣郭嵩焘去英国赔礼，中国第一个士大夫开始踏上外国土地，开始沐浴欧风美雨。传教士纷纷来到中国，带来了基督教。

① 张锦池：《红楼十二论》，天津百花文艺出版社，1982，第 343 页。

② 朱寿桐：《〈红楼梦〉忏悔主旨论》，《海南师范学院学报》2001 年第 2 期。

③ 恩格斯：《费尔巴哈与德国古典哲学的终结》，张仲实译，人民出版社，1957，第 4 页。

西方社会各种思想如潮水一般涌向中国，二十世纪初期至五四运动时期，中国知识分子兴起一股留学浪潮。如巴金 1927 年远赴法国，瞻仰卢梭的石像。卢梭的《忏悔录》给他心灵以启蒙与熏陶。五四时期一代知识分子全方位接受西方文化，试图以之来改造国民性。

五四运动高喊“打倒孔家店”，“重估一切价值”等口号。陈独秀主张：“要把耶稣崇高的、伟大的人格和热烈的、深厚的情感培养在我的血液里，将我们从堕落、冷酷、黑暗、污浊的坑中救起。”① 忏悔意识源于耶稣教的“原罪”，也就是说，五四斗士们希通过忏悔精神来塑造国民的灵魂。陈思和先生在《中国新文学整体观》中认为，中国新文学在否定旧文化的人性桎梏、提倡人性解放和个性自由的同时，还提出了对人的至善至美性的怀疑。忏悔意识还是这种怀疑在人们心理上的表现形式。

鲁迅的《狂人日记》发表于 1918 年，晚于托尔斯泰的《忏悔录》36 年，但它要解决的是谋求民族出路的问题。《狂人日记》被研究者称作“为民族历史而忏悔”。鲁迅曾经坦言：“我知道我自己，我解剖自己并不比解剖别人留情面。”② 在民族危亡时刻，鲁迅要改造国民意识，首先要彻底批判和否定自我。兄弟失和是鲁迅一生永恒的创伤。1925 年冬鲁迅写作小说《弟兄》无情地嘲讽了兄弟的手足之情，这成为现代文学史上有名的公案。小说内容大半属于回忆成分，其实可用回忆文本来表现的。然而作者那时别有伤感，不愿作回忆的文，便做成这样的小说了。这篇小说含有的讽刺的成分少，而抒情的成分多，就是因为有作者本身亲历的事实在内的缘故。”③《伤逝》是鲁迅唯一的一篇表现青年男女婚姻爱情悲剧的小说，洋溢着浓烈的忏悔意识，表现了鲁迅对社会问题的深切关注。早在 1906 年母亲私自把朱安许配给鲁迅作妻。鲁迅说：“这是母亲给我的一件礼物，我只能好好的供养它，爱情是我所不知道的。”④ 当年周作人反对大哥抛弃朱安，但到晚年他不得不承认——母亲做了一件不甚高明的事。⑤ 在旧式社会里，

---

① 陈独秀：《陈独秀文章选编》（上册），上海三联书店，1984，第 485 页。

② 《鲁迅全集》（第 3 卷），人民文学出版社，1981，第 457 页。

③ 《1913～1983 年鲁迅研究学术论著资料汇编》（第 3 卷），中国文联出版公司，1985，第 1223 页。

④ 《鲁迅回忆录》（上册），北京出版社，1999，第 260 页。

⑤ 周作人：《苦茶——周作人回忆录》，兰州敦煌文艺出版社，1995，第 134 页。

女人被封建礼教规范为“从一而终”。鲁迅深知，他一旦休掉了朱安，她便会像回到了家的子君一样，“走进没有墓碑的坟墓”。1925年端午节前后，鲁迅与年龄相差悬殊的许广平确定了恋爱关系。鲁迅与朱安的婚姻长期使他处于情感与理性的冲突与困惑之中。不管是有意还是无意，他把这种深受煎熬的感悟与体验投射或寄寓到了小说《伤逝》的创作过程中。清末民初开始，中国女性解放运动的倡导者都是男性。从这个意义上说，如果“把涓生对子君之悔解释为男性忏悔”，那么《伤逝》的男性忏悔也就是鲁迅的自我反省。[①]《伤逝》的反思中有忏悔，在一定程度上反映了五四时期个性解放，审视新青年一代人的人生与价值观。

郁达夫的小说充满了赤裸裸的灵魂告白与真率忏悔。如《沉沦》写主人公从最初“被窝里的罪恶”，觉得“生了一种怕见人面的心”；到偷看旅馆主人的女儿洗澡，“心里怕得非常，羞得非常”；再到走入歌楼，一步一步走向“沉沦”，忏悔之情越来越浓郁，最后在与青楼女子寻欢之后，强烈自责起来，“你去死罢，你去死罢，你怎么会下流到这种地步。”“我怎么会走上那样的地方去的？我已经变成一个最下等的人了。”卢梭的《忏悔录》也对郁达夫产生了影响，他认为卢梭的著作永远会放射出它的光芒，卢梭因为主张“天赋人权”而屡遭迫害。郁达夫与卢梭一样，追求个性解放。郁达夫从卢梭那里借鉴了西方式的历史忏悔，无情地剖析了当时的病态社会，生动地再现了黑暗腐朽旧中国的青年们在封建势力围剿下的心灵痛苦与堕落之后的忏悔之情。

五四新潮的洗礼，十月革命的影响，使瞿秋白在二十世纪新旧文化撞击中成为中国现代知识分子。他要冲破旧社会的束缚，要做那盗取天火的普罗米修斯，要为解放全中国做出自己应有的贡献。“我将成为什么？盼望我成为人类新文化的胚胎。”他已“不是旧时代之孝子顺孙，而是‘新时代’的活泼稚儿。”[②] 他被捕之后写作《多余的话》“说出真相”。他不怕别人责备与归罪，说出了多年来从事革命斗争的过程中内心的厌倦、困惑、衰惫、敷衍、烦恼。他批判着自己的“文人”习性，清扫着自己的绅士意识，挖掘着自己的“一切种种‘异己的’意识以及最细微的‘异己的情

---

① 秦世琼、胡志明：《从弟兄伤逝看鲁迅小说的忏悔意识》，《沧桑》2009年第1期。

② 《瞿秋白文集·文学编》（第1卷），人民文学出版社，1985，第213页。

感'"，否定自己的"二元人格"，检讨着自己在受到党内批判时曾放弃了独立思考。瞿秋白作为一个书生、文人，如他所"忏悔"的，"不幸被卷进了政治改革"，"根本上我不是一个政治动物。"[①] 革命者瞿秋白在幼年时期的党内遭受过无情打击。他隔膜、苦闷、孤独，疲于应付，希望解脱。在生命的最后时刻，他回顾自己的一生，他不能不悔叹自己从政是一场"历史的误会"。他被逐出中央，不准参加长征，他不能不痛感到自己在惨烈的政治斗争中是"多余"的。于是自嘲、叹惋、懊悔、遗憾自然成了他自我解剖和内心独白的基调。毋庸讳言，《多余的话》就是一部忏悔录。瞿秋白在《〈鲁迅杂感选集〉序言》中曾称鲁迅为"最优秀的最真诚的不肯自己背叛自己的光明理想的知识分子"，"真金不怕火烧，到现在，才知道真正的纯钢是谁"。当他从容就义，用鞠躬尽瘁、死而后已的奋斗诠释着革命时，当我们咀嚼着他那诀别前捧出的一颗"丹柯式"的心，当我们仰望着他用"诚挚隐痛的心灵"点燃的生命巨烛时，我们不能不领悟到，他盛赞鲁迅先生的这些话，却原也是他的自况。[②] 尉健行在秋白诞辰一百周年纪念大会上高度赞扬其革命精神，肯定其革命地位。《多余的话》因其心灵的忏悔，证明了其革命的深刻性和彻底性。

五四运动以后，许多出生于地主和资本家家庭的青年人在新文化思潮启蒙下投身革命，背叛原来的家庭。艾青就是其中的代表。《大堰河——我的保姆》流露出诗人强烈的忏悔情愫。"我是地主的儿子，也是吃了大堰河的奶而长大了的，大堰河的儿子"，"我是地主的儿子，在我吃光了大堰河的奶之后，我被生我的父母领回到自己的家里"。艾青这类知识分子面临着如何解决出身问题和革命阵营的矛盾问题。"吃了大堰河的奶长大"象征着对自己的出身进行了清洗，意味着艾青的血脉中流淌着的是劳动人民的血。艾青说"我等于没有父母……少年时代起，我从美术中寻求安慰。"[③] 很多像艾青一样投入无产阶级阵营的作家，因为出生于地主家庭或资产阶级家庭，而带着深切的"原罪"意识，因而他的文本话语中所表现的"意识形

① 瞿秋白：《瞿秋白自传》，江苏文艺出版社，1996，第179页。

② 刘岸挺：《忏悔的"贵族"，"贵族"的忏悔》，《徐州师范大学学报》2004年第6期。

③ 艾青：《艾青专集》，江苏人民出版社，1982，第13页。

态”情节显得更为热烈，也更为真诚。[①] 诗人在此通过强烈的忏悔抒情，告别“地主”血统，走向革命阵营，证明了其合法的革命身份。

曹禺从小失去母亲，父亲脾气暴躁，他便十分痛恨父亲，又深感背叛父亲的负罪感，这使得曹禺的作品有不少负罪的原色。《雷雨》中周萍饱受周朴园压抑之苦，对父亲充满厌恶与仇视。他与繁漪私通，“爱上了一个他绝不应该爱的女人”，对父亲又深感有罪。周萍乱伦的忏悔是真诚的。周朴园对曾被他爱过又遭他抛弃的侍萍的忏悔情节贯穿全剧始终。周朴园的内疚是通过穿侍萍绣过的衣服，摆放侍萍用过的旧家具，不准家人开窗，深夜凝视侍萍年轻时的照片等一系列生活细节再现出来的。在寻求救赎的道路上，曹禺把目光投向博爱，坚信基督教的博爱精神是人类脱离苦难和罪恶人生的灵丹妙药，是人类的唯一希望。曹禺最后也为周朴园设计了一条由恶向善转化的归途——皈依，引导周朴园从原罪之处走向新生。在序幕和尾声中。周朴园将充满罪恶的周公馆献给了天主教堂，改作教堂的附属医院，看望已痴疯的侍萍和繁漪，在赎罪中度过余生。皈依就意味着忏悔和认罪，灵魂归向上帝，也意味着上帝对其罪恶的赦免。[②] 年轻的曹禺在大学时代就创作了不朽戏剧《雷雨》，用忏悔的方式埋葬了人性的丑恶，张扬着五四时代思想解放的精神，讽喻着世人扬善去恶，求取心灵安宁和平和。

曹禺也受到西方忏悔意识影响，《雷雨》中的周朴园与鲁侍萍僭越阶级差别相爱，犹如基督教《圣经》中的夏娃与亚当偷吃了伊甸园的禁果，犯下了“原罪”。当一切悲剧爆发之后，自杀的自杀，疯癫的疯癫，只留下痛苦的周朴园在心灵深处忏悔。五四时期中国知识分子如陈独秀、李大钊就号召“全民族忏悔”。鲁迅、郭沫若等著名作家在他们作品里都发出了忏悔的声音，这实际是中国儒家道德要求的“内圣”，即心灵反省与完善之传统范式在新的历史时期下的延续。

（二）“文革”造就忏悔的社会基础，当代作家为历史真诚忏悔

十年“文革”，群魔纷飞，是非颠倒，黑白混淆，整个中国成了制造冤、假、错案的大工厂，这就为整个社会营造了浓烈的忏悔氛围，提供了便

① 张仲义：《一部重写的家谱》，《山东电大学报》2008 年第 2 期。

② 王玉华：《曹禺奥尔尼戏剧中的忏悔救赎意识》，《邢台学院学报》2009 年第 1 期。

利的条件。“文革”之后兴起的“伤痕文学”与“反思文学”都充分张扬着浓烈的理性批判精神。作家们用饱含深情的笔调倾诉主人公内心的痛苦和愤懑，如《伤痕》中的王晓华、《班主任》中的谢惠敏都带有忏悔意识。

在新时期文学作品中，张承志小说的特色是忏悔意识鲜明。他从1978年开始写第一篇小说《骑手为什么歌唱母亲》到《阿勒克足球》《白泉》《亮雪》《黑骏马》等，他的忏悔小说呈现出独特的形式——颂赞式的忏悔，即在对人民——母亲歌颂的同时，都或多或少地伴随着忏悔和忏悔意识。对于作家来说，忏悔并不是最终目的，它的出发点和落脚点是为颂赞服务，为颂赞作铺垫，为颂赞锦上添花。张承志笔下的忏悔者多是敢作敢为、知行合一、充满刚性的男人形象。尽管自身的过错往往是不自觉的，是生命结下的苦果，不是有意伤害的行为。但是他们绝不规避过错，真诚地袒露自己的灵魂。因为在他们看来，忏悔是心灵的自我治疗形式，是灵魂重新获得力量的必由之路。只要忏悔者真诚地忏悔，就会被表示谅解，宽恕他们。[①] 从红卫兵到知青的张承志既是那段历史的参与者，同时也是受害者。他让小说主人公做“背弃”后的忏悔。《阿勒克足球》中的黑衣青年因扑火球而牺牲，去得体面，以“死”避开了知青在去留问题上的困境。《黑骏马》中的白音宝力格因不能忍受恋人索米娅的失身也离去得理直气壮。而他在背弃草原数年之后又返回草原去寻找昔日的一切。这不仅是因他旧情难忘，也因在他歉疚、自责的心理中有了一种深切的忏悔意识：曾经养育自己的草原，抚养了自己长大的老奶奶额吉以及深爱的恋人索米娅，这些在他的生命中沉淀下来的对象实际上都在默默无语地鞭挞着他的灵魂，使他无法安于现在的生活状态，时刻提醒着主人公当年的离开是一种忘恩负义的行为。当再次回来面对物是人非的草原，已经死去的奶奶，还有已是人妻的索米娅，“我已经悲恸难禁”，“我从来没有想到荒僻的草原上有这样一个严厉的法庭，在准备着对我的灵魂审判。”[②] 数年后的今天，当他得知索米娅贫穷负重的生活现状，其女儿其其格发育欠缺，这些都让白音宝力格感到自己是这一切不幸的罪源。于是每天都帮索米娅一家干点活，多与

① 贾国宝：《忏悔：张承志小说的一种解读》，《阜阳师范学院学报》2002年第4期。

② 张承志：《老桥》，北京十月文艺出版社，1984，第117页。

索米娅谈谈话，似乎能减轻他心理上的负荷。[①] 索米娅在白音宝力格的忏悔中宽恕前男友的罪责，这是震撼人们心灵的东西，我们在小说中看到了希望的亮光。

陈思和先生研究后指出，人们在“文革”活动中扮演了双重角色，既是参与者，又是受害者。从历史的角度看，从五十年代中期起一次又一次“左”的思潮膨胀，造成了这样一种现象：即使是“文革”中的无辜者，也难以保证在这以前的历史政治运动中始终白璧无瑕。时代造就了一种忏悔心理的社会基础，尤其是在灾难过后，痛定思痛之际。金河的《重逢》、张弦的《记忆》、王蒙的《蝴蝶》、高晓生的《心狱》、巴金的《随想录》等一批作品正是从政治、道德、人性等各个侧面反映出人们对这段历史的反思。[②]“文化大革命”泯灭了人类的良知，践踏了人们的真诚。当沉重的历史成为过去，世人反思往昔的罪责，自然而然，人性中闪光的宽容促使人们从中认识到自己的缺陷，从而改恶扬善，提升道德情感。

王蒙创作《狂欢的季节》以意识流文体书写那个狂热年代一群失意落魄的知识分子在严酷的政治困境中所经受的灵魂挣扎，人格的变形与扭曲。王蒙《杂色》中的主人公曹千里在现实生活中一再地自我否定、自我批判、自我作践，根源于“文化大革命”的红色政治激情之下，以阶级斗争为主的权利结构对知识分子的心灵冲击。王蒙《狂欢的季节》勾画了一代人负罪的灵魂。章婉婉本是编辑部的女秀才，但在“反右”到“文革”那段荒唐年月里，形成了一套“非人”的人生哲学：干革命连脑袋都不要，还要脸？为在“文化大革命”中占得先机，改善自己作为知识分子的弱势地位，她不惜以出卖自己的肉体和灵魂作为代价。她以冷静的可怕的“谈判”方式与丈夫结束了原本和谐美满的婚姻，先是在“反右”中为了“摘帽子”而改嫁给一个参加红军长征的老革命家，后又在“文革”中为了“回城”再一次转嫁给了一个有“暗疾”的革命“造反派”头目。可贵的是，作家并未有意地引导读者去对章婉婉所谓的“道德堕落”进行人身攻击，而是让读者在不经意中跟着作者一道对章婉婉寄以博大的人道主义怜悯。王蒙

---

① 张存霞：《〈黑骏马〉与〈复活〉中忏悔意识的比较》，《牡丹江师范学院学报》2008 年第 5 期。

② 陈思和：《中国新文学整体观》，上海文艺出版社，2001，第 364 页。

让那些“罪人们”的灵魂进行了穷形尽相的表演，上演了一场狂兽性的狂欢节。“天地不仁，以万物为刍狗。”王蒙以悲天悯人的人道主义情怀为那群知识分子，以及那一代人，也为自己做出了一份世纪末拯救国人灵魂的忏悔录。[①] 王蒙这位在1957年因为《组织部新来的年轻人》被打成右派的优秀作家，历尽人间苦难以后，依然焕发出巨大的艺术勇气。反思“文革”，进行灵魂的忏悔，掀起了一朵世纪末思想解放运动的美丽浪花。

作为一种历史现象的绝唱，“忏悔的人”的文学形象在“文化大革命”以后张贤亮的小说里得到过深刻的表现。张贤亮所描写的正是五十年代以后的知识分子，在这些人物心理上，总是自觉或不自觉地表达着某种忏悔意识。《土牢情结》表现了两种忏悔：一种是知识分子石在从“资产阶级知识分子”这个概念的理性把握中认识了自己的“原罪”，由此产生了忏悔，出卖了情人乔安萍；另一种是贯穿全篇的石在对自己曾有过的那种丧失了人格的忏悔，反映了人的个性的复苏，是有其价值的。[②] 张贤亮《青春期》以崭新的“知识考古学”的视角发掘并考察了在那个红色革命时代中整整一代人的“青春”的历史形态。作家一再专用佛家偈语发出浩叹：“人啊，我怎么怜悯你们!”张贤亮作为那一代历史的亲历者向历史提交了一份迟到的、拯救民族灵魂的忏悔录。[③] 张贤亮在《绿化树》中，以章永璘因写了一首歌颂人道主义的诗歌而受到天谴般的惩罚的悲剧，进行自我忏悔与自我作践。我们通过新时期作家们的长篇小说，不难发现，“文化大革命”对现实的人产生深刻的影响：人性的摧残与泯灭，皆是外界压力造成的，这是中华民族前所未有的一场大劫难，主人公的忏悔，表示人性的复苏与觉醒，表示人们正在逐步修复沦丧的道德感与人文情怀。

中国作协主席铁凝在她的文学作品中渗透了浓郁的忏悔意识。生于1957年的铁凝，她的父母在1957年“反右”政治风暴中被作为专政对象，送到“五七干校”劳动改造，她被寄居在北京外婆家里。少年的铁凝作为“另类”女儿，自知有罪，开始忏悔。她在《我的小传》中写道：“由于父母境遇的改变，我开始忏悔。我在日记里忏悔自己每日每时的过错，那既

---

① 李遇春：《世纪末的忏悔》，《小说评论》2009年第1期。

② 陈思和：《中国新文学整体观》，上海文艺出版社，2001，第361～362页。

③ 李遇春：《世纪末的忏悔》，《小说评论》2009年第1期。

是真心实意的忏悔，也是不知不觉的自我表现；我努力认真地用领袖的格言要求自己，那努力里既有自己的热望，也有努力作出的努力。我常常生出一种诉说的渴望，诉说自己对人类大公无私的敬仰，诉说自己那‘私’字一闪念的闪念。只是为了诉说，诉说就是证明。”[①] 铁凝这种“诉说”，就是一种心灵的“忏悔”。在那个政治运动风起云涌的时候，父母被当作专政对象，关进“牛棚”，作为儿女的内心因充满了恐惧而“诉说”。铁凝的长篇小说《玫瑰门》塑造的人物中，有个六岁的女孩叫苏玮，自己给自己召开一个批斗会，假定自己是叛徒、特务、走资派，演绎着一场“自我辩诬”听证会。我们从中可以体悟到，当时政治运动对普通人民影响之深，连一个刚刚上学的小孩子竟也学会做着自我批斗的游戏。“文化大革命”时代造就了中国人的忏悔心理的社会基础。

创作生命力旺盛的女作家铁凝自觉关注女性的生存处境及命运，小说中表现出一种鲜明的忏悔意识。在其作品《大浴女》中得到充分体现，这部作品被搬上银幕，受到社会注目。《大浴女》描写了那个混乱躁动的年代，女主人公尹小跳备尝艰辛的成长过程与情感历程。妹妹尹小帆的死使她判了自己的罪。这使她在以后的成长中变得宽容和忍耐，那种无处不在的罪恶感促成了她无时不在的赎罪欲——为自己、为别人、为周围一切人！这种近乎残忍的自虐救赎方式是沉重和触目惊心的！作品本身呼唤的，是一场心灵的沐浴。主人公赎罪之后，最终拉着自己的手，找到了那曾经失去的“心灵花园”。她剔除了灵魂中动荡不安的成分，消解了一切内心中的对立因素，最终化为一片和谐宁静。[②] 主人公艰辛地走完了自己的赎罪之路，换取了心灵的净化和超越，在忏悔的涅槃之中得到了新生。

第二节　中国的“忏悔录”典型代表作：巴金《随想录》

1770 年，法国大革命的思想先驱、启蒙运动最卓越的代表人物卢梭晚

---

① 铁凝：《铁凝文集》，江苏文艺出版社，1996，第 126 页。

② 史默琳、张洁：《一种方式，两种情怀》，《时代文学》2009 年第 5 期。

年历时四年完成《忏悔录》的创作，把自己偷窃行为与低下情欲等肮脏、丑恶的一面彻底地暴露在世人面前，震动了整个思想界。卢梭因此被誉为“十八世纪全世界的良心”。《忏悔录》被俄国托尔斯泰奉为至宝，“他赞赏卢梭的诚挚与真实。他感到十分亲切的是卢梭的坦率，是卢梭对社会不公平的憎恨和对人的热爱。”① 后来，托尔斯泰也创作《忏悔录》，同样也震惊了全世界，并在各色人种中产生了心灵的触动。

两百多年过去了。卢梭《忏悔录》在东方回音壁上激起了巨大的反响。有一个叫巴金的中国人用自己的良知回应了卢梭。《随想录》是他用颤抖的笔真实地记录了20世纪一个东方知识分子的心路历程，其剖析之真诚、情感之炽热、反思之透彻，为中外文学所罕见。② 巴金“把笔当作手术刀一下一下地割自己的心”，“要拿刀刺进我的心窝”，对于十年“文革”中自己被迫“欠下的债”勇敢地承担起责任，真诚忏悔，震撼人心。《随想录》被誉为中国的“忏悔录”。

一 忏悔意识表现：自我解剖与自我反省

《随想录》历时“八年抗战”才完成，共一百五十篇文章，每篇文章都含有巴金某些经历，绝大部分是“文革”十年噩梦的屈辱体受。贯穿《随想录》的基调是忏悔与控诉。作家巴金与卢梭、托尔斯泰一样，不断地解剖自己，拷问自己的灵魂，忏悔自己过去的缺陷，勇于暴露自己往昔的污垢，真诚坦荡，浩气长存。

巴金在“文革”初期就受到冲击，被关进“牛棚”。在这场浩劫中，巴金像千千万万受害者一样，无法幸免于难。在《怀念萧珊》一文里，巴金深情地回忆起“文革”受尽的磨难：

> 在我靠边的几年中间，我所受到的精神折磨她也同样受到。但是我并未挨过打，她却挨了“北京来的红卫兵”的铜头皮带，留在她左眼上的黑圈好几天以后才褪尽。她挨打只是为了保护我，她看见那些

① 〔法〕卢梭：《忏悔录》，陈筱卿译，中国书籍出版社，2005，译本序第5页。

② 四川作家协会编著《论巴金》，四川人民出版社，2003，第494页。

> 年轻人深夜闯进来，害怕他们把我揪走，便溜出大门，到对面派出所去，请民警同志出来干预。那里只有一个人值班，不敢管。当着民警的面，她被他们用铜头皮带狠狠抽了一下，给押了回来，同我一起关在马桶间。[①]

这是全国红卫兵“战绩”的一个缩影。巴金被抄家、遭毒打，只是“文革”的一个侧面。批斗以后巴金被送进五七干校进行劳动改造。五七干校人为制造出艰苦的生活，“牛鬼蛇神”在这里接受“无产阶级文化教育”，劳动强度大，饮食量自然增大，但是干校限制五七战士的伙食费用，理由简单得很：吃好了，就会滋长资产阶级思想。五七干校类似于现在改造犯人的农场，严加管束，不给人身自由，而且泯灭人性、毫不留情。在爱妻萧珊身患重病期间，巴金正在五七干校进行“思想改造”，极力争取回家照顾妻子的机会，却被严词拒绝。

> 我休假回家期满了，我又请过两次假，留在家里照顾病人。最多也不到一个月。我看见她病情日趋严重，实在不愿意把她丢开不管，我要求延长假期的时候，我们那个单位的一个“工宣队”头头逼着我第二天就回干校去。我回到家里，她问起来，我无法隐瞒。她叹了一口气，说：“你放心去吧。”她把脸掉过去，不让我看她。我女儿、女婿看到这种情景，自告奋勇跑到巨鹿路向那位“工宣队”头头解释，希望同意我在市区多留些日子照顾病人。可是那头头“执法如山”，还说：他不是医生，留在家里，有什么用！“留在家里对他改造不利！”他们气愤地回到家中，只说机关不同意。后来才对我传达了这句“名言”。我还能讲什么呢？明天回干校去！[②]

干校的办校宗旨是劳动改造、劳动生产。王洪文公开宣言：不听话的统统把他们送到五七干校去劳动。五七干校成为造反派排斥异己、进行打击报复的大好舞台。

---

① 巴金：《随想录》，作家出版社，2005，第9页。

② 巴金：《随想录》，作家出版社，2005，第11页。

从1957年“反右”到1976年“四人帮”垮台的二十年间，政治运动一浪高过一浪。尤其在“文革”中大批作家作品被批为“毒草”而惨遭“拔除”。中国文化遭到了前所未有的毁损。巴金在《十年一梦》中正视了这场民族劫难中所表现的灵魂弱点，代表中华民族进行彻底的忏悔——中国人在十年“文革”中表现出深深的奴隶意识。

晚清著名翻译家林纾翻译英国小说《十字军英雄记》，书中有句传世名言：“奴在身者，其人可怜；奴在心者，其人可鄙。”巴金少年时代读过这部小说，终生不能忘记的这句名言，竟然成了他“文革”中自身的写照。

1968年，“文革”开始，巴金在同年8月进入“牛棚”。刚刚代表中国作家出席亚非会议之后，便大祸临头了。上海作协挂出了“彻底打倒上海文艺界的黑老K——巴金”、“彻底批判邪书十四卷——《巴金文集》”等几条黑体字大标语。《解放日报》先后发表批判《灭亡》和《我们会见了彭德怀司令员》的文章，大街小巷出现了“打巴专栏”“打巴小组”。《文汇报》第三版“彻底揭露巴金的反革命真面目”的大标题赫然在目，“老牌的无政府主义者”“蒋家王朝的辩护士”“反党反社会主义急先锋”“打倒巴金的黑后台”四个小标题触目惊心。这篇由两位工人作家署名的大块文章，像一根大棒击在巴金头上，他感到眩晕。根据张春桥、姚文元、徐景贤等人的“指示”，上海作协成立了“打巴小组”。“打巴小组”提出：召开“打倒反动学术权威巴金电视斗争大会”，以进一步“深入开展革命大批判”，肃清“文艺黑线的流毒”。徐景贤对“打巴小组”的报告做出批示：（一）同意在6月20日召开电视斗争会；（二）斗争会名称中的“打倒”改为“斗倒”“批臭”，因为“打倒容易”，“斗倒、批臭”不易；（三）请报纸事先制造一定的舆论；（四）对巴金不能停留在“反动学术权威”上，要把他作为无产阶级专政的死敌；（五）请做好电视观众的组织工作。[①]《文汇报》《解放日报》纷纷响应号召，上海作协赶印《彻底打倒无产阶级专政的死敌巴金》专辑，以六万余字篇幅刊登九篇“大批判文章”。电视批斗会上，“杂技场的舞台是圆形的，人站在那里挨斗，好像四面八方高举的拳头都对着你，你找不到一个藏身的地方，相当可怕”。这就是巴金对杂技场批斗的印象。

① 张英：《巴金在“文革”中》，《东方纪事》1988年第6期。

工农兵和文艺界“代表”的发言激昂，会场不时响起“打倒巴金!”的口号声。电视作为一种传播媒介，在当时还只限于少数大城市，因此，有幸目睹批斗巴金实况的人并不多。报纸大张旗鼓地宣传，通过文字把局限在上海市的斗争会情况传播到了全中国、全世界。①

在赤裸裸的暴力下，巴金“自觉”地成为一个非常可悲的奴隶，精神麻木，丧失了独立思考的能力。当时的巴金被批斗的时候，想到自己是在官僚地主的家庭里长大的，受到了旧社会、旧家庭各式各样的教育，很有可能用封建地主的眼光看人看事，竟然越想越觉得“造反派”有理，越想越觉得自己有罪。说他是地主阶级的“孝子贤孙”，他承认；说他写《激流》是在为地主阶级树碑立传，他也承认；1970 年在农村“三秋”劳动，他被揪到田间地头，同当地地主一起挨斗，他也低头认罪；他想他一直到二十三岁都是靠老家养活，吃饭的钱都是农民的血汗，挨批挨斗有什么不可以！一切的一切，巴金都被彻底“洗脑”服罪，成为一个地地道道的十足的奴隶。在革命的大洪流里，群情激昂的“革命群众”与红卫兵热血沸腾，“打倒巴金”口号惊天动地，千军万马奔腾之势不可阻挡。这时候巴金竟然也高举右手响应，真心表示自己愿意让“革命人士”彻底打倒自己，以便从头做起，重新做人。巴金发誓要自我改造、洗心革面，经得住“革命”的考验。每次批斗之后，“造反派”照旧要他写“思想汇报”。巴金十分疲倦，很想休息的时候，一听说马上要交卷，就立即振作精神，认真汇报自己的思想，总是承认批判的发言打中了他的要害。批斗真是为了挽救自己，“造反派”是他的大救星：只求给他一条生路。巴金写作学习毛主席《讲话》的“思想汇报”，得到造反派头头的大力表扬，把“思想汇报”挂出来，加上按语说他有认罪服罪，向人民靠拢的诚意。在《十年一梦》中，巴金总结他在“文革”中的心态是：

“我仍然按时写《思想汇报》，引用‘最高指示’痛骂自己。但是自己的思想暗暗地、慢慢地在进行大转弯。我又有了新的发现：我就是‘奴在心者’，而且是死心塌地的精神奴隶。”② 这应中那句“奴在心者，其人可鄙”的名言，巴金勇敢暴露自己的鄙陋与麻木。这是巴金在“文革”中的

---

① 李存光：《巴金评传》，中国社会出版社，2006，第 165 ~ 167 页。

② 巴金：《随想录》，作家出版社，2005，第 184 页。

真实形象，让今天的人们不可理喻，真有点啼笑皆非之感，荒谬、愚昧、无知，也是可笑、可叹、可悲的，这是中华民族在“文革”时期的一个缩影。巴金的忏悔，在一定程度上是代表全中国人的忏悔——长期的封建专制、严酷的封建统治、倡导的奴化思想教育，我国历代知识分子一直承载着历史重负，严重地存在“奴在心者”的依附别人的奴隶意识。正是这种“奴在心”的附庸心理，使我国的知识分子从思想上、自我意识和价值追求上解除了人格独立的精神武装，抛弃了人格独立的追求。巴金不但身体力行地高举反封建旗帜，而且对“奴在心”的意识作了最深刻最彻底的反思，自觉与这种附庸意识决裂，为我国当代知识分子抛弃“奴在心”意识树立了一面光荣的旗帜和卓越的风范。这是巴金经历了“文化大革命”的历史悲剧才完成的一项历史性的飞跃。[①] 忏悔意识是《随想录》表现出来的思想境界，使人“高山仰止”的感情油然而生，著名学者王尧认为，《随想录》的经典性就在于它是“20 世纪中国知识分子的心灵史”。[②]

巴金在“牛棚”的日子里，夜晚只能服用眠尔通才能睡几个小时，由此可以想象到他心里经受了何等的煎熬！听见捶门声就浑身发抖。红卫兵一批接一批跑到巴金家里，起初翻墙入内，后来是大摇大摆地敲门进来，凡是不曾贴上封条的东西，他们随意取用。晚上来，白天也来。夜深了，巴金疲苦不堪，还得低声下气，哀求“红小鬼”早些离开！精神上无尽无止的折磨，使得巴金完全“失掉了自己”，死心塌地做起“奴隶”来。

> 从一九六七年起我的精神面貌完全不同了。我把自己心灵上过去积累起来的东西丢得一干二净。我张开胸膛无条件地接收“造反派”的一切“指示”。我自己后来分析说，我入了迷，中了催眠术。其实我还挖得不深。在那两年中间我虔诚地膜拜神明的时候，我的耳边时时都有一种仁慈的声音：你信神你一家人就有救了。原来我脑子里始终保持活命哲学。就是在入迷的时候，我还受着活命思想的指导。[③]

---

① 李方平：《〈随想录〉与中国知识分子的人格独立》，《青大师院学报》1996 年第 4 期。

② 王尧：《乡关何处：20 世纪中国散文的文化精神》，东方出版社，1996，第 6 页。

③ 巴金：《随想录》，作家出版社，2005，第 185 页。

巴金的忏悔与反省大体就是这样两类：一类是喝了“迷魂汤”，中了“催眠术”，迷信“神”，成为十足的精神奴隶，失去了一个正常人的理性思维。另一类是为了自保，始终保持“活命哲学”，在胡风等一系列事件上，巴金为了“过关”，违心地“表态”，“昧着良心说谎话”，失掉了“做人”的资格，真正变成“牛鬼蛇神”。

1969 年以后，“迷药的效力逐渐减弱”。巴金慢慢看出那些“革命左派”的破绽，原来这是一场“大骗局”！——“把我们当作奴隶，在我们面前挥舞皮鞭的人其实是空无所有，他们并不知道自己的明天。”“造反派”“工宣队”“军代表”们的一言一行，被巴金看在眼里，听在耳里，记在心上。但巴金思想在变、内心在变。巴金已经觉醒过来了，不再是“奴在心者”了。他开始感觉到做一个“奴在心者”，是多么可鄙的事情。这是巴金真诚的忏悔，感到“可鄙”，这使《十年一梦》进一步完成了由“奴在心者”向自我觉醒的飞跃。

这次飞跃境界迥异。外表上巴金并没有改变，低头沉默，“认罪服罪”。但他已经清醒地识破了这场大骗局。吃惊、痛苦、幻灭充溢巴金的心头，“文革”骗局浪费了多少中华儿女宝贵的时光啊。巴金渐渐脱离“奴在心者”的精神境界，又回到“奴在身者”的状态。原因在于，巴金不是服从“道理”，而仅仅是屈服于权势，在武力之下低头，靠说假话过日子。同样是活命哲学，从前是：只求给我一条生路；如今是：我一定要活下去，看你们怎样收场！巴金又记起 1966 年“文革”刚刚开始时与夫人萧珊互相鼓舞的话语：坚持下去就是胜利。

“四人帮”垮台了，巴金又重新找回了自己。找回自己也不是一下就能办到的事。就在他开始写《随想录》的时候，那多年来灌在头脑里的“迷信”意识，还常会在不知不觉中流露出来，靠着“独立思考”这个武器，他的认识一天天加深；从否定“文革”，到否定一切形式的“心灵专政”；从清算“四人帮”，到清除个人迷信……他找回的“自己”，已经不是“十七年”前那个仅仅呼唤“勇气和责任心”的巴金了。[①] 因为巴金能用自己的思想思考。我还能说自己的话，写自己的文章。“我不再是‘奴在心者’，

① 谭兴国：《走进巴金的世界》，四川文艺出版社，2003，第 389 页。

也不再是‘奴在身者’。我是我自己。我又回到我自己身上了。”

十年“文革”，可怕的噩梦。“文化大革命”扭曲了中国人的灵魂，使中国人沉沦，变为“吃人”的魔鬼和野兽。野蛮相逼，人人沦为“精神奴隶”。巴金的笔是解剖刀，对自己在“文革”中的“奴隶”面貌，表现出深刻的自责与忏悔，艰难而又坚定地打碎了“奴在心者”的精神枷锁。《随想录》是比卢梭的《忏悔录》更深层次解剖自己心灵的作品，在某种程度上，典型地代表了中华民族历经十年劫难的自我觉醒，是中国人民在二十世纪八十年代改革开放新时期思想解放运动的重要组成部分。摆脱奴隶哲学，重建知识分子的人格精神，仍是当前中国知识分子的迫切任务。巴金不止一次地发出质疑：人为什么会变成兽？人是怎样变成兽的？这种质疑是值得中华民族深思的。

《小狗包弟》虽然只是一条小狗的悲惨故事，但却牵动了无数人的心。作为把“文革”初期那种人人都诚惶诚恐的气氛和冷漠、凶残、疯狂、绝灭人性的生存环境，活生生地呈现在读者面前的作品，无论从思想的深度还是从艺术的感染力看，它都是散文创作中难得的珍品。[①]《小狗包弟》的忏悔意识撼人心肺。它是从一个特殊角度来表现作家严于剖析自己的精神，并表达心灵的自责。此文开篇写了一个艺术家与一条小狗的故事。“文革”期间，大大小小城市武斗成风，各地各处充斥着恐怖。艺术家害怕起来，就逃到别处躲了一段时间。但因为“里通外国”之罪，还是让红卫兵从外地揪回来批斗，处境悲惨之极：

> 是个反革命，批他，斗他，他不承认，就痛打，拳打脚踢，棍棒齐下。不但头破血流，一条腿也给打断了。批斗结束，他走不动，让专政队拖着游街示众，衣服撕破了，满身是血和泥土，口里发出叫唤。[②]

巴金通过这段文字，不禁让人胆战心寒。在那个灭绝人性的时代，人间的情感被暴力扫荡得一干二净。艺术家身处绝境，被人们视为瘟疫，看见艺术家半死不活的惨象，掉头开溜，纷纷躲避。然而忠诚于主人的小狗

---

① 谭兴国：《走进巴金的世界》，四川文艺出版社，2003，第386～387页。

② 巴金：《随想录》，作家出版社，2005，第93页。

却是人间截然相反的一副姿态：

> 忽然一只小狗从人丛中跑出来，非常高兴地朝他奔去。它亲热地叫着，扑到他跟前，到处闻闻，用舌头舔舔，用脚爪在他的身上抚摸。别人赶它走，用脚踢，拿棒打，都没有用，它一定要留在它的朋友身边。最后专政队用大棒打断了小狗的后腿，它发出几声哀叫，痛苦地拖着伤残的身子走开了。地上添了血迹，艺术家的破衣上留了几处狗爪印。

“文革”劫难，人兽异化，“牛棚”林立，虎狼肆虐，以整人为乐，无数善良的人们在“中国特色的酷刑”——“触皮肉”与“触灵魂”、“下油锅”与“上刀山”等酷刑的残酷折磨下致残致死。艺术家惨遭毒打，连一条小狗也不放过，给打坏以后，回到家里，什么也不吃，哀叫了三天就死了，巴金用“小狗”作为非人年代的参照物——小狗对主人以死相报的忠诚与情义，反衬人世间的冷酷与残暴。从一个特殊的角度即小狗在“文革”中被暴力打死的悲惨命运，来表达作家对“文革”的血雨腥风的严正抗议与严厉控诉。

《小狗包弟》采用了类比手法，巴金由这个故事联想到他的小狗包弟，那是朋友唐弢调往北京时送给他的一条日本种黄毛小狗。这条宠物狗非常招人喜爱，有一种非凡的本领：它有什么要求时就立起身子，把两只脚并在一起不停地作揖。小狗包弟在巴金家一养就是七个年头，与主人建立了亲密无间的感情：包弟每天清早守在房门口等候主人起床出来，天天这样，从不厌倦。小狗包弟给主人一家带来无限的欢乐。主人在客房里接待客人或者同老朋友聊天，它会进来作几个揖，讨糖果吃，引起客人发笑。它看见萧珊，不住地摇头摆尾，非常高兴、亲热的样子。

“文革”的风暴袭来，小狗包弟由家中宠物变成了沉重的包袱。因为巴金听见包弟尖声吠叫就胆战心惊，害怕这种叫声会把红卫兵引到家里来。作家看见隔壁邻居被抄家，一些人在大声叱骂，一些人摔破坛坛罐罐，那情景实在可怕。十多天无法入眠，思来想去，还是与夫人商量，请大妹妹把小狗包弟送到医院由科研人员拿来做实验用。

> 包弟送走后，我下班回家，听不见狗叫声，看不见包弟向我作揖、跟着我进屋。我反而感到轻松，真有一种甩掉包袱的感觉。但是在我吞了两片眠尔通、上来许久还不能入睡的时候，我不由自主地想到了包弟。想来想去，我又觉得我不但不曾甩掉什么，反而背上了更加沉重的包袱。在我眼前出现的不是摇头摇尾、连连作揖的小狗，而是躺在解剖桌上给割开肚皮的包弟。我再往下想，不仅是小狗包弟，连我自己也在受解剖。不能保护一条小狗，我感到羞耻；为了想保全自己，我把包弟送到解剖桌上，我瞧不起自己，我不能原谅自己！我就这样可耻地开始了“文革”中逆来顺受的苦难生活。一方面责备自己，另一方面又想保全自己，不要让一家人跟自己一起堕入地狱。我自己终于也变成了包弟，没有死在解剖桌上，倒是我的幸运。……①

邻居家的小狗被专政队打断了腿不食而死，小狗包弟则被送上解剖实验台。“文革”中惨遭迫害的艺术家所“认识的人看见半死不活的他都掉开头去”，“私心”在作怪，明哲保身；巴金为包弟向他作揖讨东西吃，他却不能保护它而暗暗流泪，最终被为了保全一家人的安宁的“私心”所驱使，把包弟推上了手术台。在那个没有人性的令人战栗的岁月，巴金因包弟的死严加谴责自己，“不能保护一条小狗，我感到羞耻”，“我瞧不起自己，我不能原谅自己”。巴金将自身的软弱和精神上的缺陷像《忏悔录》一样，暴露在光天化日之下，深刻反省自己、深刻批判自己。忏悔自责之情，令人感佩不已。

十三四年过去了，1980 年，巴金依然不能忘记惨死的包弟。“我好像做了一场大梦。满园的创伤使我的心仿佛又给放在油锅里煎熬。这样的煎熬是不会有终结的，除非我给自己过去十年的苦难生活作了总结，还清了心灵上的欠债。”我们由此可知，巴金的忏悔之情是真真切切的。此文运用类比手法，深刻剖析自己，以小狗包弟被作家送死，更能深层次地再现“人兽不分”的“文革”时代对社会危害之烈的程度，不要说是人，连一条家畜也未能幸免。巴金的自我解剖刀法准确，一丝不苟地直刺他身上的所有

---

① 巴金：《随想录》，作家出版社，2005，第 94 ~ 95 页。

病痛之处，而且聚精会神地把自己的病根挖出来。巴金把“文革”期间出现的非常普遍的社会现象，从思想家的角度，从解剖社会现象和自我解剖中加以说明，为在人们思想上的“拨乱反正”清除尘埃。[①]

“思想汇报”和“思想检查”是“文革”法西斯势力惯用的伎俩，赤裸裸的暴力如抄家、罚跪、批斗、游行示众，关“牛棚”等种种手段全部用上，强迫受害者承认自己“有罪”，还要受害者感谢造反派，感谢他们对他的挽救。在这种严酷的政治斗争形势下，正直善良的人们为了躲过一场场风暴的袭击，很少有人敢站出来说真话，为蒙难者申冤。相反，为了明哲保身他们装哑装糊涂，掩盖真相，甚至写违心的“揭发材料”，充当造反派的帮凶。

满涛被定为“胡风分子”在五七干校接受劳动改造。“文革”期间遭受迫害，他任劳任怨接受“组织”对他的“挽救”“改造”，表现良好。学习组长看见满涛工作积极，想给他摘掉“胡风分子”的帽子，就打了报告到上级机关去请示。万万想不到反而被上级加了一顶“反革命”帽子。这已是“文革”接近尾声的1976年7月，也是“四人帮”最猖獗的时候，做垂死挣扎的时候。负责人不敢再打报告上去说明原意，或者要求宽大。于是大家将错就错，让满涛一夜之间被平白无故地给剥夺了一切政治权利。

巴金与满涛有几十年交情，早在1940年主持文化生活出版社时，经李健吾介绍，巴金主编的《丛书》就收录了满涛翻译的契诃夫《樱桃园》的译稿。在满涛冤案问题上，巴金却明哲保身，表现出了可怕的沉默：

> 据某某机关说这顶“反革命”帽子是张春桥领导的十人小组给戴上的，不能变动。应当拿他当反革命分子看待，剥夺他的政治权利，这真是一个晴天霹雳！我一下子发愣了。哪里会有这种道理？二十年很好表现挽来一顶“反革命”的帽子，就只因为当初给张春桥领导的小组定成“胡风分子”。我又想：满涛怎么受得了?！然而没有人出来表达意见。我那时还是一个不戴帽子的“反革命”，虽然已经有自己的看法，但是在学习会上心惊肉跳，坐立不安，只想如何保全自己，不敢讲一句真话。而且我知道我们的学习组长的想法不会跟我相差多远，

---

① 张慧珠：《巴金随想论》，百花文艺出版社，1993，第186～187页。

即使是他，他也不敢公开怀疑某某机关的解释。①

巴金在《怀念满涛同志》中表示了深深的忏悔之情。在他看来，如果当初有责任心，能够丢开“明哲保身”的古训，用认真负责的态度为满涛同志申辩几句，也许就会使富有正义感的学习组长有了支撑的后盾，满涛案件“可能改换一个面目”。巴金谴责自己“不声不响，又似怪非怪”。当时巴金正在翻译赫尔岑的《回忆录》，书中也有类似“文革”的记载，可见“四人帮”干的是沙皇干惯了的事情。在那个非人岁月，包括巴金在内没有一个人敢出来发表不同意见，讲讲道理，都丧失了理智。

满涛冤案真是离奇而又荒唐，然而对满涛的迫害并未就此止步。毛主席去世吊唁活动之后，学习组长宣布要开批判满涛翻案的会议。原因是参加毛主席吊唁时，工宣队老师傅监督并训话，满涛当时就说他“不是反革命分子，不会乱说乱动”。这便构成他翻案的罪行。巴金对此出离愤怒，然而为了避免引火烧身，他依然是装聋卖傻。巴金在内心深处不停地鞭打自己的灵魂，表现出强烈的自责感：

这样荒唐的逻辑，这样奇怪的法律，我太熟悉了！造反派使我有了够多的经验，我当然不会再相信他们。但是我仍然一声不响，埋着头装着若无其事的样子，实际上暗暗地用全力按捺住心中的不平，唯恐暴露了自己，引火烧身。我只是小心地保护自己，一点也未尽到作为一个作家、作为一个普遍人所应尽的职责。幸而下一个月，“四人帮”就给粉碎了，否则谁知道以后会发生什么样的事情。②

二十年间政治风波浪费了满涛多少宝贵的时间？契诃夫、果戈理、别林斯基等作家的名作还在等待他去翻译。然而两年之后，满涛含冤去世。追悼会也就是平反会。1978 年 12 月一个卓越的翻译家离开了这个带给他多灾多难的世界。巴金在追悼会上，忏悔之情升至极限：

---

① 巴金：《随想录》，作家出版社，2005，第 218 页。

② 巴金：《随想录》，作家出版社，2005，第 219 页。

> 在灵堂内外我没有讲一句话。肃立在灵前默哀的时候，我仿佛看见满涛同志笑脸相迎的情景。望着他的遗像，我感到惭愧。我想人都是要死的，人的最大不幸就是活着不能多做自己想做的工作。满涛同志遭遇不幸的时候，我没有支持他，没有出来说一句公道话，只是冷眼旁观，对他的不幸我不能说毫无个人责任。

在那个特定的历史环境里，巴金自家性命难保，客观上也容不得他顾及他人。然而巴金却真诚忏悔，从道义上主动去承担责任。巴金因为没有能够出力保护受害的知识分子满涛而深深地愧悔。但对叶以群之死，巴金的忏悔就不仅仅停留在道义层面上，而是客观理性层面，因为他做出了实际行动，他被迫参加了批斗叶以群的大会，也被迫高呼“打倒叶以群”。

在批斗大会上，创作组组长是一位工人作家，有一点名气，以前看见巴金还客客气气打招呼，现在见面几次非常冷淡，与巴金“划清界限”了。开会的大厅挂满了大字报，每一张都是杀气腾腾，绝大多数是针对叶以群、孔罗荪两人的，好像全是判决书。也有针对 1962 年上海二次文代会上巴金发言的大字报，措辞很严厉，使他不敢看下去。巴金走进大厅，仿佛进了阎王殿。巴金在《二十年前》中写道：

> 我七日到组学习，十日下午便在机关参加批判以群的大会，发言人没头没脑地大骂一通，说以群“自绝于人民”，听口气好像以群不在人世，可是上月底我还瞥见他坐在这个大厅里埋着头记笔记。总之不管他是死是活，主持大会的几个头头也不向群众作任何解释，反正大家都顺从地举手表示拥护，而且做得慷慨激昂。我坐在大厅里什么也不敢想，只是跟着人们举手，跟着人们连声高呼“打倒叶以群!”我注意的是不要让人们看出我的紧张，不要让人们想起以群是我的朋友。①

在批判叶以群反党反社会主义罪行大会上，巴金为了保护自己，跟着别人盲目高呼口号，“一致表示极大愤慨”。在暴风骤雨的攻击下，1966 年

---

① 巴金：《随想录》，作家出版社，2005，第 392 页。

8月2日上午，叶以群跳楼自杀。为了活命，哪管牺牲朋友？“文革”期间人性泯灭，良知沦丧；起先打倒别人，后来打倒自己。就在这个大厅里，两个月后，巴金也跟着人高呼“打倒反党反社会主义分子巴金”。

二十年后的1986年，巴金已经写作《随想录》的第146篇文章《怀念满涛同志》，接近《随想录》尾声。但是巴金仍然不放过自己，用解剖刀来解剖自己：

> 想想可笑，其实可耻！甚至在我甘心彻底否定自己的时候，我也有两三次自问过：我们的文化传统到哪里去了？我们究竟有没有友情？我们究竟要不要真实？为什么人们不先弄清是非，然后出来表态？不用说我不会得到答复。今天我也常问：为什么那些年冤假错案会那么多？同样也没有人给我回答。[①]

巴金用“可耻”一词来评价自己在“文革”中的表现，可谓振聋发聩。《随想录》的许多篇幅，都探索了“‘文革’究竟是怎样开始的？人又是怎样变成‘兽’的？”这其实是文学作品中具有经典意义的老问题，即“谁之罪？”和“怎么办？”在特定时代的新提问的一部分。巴金的回答和解释是独特的、有说服力的。因为他的解剖刀不仅直接指向社会生活中的封建残余，而且在更多的时候和更多地方加诸自身，他常常是通过解剖自己来寻求答案。《随想录》处处搏动着的那颗特别真诚的赤子之心，丝毫未加遮盖的灵魂的袒露，以及这袒露中的觉醒所具有的启蒙意义，又使他达到一再被他提到的卢梭《忏悔录》的忏悔境界。说这是这位举世瞩目的老作家在漫长的文学道路上行将耸立起来的一块新的巨大界碑，大概并不算过分的。[②]

巴金在“文革”前后遭受过许多荒谬的批判，真正到了“妻亡子散”的惨痛境地。他是一个十足的受害者、受难者，他应该有充分理由在“文革”复出后去控诉别人，去批判别人，为自己蒙受巨大的灾难鸣冤叫屈。然而巴金恰恰相反，他站在大山的峰顶上沉思这场民族劫难，用解剖刀无

① 巴金：《随想录》，作家出版社，2005，第393页。

② 楼肇明：《搏动着赤子之心的诗篇——读巴金〈随想录〉一、二集》，《当代》1981年第4期。

情地解剖自己、真诚地忏悔，其海纳百川的博大胸怀让中国人无不为之动容。楼肇明先生认为《随想录》是中国的《忏悔录》，是名副其实的见地。巴金在五卷本《随想录·合订本新记》中道出自己忏悔的心声：

> 千言万语，不知从何说起。一百五十篇长短文章全是小人物的喜怒哀乐，自己说是“无力的叫喊”。其实大都是不曾愈合的伤口出来的脓血。我挤出他们不是为了消磨时间，我想减轻自己的痛苦。写第一篇“随想”，我拿起笔并不感到沉重。我在写作中不断探索，在探索中逐渐认识自己。为了认识自己才不得不解剖自己。本来想减轻痛苦，以为解剖自己是轻而易举的事，可是把笔当作手术刀一下一下割自己的心，我却显得十分笨拙。我下不了手，因为我感到剧痛。我常说对自己应当严格，然而要拿刀刺进我的心窝，我的手软了。我不敢往深处刺。五卷书上每篇每页满是血迹，但更多的却是十年的创伤的脓血。我知道不把脓血弄干净，它就会毒害全身。我也知道：不仅是我，许多人的伤口都淌着这样的脓血。我们有共同的遭遇，也有同样的命运。不用我担心，我没有做好的事情，别的人会出来完成。解剖自己，我挖得不深，会有人走到我的前头，不怕痛，狠狠地挖出自己的心。①

被剥夺了人权，在“牛棚”里住了十年的巴金从身上到心上布满了累累伤痕。八十多岁的老人用“手术刀”解剖自己的“灵魂”，是一种多么艰难痛苦的心灵煎熬。在漫漫八年的写作过程中，他对自己这个选择从未后悔，甚至是越来越执着，越来越深入——他刺入自己心脏的刀越来越重，流出的血越来越稠浓。为了什么？就为了挤尽“十年创伤的脓血”，让“文革”或类似的悲剧不再在民族未来的岁月中重演，因为“我们的祖国母亲再也经不起那样大的折腾了”。这是在民族刚刚经历了一场空前浩劫后的清楚反思，是在民族历史转折关头的重要时刻，高高举起的人文精神的大旗，是忧患意识、忏悔意识在一颗伟大心灵上的庄严显示。② 这也是卢梭《忏悔录》给巴金启蒙的结晶。

---

① 巴金：《随想录》，作家出版社，2005，序言第4页。

② 四川作家协会编著《论巴金》，四川人民出版社，2003，第137页。

解剖自己，是忏悔意识的精神内核所在，也是五卷本《随想录》中的一个最重要的主题。这是巴金对于人生和社会的又一次探索，对饱受“文革”的炼狱之苦做的一个总结。他要用自己的脑子去思考走过的路和还未走的路，尤其是对那场噩梦般的“文化大革命”，他发人深省地喊出：“‘四人帮’不是‘四个人’，它复杂得多”，“‘文革’究竟是怎样开始的？人又是怎样变为兽的？我总会弄出个眉目来吧。”巴金在这里的挖掘和探索，并非只是因为自己在“文革”中遭受过灾难，而是在探求、追溯这场导致中华民族大灾难的根源。他向人们发出警告：“我有这样一种感觉，倘使我们不下定决心，十年的悲剧又会重演。”巴金并非在那里危言耸听，这是一个鬓发花白而肝胆如火的赤子对他无比热爱的祖国和人民发出的忠告和呼唤。巴金并非泛泛而谈，而是以笔代刀一步步去做。他要以自己的切身行动来完成这种探索。探索总是充满了艰辛的，他深有感触地说：“我挖别人的疮，也挖自己的疮。这是多么困难的工作。”[①]“解剖自我”需要具有常人难以具备的胆识与胸襟，需要有抛弃一切顾虑、甘为真理殉道的精神，“战胜自我”，多么困难！多么艰辛！

在解剖灵魂上，鲁迅树立了一个光辉的榜样，《阿Q正传》惟妙惟肖地剖析了国民“精神胜利法”，《狂人日记》揭示了封建礼教“人吃人”的本质。巴金“借用先生的解剖刀来解剖自己的灵魂”。鲁迅的“解剖刀”使巴金的思想在灵魂的搏斗中得到了升华。著名作家张洁这样评价：

> 通读五集《随想录》，巴老如日中天，带着同情与挚爱俯视着这个多灾多难的世界和形形色色的人等。向我们发出智者的预言、警言：猛醒吧，人们。我轻易不用“伟大”这一字眼，因为它有点被人用滥了，滥用在一些远不像巴老那样应该得到它的人的身上。难道巴老不是鲁迅以来我们这个时期的最伟大的作家么？[②]

《随想录》是作家作为自己“一生的总结，一生收支总账”来写的。如同鲁迅那样，将心灵的解剖刀毫不容情地刺向自我，将一颗流血的灵魂展

---

① 刘屏：《一个小老头，名字叫巴金》，天津社会科学院出版社，2003，第234页。

② 张洁：《旧势力、旧制度的无畏的批判者》，《文艺报》1986年9月27日版。

示在世人面前。然而他虽是自剖，每每却又触着了民族痼疾的痛处，特别引人警醒。这又引动了某一些人的不快甚或反感，遂有种种的嘁嘁喳喳，时而阴云密布，时而冷风四起，给这位老人制造种种压力。但是，对于这位身经祸患、参透了人生、苦苦追求价值的睿智老人来说，已经没有什么可怕的了，像高尔基早期小说中的“鹰”到了“胸口带伤，羽毛带血”，不能高飞，便走到悬崖滚下海去，鲁迅抱定了这样的决心绝不放下手中的笔，也像他所推崇的高尔基《草原故事》中的英雄丹柯那样，向人民捧出了一颗燃烧的心。这部被称为现代“忏悔录”的巨著，的确表现了巴金令人钦敬的伟大人格。[①]《怀念鲁迅先生》在发表过程中遭到删改，原因在于触及“文革”问题，巴金表示了最严厉抗议，写作《鹰的歌》，锋芒毕露，直指“左”倾思潮余威。巴金在特定历史条件下继续发扬鲁迅战斗精神，才使“解剖自己”这一创作宗旨得以贯穿下去，才使别具中国特色的“忏悔意识”在“文革”后得以彰显。

忏悔意识的核心要素是解剖自己，忏悔意识的重要表现是自我反省。粉碎“四人帮”后，“伤痕文学”出现了，开始反省那场梦魇——利用“神”化领袖掀起了席卷全国的造“神”运动。改革开放初期，民族反思涌动成潮。季羡林的《牛棚杂忆》、杨绛的《干校六记》等都是反思浪潮掀起的一朵朵美丽浪花。巴金长于自省，《随想录》反思历史，他锥心痛悔自己，用“可鄙”“可怜”“丑态”甚至“可耻”这些字眼来给“文革”中自身形象如此定位，忏悔之情是刻骨铭心的。巴金通过对自我的清算与对民族文化心理中封建积淀的挖掘，使自我反省归于文化哲学层面。

在政治、思想、道德上的反封建性质使卢梭的自我形象及《忏悔录》具有积极意义。这不仅在二十世纪二十年代给留学法国的青年巴金以反封建的精神支撑，更在八十年代的《随想录》中展示了他所忘不了的法国老师的深刻影响。省思中的巴金比卢梭走得更深入。卢梭自以为做到了极度的坦率，但他的忏悔中仍有许多美化自己的成分：在历数自身“可憎的缺点”时，他将其责任推给了社会不平等的弊害、金钱的腐蚀作用，自我忏悔最终导向社会的谴责与控诉；他推崇人性张扬，但他在抨击宗教精神奴

① 宋曰家：《巴金：永生在青春的原野》，山东文艺出版社，1997，第9页。

役、肯定自我独立性时，又把自身一些低劣的冲动和趣味美化为符合人性而加以辩护——而个人的极端就是放纵。巴金的省思则恰好是反向的，是由外而内的，由受害者的控诉深化为基于良知的严厉自剖，转化为一个与民族共命运的公民从自身寻找整个民族误入歧途的原因的举动。他把《随想录》当作留给后人的遗嘱，自己向读者的真实的思想汇报，它是一位老人当作临终善言来写的，因此它的真实性，它包含的丰富的历史内涵都是不容置疑的。[①] 怀着救国救民的理想，远赴法国留学，在卢梭塑像前，年轻的巴金深沉地思考中国的出路，他崇尚卢梭反封建精神，从《家》《憩园》再到《随想录》，反封建是贯穿的一条主线。他以法国这位老师为榜样，以坦荡赤诚的胸怀，忏悔自己的污垢所在，深刻反思“文革”的教训所在。

揭开自己的疤伤，挤出脓血，来疗治自己，也来疗治社会；而不是讳疾忌医，有病就医治，这是巴金反省的结晶。巴金忏悔意识的内涵就是解剖自己进而解剖社会，对“文革”省思，找到“讲真话”疗治的手段与方式。难能可贵的是，巴金在《随想录》中把反思的范围从“十年‘文革’”延伸到“文革”前十七年，因为两者存在前因后果、先后传承发展的关系。巴金的忏悔意识在思想界、文化界掀起大风大浪，吹走弥漫中国的污流。

二 忏悔意识成因：自身、现实、中外文化渊源

陈思和先生认为，把《随想录》称作为“现代忏悔录”是恰当的，因为在现代意义上说，巴金的忏悔已经超越了卢梭的《忏悔录》，不再具有卢梭时代以及中国“五四”时代自传作家所犯的浪漫主义的通病。[②] 巴金的忏悔意识不是心血来潮一时涌现的，而是具有深厚的现实基础与浓郁的历史渊源。最远可以追溯到巴金青年时代就有过的赎罪思想。

> 我们的上辈犯了罪，我们自然也不能说没有责任，我们都是靠剥削生活的。所以当时像我们那样的年轻人都有这样的想法：推翻现在的社会秩序，为上辈赎罪。

① 陈思和、辜也平主编《巴金：新世纪的阐释》，福建教育出版社，2002，第528页。

② 陈思和：《人格的发展——巴金传》，上海人民出版社，1992，第234页。

这是巴金心灵之语。巴金出生在四川成都官僚地主大家庭里。在广元县衙里，幼小的巴金在公案旁观看县太爷父亲审堂：平日和颜悦色的父亲这时铁青着脸，拍着惊堂木，大声呵斥着；如狼似虎的差役们揪翻了犯人狠狠地打板子；被打得皮开肉绽、鲜血淋漓的乡民忍着痛苦，挣扎着身子还要向大老爷叩头，感谢打板子的恩典。有时候，他的父亲还命令使用一种叫“跪抬盒”的酷刑，让犯人跪在抬盒上，两只手和脚分别穿放在杠杆里，脚下面是沉重的铁链，差役们一收紧杠杆，犯人们就会痛得死去活来。巴金在他家的大门里面，看到了这样一个另外的世界。许多人处在屈辱、贫困、被奴役的可怜无告的境况，深深地激起了巴金的同情心，也在他幼小心灵中契入了一个终生挥之不去的阴影。[①] 家中佣仆也经常遭到父母鞭打，而年少的巴金却特别喜爱“下人”，对家里的佣人、轿夫有很深的感情，经常混迹在阴暗潮湿污秽的马房里。除夕之夜，小巴金躲在马房躲避家人的寻找。长大以后，巴金还是执意背叛他的家庭。在他看来，父辈们身上沾满了“下人”的鲜血，是“有罪”的，作为晚辈的他要“为上辈赎罪”。

其一，巴金在他的文学创作里自觉不自觉地融入他小时候逐渐萌生的忏悔意识。

> 我写《家》的时候，写老黄妈对觉慧谈话，祷告死去的太太保佑这位少爷，我心想这大概说是“奴在心者”；又如我写鸣凤跟觉慧谈话，觉慧说要同她结婚，鸣凤说不行，太太不会答应，她愿做丫头伺候他一辈子。我想这也就是“奴在心者”吧。在“文革”期间我受批斗的时候，我的罪名之一就是“歪曲了劳动人民的形象”。有人举出了老黄妈和鸣凤为例，说她们应当站起来造反，我却把她们写成向“阶级敌人”低头效忠的奴隶。过去我也常常翻阅、修改自己的作品，对鸣凤和黄妈这两个人物的描写不曾看出什么大问题，忽然听到这样的批判，觉得问题很严重。而且当时是往牛角尖里钻，完全跟着“造反

① 陈丹晨：《巴金全传》，中国青年出版社，2003，第11页。

派”的逻辑绕圈子。①

巴金把《家》的主人公塑造与自己相比较，都是“奴在心者”的典型代表，在特定的年代把自己批判为“精神奴隶”，表达了深深的忏悔之情。

其二，“文化大革命”运动造就了民族忏悔的现实层面的社会基础。林彪篡夺党和国家最高领导权的过程，也是“文革”诬陷和迫害狂潮的过程，除了打倒“刘、邓、陶”之外，彭真、罗瑞卿、陆定一、杨尚昆、贺龙、彭德怀、朱德、叶剑英、陈毅等杰出领导人也无一幸免。写“思想汇报”是“文革”期间摧毁一个人意志的重要手段，在野蛮与暴力之下，迫使人们承认强加来的“罪行”——“修正主义”“右派分子”“叛徒”“内奸”等空穴来风的一顶顶高帽，压垮了善良人的头颅与身子。“触灵魂”是控制人思维的重要方式，人人都要在“灵魂深处爆发革命”。对“牛鬼”“蛇神”们更为苛刻，天天写“汇报”，时时写“汇报”，永远不会有“过关”的机会。“对抗组织”“死不改悔”是造反派的口头禅，“汇报”写作没完没了。写完了参加批斗，让声势浩大的“革命群众”愤怒声讨与深刻揭发你的“罪行”，完全是一种残酷的精神折磨，迫使人们永远处在一种深陷的地狱里，大批正直的人们忧怒交加，不堪忍受迫害，选择自绝人世的方式作严厉的对抗——老舍沉湖、傅雷夫妇双双殉道……在“文革”的非人岁月里，上至共和国的领袖们，下至社会名流，最后到普通民众，都是罪孽深重的罪人。在神州大地上，到处弥漫着一层浓烈的忏悔气息。

巴金生活在“文革”时期同样不能幸免，按照造反派的指示，写作没完没了、无止无休的思想汇报与思想检查，承认自己写的作品都是“大毒草”，不仅“认罪”，甚至在批斗会上也跟着举手高喊“打倒巴金”……挨了抄家、罚跪、批斗、关“牛棚”后，还要感谢造反派、感谢党对他的挽救……巴金在这里表述的是痛心和羞愧，是把自己当年“可笑”而“愚蠢”的“丑态”毫不留情地再次暴露在公众面前，对自己的灵魂严加鞭打；他并不因此委过于他人，相反，在“文革”后所谓批判“四人帮”高潮时，他却说：不能单怪他们，“……我们也得责备自己！我们自己‘吃’那一套封建货

---

① 巴金：《随想录》，作家出版社，2005，第183页。

色，林彪和‘四人帮’贩卖他们才会生意兴隆。不然怎么随便一纸‘勒令’就能使人家破人亡呢？不然怎么在某一个时期我们一天几次高声‘敬祝’林彪和江青‘身体永远健康’呢？”[①]“文革”中的造“神”运动，使人们“中了催眠术”，喝了“迷魂汤”，被造反派的一套荒唐理论牢牢控制了思维，人人都成为“奴在心者”，成为彻头彻尾的“精神奴隶”。

> 我在去年写的一则《随想》中讲起那两年在“牛棚”里我跟王西彦同志的分歧。我当时认为自己有大罪、赎罪之法是认真改造，改造之法是对“造反派”的训话、勒令和决定句句照办。西彦不服，他经常跟监督组的人争论，他认为有些安排不合情理，是有意整人。我却认为磨炼越是痛苦，对我们的改造越有好处。今天看来我的想法实在可笑，我用“造反派”的训话思考，却得出了陀思妥耶夫斯基式的结论。对“造反派”来说，陀思妥耶夫斯基是“反动的”作家。他们用了各种办法，各种手段逼迫我，引导我走上陀思妥耶夫斯基的路。这说明大家的思想都很混乱，谁也不正确。我说可笑，其实也很可悲。我自称为知识分子，也被人当作“知识分子”看待，批斗时甘心承认自己是“精神贵族”，实际上我完全是一个“精神奴隶”。[②]

在“四人帮”淫威之下，巴金曾经低头屈膝，甘心任他们宰割。广大知识分子一夜之间，由人变成“牛”，是缘于被套上了强权者的“紧箍咒”，早已被奴化，缺乏“独立思考”的能力，才造成“可笑”“可悲”的惨局。巴金由忏悔牵引出对真理的发现。

> 今天回想起二十年前的旧事，我不能不产生一个疑问：“要是那个时候我没有喝迷魂汤又怎么样？”我找到的回答是：倘使大家都未喝迷魂汤，我们可以免掉一场空前的大灾难。
>
> 当时大家都像发了疯一样，看见一个熟人从高楼跳下，毫无同情，反而开会批斗，高呼口号，用恶毒的言辞攻击死者。

---

① 陈思和、李存光主编《一双美丽的眼睛》，上海三联书店，2008，第172～173页。

② 巴金：《随想录》，作家出版社，2005，第185页。

> 我奇怪当时我喝了什么样的迷魂汤，会举起双手，高呼打倒自己，甘心认罪，让人夺去我做人的权利。

巴金反复提出的“迷魂汤”，在某种程度上，就是“文革”弥漫全民族的“忏悔意识”，人人思想上“有罪”，才需要经过“大批斗”来“解救”自己。这比宗教的“忏悔”厉害得多，基督徒的“忏悔”仅仅完全出于自愿，而“迷魂汤”下的“忏悔”带有血腥气氛。当然，巴金在“文革”中与“文革”后的忏悔的内容迥异，有天壤之别。前者是消极的、后者是积极的思想解放，是对中华民族认真负责的严肃探索。

其三，儒家内省式的忏悔被公认为一种不可侵犯的社会规范。《论语·学而》主张：“吾日三省吾身：为人谋而不忠乎？与朋友交而不信乎？传不习乎？”儒家要求“内圣外王”，在理想人格“修身、齐家、治国、平天下”中，“修身”是最基本的，要求人们自己责问自己，是否按照“君子”的标准来规范约束自己的言行。孔子认为，一个人能否成为仁德之人，关键在于是否努力修养自我。“内圣”扎根于中华民族文化心理的沃土。《论语·阳货》记载孔子师生的对话。子曰：“由也，女闻六言六蔽矣乎？”对曰：“未也。”“居，吾语女。好仁不好学，其蔽也愚；好知不好学，其蔽也荡；好信不好学，其蔽也贼；好直不好学，其蔽也绞；好勇不好学，其蔽也乱；好刚不好学，其蔽也狂。”在孔子看来，如果不“笃信好学”，不加强道德修养，就会流于愚、荡、贼、绞、乱、狂六种罪行，要求人们“见贤思齐焉，见不贤而内自省也。”儒家思想陶冶和强化了民族文化“自省”的心理结构，得到了人们最广泛的认同，对中国人具有潜移默化的影响。

朱文华先生认为，近代中国的“民族反省思潮”是一部分怀有深沉的爱国主义情感的人士，面对民族战争的失败，在严肃地比较中西科学技术、政治制度和思想文化等各个层面上的明显差距的基础上鼓吹形成的。“洋务运动”前后，一批在种种偶然原因下走出国门游历欧美的知识分子，更深切地感受到中西方在各个方面存在的巨大差距，刺激愈深，反思愈切。容闳《西学东渐记》认为：“国人夜郎自大，顽固成性，致有今日受人侮辱之结果。”王韬看到英法妇女“与男子同，幼而习诵”实学，又油然感叹：“中土须眉，有愧此裙钗者多矣。”梁启超是这场“民族反省思潮”集大成式的鼓吹手，《新民说》影响甚广。新文化运动的倡导者与先驱者都是受《新民说》所鼓吹的“民族反省”思潮的影响成长起来的。[①] 在这场“民族反省”浪潮中，先知先觉者摆脱了“华夷之大防”的束缚，惊讶于外国富强，顿生“有愧”之心，号召向西方学习，启蒙中国人的思想。

知识分子的良心，既可以通过他对知识的追求而间接地表现出来，也可以通过由知识所充实的人格而直接地表现出来。[②] 刘再复先生认为带有罪感的忏悔意识的产生是在中国近代，没有近现代中国人普遍经历的那种绝望和耻辱，忏悔意识的产生是不可想象的。但新文化运动中的忏悔意识和宗教引导的忏悔意识不可等量齐观。他举四人为例，梁启超提出“自悟其罪，自悔其罪”理念；五四时代陈独秀要求正视民族自身堕落的罪孽；周作人把忏悔视为拯救中国的第一要义；而鲁迅更为深刻地反省中国千年历史之罪，不仅他人有罪，而且自我也有罪。而宗教忏悔完全是心灵的感悟；有绝对的参照体系，即神的尺度。五四忏悔意识并非宗教意识，但也与宗教的道德共负原则相通。[③]

新文化运动“总司令”陈独秀发表《敬告青年》一文，要求摧毁旧道德，建立新道德，从专制与迷信的王国中解放出来。“要把耶稣崇高的、伟大的人格和热烈的、深厚的情感培养在我们的血里，将我们从堕落在冷酷、黑暗、污浊的坑中救起。”[④] 陈独秀在解剖社会中流露出浓厚的忏悔意识。

郜元宝先生认为，巴金的忏悔与反思是保证一个民族的历史记忆不至于苍白模糊的一个关键。巴金呼吁全体中国知识分子更深入地探讨“文革”的成因及其对中国文化的深远影响，这绝不是所谓纠缠于过去，或者是老年人的思想凝滞，而是有其极深刻的见地所在。在这一点上，他不愧是五四运动的儿子和鲁迅传统的继承者。[⑤] 巴金的忏悔意识是中国儒家“内省”与近代“民族反省”思潮的延续，是中国思想的长河里掀起的一朵美丽的浪花。

其四，巴金青年时代留学法国，瞻仰卢梭塑像，《忏悔录》给了他深远

① 朱文华：《试论近代中国的“民族反省”思潮》，《复旦学报》1993 年第 3 期。

② 徐复观：《中国知识分子精神》，华东师范大学出版社，2004，第 179 页。

③ 陈思和、李存光主编《一双美丽的眼睛》，上海三联书店，2008，第 286 页。

④ 陈独秀：《陈独秀文章选编》，上海三联书店，1984，第 485 页。

⑤ 彭小花编著《巴金的知与真》，东方出版社，2005，第 341 页。

影响，1979 年巴金重返法国，重温了五十年前的旧梦。他怀着敬仰的心情再次缅怀卢梭。

> 我的确喜欢巴黎的那些名胜古迹，那些出色的塑像和纪念碑。它们似乎都保存了下来。偏偏五十多年前有一个时期我朝夕瞻仰的卢骚（梭）的铜像不见了，现在换上了另一个石像。是同样的卢骚（梭），但在我眼前像座上的并不是我所熟悉的那个拿着书和草帽的“日内瓦公民”，而是一位书不离手的哲人。他被包围在数不清的汽车的中间。这里成了停车场，我通过并排停放的汽车的空隙，走到像前。我想起五十二年前，多少个下着小雨的黄昏，我站在这里，向“梦想消灭压迫和不平等”的作家，倾吐我这样一个外国青年的寂寞痛苦。我从《忏悔录》的作者这里得到了安慰，学到了说真话。五十年中间我常常记起他，谈起他。现在我来到像前，表达我的谢意。可是当时我见惯的铜像已经给德国纳粹党徒毁掉了，石像还是战后由法国人民重新塑立的。[①]

卢梭几十年起伏跌宕的生活，有道不尽的辛酸坎坷，晚年创作《忏悔录》把自己生活的全部思想感情显露于世，像一束神奇的光照耀了后人的道路。巴金在异国他乡的塑像面前沉思，逐渐有了卢梭般赤诚的胸怀，体会到了卢梭忏悔的灵魂。半个世纪沧桑巨变，历经九死一生的巴金再次来到卢梭像前，“不再感到寂寞”，他在与先哲进行心灵的对话与精神的交往。在《从心所欲》中，作家用饱蘸泪水的笔，记述了“文革”中灵魂受到的严重摧残及其沉痛的忏悔之情。

> “文革”中的头几年特别可怕，我真像一个游魂给带去见十殿阎王，过去的经历一桩一桩、一件一件全给揭发出来，让我在油锅里接受审查、脱胎换骨。十幅阎罗殿过堂受审的图画阴风惨惨、鲜血淋淋，我不知道自己是人是鬼，是兽是魂，是在阴间还是在地狱。当时萧珊尚在人世。每天我睁开眼睛听见她的声音，就唤她的名字，我说：“这

---

① 巴金：《随想录》，作家出版社，2005，第 42 页。

日子难过啊！”倘使要我讲出自己真实的思想，那就是：没有希望，没有前途。我忍受不了阎罗殿长时期的折磨。我不曾走上绝路，只是因为我不愿意同萧珊分别。除了我对萧珊那份感情外，我的一切都让“个人崇拜”榨取光了。那些年间我哪里还有信心和理想？哪里还有什么“道德勇气”？一纸“勒令”就使我甘心变牛，哪里有这样的“坚强战士”？说谎没有用，人无法改变自己的本来面目。我也一样，我不想在自己脸上搽粉，也用不着给它抹黑。“骂自己不脸红”，并非可耻的事，问题在于我是不是在讲真话。①

巴金完全发扬卢梭坦荡的风范，向世界展开一个真真切切的自我。卢梭要如实描绘真实的自我形象，“是可鄙可恶绝不隐瞒，是善良宽厚高尚也不遮掩”。巴金同样如此，“不想在自己脸上搽粉，也用不着给它抹黑”。正因为有了坦荡风范，巴金才像卢梭那样真诚地忏悔，对自己的逆来顺受，“甘心变牛”进行声讨。

三　忏悔意识意义：思想解放与精神遗响

《随想录》问世后，受到社会广泛关注。它被誉为“当代散文的里程碑式的作品”，“继鲁迅以来，我国现代散文史上的又一座高峰。”② 陈思和先生认为，巴金严厉地批判自己，无情地自我解剖，是站在一个很高的精神立场上进行的“忏悔”。而事实上，巴金先生并没有在“文革”中发表过一篇为“四人帮”反动路线服务的文章，没有做过一件损人利己或者损人不利己的不光彩事情，他遭受的灾难贯穿了“文革”始末。但他还是从灵魂深处挖掘了自己的怯懦，并从历史的根源上，从“文革”前历次政治运动中自己的怯懦表现，反思了知识分子是如何在权力的压迫下一步步丧失了五四新文化的传统精神，导致了人文精神的最后底线的大崩溃。这就是巴金先生所谓的“忏悔”的意义。③ 在这一层面上，巴金与卢梭有所不同。卢

① 巴金：《随想录》，作家出版社，2005，第353页。

② 刘再复：《里程碑式的作品》，《文艺报》1986年9月27日。

③ 陈思和：《巴金提出忏悔的理由》，《文汇读书周报》2004年8月6日第6版。

梭是真有过偷窃、下流、忘恩负义的道德缺陷，违背了人类应有的道德精神；而巴金绝没有如此污点，而仅仅是怯懦与明哲保身而已，缺陷程度迥然有别，但巴金依然解剖自己，重新找回曾经失落的人文精神。

巴金比孙犁有更多的坎坷经历。他受到的批判和伤害更多，他遭受的磨难与痛苦更重，他更有理由走向悲观与绝望。然而由于他坚信人类光明的未来，由于他具有的完全“付出”、彻底“奉献”的人生理念，由于他不断地反省自我、解剖自我、超越自我，所以他最终能通过涅槃而再生。从精神上说，晚年的巴金是一个强者、胜利者。他偿还了许多心灵的债务。他洗清了身上种种奴性的污泥浊水。他作为一位有独立人格的人站立起来了，不能说话的巴金已在医院躺了五年，但他的精神却像一团火、一束光，给人们带来无尽的温暖与光明。孙犁的结局却是悲剧性的，这同他孤僻内向、优柔寡断的性格有关；同他具有较重的小农意识有关；也与他晚年偏执的思想有关。他未能与时俱进，未对自己在革命战争年代和计划经济时代所形成的一些传统观念，根据时代的发展和读者的变化及时地做出必要的调整，所以最后落得个“故人何寂寞，今我独凄凉”[①] 的结局。巴金晚年以历尽人间沧桑的眼光，反观十年“文革”劫难，忏悔自己不足，求索民族悲剧产生的原因。而孙犁对“文革”磨难噤若寒蝉，保持沉默、悄无声息地走完生命最后历程。

《随想录》在写作与发表过程中，也遭到了世人多方面的误解，“左倾”与“右倾”攻击一直没有停止过，将来也许还会继续下去。这是老作家当初就预料到的，他希望以《随想录》引领大家共同参加研讨，形成“百家争鸣”的局面，从而推动思想解放运动向纵深发展。一百五十篇“随想”写作八年终告完成，巴金于 1987 年 6 月 17 日为合订本写作序言，就详尽地谈了八年排除干扰的艰辛历程。

> 绝没有想到《随想录》在《大公报》上连载不到十几篇，就有各种各样唧唧喳喳声传到我的耳里。有人扬言我在香港发表文章犯了错误；朋友从北京来信说是上海要对我进行批评；还有人在某种场合宣

① 张学正：《巴金、孙犁晚年的心态》，《中华读书报》2004 年 5 月 26 日第 5 版。

传我坚持“不同政见”。点名批判对我已非新鲜事情，一声勒令不会再使我低头屈膝。我纵然无权无势，也不会一骂就倒，任人宰割。我反复思考，既然我是“百家争鸣”，为什么连老人的有气无力的叹息也容忍不了？有些熟人怀着好意劝我尽早搁笔安心养病。我没有表态。“随想”继续发表，内地报刊经常转载它们，关于我的小道消息也愈传愈多。仿佛有一个大网迎头撒下。我已经没有“脱胎换骨”的机会了，只好站直身子眼睁睁看着网怎样给收紧。网越收越小，快逼得我无路可走了。我就这样给逼着，用老人无力的叫喊，用病人间断的叹息，然后用受难者的血泪建立起我的“‘文革’博物馆”来。①

巴金甘为控诉“文革”而殉道的精神，让人无不为之动容。“文革”之后“左”倾思潮依然余威未尽，久久盘旋在上空，那是一张大网，网得巴金喘不过气来。然而他以大无畏的凛然正气回击阴暗势力对他的进攻。巴金要在对“文革”的忏悔中，探索成因，旨在让可爱的祖国不再重演悲剧。回顾八十年代后期，刘宾雁被批为“资产阶级自由化”，成为媒体众矢之的，巴金的《随想录》同样受到攻击。1989 年时任上海市市长的朱镕基明察秋毫，明令不准批判巴金。朱镕基五七干校的经历也许让他记忆犹新，中华民族已经吃尽了政治运动的苦头，不能再重蹈覆辙了。巴金怀着对祖国与人民的无限赤诚，对“文革”忏悔，是思想进步的有力表现。后来担任国务院总理的朱镕基在巴金八十五岁生日亲自上门祝寿，表现了一代领袖的开阔胸怀与高瞻远瞩。

陈思和先生梳理从鲁迅到《随想录》的精神渊源，认为《随想录》是中国八十年代思想解放过程中的一部百科全书式的著述。事实上也只有巴金才能担当这样的重任，这是巴金学习鲁迅的最后一次实践。摩罗强调巴金的精神遗产对于我们的意义决不局限于文学领域，他更加主要的贡献乃在于精神领域和道德领域。

1978 年 12 月十一届三中全会召开，确立了“实践是检验真理的唯一标准”的指导方针，“解放思想，拨乱反正”成为八十年代响亮的时代号角，

---

① 巴金：《随想录》，作家出版社，2005，序言第 6 页。

中国政治、经济领域全方位进行改革，巴金对“文革”忏悔，是这场思想解放运动的重要组成部分，他以卢梭《忏悔录》为参照，严肃反思“文革”教训，呼吁建立“‘文革’博物馆”，力主正视民族劫难。也正是在自我解剖，自我忏悔中，巴金揭露了“文革”这场大骗局。巴金针砭“左”倾思潮，为中国人民“独立思考”打开了一扇窗口。

时至今日，“解放思想”依然没有过时。中央党校研究室副主任、北京科技大学博士生导师周天勇先生2008年在《中国经济时报》发表文章《为什么重提解放思想》，认为只有解放思想，才能解决未来发展道路上出现的新情况与新问题，只有解放思想，才能与时俱进。

《随想录》再现“精神界之战士”的高风亮节，这种精神遗响在中国大地上，感召后世进步人士。巴金在浓郁的忏悔意识中透视着一种难能可贵的历史责任感，是一种赤诚灵魂的呼号，对于中国拨开重重迷雾，及时回归正确的航向，功不可没。在一定程度上说，八十年代反对资产阶级自由化运动并没有向纵深发展，及时刹车，得益于《随想录》的呐喊或多或少惊醒了一批似梦非梦的中国人。

《文艺报》专门组织召开了《随想录》学术研讨会。“文革”后出任文化部部长的王蒙认为《随想录》是最诚恳的呼号。巴金有一条是：先揭自己心灵上的疮疤。巴老讲，欠账要还，是从他自己开始，反映了一个正直的人、公正的作家自己对自己的一切是负责的，对国家、事业是负责的。如果说他揭了什么疮疤的话，也是为了治愈这些疮疤，该上什么药就上什么药，使我们有一个健康的肌体。著名作家袁鹰认为《随想录》呼唤作家的历史责任感。几乎每一篇都有很重的分量，都充满血泪，充满真挚的感情，读这些散文随笔的感受，不同于读其他早期小说。他呼唤着我们同他一起，用自审、自省、自责的心情去反思那些记忆犹新的被扭曲了的历史。作为一个饱经沧桑的老作家，经历了近二三十年的风风雨雨，他对人民、对人类的挚爱，已经达到至纯至深的境界。在这一点上，我们都应该以巴老为楷模。老作家汪曾祺阅读《随想录》，感觉到巴金始终是一个流血的灵魂。他谈“文革”，有一点是非常可贵的：在党中央还没有正式提出必须彻底否定“文化大革命”时，他就否定了。谈“文革”，他也把自己放进去，而不是“择”了出来。他对自己的解剖是无情的，甚至是残酷的，他用“卑鄙”“可耻”这样的字眼形容自己。这种解剖是不容易的。“文革”中，我们许多人像被一种蜂蜇了一下的青虫，昏昏沉沉地度过了。我读巴金的《随想录》，感到他是从一种痛苦中超脱出来了。后边有几篇色调比较亮些，从一种昏沉的状态中得到了清醒，还他本来面目了。得到了自己本来面目是非常愉快的事。一直沉浸在痛苦中，受不了。他充满了自信，一种强大的自信，一种失去自信后的自信。这是一个很了不得的心理历程。①

巴金站在国家和社会的制高点上，怀着浓烈的忏悔心情，振臂高呼，号召国人认真反省十年“文革”沉痛的教训，避免民族悲剧再次上演，可谓赤胆忠心，为国为民。《随想录》以“灵魂的呼号”，呼啸于天地，精神的遗响必将长久地回荡在中华大地，经久不绝！

第三节 《随想录》忏悔意识传播价值之一：中国文艺气象变迁的“晴雨表”

——以胡风的沉浮与巴金的忏悔为研究视角

十一届三中全会拨乱反正，确立了“对内改革、对外开放”的战略决策，中国走向日益强大的历史征程，集中一切精力来从事经济建设，彻底摆脱以前一场场波澜壮阔、风起云涌的政治运动的纠缠。1986 年巴金痛定思痛，写了一百五十篇“随想”中的最后一篇文章，也是《随想录》中最长的“忏悔录”——《怀念胡风》。在将近一万余字的篇幅中，巴金详细叙述并忏悔了自己在胡风事件中迫于上级指示与压力，违心写作三篇文章，打击甚至攻击胡风。对于在“胡风反党集团”政治批判中的“表演”，巴金感到羞耻与恶心，对自己当年撰文盲目跟风，给胡风带来的伤害，他用解剖刀无情地解剖自己带血的心灵，真诚地进行忏悔。这种心路历程的写照，闪烁着巴金人格的光辉。巴金为了不让民族悲剧重演，无私无畏，大义凛然，浩气长存于天地。巴金像一面明镜，映照着正直、善良的中国人的

① 李存光编《世纪良知巴金》，人民文学出版社，2000 年 11 月版，第 374 ~ 383 页。

良知。

何满子在《出版广角》1999 年第 5 期上发表《无法回避的人物》。他认为写现代文学史乃至现代中国史，如果遗漏了胡风，就不仅是残缺的，而且无以阐明历史现象和总结出历史规律。以文学史来说，胡风代表着自五四运动以来的文学人民特征对抗以政治奴役文学为特征的文学权力的最后一搏。胡风的悲剧不但使他自己和一群卫护文学人民特征的人沉沦了二十多年，而且使文学也付出了沉重的代价。他认为，从整个中国史来说，“胡风反革命集团”案这一新中国成立后第一次整治知识分子的冤案确立了“舆论一律”的绝对权威，使知识分子屏息股栗，两年后就顺顺利利地完成了“反右扩大化”；反胡风运动中的凭空诬陷、全国声讨，从行动到大批判语言，都是“文化大革命”的一场热身赛，十年“文革”灾难，也是以胡风案大发其端的。

陈思和先生是研究巴金的专家。他认为，平心而论，无论是“反右”运动中，还是反胡风运动中，巴金都不是积极参与者。作为一个正直的自由主义知识分子，他对于那种利用政治力量来排斥异己、置人于死地的做法怀有本能的恐惧与厌恶。他没有挟私愤以落井下石，也没有靠整人来谋取高官，他唯一企求的是明哲保身，使自己免遭同样的灾祸。① 巴金能够真诚地忏悔，胡风被平反昭雪，表明历经劫难的中华民族以自己的魄力与眼光，摸索着走出了黑暗的夜幕，走向了旭日东升的康庄大道，政治气候风和日丽。胡风的沉浮与巴金的忏悔，被视为中国文艺气象变迁的“晴雨表”。中华民族如今以开阔的胸怀拥抱世界，以经济建设为中心，发展经济才是硬道理。无数事实证明，只有勇敢地正视自身缺陷的民族，才能走出误区，走向辉煌。

一　胡风与巴金：鲁迅旗帜下的助手与干将

胡风本名张光人，1923 年由武昌转学至南京，在东南大学附中读书，接受了革命思想，积极参与五卅学生运动。胡风给高出他两班的校友巴金

① 陈思和：《〈随想录〉：巴金晚年思想的一个总结》，《香港文学》1989 年第 11 期。

留下了深刻的印象，两人在同一个课堂听老师讲解《世界史》。在东南大学附中，胡风相当活跃，在校刊上发表过文章，以满腔热情从事南京学生的救国运动，还参加了“国民外交后援会”的工作。巴金在中篇小说《死去的太阳》中描写的学生干部方国亮就是以胡风为原型塑造的：

> 方国亮痛哭流涕地报告这几天的工作情况，他竟然激动到讲坛上乱跳，他嘶声地诉说他们如何每天只睡两三个小时，辛苦地办事，然而一般人却渐渐消沉起来……方国亮的一番话也有一点效果，散会后又有许多学生自愿聚集起来，乘小火车向下关出发……

巴金阅读着自己的小说，就仿佛还看见他在讲台上慷慨激昂地讲话。正是胡风这番激情演讲，使巴金也热血沸腾起来，当天乘小火车到下关和记工厂参加学生爱国运动。毕业之后，胡风与巴金都北上求学。只不过巴金因为肺病体检不合格，无法在梦想的北京读大学，不久便远赴法国留学；而胡风在《我的小传》（代序）中说他：

> 到北京进北京大学预科。理想主义的追求得不到满足，一年后改进清华大学英文系，也仅数月即退。回本县参加革命后，受过一些挫折。1929年秋到日本东京，接受了日本当时蓬勃发展的普罗文学运动和苏联文学，加深了对新文学中以鲁迅精神为主导的革命传统的理解。虽然进了庆应大学英文科，但主要精力是从事马克思主义和普罗文学运动的学习和革命活动，参加了日本普罗科学研究所新艺术学研究会，与日本普罗作家江口涣、小林多喜二、普罗诗人等发生了友谊交往。在普罗刊物《艺术学研究》和《普罗文学讲座》上介绍过中国革命文学的情况，参加了日本反战同盟和日本共产党。①

胡风与巴金回国之后，都不约而同地聚集在鲁迅的周围，成为“文学新生代”最有活动能量、最能团结大批进步作家支持鲁迅先生的得力干将。

① 梅志：《我陪胡风坐牢》，中国工人出版社，2002，序言第1页。

胡风创办《七月》和《希望》，巴金任文化生活出版社总编，两人倾向进步与革命，也不约而同卷入了文坛的冲突。鲁迅晚年与周扬集团产生两次大冲突，一次是胡风的一篇文章而引起的“两个口号之争”，另一次是巴金和黎烈文发动与起草《中国文艺工作者宣言》。巴金在《怀念烈文》中这样写道：

> 鲁迅先生从来不发号施令，也不向谁训话，可是我们都尊重他的意见，先生不参加“文艺家协会”，我们也不参加。……“文艺家协会”发表了一份宣言，不少作家签了名。鲁迅先生身体不好，没能出来讲话，我们也没有机会公开表示我们对抗日救国的态度。有一天下午烈文同我闲谈，都认为我们最好也发一个宣言……（两个各写一份）合并成一份，请先生签上名字，又加上《中国文艺工作者宣言》这个标题，再由他抄录几份，交给熟人主编的刊物《作家》、《译文》、《文季月刊》分头找人签名后发表出来。[①]

三十年代“周扬派”与“胡风派”闹得甚嚣尘上。1936年中国左翼作家联盟解散，鲁迅异常愤怒，断绝了与周扬的来往，并拒绝参加左联解散后组织的“文艺家协会”。由冯雪峰代替病重的鲁迅起草《答徐懋庸并关于抗日统一战线问题》，为胡风与巴金辩护，向徐懋庸等人反击。在这场争斗中，徐懋庸年轻气盛，特别看重空头的“文艺家协会”理事的虚头衔，当时他主编《文学界》，这是“文艺家协会”的会刊，对鲁迅拒绝参加“文艺家协会”之事耿耿于怀，撰写文章把怒气与怨气一股脑儿发泄在胡风与巴金身上。

鲁迅在病中心情一定不好，生了大气写作那篇反击徐懋庸的文章，保护得力干将胡风，把一切责任往自己身上揽，虽然是重病期间，虚弱得由冯雪峰代笔，但仍然不失对敌人毫不妥协的战斗精神。文章这样写道：

> 我对于文艺界统一战线的态度，我赞成一切文学家，任何派别的

① 巴金：《随想录》，作家出版社，2005，第112页。

> 文学家在抗日的口号之下统一起来。……在理论上，如《文学界》创刊号上所发表的关于“联合问题”和“国防文学”的文章，是基本上宗派主义的；一个作者引用了我在1930年讲的话，并以那些话为出发点，因此虽口口声声说联合任何派别的作家，而仍自己一厢情愿地制定了加入的限制与条件。这是作者忘记了时代。我以为文艺家在抗日问题上的联合是无条件的，只要他不是汉奸，愿意或赞成抗日，则不论叫哥哥妹妹，之乎者也，或鸳鸯蝴蝶都无妨。
>
> 自然，我还得说一说“民族革命战争的大众文学”这口号的无误，及其与“国防文学”口号之关系。——我先得说，前者这口号不是胡风提的，胡风做过一篇文章是事实，但那是我请他做的，他的文章解释得不清楚也是事实。这口号也不是我一个人的“标新立异”，是几个人大家经过一番商议的，茅盾先生就是参加商议的一个，郭沫若先生远在日本，被侦探监视着，连去信函也不方便。可惜的就只是没有邀请徐懋庸们来参加议讨。但问题不在这口号由谁提出，只在它有没有错误。①

在该文上，鲁迅还亲笔加上评语，认为巴金是“屈指可数的好作家之列的作家”。巴金的感激之情一定会油然而生，交浅言重的鲁迅在重病之下为他仗义执言的侠骨风度，不能不使他感激终生，以至到了九十多岁高龄巴金还去拜谒鲁迅先生之墓，自在情理之中。

周扬在三十年代意识到这股力量的存在，特别是鲁迅和冯雪峰。当时鲁迅还活着，冯雪峰又是上级派来的，他不得不忍气吞声，为了对抗“文艺家协会”，有必要成立另外一个组织。据《茅盾回忆录》中记载，冯雪峰曾告诉他，胡风他们准备另外成立一个组织，名字都想好了，叫“文艺工作者协会”，参加的多半是青年人，雪峰还鼓励茅盾多动员些人同时参加两个团体，以冲淡他们之间的对立情绪和宗派情绪。② 但胡风认为他们“只是由没有参加文艺家协会的鲁迅为首发起一个《中国文艺工作者宣言》，表示

① 武汉大学《批判“四人帮”资料》编写组：《批判四人帮资料》（二），武汉大学出版社，1976，第23～26页。

② 茅盾：《“左联”的解散和两个口号的论争》，《新文学史料》1982年第2期。

他们也是造成联合抗日的态度。”① 胡风根本不承认有成立“文艺工作者协会”的企图，并得到巴金回忆录的证实。很清楚，所谓“文艺工作者协会”是子虚乌有的，但以鲁迅为中心，以《译文》《作家》《中流》《文丛》、良友图书公司和文生社为主要基地，再加上胡风等左翼青年的力量，在上海的文坛上确实崛起了一股新生代的力量。这是一个客观存在。冯雪峰凭着敏感的政治嗅觉，意识到这一点，他很可能打算将这股力量组织起来，以“文艺工作者协会”的形式加以控制。② 冯雪峰作为中共的统战工作者，希望团结大批进步热血青年为党的文艺事业效力。然而世事沧桑巨变，许多年以后，中国的政局发生了翻天覆地的变化，当年豪气风发、情绪激昂地在《中国文艺工作者宣言》上签字的作家们，比如冯雪峰、胡风、巴金等统统卷入了政治斗争的旋涡，关“牛棚”、进监狱，历尽人生的艰辛与苦难，让人不得不为之扼腕叹息。

三十年代的胡风与巴金都在鲁迅先生大旗下做着共同的文学事业，两人的关系总体上讲还是不错的，不过期间也产生过一次小小的冲突与摩擦。

> 说实话连胡风的文章我也读得不多，似乎只读过他在《文学》杂志上发表的作家论，此外一九三二年他用“谷非”的笔名写过文章评论，在《现代》月刊上的几篇小说，也谈到我的中篇《海的梦》，我发表过答辩文章，但也只是说明我并非他所说的“第三种人”。我有自己的见解而已。

巴金针对胡风的评论文章，发表了《我的自辩》，认为自己的作品并非“第三种人”表现。当时国民党反动文人杜衡，又名苏汶，1932 年以“死抱着文学不放”的“第三种人”自居，宣扬超阶级的第三种文学，不久自己就做了国民党的文化特务。

在安葬鲁迅的过程中，胡风给巴金留下了任劳任怨、顾全大局的良好印象。在葬礼进行当中，有人趁着人多拥挤从胡风口袋里偷走了钱，仪式完毕，“覆盖着‘民族魂’的旗帜的灵柩在墓穴中消失，群众像潮水似的散

① 胡风：《回忆参加左联前后》，《新文学史料》1985 年第 1 期。

② 陈思和：《人格的发展——巴金传》，上海人民出版社，1992，第 186～187 页。

去。巴金再看见胡风，他着急地在阴暗中寻找什么东西，他那包钞票果然给人扒去了。他并没有向巴金提借钱的话，巴金知道情况以后就对当时也在场的吴朗西说：胡风替公家办事丢了钱，大家应该支持他。吴朗西同志第二天就把钱给他送去了，算是文化生活出版社预支的稿费。”胡风全神贯注地处事，钱被盗竟然浑然不知。二十二日鲁迅灵柩出发前，胡风作为由蔡元培、宋庆龄等十三人组成的治丧委员会的一个成员，在廊上发表演讲，还嘱咐巴金要注意维持秩序，不要让人乱发传单，这句话被胡子婴听见了，可能她当时在场，后来在总结会上她向胡风提了意见，说是不相信群众。胡风也没有替自己辩护。葬礼已经庄严、平平安安地结束了就是好事。

年轻的胡风养成了思想激进、办事认真、刚正秉直的个性特征，这种性格特征也给胡风以后的人生带来了毁灭性的打击。在新中国成立后的二十余年此起彼伏的政治运动中，胡风坚持自己的文艺见解与文艺纲领，对攻击者毫不妥协，毫不畏惧，反而针锋相对，义正词严，表现出五四青年所富有的战斗精神。虽然胡风难免在严酷的政治环境下身陷牢狱之灾，但是他那为真理而献身的精神，震撼了富有正义的有识之士，为中国文艺春天的到来摇旗呐喊，奠定了坚实的基础。鲁迅的眼光是犀利的，他大力奖掖的胡风与巴金在以后中国舞台上展现了一代大家的风流与才干。

二　几十年文艺运动：风云变幻、惊心动魄

1942 年毛泽东发表《在延安文艺座谈会上的讲话》，及至今日一直被尊为二十世纪中国马克思主义文艺理论的经典之作，深受列宁文艺思想的影响。“胡风是中国马克思主义文艺理论发展史上极具独特性的一位理论家，这主要表现为理论术语的另类色彩，表达风格的欧式化，更重要的是其思想内涵的独特性。”① 这种区别根源在于两人生存的环境不同。毛泽东一手创建了中国共产党，创建了人民军队，与国民党政权进行艰苦卓绝的斗争，一直奋斗在最前线，并一手缔造了新生的中国，依靠的是工农联盟，因此工人和农民在他心中地位很高。在他看来，知识分子是由小资产阶级转化

① 潘天强主编《新编马克思主义艺学》，复旦大学出版社，2005，第 225 页。

而来的，故而需要大力改造。从毛泽东的革命生涯中可以看出，对知识分子的批判与改造，延续到他生命的终结。胡风在新中国成立前主要活动在大后方的重庆、武汉等大城市，大多与知识分子为伍，少与工农亲密接触。环境决定一个人的世界观与文艺观。胡风特别提倡作家的“主观战斗精神”，揭露与批判农民“精神奴役的创伤”。与之相反，毛泽东则提出“民族的科学的大众的文化”，认为作家应当大力讴歌农民。

胡风作为一代文艺理论家，写出了《略论战争以来的诗》《略论文学无门》等作品，可谓独树一帜，但也招致一些反对的声音。郭沫若于1936年8月30日发表的《搜苗的检阅》一文中，认为胡风“似乎是很聪明而又有些霸气的青年”。在两个口号之争中，“左联”成员认为胡风置“国防文学”于不顾而另立新口号，分明是蓄意标新立异，便大力讨伐。毛泽东在1938年中共六届六中全会上提到文学中的民族形式，要求废除洋八股，禁止教条主义，要求中国作家有独特的民族风格。胡风的主张又是格格不入，被认定是反毛泽东文艺路线，从而招致周扬、艾思奇的公开声讨。

新中国成立前夕的1947年耿庸对巴金的《寒夜》进行了批判，有人说是胡风在背后煽风点火，唐弢在回敬耿庸文中也有“宴会联欢，引朋喝彩”的文句，暗示耿庸有小宗教的支持，并暗指胡风是后台。但是巴金并不相信，没有放在心上。

新中国成立初期，巴金与胡风经常见面，他们都是上海作家，一个是文学创作的翘楚，另一个是文艺理论和诗坛的精英。新中国成立以后两人常在一起开会，都是政协委员，更巧的是都是首届四川人大代表。1949年同时出席第一次全国文代会，九月还一起参加首届全国政协第一次会议，同车赴京。在华文学校他俩住在相邻的两个房间。在首届人代会期间，巴金呼吁揭露官僚主义、文牍主义。而胡风则高屋建瓴地对宗派教条主义“统治”作了深刻的剖析。相同的，都是出自对新中国的热爱。

我们难以想象这样一对由鲁迅培养起来的战将，互相照应，一路高歌自由、平等，反对强权、暴力，从旧社会走向新中国，是那样的亲密无间、并肩而行、相互提携的知己与战友，在愈演愈烈的文艺政治化的浪潮中，会成为对立的“敌人”。巴金为了生存、为了活命被迫按照上级指示，违心写假材料对胡风进行批评。我们由此可以想到当时的严峻环境已经使正直之战士出卖自己的灵魂，几十年的友谊一时之间荡然无存。

胡风认为，新中国的成立，正是他一生奋斗的理想实现。他是以胜利者、主人翁的姿态歌颂新中国，歌颂那些为它付出鲜血和生命的同志们。登上天安门城楼，他写下了那篇长达三千行的“史诗般”的赞歌《时间开始了!》。胡风笔下的毛泽东时而是“开天辟地的盘古”“神话里的巨人”；时而是“一个新生的赤子”“一个初恋的少女”。他对毛泽东的赞颂和崇拜，恐怕是连郭沫若也得退让三分。他写道：“他/屹立着像一尊塑像……/毛泽东，他向世界发出了声音/毛泽东，他向时间发出了命令/进军!!! /……毛泽东/他屹然地站在那最高峰上/好像他在向着自己/也就是向着全世界宣布：……/我是海/我要大/大到能够/环抱世界/大到能够/流贯永远/……”胡风是真诚的，他的诗句反映了那个时代许许多多人的心声。巴金表示要“歌颂伟大领袖”，却没有做到；但胡风做到了。不知后来那些说他是“特务”，是“内奸”，是一贯“反党”“反革命”的人，读到这些发自内心的热情澎湃的诗句时，会做何感想。读读这些诗句，再谈谈毛泽东为胡风写下的那些“按语”，不知究竟是胡风误解了毛泽东呢？还是毛泽东误解了胡风？①

1950 年的中国文坛迎来了批评的季节，《人民日报》发表了两篇批评阿城的文章。不久，中共中央做出了《关于在报纸刊物上展开批评和自我批评的决定》，文艺界批评与自我批评成为热潮。1950 年胡风新作《时间开始了!》充满了激情，对时代的歌颂是诗作的原生旋律，“欢乐颂”“光荣颂”都是胡风诗作的高峰。不久《光明日报》《文艺报》《大众诗歌》等报刊先后发表沙鸥、黄药眠等人批判胡风诗作的文章。1950 年 6 月 23 日，全国政协一届二次会议闭幕词中，毛泽东明确提出了今后的工作为：知识分子的改造。全国知识界的思想改造运动逐步开展起来，《武训传》批判成为导火索，每个人虔诚地解剖自己、埋葬旧我。文艺整风运动应运而生，主要任务是“清除文艺工作中浓厚的小资产阶级倾向”，其内容是重新学习毛泽东《在延安文艺座谈会上的讲话》，确立毛泽东文艺思想的绝对领导地位，改造所有文艺家的思想。胡风和他的朋友们面临着又一次选择。对毛泽东，胡风非常崇拜，他曾以饱满的激情歌唱过。但在文艺思想上，就文学与生

① 谭兴国：《走进巴金的世界》，四川文艺出版社，2003，第 302 ~ 303 页。

活、文学与阶级等方面，胡风与毛泽东并无大的区别，但胡风更强调作家的主观意识。毕竟他是一位诗人，一位文学家。一位文艺家的文艺思想，与一个政治家的文艺思想，似乎天生存在难以融合的分歧。[①]

新中国成立后第二年，毛泽东认为知识分子在延安整风运动中还没有完全改造过来，于是通过中共中央宣传部在文艺界又展开一次整风运动。毛泽东观看电影《清宫秘史》，认为是宣扬卖国主义，应该进行批判。1951年5月20日，《人民日报》发表了由毛泽东撰写的社论《应当重视电影〈武训传〉的讨论》："资产阶级的反动思想侵入了战斗的共产党，这难道不是事实嘛？一些共产党自称已经学得的马克思主义，究竟跑到什么地方去了呢？"对《武训传》的批判，已经由文艺导火线转入政治思想的批判，"胡风反革命集团"就是在这个时候产生和制造出来的。作为诗人与文艺家的胡风特别强调作家的主观意志，这与作为政治家的毛泽东的文艺思想似乎存在难以融合的分歧。

胡风与路翎过从甚密，是一条绳上的两只蚂蚱，成为文艺整风运动重点攻击的对象。路翎与巴金于1952年一同在抗美援朝战线上体验生活，采访报道。路翎创作了反映志愿军战士的《洼地上的战役》。巴金认为写得不错。但是其中一个关键性的情节是志愿军战士王应洪与朝鲜少女恋爱的故事，这在当时的环境下，是为军纪所不允许的。但路翎写的只是战士和少女的一些内心活动，彼此爱慕却未付诸行动。这本来很正常，是自然可以理解的事情，但在僵化的、规范的政治观念看来，这是要不得的，不允许出现的，且是有损于志愿军形象的。巴金按当时这样的生活意识写作了长达一万余字的评论文章。他以一个两次深入朝鲜战地体验过生活的作家的身份，权威地列举了朝鲜战地环境上的种种实例，证明"在朝鲜战场上这样的问题根本不存在"，他和许许多多战士接触谈话，始终找不到任何与"爱情"有关的线索。"我也找不到什么隐秘的感情"，以此指控路翎写的是"一大堆完全虚假的东西"。6月10日《人民日报》公布了胡风的第三批信件材料，直称胡风为反革命。杂志当然要紧跟形势，对上政治口径，就对巴金的评论文做了相应的增补和修改。八月出版时，巴金看到自己的文章

① 李辉：《胡风集团冤案始末》，人民出版社，1989，第88页。

里面被夹进他从没有想到过的政治术语和政治帽子，就直截了当斥之为“用颠倒黑白的办法来达到宣传的目的”，“胡风反革命集团……这个集团骨干分子路翎的‘作品’”等，题目也被换成《谈别有用心的〈洼地上的战役〉》。[①] 巴金对《人民日报》编辑擅自篡改他的评论文感到非常惊讶，深陷迷惑之中。全国文艺界整风运动形势日益严峻起来，大大小小的报纸杂志充斥着“胡风反革命”字样的文章。只要稍稍审视一下时局，就知道人人此时不能太平和，否则就有“胡风分子”嫌疑。《人民日报》编辑也是紧跟形势才这样严厉措辞。

其实巴金撰写文章实非本人意愿，而是时势使然。1952 年全国文联轰轰烈烈开展了文艺整风运动，人人都要写表态文章。有编辑很不客气向巴金催稿，巴金才慢慢地开始写作评论《洼地上的战役》的文章。后来，《人民日报》记者从北京来组稿，巴金正在上海作协开会，讨论的就是批判胡风的问题。到了应当表态的时候，推脱不得，巴金就写了《他们的罪行应当得到惩处》的短文，基本上是鹦鹉学舌地讲了一些别人早已讲述过的话，表了态，头一关算是过去了。

三十多年过去了，巴金对给路翎、胡风造成的伤害表示深深的忏悔，他背上了一个沉重的思想包袱，觉得心灵里欠了朋友一笔感情债，他坦诚地解剖了自己心灵的污点。

> 在批判胡风集团的时候，我被迫参加斗争，实在写不出成篇的文章，就挑选了《洼地上的战役》作为枪靶，批评的根据便是那条志愿军和当地居民不许恋爱的禁令。稿子写成寄给《人民日报》，我自己感到一点轻松。形势在变化，运动在发展。我的文章在刊物上发表了，似乎面目全非。我看过一些我自己没有想到的政治术语，更不知道自己哪里来的权力随意给人戴上“反革命”帽子，看得出有些句子是临时匆匆忙忙地加上去的。总之，读头一遍我很不满意，可是过了一晚，一个朋友来找我，谈起这篇文章，我就心平气和无话可说了。我写的是思想批判的文章，现在却是声讨“反革命”集团的时候，倘使不加

① 彭小花编著《巴金的知与真》，东方出版社，2006，第 239 ~ 241 页。

> 增改就把文章照原样发表，我便会成为批判的对象，说是有意为“反革命分子”开脱。《人民文学》编辑对我文章的增改倒是给我帮了大忙，否则我会遇到不小的麻烦。①

“文革”期间，巴金本着“活命哲学”违心攻击路翎、胡风，是时局所逼，是迫于无奈。这是在赤裸裸的暴力面前本能奔着“活命”使然的。巴金无情地将解剖刀直刺自己的心脏，带血地声讨自己，也带血地控诉了“文革”之前的政治运动。

> 我还要在这里向路翎同志道歉。我不认识他，只是在首次文代会上见过几面。他当时年轻，是一位有才华的作家，可惜不曾给他机会让他的笔发出更多的光彩。我当初评《洼地上的战役》并无伤害作者的心思，可是运动一升级，我的文章也升了级。我不知道他的近况，只听说他丧失了精力和健康。关于他的不幸遭遇，他的冤案，他的病，我怎么向后人交代？难道我们那时的文艺工作就没有失误？虽然不见有人出来承认对什么错误应当负责。但我向着井口掷石块就没有自己的一份责任？历史不能让人随意编造，沉默妨碍不了真语的流传，泼到他身上的不公平的污水也起不了什么作用，只是为了那些“违心之论”我决不宽恕自己。②

追忆往事，巴金是沉痛的。对于五十年代初期在迫害年轻作家路翎运动中自己的“表演”，他感到恶心，感到羞耻，不能“宽恕自己”。巴金为对路翎落井下石之举，诚恳地道歉，反思了历史，用反问的语气批判了五十年代文艺界错误的方针政策——以政治手段干预文学创作，违背了写作规律，希望后人引以为戒。

1952 年在反对胡风唯心论运动中，两个口号即“民族解放战争的大众文学”与“国防文学”这一问题被重新提了出来，专门召开了“胡风文艺思想讨论会”。1953 年《文艺报》第二、三号相继发表了林默涵的《胡风反马克

① 巴金：《随想录》，作家出版社，2005，第 418 页。

② 巴金：《随想录》，作家出版社，2005，第 419 ~ 420 页。

思主义的文艺思想》、何其芳的《现实主义的路，还是反现实主义的路?》，将文艺争鸣上升到“反马克思主义”“反现实主义”政治斗争的高度。胡风受到批判的是，他探讨现实主义理论时提出“自我扩张”，强调艺术创作是特殊精神活动。作家在反映生活时重视自己的主观意志。我们知道文学本身就是作家对社会、对人生的思考结晶，人具有主观能动性，写作是一种精神创造的过程，胡风的主张是比较吻合文艺规律的，却被挂上了“唯心论”的牌子，与马克思主义“唯物论”背道而驰，斗争的火药味越来越浓。1954 年在军队文艺座谈会上批评路翎《洼地上的战役》成为中心主题。

在文艺整风运动中，在反胡风浪潮里，舒芜是一个重要人物。当年胡风发表了舒芜的《论主观》等哲理文章，使他名噪一时。在那个特定年代，胡风成为文艺界众矢之的，备受冷落与打击。舒芜顺应时代潮流，在《长江日报》发表了《从头学习〈在延安文艺座谈会上的讲话〉》，与胡风划清了界限。几天之后，《人民日报》加以转载，在编者按中首次提出以胡风为首的“小集团”概念。周扬通知胡风进京参加胡风文艺思想讨论会。在舒芜看来，胡风与毛泽东文艺思想对立，他鼓动路翎像他一样否定自己、检讨自己、根除自己的错误思想。舒芜的《给路翎公开信》在《文艺报》发表，这无异于一记惊雷。编者按明确指出胡风“小集团”在“基本路线上是和党所领导的无产阶级的文艺路线——毛泽东文艺思想背道而驰的”。经过将近半年的胡风文艺思想专题讨论会，胡风明显感到一张批判的大网在笼罩着他，他是多么无助，只好沉默，不再撰文与对手论战。

在胡风文艺思想讨论会上，胡风文艺思想被认为是反马克思主义、反现实主义的论调，胡风并不服气。在沉默了一年后，胡风和路翎认为不能坐以待毙，经过充分准备之后，胡风决定上书党中央。在路翎、绿原、徐放等人的积极参加下写成《三十万言书》，并于 1954 年 7 月 22 日通过中央文教委员会主任习仲勋转交毛泽东。洋洋洒洒三十万言《对文艺问题的意见》分作四个部分：几年来的经过简况；关于几个理论性问题的说明材料；事实举例和关于党性；附件《作为参考的建议》。该《意见》涉及学习马列主义、树立共产主义世界观、作家的思想改造、深入生活等重大话题。

在《几年来的经过简况》中，胡风详细诉谈了自己自 1949 年以来遇到的种种打击，指责作为文艺界领导的周扬、丁玲、冯雪峰、林默涵等将他视为文艺界“唯一的罪人兼敌人”，这一部分9万字。在《关于几个理论性问题的说明材料》中，胡风集中反驳林默涵、何其芳于1953年初发表的两篇文章，逐个论点反驳，并阐明自己的观点。这一部分约13万字。在《事实举例和关于党性》中，胡风就这几年一些涉及自己的重要问题加以辩解和说明。共有9个问题，其中主要有：小宗派与小集团问题、关于舒芜问题、关于陈亦门（阿城）问题、关于路翎问题、关于党性。这一部分约7万字。在附件《作为参考的建议》中，胡风草拟出类似文艺大纲的材料，分细目提出诸如作家协会的成立、工作程序、刊物存在方式、戏剧的组织等业务上的安排办法，这一部分约6万字。[①] 胡风不愧是伟大的文艺批评家，文风犀利，切中要言，针锋相对，旗帜鲜明地反击文艺界对他的大批判，论证了新中国成立后的四五年间受到的委屈与冤枉。三十万言书以胡风为主持人，路翎、徐放、谢韬、绿原等人都是积极的参与者。全书的结论认为，现在宗派集团掌握了文艺界的领导权，推行错误的文艺方针，使三十多年以来积蓄的有生力量遭到压制。这种局面急需改善，这样文艺工作才能朝着正确的道路迈进。

这份报告引起毛泽东和党中央的高度重视。毛泽东决定把胡风的“三十万言书”公开发表，并指令中宣部展开批判。中央宣传部对意见书的结论是：披着马克思主义的外衣，长期进行反党反社会主义的活动。以政治标准来评判文艺作品，必然是主题先行，使文学沦为政治的附庸，使文艺园地荒草萋萋。

胡风的三十万言书一再引用马、恩、列、斯、毛的论述，但还是被认为是对整个党的文艺方针、路线以及组织的全面挑战。他著名的“五把刀子”论，现在反过来砍在了自己的头上。1955年1月《文艺报》将三十万言书中文艺思想和组织领导两部分公之于世，同时，文联和作协召开主席团扩大联席会，一场声势浩大的“批判胡风资产阶级主观唯心主义文艺思想”的运动在全国展开了。郭沫若的《反社会主义的胡风纲领》给胡风作了这样的“定性”：“他巧妙地披着马克思主义外衣来反对马克思主义，披着现实主义的外衣来反现实主义。”据当时中国文联资料室统计，从1955

① 李辉：《胡风集团冤案始末》，人民出版社，1989，第141～142页。

年1月到5月，全国各报刊登出批判胡风的文章二百五十余篇，大都针对“胡风文艺思想”进行批判。[①]

批判胡风的声势日益剧烈。1955年2月巴金颇感意外，他问过胡风：“为什么别人对你有意见？”胡风说：“因为我替知识分子说了几句话”。文艺界领导人物发出战斗号令：我们必须战斗。按照当时的逻辑，这是不容丝毫怀疑和违背的，大家就一拥而上，独立思考只好让位。作为中国作家协会副主席的巴金当然不能例外。1955年5月批判胡风情势大变，《人民日报》把“胡风问题”由资产阶级文艺思想升级为反革命，由胡风反党集团升级为反革命集团，大肆搜捕胡风分子。一个认识了几十年的文艺界朋友一下子变为十恶不赦的敌人，是巴金无论如何不能想象和接受的。但是《人民日报》按语向所有对反胡风有所保留的人们施加了可怕的压力和威胁。

> 当本报公布了第一、二批揭露材料之后，还有一些人在说：胡风集团不过是文化界少数野心分子的一个小集团；他们不一定有什么反动政治背景。说这样话的人们，或者是因为在阶级本能上衷心地同情他们；或者是因为政治上嗅觉不灵，把事情想得太天真了；还有一部分则是暗藏的反动分子；或者是胡风集团里面的人，例如北京的吕荧。[②]

《人民日报》作为中共中央的机关报，作为党的喉舌，发出了如此毛骨悚然的号召，就是要求所有文艺界人士都齐刷刷与胡风划清界限——胡风是中共的敌人，必须彻底打倒，永远不得让他翻身！凡是同情胡风的人都要戴上“反党”“反社会主义”罪名！谁也不能顶住这千斤压力。6月25日胡风被开除作协会籍，撤销作协理事、《人民文学》编委、文联委员等职务，交检察机关查处，被逮捕归案，关进秦城监狱。

一颗文艺理论界的巨星就此陨落了，开始噩梦般的荆棘丛生的人生历程。在很大程度上说，胡风悲惨的命运被视为中国文艺界走向挫折的历程。因为反胡风运动前前后后历时二十年之久，最为典型地反映了中国文艺界当时乌云压阵，而且愈演愈烈，最后演变成“文化大革命”的历史进程。

---

① 谭兴国：《走进巴金的世界》，四川文艺出版社，2003，第300页。

② 彭小花编著《巴金的知与真》，东方出版社，2006，第237～238页。

反胡风运动继续向纵深发展。毛泽东作出指示，他在《〈关于胡风反革命材料〉的序言和按语》中这样给胡风“盖棺定论”：

> 这样一来，胡风这批人就引人注意了。许多人认真一查，查出了他们是一个不大不小的集团。过去说是“小集团”，不对了，他们的人很不少；过去说是一批单纯的文化人，不对了，他们的人钻进了政治、经济、军事、文化、教育各个部门里；过去说他们好像是一批明火执仗的革命党，不对了，他们的人大都是有严重问题的。他们的基本队伍，或者是帝国主义国民党的特务，或是共产党的叛徒，由这些人做骨干组成了一个暗藏在革命阵营里的反革命派别，一个地下的独立王国。这个反革命派别和地下王国，是以推翻中华人民共和国和恢复帝国主义国民党的统治为任务的。①

领袖的定论，是对反胡风运动的总结与肯定。胡风作为“特务”“叛徒”“反党分子”，走向了全国人民的“对立面”，只能老老实实低头认罪。毛泽东在新中国成立以后没有及时调整战争年代敌对阶级你死我活的思维，他没有真正认识到，自从蒋家王朝倒台后，敌我矛盾基本转化为人民内部矛盾。也许战争年代过于残酷，使他神经过于敏感，他对胡风问题的重要指示，把文艺运动直接推向了政治的旋涡。

当时文艺界掀起反胡风运动，揭发“胡风集团”，人人有责、个个有份。巴金作为上海文艺界领导，“表态”摆上严峻的日程，华东、上海作协召开批判胡风大会，他必须出席。《人民日报》公布了《关于胡风反党集团的第三批材料》，毛主席亲自写了按语和“序言”，问题上升到“反革命集团”高度。巴金不得已响应号召，写作《关于胡风的两件事情》表态，责备自己“麻痹大意”。②

巴金违背了自己的良知，顺应时代潮流，半个月之后又发文批判胡风，揭露其“反革命”罪行。早年鲁迅与胡风来往及胡风受到批判之后向巴金

① 李辉：《胡风集团冤案始末》，人民出版社，1989，第2页。

② 巴金：《他们的罪行应当得到惩处》，《解放日报》1955年6月12日版。

说自己犯了错误请他批评这两件事，巴金的结论都伤害了胡风。[①] 巴金为了交差，编造了自己的感受，论证胡风是个坏人，理应受到批判。

巴金对胡风的批判文章，丧失了一个知识分子以前保持的真诚。对胡风的中伤，成为“文革”之后巴金心头永远的痛。深刻反省之后，他做出了深刻的检讨：

> 《关于胡风的两件事情》在上海《文艺日报》上发表，也是短文，我写的两件事都是真的。鲁迅先生明确说他不相信胡风是特务，我却解释说先生受了骗。一九五五年二月，我在北京听周总理报告，遇见胡风，他对我说：“我这次犯了严重的错误，请给我多提意见。”我于是批评他“做贼心虚”。我拿不出一点证据，为了第二次过关，我只好推行这种歪理。[②]

巴金在这两件事情中，按照上级指示与时代潮流，说了他并不想说的假话，违心地编造揭发胡风的假材料，跟随盲流在胡风身后扔石子，每念及此，无法释怀，“歪理”一词是他忏悔心情的自责，写诬陷文章，目的在于让自己“过关”。巴金对自己明哲保身、苟且偷生的行径进行了严厉的声讨。

胡风的可贵之处在于他明知不可为而为之，为了文艺发展的规律，他舍生取义，代表文学的良知。以权力营造的舆论一律，使中国文艺界人士失去了独立思考的能力。胡风的上书对毛泽东文艺思想构成威胁和对抗，被认定为“五把刀子论”，在舆论一律的氛围中，自然而然被视为异端加以整肃。1955 年胡风被捕，锒铛入狱。以思想定罪，不能不说是那个年代的悲剧。通过反胡风运动，毛泽东文艺思想权威被完全树立，从此无人敢怀疑、敢探讨。这又为以后历次文化运动奠定了基调——对知识分子的改造越来越向恶性方向发展。

1957 年，在“反右”运动中，一大批“右派分子”的罪名就是为胡风翻案或宣传胡风思想。此时国际形势发生了深刻的变化，苏共二十大，赫鲁晓夫彻底否定斯大林，掀起社会主义民主运动。匈牙利发生了暴乱事件。

---

① 巴金：《关于胡风的两件事》，《文艺日报》1955 年 7 月。

② 巴金：《随想录》，作家出版社，2005，第 418 页。

毛泽东认为，“匈牙利事件的一个好处，就是把我们中国的蚂蚁引出了洞”。他重点强调“百花齐放、百家争鸣以来，不敢去改造知识分子，我们敢于改造资本家，为什么对知识分子和民主人士不敢改造呢?”于是将胡风集团问题，重新摆到了人们的面前。[①] 毛泽东的《事情正在起变化》第一次明确提出了“右派”问题。五十五万知识分子被打成右派分子。冯雪峰的罪名是胡风思想的同路人。历史往往充满了戏剧性，当年揭批胡风的舒芜在“反右”运动中，被当作“胡风余孽”，被打成右派，送进劳动改造行列。与胡风有过交往的聂绀弩、周颖难以躲过政治风浪的袭击，也被打成右派。以“吴祖光”为首的戏剧界右派集团被认定是胡风反革命集团的传承人。批判胡风文艺思想的陈涌一下子也成了右派，理由是接受了胡风的影响。这让人不能不觉得极为荒唐。在《人民日报》上写过批胡风文章的三十多位作家反被打成右派。何满子为胡风翻案，扣上了“右派分子”罪名，去宁夏拉板车谋生。在意识形态转化中，所谓“右派”分子独立话语权的固守与失落成为一个时代的抉择。

“反右”运动是反胡风运动的深化。中宣部部长陆定一具体阐析毛泽东双百方针，在文艺界专门做了《百花齐放，百家争鸣》报告，知识分子欢欣鼓舞、畅所欲言。他们在政治上还比较幼稚，他们想象不到自己的言论会触犯主流意识形态，他们为自己的行为付出了惨重的代价——成千上万的知识分子被打成右派分子，长达二十余年之久。“反右”运动以思想定罪，用国家暴力来强制推行舆论一律，意识形态完全蜕变。

在狱中关押整整十年之后，胡风在1965年11月26日接受了法庭判决，以反革命罪判处有期徒刑十四年。按照宣判之前通过梅志做工作而达成的默契，胡风没有上诉，默默地接受了加在身上的罪名。不过，他仍然向中央写了题为《心安理不得》的判刑后的感想。他“心安”，接受加在身上的所有罪名，承认自己是个罪人，他又“理不得”，他无法找出自己究竟罪在何处。这种矛盾心理缠绕着他，终于导致几年后的严重的精神分裂症。[②] 1965年12月30日入狱十年七个月的胡风回到家里，与妻子儿女第一次重逢。

不久十年“文革”开始了，胡风又被卷入蓬勃兴起的运动热潮中。周

① 李辉：《胡风集团冤案始末》，人民日报出版社，1989，第276页。

② 李辉：《胡风集团冤案始末》，人民出版社，1989，第359页。

扬、何其芳、林默涵等文艺界领导纷纷被打倒，押进了监狱。“文革”初期，周扬被戏剧地加上了“包庇胡风”的帽子。即使与胡风毫无关系的人们在“文革”被批判时，往往也与胡风联系起来，批为漏网的胡风分子。胡风成为政治迫害最好的盾牌，可以任意把受害者与胡风糅合在一起，从中找到“罪名”，轻则坐牢、重则处以死刑。“胡风分子”像一堵高耸云霄的墙壁，横在中国大地上，那些“黑帮”“内奸”“叛徒”等“人民的敌人”统统关在墙内，接受残酷的“改造”，一条条鲜活生命受着生不如死的煎熬，许多正直的人们忍受不了打击，最终自杀或者精神失常。

胡风问题仿佛成为装饰品，一有政治运动，人们便会把它作为标签贴上去。“文化大革命”亦是如此。1967 年张春桥把胡风问题拉扯进入“文革”的政治风暴中。“四人帮”要求应当把反胡风运动深入下去。1971 年《红旗》杂志发表专文《记住社会主义革命时期阶级斗争的历史经验——重读〈关于胡风反革命集团的材料的序言和按语〉》。《红旗》杂志作为中央的机关报，作为党的喉舌，发表专文，老调重弹，从而使一批“胡风分子”遭受重创。胡风本人在“文革”中再次受到严重打击，1965 年在牢狱中度过漫长十年囚牢生活的胡风被释放出来。1967 年姚文元的《评反革命两面派周扬》发表，组织让胡风表态，立功赎罪。生性耿直的胡风认为姚文元是胡说八道，这无疑激怒了姚文元，四川公安厅来人将他押往成都，去茶场再次接受劳动改造。

公安部通知胡风与梅志到四川安家落户，在四川一待就是十三年，由两名持枪解放军押送，乘吉普车至节山县劳改局苗溪茶场居住。因为胡风批评姚文元的文章，成都公安厅又把他押解到成都入监。七十年代四川革委会判决胡风无期徒刑。胡风对解决自己的问题完全绝望，用大石头猛击脑部，自杀未果，精神开始混乱。在梅志的精心照料之下，胡风的精神开始好转。周恩来逝世，胡风在狱中写出《向周总理伏罪》，觉得自己有愧于周恩来在新中国成立前重庆时期对他的殷切期望。

“文革”期间，姚文元在反胡风运动中显山露水，挥舞着“文棒”，以文杀人，借机成为中央“文革”小组的成员，直接掌管全国意识形态。张春桥也在反胡风运动中身价飙升，取代“胡风分子”彭柏山，摇身一变成为上海市宣传部部长。“四人帮”恰到好处地利用毛泽东意识形态的整合之契机，残酷扼杀知识分子的话语权，无数富有良知的知识分子惨遭迫害致死致残，或失去了人身自由。这场声势浩大的“文化大革命”，利用群众运动，把全社会调动起来，“全国山河一片红”，葬送了现代文明。血腥暴行充斥各个社会领域，人人表态成为运动过关程序，众口一词，唯长官意志是向，形成“思想上的大一统”，知识分子思想自由被彻底剥夺。董仲舒向汉武帝提出“罢黜百家，独尊儒术”的主张，汉朝运用国家机器在现实社会中推行，从而结束了春秋战国时期“百家争鸣”思想大繁荣大发展的局面，从此以后儒学成为两千年官方意识，中央集权一朝一朝演变下去。“文革”期间，“四人帮”利用“文化大革命”，推行极权主义，知识分子独立话语权消亡了，整个国家被拖到崩溃的边缘。

“文革”结束后，胡乱贴标签的“左”倾风气依然存在。“四人帮”垮台了，却被认为与胡风问题有着联系。1977 年 4 月 20 日《人民日报》发表《“四人帮”与胡风集团同异论》，认为“四人帮”与胡风集团一样，与帝国主义、国民党反动派有千丝万缕的联系。这无疑是荒谬的，无疑是可笑的。透过这令人啼笑皆非的历史现象，我们不能不感觉到中国那段不堪回首的岁月上演着一幕皇帝新装的闹剧，成了人们玩弄小孩捉猫猫的游戏。

从五十年代到七十年代，中国政治运动波澜壮阔，人人都对日新月异的新形势来不及反应，“革命”的新局面不约而至。例如，《文艺日报》刊登过一篇某某音乐家的“检讨”。他写过一篇“彻底揭发”胡风的文章，是在第二批材料发表之后交稿的。但是《文艺日报》上市时，第三批材料出现了，胡风集团的性质又升级了，于是读者纷纷来信谴责。这位音乐家没有跟上瞬息万变的形势，只好马上又公开检讨“实际效果是替胡风黑帮分子打掩护”。《文艺日报》编辑部对“这一错误”承担起应该负的主要责任。在这样的形势下，巴金唯一的选择是——“天王圣明”好借口，能推就推，顺应“革命浪潮”，与时俱进，写“过关”文章，脑子根本不能独立思考，他对“文革”中胡风不幸的遭遇寄予了最深切的同情，对这场“文字狱”感到刺心剧痛。

> 反胡风的斗争热闹一阵之后又渐渐冷下去了。他本人和他的朋友们那些所谓的“胡风分子”在斗争中都不曾露面，后来就石沉大海，也没有人再提他的名字。我偶尔向熟人打听胡风的消息。别人对我说：

“你不用问了。”我想起了清朝的“文字狱”，连连打几个冷噤，也不敢做声了。外国朋友向我问起胡风的近况，我支支吾吾讲不出来。而且那些日子，那些年月，运动一个接一个，大会小会不断，人人都要过关。谁都自顾不暇，哪里有工夫、有勇气到处打听不该打听的事情。只有在“文革”中期不记得在哪里看到一份小报或者材料，说是胡风在四川，此外我什么也不知道，一直到“文革”结束，被颠倒的一切又给颠倒过来的时候，被活埋了的人才回到了人间，但已经不是原来的胡风了。

一个有说有笑、精力充沛的诗人变成了神情木然、生气毫无的病夫。他受了多大的折磨和迫害！不能继续工作，再没有比这更痛苦的了。关于他知道的并不多，理解也并不深。我读过他那三十万言的“上书”；不久就忘记了，但仔细想想好像也没有什么不对。为了写这篇“怀念”，我翻看过当时的《文艺日报》，又找到编辑部承认错误的那句话。我好像挨了当头一棒！印在白纸上的黑字是永远揩不掉的。子孙后代是我们的真正判官。究竟对什么错误我们应该负责，他们知道，他们不会原谅我们。五十年代我常说做一个中国作家是我的骄傲。可是想到那些“斗争”，那些“运动”，我对自己的表演（即使不得已而为之吧），也感到恶心，感到羞耻。今天翻着三十年前写的那些话，我还是不能原谅自己，也不想要求后人原谅我。①

往事并不如烟。回首近三十年的政治运动自己的“表演”，巴金依然在接受良心的拷问。我们通过巴金这些心灵深处的话语，看见了一个真诚忏悔的老作家的伟岸形象，犹如当年卢梭的《忏悔录》问世一样，惊世骇俗。历史永远不能忘记，卢梭在凄凉中走完自己的人生之路，后来法国人民把他安葬在国贤祠中永远怀念。历史同样永远会铭记巴金，为了祖国不致让悲剧重演，他将自己的内心袒露在国人面前，其真其诚，震撼山河！忏悔之情，震撼人心！

从战争年代走过来的毛泽东在新中国成立之后，没能及时地转换夺取政权时期的思维，依然沿用阶级斗争的思维模式来对待国家与人民。地主

① 巴金：《随想录》，作家出版社，2005，第418～419页。

阶级作为一个阶级在土改运动中已经消亡，由此赢得民心，获得政权。新中国成立后，如何对待旧中国资产阶级，成为摆在国家领导人面前的一个课题。其实在社会主义三大改造中，民族资本已通过公私合营等方式转化为国家资本。在毛泽东看来，知识分子好事，指东道西，应当使主流意识形态一律化。为了达到这个目的，在虚拟化的“兴无灭资”运动中，通过国家机器来改造知识分子。以胡风为代表的中国知识分子要保持人格的独立性与话语的独立性，无疑是与毛泽东的见解有很大出入的。毛泽东抓住胡风事件，在三十万言书上大做特做文章，无限扩大，用战争年代的专政手段，由改造知识分子上升到政治运动，成为意识形态转变中的关键环节，从此知识分子噤若寒蝉，不敢发出自己的声音。胡风被捕与囚禁十余年，开启了意识形态整合的运动模式。

三 《怀念胡风》：中国文艺春天的到来

历史是世间一切公平的判官。那些国人的败类“四人帮”，曾经嚣张横行一时，最终接受人民公正的审判。拨乱反正、平反昭雪是改革开放前后一段时间内的大事。1980 年公安部、最高人民检察院、最高人民法院党组复查报告，还了历经生死考验的胡风等人公开、公平、公正的评价。

> 在全国清查“胡风反革命集团”的斗争中，共触及了 2100 人，逮捕 92 人，隔离 62 人，停职反省 73 人。到 1956 年底，绝大部分都作为受胡风思想影响予以解脱。正式被定为“胡风反革命集团”分子的 78 人（含党员 32 人），其中划为骨干分子 23 人。
>
> 没有事实证明以胡风为首组织反革命集团，也没有证据说明胡风有反社会主义制度、颠覆无产阶级政权为目的的反革命活动。因此，胡风不是反革命分子，也不存在一个以胡风为首的反革命集团。胡风反革命集团一案应属错案错判。①

① 公安部、最高人民检察院、最高人民法院党组：《关于“胡风反革命集团”案件的复查报告》，《人民日报》1980 年 7 月 21 日。

同年9月29日中共中央做出决定："胡风反革命集团"一案，是在当时的历史条件下，混淆了两类不同性质的矛盾，将有错误言论、宗派活动的一些同志定为反革命分子、反革命集团的一件错案。中央决定，予以平反。

在巴金的印象中，胡风一直是一个生龙活虎的文艺战士，一个有着超越一般人才华的精英分子，一个颇具思想活力的社会活动家。然而，当巴金在中国现代文学馆正式开馆遇见胡风时，则完全变了一个人——痴呆、麻木、毫无表情的老人。巴金见到胡风"愣了一下"，差一点流出眼泪，那是愧悔的万顷波涛在他内心翻腾。巴金情不自禁地说："看见你这样，我很抱歉。"正是自己不曾偿还欠下的债，巴金有的只是惭愧，他的心在滴着血。第二天上午在作协主席团扩大会议上，胡风由他女儿陪着来了，呆呆地坐在对面一张桌子旁边，没有动，也没有跟女儿讲话，再也找不到那个熟悉的胡风了。胡风在"文革"判处无期徒刑，身体在那时全垮了。巴金打算在休息时候过去打个招呼，同他讲几句话。但是当会议快要告一段落时，他们父女就站起来走了。巴金目送他们，几十年沧桑巨变，多少知心话语要与挚友胡风倾诉啊。巴金不曾料到这是见胡风最后的一面。回到上海，巴金就得到胡风病逝的消息，打电话托人代他在胡风的灵前献一个花圈，巴金的心在颤抖，他说什么都太迟了，自己终于失去偿还欠债的机会了。

> 但赖账总是不行的。即使还不清债或者远远地过了期，我总得让人知道我确实做了一番努力，希望能补偿过去对亡友的损害。胡风的冤案得到了平反。我读他的夫人梅志写的《胡风传》，很感动，也很难过。他受到多么不公正的待遇。①

这是良知在人世间的回荡。巴金通过对自己灵魂的深刻剖析，希望以此来减轻痛苦，"补偿过去对亡友的损害"。巴金的头上高悬着一柄达摩克利斯宝剑，挖出滴血的灵魂。面对一个八十多岁老人如此内疚的滚烫文字，无人不会为之动容。

失落主体，人格不能自主，苟且偷安，明哲保身，既不能保护自己，

---

① 巴金：《随想录》，作家出版社，2005年，第417页。

也不能保护别人，确也是一代人的悲哀。经受“文革”磨难的中国知识分子，大都是在五四新文化教育下成长起来的，有的还是现代思想的先觉者、传播新文化的启蒙者，本应都是具有自主人格精神的人，可是在那场急风暴雨来临的时候，有多少人失去了独立思考的能力，彻底否定自我，表现怯弱，显示了巴金《家》中主人公觉新的性格呢？巴金意识到失去自由思想的空间，成为没有自主人格的人是一代人的问题，是一代知识分子共有的悲剧，所以说替一代人感到惭愧。①

《怀念胡风》这篇洋洋万言的长文从酝酿到完成，经历了漫长的五六年时光，成为一百五十篇《随想录》的压卷之作，不难看出巴金对“胡风问题”是异常谨慎的，也是中国文艺领域新气象到来的一个重要表现。《怀念胡风》完成于 1986 年 8 月 20 日，距离第一篇“随想”《谈望乡》整整过去了八年。八年间中国发生了天翻地覆的变化，期间经过“两个凡是”的斗争与交锋，“以阶级斗争为纲”的错误路线基本销声匿迹。作为中国作协主席的巴金认为时机已成熟，于是这篇惊世大作面世，中国文艺局面更加风和日丽、春暖花开。

贾植芳先生在《一点回忆，一点感想——悼念巴金先生》中说：早在 1981 年 5 月 25 日，日本《朝日新闻》上海站特别派田所访问巴金时，巴金就对记者说：“批判胡风那时，由于自己的人云亦云，才站在指责胡风为反革命的一边。现在他已恢复了名誉，并没有所谓反革命的事实。我对于自己当时的言论进行了反省。必须明白真相才能行动。”这是我们见到的第一个为自己在“反胡风”运动中的错误向国外发表声明的中国作家，其实运动当时，那样的人在中国如恒河沙数也。②

正如巴老自己所说：“胡风逝世已经半年，可是我的脑子里还保留着那个生龙活虎的文艺战士的形象。关于胡风，我一直想写点什么，已经好几年了，好像有什么东西堵住我的胸口，不吐出来，总感觉到透不过气。”巴金用既沉重又尖锐的声音结束了他的“随想”，从此宣布“搁笔”。他虽然尽量说出内心的话，可是他的读者都感到《随想录》里还有一种说不完，表达不出的东西，这是为什么呢？是不是老作家提出的问题仍然存在于现实生活中？

① 宋曰家：《巴金：永生在青春的原野》，山东文艺出版社，1997，第 14～15 页。

② 贾植芳等编《巴金：我的写作生涯》，白花文艺出版社，2006，序言第 2 页。

如果是这样，与他的《家》一样，《随想录》也没有完成它的历史任务。可能为了继续完成这任务，老作家九十年代把《再思录》献给了读者。[①]

巴金在《真话集》检讨他三次违心写批判胡风文章的矛盾心情时，曾经说过："说真话并不容易，不说假话更加困难。"著名老作家萧乾在1994年4月对《随想录》感言：说真话不容易，然而说了真话的巴金，今天依然健在，并且受到赞扬。从这一点可以衡量中国的历史进程。我们现在是站在下个世纪的门槛前。我祝愿并相信说真话在下一个世纪的中国，情况会大有好转。[②]

萧老的祝愿如今变为了现实。我国正处于文化事业革新时期，有关"文革"的长篇小说畅行于世，有关"文革"的影视走向了屏幕，比如以"文化大革命"为剧情背景的电视连续剧《路上有狼》2011年在省级电视台热播，这不能不归功于巴金《随想录》对社会解放思想的启蒙与推动，不能不归功于我国"胡风问题"的惨痛教训。我国文化产业蓬勃发展，由前几年几个亿，猛增到2009年60个亿。勇敢地正视"浩劫"的中华民族，头顶上那块文艺的天空将晴空万里，艳阳高照。

中国青年出版社文学中心万同林先生认为，作为政治运动，批判"胡风反革命集团"的冲击面远不及后来的"反右"斗争和"文革"；但作为个案，在意识形态领域的斗争中，对文化人的整肃与清洗，胡风事件作为"文狱案"，其株连规模、讨伐声势和打击程度，均超过了"反右"和"文革"中的任何一宗冤案，有其内在必然性。笔者认为，这种内在性源于毛泽东要求"舆论一律"与胡风独立话语权的冲突，这种冲突愈演愈烈，最终成为中国文艺战线上的"晴雨表"与"风向标"，它直接影响到几代知识分子的命运走向，也深刻地影响了中国的国家命运和走向。一代伟人毛泽东与胡风先后离世，反胡风运动因此而落幕。然而我们通过这块"晴雨表"，透过历史的是非，回望历史的得失，须总结出经验教训，以政治手段处置意识形态问题的危害性之大不言而喻；我们通过这块"晴雨表"，展望未来的前程，创造未来的美好，营造宽松的人文环境。让知识分子拥有充分的话语权与言论权，让知识分子为祖国奔小康的宏图大业积极建言献策，

---

① 陈思和编著《解读巴金》，春风文艺出版社，2002，第286~287页。

② 萧乾：《更重大的贡献》，《文汇报》1994年4月1日版。

充分发挥知识分子的聪明才智，这是中国学术走向繁荣的基本保证，这是中华民族走向昌盛的精神源泉，这是中国走向现代化征途的必由之路。

第四节　《随想录》忏悔意识传播价值之二：中国文艺战线上高悬的“明镜”

——以冯雪峰的沉浮与巴金的忏悔为研究视角

冯雪峰和巴金是鲁迅同盟军的重要成员，高扬着鲁迅战斗精神，沿着鲁迅开辟的道路，追求民族解放。新中国成立后，冯雪峰与巴金作为中国文艺战线的重要领导人，共同推进文艺事业的发展。然而在波澜壮阔的政治活动中，两人先后被打倒，经历生与死的涅槃考验。改革开放新时期，两位巨匠被平反昭雪，文艺百花园里姹紫嫣红、生机盎然。

一　冯雪峰与巴金：鲁迅精神的直接传承者

年轻时代的冯雪峰阅读过李大钊著作，备受鼓舞。在时代的召唤与中共创始人的影响下，冯雪峰潜心研究马克思主义文艺理论，翻译的文章大多发表在鲁迅主编的《莽原》半月期刊上。《莽原》是当时非常进步的刊物，发表热血青年追求解放的文章。《莽原》主编鲁迅先生对冯雪峰“译文还满意”，这给了冯雪峰“很大鼓舞”，翻译大业得以继续下去。① 《莽原》是以“撕去旧社会的假面”为宗旨，兼重“文明批评”和“社会批评”②，冯雪峰因为《莽原》而结识了鲁迅周围的许多作家，包括巴金等人，从此以后，两位文学巨匠因为文学事业走到了一起，并肩作战。

1927 年李大钊被奉系军阀张作霖杀害，极大地刺激了冯雪峰。1927 年 6 月，在四·一二白色恐怖笼罩下，冯雪峰毅然加入了中国共产党。“我是受了李大钊同志殉难的刺激才加入中国共产党的。”③ 冯雪峰逐渐走上中共

① 冯雪峰：《冯雪峰致包子衍信（三）》，《新文学史料》1982 年第 4 期。

② 鲁迅：《鲁迅全集》第 11 卷，人民文学出版社，1980，第 63 页。

③ 冯雪峰：《雪峰文集》第 4 卷，人民文学出版社，1981，第 133 页。

文艺战线的领导岗位，对进步青年丁玲、胡也频等人成为共产党员、无产阶级作家是起了相当大的作用。丁玲在不少次谈话中都说过类似这样的话："冯雪峰像毛主席讲的，是一颗种子，在哪个地方都能发芽，都能吸引很多进步的青年作家走向革命，都能提高一些同代人的认识。他不是靠站在讲台上讲一些漂亮话，而是实实在在地、勤勤恳恳地在做。"① 从某种程度上说，冯雪峰实际是中国共产党在国统区的地下联络者与统战员。1932 年 3 月冯雪峰调任中共中央宣传部文化工作委员会书记。在冯雪峰引荐下，陈赓大将再次见到鲁迅，详细讲述红军作战情况及苏区人民生活情况，鲁迅因此打算写一部中篇小说《红军西征记》。鲁迅虽然没有加入共产党，但他深深受到冯雪峰影响，倾向于共产党，反抗国民党。

左翼文艺界领导人周扬解散"左联"，提出"国防文学"口号。冯雪峰与鲁迅、胡风等人商量后提出"民族革命战争的大众文学"，徐懋庸致信鲁迅，指责那些批评鲁迅的口号。冯雪峰按照病重中鲁迅的意思，代笔写作著名文章《答徐懋庸并关于抗日统一战线问题》，给予徐文有力回击。从此以后两个口号之争逐渐降温，再没有人就这个问题公开反对鲁迅。巴金在回忆录中写明当时冯雪峰与巴金就此文协商会晤的情况如下：

> 我在鲁彦家吃饭的时候见到了雪峰，我们谈得融洽。奇怪的是他并非摆出理论家的架子，我也只是把他看做一个普通朋友，并未肃然起敬。他也曾提起答徐文，说文章是他主动地起草的，为了照顾先生的身体，可是先生改得不少，关于那篇文章他只谈了几句，其他的，我想不起来，记不起来了。我们海阔天空，无所不谈，每次见面都是这样，总的说来离不了四个字"互相信任"。②

巴金虽然信仰无政府主义，没有加入共产党，但他倾向进步，成为鲁迅旗帜下文学新生代的重要一员。鲁迅作为非党人士、团结追求民主与自由的人士，在克服党派与宗派的争斗中，超越流派与社团的局限，独立于官方和左翼宗派势力之外，自然而然地形成了一种新的力量。陈思和先生

① 陈早春、万家骥：《冯雪峰评传》，人民文学出版社，2003，第 38 页。

② 巴金：《纪念雪峰》，香港《大公报》1979 年 9 月 4 日版。

认为，这是鲁迅在其生命的最后时刻又一次展示出极有光彩的一页，如果鲁迅不是因为肺结核过早去世的话，以他为旗帜的这股新生力量在未来文坛上的作用将是不可估量的。这一点，当时身处中共地下党领导地位的冯雪峰已经意识到了。当左联解散，鲁迅拒绝参加周扬组织的中国文艺家协会时，这批新生代也都拒绝参加，还发表了一个《中国文艺工作者宣言》，双方对阵的架势也已经摆开了。[①] 冯雪峰立即嘱咐茅盾两边的活动都要参加，这显然是有着明确的统战的目的。[②] 茅盾是中共最早的成员之一，在二十世纪三十年代文艺路线上受到冯雪峰指令，进行统一战线的指导工作，团结一切可以团结的力量，在文艺战线上筑成一道坚固的抗日阵地。

《湖畔》诗集出版时，巴金就是冯雪峰作品的热心读者。巴金从法国回来之后来到上海，就知道冯雪峰参加了共产党，翻译过文艺理论的书，同鲁迅先生熟悉；冯雪峰也从陕北来到上海。巴金与胡风等人起草了《中国文艺工作者宣言》，向世人宣言："我们将保持我们各自固有的立场，本着我们原来坚定的信仰，沿着过去的路线，加紧我们从事文艺以来就早开始了的争取民族自由的工作。"[③] 《宣言》的发表，旗帜鲜明地反对"国防文学"流派，要求进步作家"为了民族利益"[④]。针对徐懋庸的攻击，巴金还先后写作《答徐懋庸并西班牙的联合战线》《答一个北方青年朋友》《一篇真实的小说》三篇文章进行针锋相对的驳战。巴金与鲁迅、冯雪峰一道战斗，对徐懋庸将"法兰西安那其的反动"当作攻击的材料进行反击，有利于文艺路线沿着正确的方向发展。

鲁迅先生病危期间，冯雪峰已买了飞机票，打算去成都同一个国民党将领联系一笔抗日捐款事宜，后来见先生病情严重，就退了机票，亲自守候在先生身旁。鲁迅逝世后，冯雪峰联系宋庆龄，商量善后事宜，当时冯雪峰是中共中央派往大上海的特派员。第二天，冯雪峰起草了一份讣告，发动群众参加悼念活动，时人这样进行了详细的回顾与记录：

---

① 陈思和、李存光主编《一粒麦子落地——巴金研究集刊卷二》，上海三联书店，2007，第65页。

② 茅盾回忆录《"左联"的解散和"两个口号"的争论》，《新文学史料》1982年第2期。

③ 巴金、胡风等：《中国文艺工作者宣言》，《译文》1936年6月16日。

④ 中国文艺家协会：《中国文艺家协会宣言》，《文学界》1936年7月10日。

> 鲁迅先生这个追悼会，自动来的群众不少，由组织发动的也不少，从早到晚，不断地来悼念，与遗体告别。当时，冯雪峰同志通过工会、共青团、救国会这样的群众性团体去发动广大群众参加悼念会。所以万国殡仪馆川流不息，馆外胶州路还排满了队伍，等候顺序而进入灵堂进行悼念。鲁迅先生的追悼会开得那样成功，影响那么大，冯雪峰同志所起的作用是不小的。①

巴金作为鲁迅灵柩抬葬十四位成员之一，虽然对冯雪峰主持葬礼的某些做法有不解之处，但知道鲁迅先生喜欢雪峰，爱屋及乌，便消除了不满情绪："这年鲁迅先生逝世，我参加了先生的治丧办事处工作，对治丧委员会的某些办法不大满意，偶尔向河清发一两句牢骚，河清说这是雪峰同意的，他代表党的意见。我并未读过雪峰翻译的书，但是我知道鲁迅先生尊重党，也听说先生对雪峰有好感，因此就不讲什么了。"

冯雪峰与巴金以大局为前提，消除误解，真诚团结，两人又一道弘扬鲁迅精神，发表鲁迅遗文与纪念文章，在《鲁迅先生纪念集》的编辑与出版上，冯雪峰与巴金进行了卓有成效的合作。八·一三事变后，中国进入全面抗日战争时期，大上海成为主战场。这一年恰逢鲁迅逝世一周年，吴朗西与黄源（河清）编辑《鲁迅先生纪念集》八百多页样稿。吴朗西去四川，一时不能返回，巴金就接手这件事情。然而当时巴金手中空无分文，文化生活出版社也没有钱，怎么办呢？就在这个时候，巴金遇见了冯雪峰，把实际困难倾诉了一番，建议在鲁迅先生逝世周年日之前把书赶出来。冯雪峰听过实情后，当即予以支持，鼓励巴金去做好此事，出版经费由他想办法解决。于是巴金受到鼓舞，前往科学印刷所商谈出版事宜，老实讲出困难，最后印刷所同意先收印刷费两百元，余数以后陆续付清。巴金把交涉结果告诉了雪峰，冯雪峰便从许景宋先生那里借来二百元来到巴金家中当面送上。黄源补写"后记"。十月十九日下午，上海各界在浦东同乡会大楼开会，纪念鲁迅先生逝世一周年。巴金从科学印刷所拿到十本刚刚装订好的《鲁迅先生纪念集》，放在许广平同志的座位前面，冯雪峰也拿到了一册。冯

① 郑育之：《无私无畏的冯雪峰同志》，义乌市雪峰研究会主编，《雪峰研究通讯》第4期。

雪峰以自己的实际行动，与巴金一起为高举鲁迅思想火炬而努力奋斗。

鲁迅晚年尖锐地批判过国民党的政权，但他似乎也从未宣布过自己信仰共产主义，而且鲁迅不止一次地痛斥那些暗示他拿卢布津贴的人，骂他们为走狗，鲁迅还拒绝李立三要他公开发表反蒋政权、拥护共产党的声明，他宁可用各种笔名在各种灰色报纸杂志上发表曲折的杂文，这是为什么？当年左翼激进青年不理解鲁迅，连史沫特莱也批评鲁迅不积极参加“左联”的具体活动。但是富有社会经验的冯雪峰当场驳斥说，鲁迅的地位不是别的作家可比的，他的存在（于“左联”）也就是（“左联”的）一个伟大的力量。冯雪峰显然比那些青年人和外国人更懂得中国的特殊国情和保护文化名人的重要性。在鲁迅死后，他曾一度想去主动接近知堂。这些成功的和没成功的计划，都显示冯作为一个政工人员的卓越眼光。①

从见第一面起，雪峰留给巴金的印象是：耿直、真诚、善良。巴金说：“我始终尊敬他，但有时我也会因为他缺乏冷静、容易冲动感到惋惜。我们两个对人生、对艺术的见解并不一定相同，可是他认为或是在认真地搞创作；我呢，我认为他是个平易近人的好党员。一九三七年我是这样的看法，一九四四年我是这样的看法，一九四九年我也是这样的看法，一九五八年我还是这样的看法。”

为了革命文艺事业，冯雪峰与巴金齐心协力，坚持鲁迅创作传统，深化现实主义精神。毛泽东《在延安文艺座谈会上的讲话》发表后，胡风提出了“主观战斗精神”的问题，冯雪峰发表长篇文章《论民主革命的文艺运动》，强调文艺与政治、主观与客观问题的有机结合，具有广泛的影响，完全是继续并发扬了鲁迅的思想和精神。冯雪峰具有高深的马克思主义文艺理论的修养，其精辟的论述有力地指导着新中国成立前夕革命文艺事业朝着健康向上的方向发展。

二　“反右”与“文革”：时代高悬的“明镜”

大上海刚刚解放，冯雪峰携手唐弢筹建鲁迅纪念馆和恢复鲁迅故居。

① 陈思和主编《解读巴金》，春风文艺出版社，2002，序言第6～7页。

在上海第一任市长陈毅的直接关怀下，进展顺利。新中国成立后第二年，中央人民政府出版总署建立了鲁迅著作编刊社，任命冯雪峰为社长兼总编辑。冯雪峰雷厉风行，亲笔撰写了《鲁迅著作编校和注释的工作方针和计划草案》，在整理和注释《鲁迅全集》的工作中付出了辛勤的努力。“雪峰认真地审核每一条注释，仔细地研究每一个措辞，字斟句酌，唯恐真有不准确或者不稳当的地方。”① 繁忙的工作之余，冯雪峰还撰写了大量的有关鲁迅的文章和专著，比如《回忆鲁迅》《论〈野草〉》，从鲁迅生平及其思想发展的梗概等方面进行介绍，成为鲁迅研究专家。

冯雪峰大力弘扬陈独秀、鲁迅的现实主义手法。五四时代是个性张扬、思想解放的时代，西方各种文艺思潮涌入中国，浪漫主义、现代主义、自然主义、象征主义等被作家们所追捧。陈独秀针对这种现状，要求“吾国文艺犹在古典主义、理想主义时代，今后当趋向写实主义，文章以记事为重，绘画以写生为重，庶是挽今日浮华颓败之恶风。”② 冯雪峰推崇鲁迅的现实主义作品，把现实主义视为一种有着悠久历史的创作方法，严厉地批判教条主义和客观主义，严禁公式化作品的产生。冯雪峰毕生致力追求如何把马克思主义与现实主义结合起来，揭示文艺创作规律。

1957 年 8 月 6 日，中国作协党组扩大会议第十二次会议，在对丁玲、陈企霞反党集团“斗争”“告捷”的情况下，将矛头转向冯雪峰等人。第二天《人民日报》用赫然醒目的大字标题，在第一版的版面上，以“文艺界反右派斗争的重大进展　攻破丁玲陈企霞反党集团”为正副标题，通报了作协党组扩大会议的情况。该文侧重揭露和批判的是丁玲、陈企霞，也点了冯雪峰、艾青、江丰等人的名，把他们包括在“丁玲陈企霞等人反党小集团”的“等”字当中。就在《人民日报》报道“攻破丁玲陈企霞反党集团”的当天，冯雪峰所在的人民文学出版社奉命“对冯雪峰的斗争主要在作家协会进行，在本社则配合作战”。“配合作战”于当日就揭开了序幕：该社整风领导小组召开全社大会，宣布撤销冯雪峰的整风小组组长的职务，号召大家揭发冯雪峰的“反党罪行”。③

① 唐弢：《追忆雪峰》，《文汇增刊》1980 年第 1 期。
② 陈独秀：《答张永言》，《青年杂志》第 1 卷第 4 期。
③ 陈早春、万家骥：《冯雪峰评传》，人民文学出版社，2003，第 522 页。

在人民文学出版社，冯雪峰在日常言谈举止上对周扬不够尊敬，矛盾日益加剧，存在周扬派与雪峰派的斗争。其实，1951 年冯雪峰奉命出任人民文学出版社社长一职，是违背他的意愿的。他渴望晚年定居上海，潜心研究鲁迅和文艺理论。当组织任命时，冯雪峰曾推荐巴金代他出任社长。巴金在回忆录中这样写道：

> 解放后他又一次从北京回来，说某同志托他找我去担任一家即将成立的出版社的社长，我说我不会办事，请他代我辞谢。他看我意思坚决，就告诉我倘使我不肯去，他就得出来挑这副担子。我劝他也不要答应，我说事情难办，我想的是他太书生气，耿直而易动感情。但他只是笑笑，就回京开始了工作。他是党员，他不能放弃自己的职责。他一直辛勤地干着。事业不断地在发展，尽管他有时也受到批评，有时也很激动，但他始终认真负责地干下去。他还是和平时一样，没有党员的架子，可是我注意到他十分珍惜共产党员这个称号。谁也没有想到一九五七年他会给夺去这个称号，而且一直到死他没有能够看到他回到党里的心愿成为现实。①

党性原则极强的冯雪峰听从了党中央的安排，出任社长，把自己推到了风口浪尖上。“反右”运动如火如荼，不到一个月，《人民日报》再次发表了社论《为保卫社会主义文艺战线的斗争》。社论说：“在政治战线和思想战线上全面反击资产阶级右派分子的斗争中，文艺学术界揭发了丁玲、陈企霞 、冯雪峰、江丰、钟惦棐等人的反党活动。这是一场辨明大是大非的原则性的斗争，是党的社会主义文艺战线跟反党反社会主义文艺战线的斗争。”②《人民日报》作为中共中央机关报，其社论是党的风向标。此文一发，斗争进一步升级，冯雪峰处境更为艰难。

在首都剧场批判大会上，冯雪峰埋下头坐在前排的边上。巴金与靳以做了联合发言。冯雪峰被戴上了“右派”帽子。巴金在这个问题上有过失，他用解剖刀解剖自己曾经带有污点的心灵，深刻地进行反思和忏悔：

---

① 巴金：《纪念雪峰》，香港《大公报》1979 年 9 月 4 日版。

② 孙兰、周建江：《“文革”文学综论》，远方出版社，2001，第 38 页。

> 我们也重复着别人说的话，批判丁玲的“一本书主义”，雪峰的“凌驾在党之上”，艾青的“上下串连”，等等。我并不像某些人那样一贯正确，我只是跟在别人后面丢石块。我相信别人，同时也想保全自己。我在一九五七年“反右”前讲过，今天谁被揭露，谁受到批判，就没有人敢站出来，仗义执言，替他辩护。倘使有人揭发，单凭这句话我就可能被打成右派。这二十二年来我想起雪峰的事，就想到自己的话，它好像针一样常常刺痛我的心。我是在责备我自己。我走惯了人云亦云的路，忽然听见大喝一声，回头一看，那么多的冤魂在后面徘徊，我怎么向自己交代呢?①

巴金随大溜地整过冯雪峰。他做这些事情，绝非出于自愿，更不是事先发难，他“只是跟在别人后面丢石块”而已。比如，巴金曾违心地批判柯灵的《不夜城》，他事先曾几次三番地找叶以群推辞，事后又曾赶到柯灵家里去道歉，按理说，于人于己也能交代过去了。而巴金却不这样想，他“感到相当狼狈”，并为“没有替他辩护”而深感内疚。在“反右”期间，他一方面想不通冯雪峰怎么会是右派，另一方面又上台和靳以做了联合发言。为什么巴金一再地做这些违心的事呢？他一针见血地指出自己在政治上的幼稚以及自私的动机。“我相信别人，同时也想保全自己。”“那么多的冤魂在后面徘徊，我怎么向自己交代呢?”这最后一句，表现出作者多么沉痛的心情和多么严厉的自责。② 冯雪峰在 1957 年“反右”运动的时候获得一个“利用鲁迅的名义提出‘四条汉子’的口号分裂文艺界”的罪名，被打倒了。巴金把不幸的事情再提出重新加以解释，希望人们正确理解当时实情及他们的处境。巴金在冯雪峰右派分子问题上为了保全自己，对冯雪峰中伤的所作所为，成了他以后二十多年岁月里心中搬不去的块垒，因而进行心灵上真诚的忏悔。

其实，在“反右”运动中，巴金只是侥幸逃过了一场劫难。当时“一向老老实实恭恭敬敬地学习，热诚地做毛主席的学生”的郭沫若读到毛泽

---

① 巴金：《纪念雪峰》，香港《大公报》1979 年 9 月 4 日版。

② 汪应果：《巴金论》，上海文艺出版社，1985，第 327～328 页。

东写给党的通讯《事情正在起变化》时，便积极地站在“反右”的前列。他回答《光明日报》记者关于“言者无罪”的提问时说，无罪者的言者无罪，有罪者的言者还是有罪的。[①] 当时文艺界正值批判丁玲、冯雪峰、艾青等人的高潮时期，郭沫若向曾经骂他是马克思主义卖淫妇的巴金，以他独特的方式伸出了友谊之手。他将《沫若文集》第一卷寄赠巴金，并题词云：

> 巴金先生：集子，我是不大喜欢送人的，谨如嘱奉赠，请您有暇时指正。郭沫若。1957 年 9 月 18 日北京。

郭沫若在抗战胜利后曾经有个赠书的故事。当时他听说罗隆基、章伯钧有可能参加“伪国大”，于是他托人给罗送去《十批判书》《青铜时代》和自己全部的历史剧作品。罗隆基接到礼物，很奇怪郭沫若为什么在这个时候送书来，而且一送就这么多？猛然间他一下子明白了，郭沫若要他慎重选择，不要一着走错，满盘皆输（书）。罗隆基随即告诉来人：请郭先生放心！

郭沫若向巴金先生赠书这件事本身，对巴金来说就是雪中送炭。在高层和朋友们的保护下，巴金躲过了一场劫难，他也想多找机会表态，因而写了一些“反右”文章。比如巴金在上海《解放日报》连写三篇“过关谈”，即《惨痛的教训》《国士论》《戴帽子》。很难看出他的这些文章有什么创见，用他后来的话说“我是跟在别人后面丢石块”，“我相信别人，同时也保全自己。”但这时候的巴金的确丧失了自己，丧失了他一向主张的独立思考和讲真话的勇气。这不仅是他个人的悲剧，也是中国知识分子的悲剧，时代的悲剧。[②] 从此以后，一颗文坛的巨星陨落了。冯雪峰被打成右派分子，戴上一顶高高的帽子：勾结胡风、蒙蔽鲁迅、打击周扬夏衍、分裂左翼文艺界。冯雪峰那篇代鲁迅执笔的《答徐懋庸并关于抗日统一战线问题》则成为他定罪的重要证明材料。1958 年冯雪峰这个有着几十年党龄的老党员终于被开除党籍，几次在办公室里哭泣过。

历史开了一个大玩笑，周扬等为三十年代所做的全部文章，在“文革”中，在“四人帮”统治下，完全反过来写了。众所周知，周扬等人在“文

---

① 郭沫若：《拨开云雾见青天》，《光明日报》1957 年 6 月 27 日版。

② 谭兴国：《走进巴金的世界》，四川文艺出版社，2003，第 314 ~ 315 页。

化大革命”中也受到了残酷的迫害。当时，冯雪峰也为他们打抱不平，忿激地说过：“‘四条汉子’在鲁迅文章中，无非是说‘四个男人’现在成了政治概念，一切坏事都往他们身上推。他们哪里有那么大的能力！不管怎么说，他们当时都是党员，都是干革命的！”[①]

“相逢一笑泯恩仇。”在激进“左”倾思潮下，在人兽不分的日子里，冯雪峰与周扬有着太多的误会。历经劫难，两人坦荡磊落，释怀于心。在“文革”末期，冯雪峰重病，周扬亲自登门拜访。“冯雪峰同志病中，我去看望了他。我预料他在人世间的日子只能以日计算了，我将和他永别。我对他说，我们相交数十年，彼此都有过失，相互的批评中也都有说的不对或过分的地方，我们要从过去的经验中吸取教训，相互砥砺。我一时抑制不住我的情感，他也被我的情感所激动。”[②] 两位老人因历史悲剧痛哭起来，相拥而泣，可谓悲天动地。文艺界团结的曙光终于透过乌云照射了出来。历经二十年漫长的文艺政治化大风大浪的洗礼，中国文艺界的两位领导人握手言和，这正是文艺界风云变幻的典型缩影。

十年“文革”期间，冯雪峰与巴金真正成为难兄难弟，都变成了“牛鬼蛇神”，在战斗小报上冯雪峰又被戴上“叛徒”的帽子；而巴金早已被中国作家协会上海分会造反派印发专书认定为“无产阶级专政的死敌”。在“四人帮”掌控中，两个文坛巨子在“牛棚”里过着与世隔绝的生活。1972年萧珊因癌症晚期病危，巴金才从五七干校迁回上海。第二年七月上级发来决定——当时上海市委书记王洪文、马天水、徐景贤、王秀珍和常委冯国柱、金祖敏六个人的决定：巴金的问题做人民内部矛盾处理，不戴反革命帽子，发给生活费。巴金感慨良深：

> 这是由我们那个组织的支部书记当众宣布的，没有任何根据，也拿不出任何文件。六个人的文件就等于封建皇帝的诏令。他们妄用这个决定让我一辈子见不了天日。朋友中谁敢来看望我这个不戴帽子的反革命呢？我不但给别人、也给自己找来麻烦。我更害怕他们再搞什么阴谋，下什么毒手。我决定采取自己忘记也让别人忘记的方法。

---

① 陈早春、万家骥：《冯雪峰评传》，人民文学出版社，2003，第545页。

② 周扬：《1979年5月1日周扬致楼适夷信》，《新文学史料》1980年第4期。

巴金在“文革”后反思历史，对五十年代冯雪峰在评巴热浪中，比较客观公正地评价自己的作品，充满了感激之情。冯雪峰认为，“巴金在解放前基本上是一个现实的进步作家。因为他的作品在一定程度上反映了时代和社会的真相，同时在反帝反封建的斗争中所起的主要作用是进步的。”“巴金在解放前的思想和世界观有进步的一面，也有错误的一面，而进步的一面应该说是主要的。在解放前他在思想观点上是个个人主义者，并且有无政府主义的倾向，这是一方面；但他作为一个民主主义者，一个坚决的反封建和反帝国主义者，他的作品具有反封建主义的热情，渴望光明的积极倾向和爱国主义的情操，这是另外一个方面。应该说，后者是主要的。”“解放后国家出版社选择他的主要作品重新出版，就是这个原因。”①

显然，冯雪峰的文章更像是对巴金和巴金作品作政治鉴定：用当时流行的共产党的政治观和文艺观来衡量巴金等这样一些所谓旧时代过来的老作家及其作品，据此厘定其得失。所谓错误的世界观无非是说巴金不是共产党员，信仰的不是共产主义世界观，没有掌握马列主义，因此描写人物即使像觉慧那样反对封建主义的青年，也不过是小资产阶级而非共产党革命者。冯雪峰对文章努力进行分析和说理，站在共产党的立场上尽可能给予较多的肯定和较高的评价。这也大致反映了共产党领导层对于巴金的基本看法。②

冯雪峰与巴金在新中国成立以后的文艺活动中的起起伏伏，留给了后世太多的经验教训。他们的交往与沉浮之“明镜”，映照出那个渐行渐远的时代的悲剧，让人深思。

三 拨乱与反正：中国文艺春天的到来

1976 年 1 月 31 日农历元旦上午，冯雪峰因肺癌晚期心力衰竭去世。一周后，其亲属和不足十人的生前好友，默默地向他的遗体告别。楼适夷鼓足了百倍的勇气，偷偷地在他的遗体前面放了一束鲜花。半个月后，在姚

① 冯雪峰：《关于巴金作品的问题》，《中国青年报》1955 年 12 月 20 日。

② 陈丹晨：《巴金传》，中国青年出版社，2003，第 290～291 页。

文元下令“不见报，不致悼词，一百至两百人规模”的情况下，召开了一个追悼会。人民文学出版社的同志由于受到上级控制“规模”的限制，要去的不少人都被劝阻了。“四人帮”倒台后，中国进入一个拨乱反正的时期。1979 年 4 月 4 日，中共中央组织部正式批转了《关于冯雪峰同志右派问题的更正决定》——恢复党籍，恢复名誉。他生前的愿望实现了，二十多年的错案得到了更正。1979 年 11 月 17 日人民文学出版社与社会各界补开了冯雪峰正式的追悼会，与会党政领导和知名人士达一千多人。老作家萧三挽联：

> 尊敬一个忠诚正直的人；
> 鄙视所有阴险毒辣的鬼。①

两个追悼会，迥异的气氛，别样的意境。巴金用文字如实地记录，让后世的人们透过文字，看见“两重天地”的景观：

> 我听说雪峰在干校种菜，又听说他到了人民出版社鲁迅著作编译室，我不声不响；我听说雪峰患肺癌动手术，情况良好，我请人向他致意；我又听说他除夕再度进医院，我为他担心；最后听说他在医院里病故，一个朋友来信讲起当时的凄凉情景，我没有发过悼电；后来听说在北京举行无悼词的追悼会，我也不曾送过花圈。我以为我已经走上了自行消亡的道路，却没有想到今天还能在这里饶舌。
>
> 雪峰的追悼会一九七六年在八宝山开过一次。据说姚文元有过批示，不得在会上致追悼词。姚文元是当时的长官，他讲了话，就得照办。那算是什么追悼会！冤案未昭雪，错案未更正，问题似乎是解决了，却又不能在光天化日之下堂堂正正举行。只有这一次才是对逝者在九泉之下的追悼会：伸张正义，推倒一切诬陷、不实之词。我在这里说‘离开’，因为追悼会并没有在五月里举行，据说也许会推迟到召开第四次全国文代大会的日子。那个时候雪峰的朋友们都可能来京参

---

① 陈早春、万家骥：《冯雪峰评传》，人民文学出版社，2003，第 564 ~ 565 页。

加，人多总比人少好。[1]

反右派斗争是中国文学史上前所未有的大悲剧，上百位的知识分子被当作反动的敌人残酷对待，实际上是一场知识分子的自相残杀。在无情打击的高压之下，广大的知识分子不得不由恐惧变为驯顺，从而使一个又一个知识分子丧失了独立思考的能力，变成精神奴隶。巴金在当时特定的条件下，对政治运动惊恐万分，虽然对冯雪峰含冤去世深表同情与忏悔，但不敢有真正的行动表示。雪峰离世，巴金既不敢发“悼电”，也不敢送“花圈”。“四人帮”被粉碎后，补开的追悼会完全是别样的天地，追悼会由全国政协副主席胡愈之主持，中宣部副部长朱穆之致悼词，各界政要光临，肃穆而又庄严。

当时远在外地，尚未完全获得自由的胡风站在文学史的高度，以理论家深邃的目光，在发来的悼电中，对冯雪峰的一生，做出了类似悼词的评价。他称：

> 冯雪峰是二十年代初报春的、纯真的人民诗人；二十年代末鲁迅的共产主义的人道主义精神和社会主义的现实主义实践道路的学习者和力所能及的保卫者，并继李大钊、陈独秀之后成为党和鲁迅之间多年的联系者；左联时期鲁迅战斗实践的协力者——与群众和战友同艰共苦的组织者，启蒙的现实主义文艺理论批评者，苏联文学理论和实践经验的努力介绍者，对敌友界限慎重区别的共产主义战斗者；鲁迅和瞿秋白的战友友谊的结合者及其联合斗争的参与者；在艰苦卓绝的红军长征路上党内路线斗争中对毛泽东思想的景仰者、学习者，确定毛泽东思想领导优势的参加者、坚持者；在鲁迅逝世前鲁迅精神汇合到毛泽东思想中必然道路的开辟者，在民族危机和组织危机的内外复杂条件下对政治上的毛泽东道路，和文化、文学上的鲁迅方向的力所能及的坚持者；抗战前期对国民党招贤礼遇的鄙弃者，在反动派集中营的残酷压迫和艰苦生活中不畏不屈不苟的共产主义模范革命者；抗

[1] 巴金：《随想录》，作家出版社，2005，第73页。

战后期到解放前的沉闷环境中对社会文化的日常性斗争形态的孜孜不倦的探求者、劳动者，中国现代寓言的呕心沥血的创作者；解放后在文艺领域的思想路线上和组织路线上的复杂斗争和严重压迫下，还为党所领导下的人民的社会主义文艺事业勉力探求的苦斗者和牺牲者……半个多世纪以来中国革命文艺战线特殊条件下懂得布尔塞维克式的社会主义文化战士……①

中国文艺事业的早期开拓者胡风以史家之笔法，按照冯雪峰一生的主要历程，精辟地概括了他每个阶段对革命事业所作出的杰出贡献与不朽业绩，全景式地再现了一代文艺巨人的丰功伟业。

巴金《纪念雪峰》为国人展现了一个真实的冯雪峰，感情真挚，荡人心肺。然而“文革”结束后的初期，极“左”思潮还是颇有市场。1980 年 7 月 4 日香港大学中文系黎活仁掀起对《随想录》的批判风潮，其中方子华特地批判《随想录》的种种不是，以《纪念雪峰》为例子来阐发他的论点：

第二个严重的缺点就是不够深刻，不能突出所怀念的人的特点。例如《纪念雪峰》一文，只简单而抽象地描绘说：雪峰是一个耿直、真诚、善良的人；其他的地方，都只是一些零碎事实的记载：1936 年底我才第一次看见他，在这之前 1922 年《湖畔》诗集出版时……1928 年底……1936 年我在上海……；既不重要，也表现不了冯雪峰的个性。读了这堆文字，根本就不能感觉到那是一个怎样的人；试问，这样的纸上人物，又怎么能使读者产生共鸣？容我大胆地下一个结论：就文学的观念而言，《随想录》是一本彻底失败的作品。②

方子华这样的论断是强加给巴金的不实之词。我们知道，散文的特点是“形散而意不散”。巴金以时间为线索，漫画白描冯雪峰点点滴滴的细节，旨在再现冯雪峰高尚而伟岸的人格，给读者以心灵的共鸣。

《纪念雪峰》是《随想录》第二十九篇文章，创作于 1979 年。巴金在

---

① 陈早春、万家骥：《冯雪峰评传》，人民文学出版社，2003，第 566～567 页。

② 陈丹晨：《巴金评说七十年》，中国华侨出版社，2008，第 321 页。

第一集“后记”中这样写道：

> 古语说，人之将死，其言也善。我过去不懂这句话，今天倒颇欣赏它。我觉得我开始接近死亡，我愿意向读者们讲真话。《随想录》其实是我自愿写的真实的思想汇报。至于四害横行时期被迫写下那些自己诅咒自己的思想汇报，让他们见鬼去吧。

真话对于巴金这样背负着精神十字架的人来说，是字字有泪、句句带血。在悼念雪峰的文章中，他已经开始意识到自己经历的屈辱和磨难并不能赦免自己的道德罪责，不可能再漠视或隐匿埋藏已久的心病：即冯雪峰被打成右派时，自己曾跟在别人后面丢石块，目的是想保全自己。二十二年来，这种道德耻辱感像针一样常常刺痛他的心。今天他终于吐露出来，敞亮开来，公开忏悔了。巴金走出的这一步，在他个人精神涅槃的修炼过程中只是一小步，而对中国当代文学精神品质的提升却是一大步。这一道德批判“向内转”的指向，这种精神上严厉地自我拷问的态度，真实的自我拔擢的行为，真诚地自我完善的努力，在1979年的中国，无疑是开了中国作家精神自救的先河。[①] 巴金以自己在“文革”中的切肤之痛，反观历史，对雪峰坎坷不幸的遭遇寄以深切的同情，将对老朋友的怀念之情融入自责和忏悔的叙述之中。我们看到了老作家真实而坦率的灵魂。巴金的忏悔行为透视出中国知识分子应有的良知。

新时期以来，文学的现实主义传统在不同程度得以恢复。冯雪峰与巴金几十年如一日，孜孜不倦地弘扬鲁迅精神，是中国文艺战线上两颗闪亮耀眼的星座。冯雪峰与巴金的沉沉浮浮，像高悬的可资借鉴的“明镜”，分清中国文艺的是非与得失。中国知识分子只有仔细观摩“明镜”，吸取惨痛的教训，文艺领域才能出现欣欣向荣的局面。

① 四川作协编《论巴金》，四川人民出版社，2003，第376页。

第二章

《随想录》忏悔意识传播形式："抒真情"

第一节　试论抒真情文学手段及其对 "文革" 社会的声讨

——以巴金作品为研究视角

作为著作等身的作家，巴金用真情书写生活。《家》《寒夜》《随想录》等不朽巨作感染了一代又一代的热血青年，报效祖国，建功立业。而他却谦逊地说："我不是作家，我无非是把自己的心里话说出来。" 人贵诚，情贵真。艺术的生命是真实，"真情" 才能打动人心。顾炯先生认为，"情真" 与 "情伪" 是散文创作成败的关键。而 "情真" 正是巴金散文创作最显著的特色。①

一　"为情而造文"，巴金践行 "真情" 论

法国著名作家罗丹说："艺术就是感情。" 俄国文坛泰斗托尔斯泰在《艺术论》中指出："在自己心里唤起曾经一度体验过的感情，在唤起这种感情之后，用动作、线条、色彩、声音以及言词所表达的形象来传达出这种感情，使别人也能体验到这种同样的感觉——这就是艺术活动。" 两位先哲通过自己的文学创作活动，体验到艺术的生命就在于人们的真情实感，没有真情就没有艺术。

---

① 贾植芳、唐金海、张晓云、陈思和编《巴金作品评论集》，中国文联出版公司，1985，第396页。

我国古典文艺理论中,对“真情”的描述非常精辟。刘勰专门创作了《文心雕龙·情采篇》,“故为情者要约而写真,为文淫丽而烦滥”,主张“为情而造文”,反对“为文而造情”。

古代文艺主张浸染与熏陶了后世作家。巴金于1927~1928年远赴法国留学,住在沙吉——吉里拉小城封登中学食堂楼上的小屋里,每天晚上朗诵陆游的诗。《钗头凤》的故事知道的人很多,诗人在四十年后“犹吊遗宗一泫然”,而且想起了四十三年前的往事,还要“断肠”……陆游不但有伤痕,而且他的伤痕一直在流血,他有一些好诗就是用这血写成的。这是巴金对陆游《钗头凤》的真实感受,而且是刻骨铭心的,过了五十几年还没有忘记,不用翻书就可以默写出来。[①] 用“真情”书写,是一切优秀文学作品成功的法宝。巴金在异国他乡从走上文坛的那一刻起便紧紧地握住了文学这把“金钥匙”。巴金默念这些诗,诗人陆游的痛苦和悲伤打动了他的心。他难过,他同情,他思索,但是他从未感到失望和绝望。他要用手中的笔,让“真情”自然流露,用文学作品来塑造中国人的灵魂。

巴金早在法国创作处女作《灭亡》之后,写作《〈灭亡〉作者底自由》,畅谈自己创作的心得体会:“我不是为想做文人而写小说。我是为了自己(即如我在序言中所说是写信给我的哥哥读的),为了申诉自己底悲哀而写小说。”1993年《家》的单行本出版时,巴金创作了《灵魂的呼号》:“我的文章是写给多数人读的,我永远说着自己想说的话,我永远尽我的在暗夜里呼号的人的职责。”而这也确实贯穿在巴金一生的实际行动中。吴福辉说:“巴金的这种精神,值得当下的文学界学习和传承。”[②] 巴金二十多岁便成功地创作了传世之作《家》,秘诀就在于他“真情”地描绘出了封建专制的“家”扼杀了一条条鲜活的生命,引起了青年们感情上的强烈共鸣,震撼了热血儿女的心灵,成就了不朽的著作。

刘再复先生用绝对的语言说,巴金作为一个精神整体,他是丰富与辉煌的。他的作品与真实的生命紧紧相连,他的一生都高举着生命的火炬热烈地追求着和抗争着。他的热情点燃了好几代人。二十世纪许多热血青年

---

① 阎焕东编著《巴金自叙——掏出自己燃烧的心》,山西教育出版社,1993,第430~431页。

② 陈竞:《学者吴福辉在沪与读者共话巴金:“他永远是座活火山”》,《文学报》2007年10月18日。

走向延安，并非全是马克思主义宣传的结果，而是读了巴金的书而走出封建家庭。“把火扔到父亲的家里。”读了巴金的《家》，难免要产生这种造反的念头。巴金的代表作实际上是一个时代的革命号角。“真情”书写的主张贯穿了巴金的一生。巴金晚年在《探索集》后记中仍然说：“我不是用文学的技巧，而是用作者的精神世界和真实感情打动读者，鼓舞他们前进。”

不仅在文学创作中，在阅读作品时，巴金也同样强调感情的作用。《家》《春》《秋》总集成《激流三部曲》。巴金在《序跋集·激流总序》中说：“几年前我流眼泪读完托尔斯泰的小说《复活》，曾经在扉页上写了一句话：‘生活本身就是一个悲剧’。”巴金在1941年《蜕变·后记》中说：“《雷雨》是这样感动着我，《日出》和《原野》也是这样。现在读《蜕变》我也禁不住泪水浮着眼睑。”巴金在《忆·片段的记忆》中说：“对于克鲁泡特金的《告少年》，那更是把这本小册子放在床头，每夜都拿出来，用一颗颤抖的心读完它，流了眼泪，流过之后又笑。”[①]“真情”的泪水是巴金对待中外文学名著的赠礼，也是一个优秀作家用心地体悟名著精髓的结晶。巴金用自己的心灵去触摸生活，感受生活，才能从其他杰出作家的作品中吸收精华，再运用到自己的文学创作中。

“真情”铸就一代作品，“真情”也铸就一个幸福的“家”。巴金夫人少女时代是巴金作品热情的崇拜者，常主动向年轻的巴金求教各种问题，因为《家》的穿针引线，萧珊与巴金相差十几岁，经过八年恋爱，最后在抗日的炮火声中组建了一个美满的家庭。巴金的“家”充满了真情，成为文坛好友常聚的佳处。黄裳这样描述抗战后巴金的家：“1946年后，巴金定居上海卢湾区的淮海坊59号。这时我已成为他家的常客。因为工作忙碌我不常回家吃饭，经常在他家晚餐，几如家人。饭后聊天，往往至夜深。女主人萧珊好客，59号简直成了一处沙龙。文艺界的朋友络绎不断，在他家可以遇到五湖四海不同流派、不同地域的作家。作为小字辈，我认识了不少前辈的作家。所谓‘小字辈’，是指萧珊西南联大的一群同学，如穆旦，汪曾祺，刘北汜等。巴金工作忙，总躲在三楼卧室里译作，只在饭时才由萧珊叫他下来。我们当面都称他为‘李先生’或‘巴先生’，背后则叫他

---

① 陈思和、李辉：《巴金论稿》，人民文学出版社，1986，第138页。

'老巴'。'小字辈'们有时请萧珊出去看电影，坐 DDS，所以就说我们是萧珊的卫星。"[①]"真情"待人，"真情"好客，巴金的家才成为文艺界文朋会友的常聚之地。古往今来，文人雅聚，切磋文艺，是中国优良的传统，这在巴金一家中得到最充分的体现。

新中国成立后，巴金的热情更是继续熊熊燃烧。他热烈地拥抱新中国，甚至跟着中国人民志愿军部队跨过鸭绿江到抗美援朝的前线，感受血与火的战地生活，写出一篇又一篇战地报告。我们也同样看到一种纯真的热情，完全符合名叫"巴金"的生命逻辑。只是热情太高，不免让人感到像是时代的传声筒。[②]"真情"使得巴金不顾美帝国主义侵略的炮火，奋不顾身，奔走在前线，体验志愿军战地生活，才能写出《我会见彭德怀总司令》等不朽作品。

1962 年巴金写作《作家的勇气和责任心》，在当时政治运动高涨，文艺界充斥着概念化、公式化的不良倾向之时，巴金勇敢地站出来，号召作家出于对人民的责任心，把"真情"奉献出来，写出令人们满意的作品。巴金晚年创作《随想录》，依然在呼吁他年轻时代的文学主张，写作《把心交给读者》。回顾 50 年来所走过的路，巴金对读者充满了感激之情。

> 我的确是把读者的期望当做对我的鞭策。如果不是想对我生活在其中的社会贡献一点力量，如果不是想对和我同时代的人表示一点友好的感情，如果不是想尽我作为一个中国人的一份责任，我为什么要写作？但愿望是一回事，认识又是一回事；实践是一回事，效果又是一回事。绝不能由我一个人说了算。离开了读者，我能够做什么呢？我怎么知道我做对了或者做错了呢？我的作品是不是和读者的期望符合呢？是不是对我们社会的进步有贡献呢？只有读者才有发言权。我自己也必须尊重他们的意见。倘使我的作品对读者起了毒害作用，读者就会把它们扔进垃圾箱。我自己也只好停止写作。所以我想说，没有读者，就没有我的今天。我也想说，读者的信就是我的养料。当然我指的不是个别的读者，是读者的大多数。而且我也不是说我听从读

① 上海巴金文学研究会编《巴金先生纪念集》，香港文汇出版社，2008，第 180 页。

② 刘再复：《巴金的意义》，《香港作家》2003 年第 5 期。

者每一句话，回答每一封信。我只是想说，我常常根据读者的来信检查自己的写作效果，检查自己作品的作用。我常常这样检查，也常常这样责备自己，我过去的写作生活常常是充满痛苦的。[①]

为什么巴金对过去的写作充满痛苦呢？一个作家若想要把真实的感情呈现给读者，这说起来容易，做起来是极为艰难的。巴金出生在四川一个县太爷官僚家庭，他目睹了封建大家庭的种种罪恶，决意与自己的“家”破裂，写作气势恢宏的长篇小说《家》，将叛逆的火种扔到父亲的“家”里，其痛苦可想而知。历经十年“文革”折磨，绝大多数作家复出之后，噤若寒蝉，而巴金却要顶逆巨大的压力创作揭批“文革”罪行的《随想录》，执意要把它作为“遗嘱”留给后人，创作之初便抱定一种殉道精神。他已是七八十岁高龄的老人，“没有什么可怕的了”是他的内心话，我们可以推测巴老写作《随想录》时的心境是何其痛苦，这种精神足以让江河为之呜咽。巴金是座活火山，他的思想，他的感情岩浆到老还要持续喷发。他永远活在我们读者心中。

二　以真情还原历史，以真情声讨“文革”

巴金在强调感情在创作中的作用的同时，还始终强调他的感情同生活的一致性。他从不割断感情与生活的纽带，因为感情来自于现实生活的刺激。对他来说，感情始终是具体的，“我有感情必须发泄，有爱憎必须倾吐”。这是他一再重复的一句话。爱憎本来就属于感情的范围。他之所以强调提出，正是因为“爱憎”是所有人的感情中最主要，也是最有社会色彩的因素。爱谁憎谁，在阶级社会里不可能做出抽象的解释。“爱那需要爱的，憎那些摧残爱的”，这一“爱”的概念，在巴金的言语词典中有着具体的内容。[②] 在《寒夜》《憩园》《第四病室》等作品中，巴金憎恨的是旧社会军阀、官僚、地主、资本家，憎恨的是一切剥削者与压迫者。在《随想录》中，他憎恨的是封建法西斯，憎恨的是“左”倾势力。

① 巴金：《随想录》，作家出版社，2005，第 25 ~ 26 页。

② 陈思和、李辉：《巴金论稿》，人民文学出版社，1986，第 141 页。

巴金怀念亲友，感情真挚。他在《〈怀念集〉序》中说：“四人帮”迫害我不止十年，想使我“脱胎换骨”变成木偶，我几乎上了圈套，甚至可以说我已经在由人变牛的路上走完百分之七八十的路程。然而我那一点点感情和思想始终不曾冻僵、变硬，我还保留了那么一点点我自己的东西。我所谓的“自己的东西”，就是我在怀念的书中记录下来的——我的经历、我的回忆、我的感激、我的自责、我的爱憎、我的复杂的思想感情以及我的曲折的人生道路。这些都是忘不了、赖不掉的，它们不断地折磨我的心灵。①

“文革”中的红卫兵可以把巴金关进“牛棚”，但古往今来思想却是任何暴力所无法征服的。巴金依然保留着“自己的东西”，那就是爱憎分明。爱一切善良的人们，憎一切践踏文明的暴徒。巴金的真诚与热情在“文化大革命”中受到沉重打击。在一个虎狼横行、举国撒谎的时代里，诚实的人是很难活下去的，老舍、赵树理、傅雷就没有活下去。而巴金经受了各种卑鄙的歪曲与污辱，在“牛棚”里过着牛马生活，天天面临着虎狼的吆喝与嘲笑。一个中国最纯真的作家被叫作“黑帮分子”，一个追随共产党足迹一直跟到朝鲜前线然后用生命拥抱战火烽烟的革命歌者被说成是“反共老手”。但是，经历了一段被伤害、被污辱的艰难岁月之后，他的真诚与热情竟然没有和时代的污泥浊水同归于尽。他的热情还活着，只是这种高贵的情怀冷静了，化作了深沉的忏悔情感。他深受错误的时代所害，但是，当这个时代结束的时候，他不是首先用受难者的身份去谴责时代和向时代索取债务，而是意识到自己是同谋，曾经参与创造这个错误的时代。九百六十万平方公里土地上的伟大人间变成黑暗的“牛棚”，不是几个“蛇蝎的人”能办到的，不能都推到“四人帮”那里，他自己有一份责任。于是，他开始为“还债”而写作，正如曹雪芹为“还泪”而写作。在此至真至善的动机下，《怀念老舍同志》，《怀念胡风》，一篇一篇地写。② 沧海横流，方显英雄本色。“文革”虽然沉重打击了巴金的真情，然而，经历了劫难，“真情”依然在他身上绽放出时代的光芒。正因为真诚与热情，巴金才会超越常人，站在时代的制高点上，勇于反省，用解剖刀挖自己的心，去探寻

① 巴金：《巴金全集》第16卷，人民文学出版社，1986，第346～347页。

② 陈思和、李存光主编《生命的开花——巴金研究集刊卷一》，文汇出版社，2005，第94～95页。

“文革”这场大骗局的源头与真相。

“文革”后期，巴金以怀念二十世纪三十年代的旧朋老友的真诚与友谊，来冲淡精神荒芜的岁月的悲哀。1975 年 9 月 14 日，巴金给黄源去信：“你这次来访，相聚的时间并不多。路远、车挤，还有上了年纪，热情衰减。要是在三十年代，路再远，一天还要跑几次。但究竟晤谈了好几次，使我又想起在鲁迅先生周围的那些日子。我们当时的那种热情，多么值得怀念。”[①] 是真诚与热情，让巴金与黄源这对有着几十年革命友情的老朋友不顾年迈体弱再次聚会，畅谈别后的苦难岁月。到了改革开放新时期，巴金出于作家的责任感，强烈呼吁“五四”精神，特地创作《“五四运动”六十周年》，为在“文革”备受迫害的中国知识分子申诉冤屈、伸张正义：

> 不管怎样，历史总是篡改不了的。我得为我们那一代青年说一句公道话。不论他的出身如何，我们那一代青年所追求的是整个国家、民族的出路，不是个人的出路。在“四害”横行的最黑暗的日子里，我之所以不感到灰心绝望，是因为我回顾了自己六七十年间走过的道路，个人的功过是非看得清楚。不仅我自己讲过做过什么，我不曾完全忘记，连别人讲过什么，做过什么，我也大致记得。“四人帮”要把我一笔勾销，给我下种种结论。我自己也写了不少彻底否定自己的“思想汇报”和“检查”。有一个时期我的确相信别人宣传的一切，我的确否定自己。准备从头做起，认真改造，“脱胎换骨”，重新做人。后来发觉自己受了骗，别人在愚弄我，我感到短时间的空虚。这是最大幻灭。这个时期我本来可以走上自杀的道路，但是我的爱人萧珊在我的身边，她的深厚的感情牵系着我的心。而且我还有多种要活下去的理由。不久我的头脑又冷静下来。我能分析自己，也能分析别人。即使受到“游斗”，受到大会批判，我还能分析、研究那些批判稿，那些发言人。渐渐地我的头脑清醒了。“文化大革命”使我受到极其深刻的教育。[②]

① 秋石、黄明明编《我们都是鲁迅的学生——巴金与黄源通信集》，文汇出版社，2004，第 86 页。

② 巴金：《随想录》，作家出版社，2005，第 38 页。

《随想录》里这段真诚的告白，是巴金“文革”十年心理变化的真实写照。真情还需要一个人的正直与良知。在赤裸裸的暴行面前，巴金也曾无力招架，孤独无助，甚至想自绝于世。然而，萧珊真挚的爱情挽救了一颗文坛巨星的陨落。巴金在“文革”期间便看清楚了这场大骗局，“头脑清醒”地挺过那段不堪回首的岁月。中国文艺界并不缺少文人和文采，而是缺少正视鲜血淋漓的灵魂呼号，尤其是缺少重整灵魂的真诚，正视自己心中那一片黑暗。巴金接过了鲁迅先生“重塑国民性”的旗帜，在劫后重建的新时期，为国人树立了光辉的典范。

《随想录》到处洋溢着老作家对祖国的一片赤诚，为一个又一个在“文革”中遭受不白之冤的朋友们进行无畏的辩护，《怀念烈文》是其中的代表作之一。“我记不清楚了，是在什么人的文章里，还是在文章的注释里或者是在鲁迅先生著作的注解里，有人写道：曾经是鲁迅好友的黎烈文后来堕落成为‘反动文人’。我偶然看到了这句话，我不同意这样随便地给别人戴帽子。”“文革”之前，从 1957 年起“反右”运动便开始了政治运动，黎烈文就成为这一浪潮的牺牲品。到了“四人帮”横行时期，到处编印着鲁迅先生的文选，注释中少不了“反动文人黎烈文”一类的字句。此时的巴金也被戴上了“反动学术权威”的帽子，看到鲁迅先生的作品选集就紧张起来，无力自保，更无暇顾及老友。巴金在《怀念烈文》中愤怒地声讨“文革”的罪行：黎烈文不掩盖缺点，不打扮自己，有什么主意，什么想法，都会暴露出来。有什么丢脸的事他也并不隐瞒，你批评他，他总是微微一笑。他是这样一个人，我始终没有发现他有过反动的言行，怎么能相信或者同意说他是反动文人呢？巴金揭露“文革”的篇章，最终是对“人”的呼号与劝勉。

巴金的一生贯穿了一个“真”字。“思风发于胸臆，言泉流于唇齿”，笃实坦荡，表里如一。看够了人间的苦难，巴金更加热爱生活，热爱光明。从伤痕里滴下来的血一直是给他点燃希望的火种。真情促使巴金讲真话，勇敢地站出来揭批“文革”。不忘记浩劫，不是为了折磨别人，而是为了保护自己，为了保护我们的下一代。巴金在《未来〈说真话之五〉》中说：“十年的灾难，给我留下了一身的伤痕。不管我如何衰老，这创伤至今还像一根鞭子鞭策我带着分明的爱憎奔赴未来。纵然是年近八十的老人，我也还有未来，而且我还有雄心壮志塑造自己的未来。望梅止渴，画饼充饥的年代早已过去，人们要听的是真话。我是一个什么样的人？是不是想说真话？是不是敢说真话？无论如何，我不能躲避读者们的炯炯目光。”[①] 正如著名学者李辉所说，巴金不是完人，也不是英雄，但他是一个真诚的人。他的伟大就在于真诚。在二十一世纪的今天，对在历史转折期间曾经为这个思想界、文学界做出巨大贡献的巴金，我们需要更多的理解，需要更多地从历史实际出发，来总结其思想的价值。[②]

三　追求“真情”要义，探索“表情”手法

精诚所至，金石为开。这是中国先哲们留给我们后世的金玉良言。“抒真情”作为一种文学手段与方式，必然的结果就是把心交给读者，就是要讲真话。《随想录》有《讲真话》系列的文章。巴金反复强调“说真话”，看似道理浅显，实则是有自己的独特体会。所谓“讲真话”，其要义有三：一是要“讲自己心里的话”，而非别人要他讲的话；二是要“讲自己相信的话”，而非自己不相信的那些豪言壮语；三是要“讲自己思考过的话”，而不是人云亦云。唯有“讲真话”，才能保持知识分子本来的面目，也能体现自己的尊严。给人讲真话的权利也是建立一个和谐且符合人性的社会的基本保证，言论的自由也是最基本的权利之一。而对于作家而言，言谈的自由便是他们最珍视的最大的自由。并且“讲真话”“写真话”也是被文艺工作者视为艺术的良心，可以说是他们许多人恪守的职业道德底线。[③]

巴金在《创作论》中说：“我写作如同生活，又说作品的最高境界是写作同生活的一致，是作家同人的一致，主要的意思是不说谎。”巴金反对那些无中生有、混淆黑白的花言巧语，憎恨那些欺世盗名、欺骗读者的谎言。早在 1932 年 10 月巴金在《电椅集・代序》中就指出：“我的生活是痛苦的挣扎，我的作品也是的。我时常说我的作品里混合了我的血与泪，这不是

① 巴金：《随想录》，作家出版社，2005，第 223 页。

② 李辉：《历史切勿割断，讥讽大可不必——再谈巴金〈随想录〉》，《文汇报》2003 年 6 月 18 日，第 11 版。

③ 陈思和、李存光主编《一双美丽的眼睛——巴金研究集刊卷三》，上海三联书店，2008，第 281 页。

一句谎话。我完全不是一个艺术家，因为我不能够在生活以外看见艺术，我不能够冷静地像一个细心的工匠那样用珠宝来装饰我的作品。我只是一个在暗夜里呼号的人。”[①] 真情与欺骗、谎言大相径庭。巴金作品混合了他的“血和泪”，正是巴金赤诚情怀的袒露。他要在黑夜的旧中国为震醒沉睡的国人而“呼号”，这正是他满腔热情救国救民的真实展现。艺术的使命是普遍地展现人类的感情和思想。巴金认为：“我从人类感到一种普遍的悲哀。我表现这悲哀要使人类普遍地感到这悲哀，感到这悲哀的人一定会努力消灭这悲哀的来源的。”[②] 青年时代的巴金真实地感受到中国人民的苦难，“悲哀”是他真实的生命体验。在《灭亡》中诅咒旧社会的“灭亡”，在《家》中无情控诉封建专制对年轻人的束缚与扼杀。晚年的巴金亲历“文革”，《随想录》用笔作刀，清算了法西斯种种倒行逆施，目的是让这一“悲剧”在中国不再重演。

李存光先生认为，《随想录》是巴金文学道路上的一座丰碑：《随想录》作为巴老追思既往、审视现实的“真实思想和真实感情”的记录，是他近十年间最有价值的作品。巴老的作品宏富，其中最具时代和个人风格的代表性作品，在二十年代是《灭亡》，三十年代是《激流三部曲》和《爱情三部曲》，四十年代是《第四病室》、《憩园》和《寒夜》，五六十年代没有留下可与上述作品相媲美的重要作品；七八十年代则是《随想录》。[③]

巴金不朽作品的共同特点是抒发了他的“真实思想和真实感情”。丰富的感情绝不是矫揉造作和无病呻吟，而是对生活的敏锐感应和深沉思考，巴金善于把自己的真情实感熔铸于记事、写景和描写之中，使通篇闪耀着强烈的感情火花。他在“表情”“达意”上表现手法多种多样。触景生情，寓情于景。在《海行杂记》《旅途随笔》《旅途通讯》《旅途杂记》这四本“旅行的书”中，就有很多写景抒情的佳作。借景喻人，以情“点睛”。《废园外》使用反衬手法，作者望着那被敌机炸成的废墟上依然盛开的“一园花树”，想起一个无辜少女惨遭杀害的情景，感到“花随着风摆头，好像在叹息。”融情入理，情理并生。《生之忏悔》中的《我的心》《我的呼号》

① 阎焕东编著《巴金自叙——掏出自己燃烧的心》，山西教育出版社，1993，第430页。

② 徐懋庸：《巴金在台州》，《社会与教育》1933年第13期。

③ 李存光编《世纪良知巴金》，人民出版社，2000，第381页。

《我的梦》等，都是作者灵魂的自白，那内心的矛盾、苦闷、挣扎、追求，真实地反映了大革命失败后一个爱国青年在前进的道路上顽强探索的曲折轨迹。①

第二节　试论抒真情方式对后世社会的辐射

——以巴金作品为研究视角

“把心交给读者”，是贯穿巴金终身创作的一条鲜明宗旨，也是他矢志不移的创作原则。巴金二十多岁便创作出了奠定文坛巨匠地位的不朽著作《家》，成为世人所仰慕的偶像，一代一代许多热爱巴金作品的读者们向他求教写作的秘诀。他说：“倘使真有所谓秘诀的话，那也只是这样一句话：把心交给读者。”“我最初拿起笔，是这种想法，今天在五十二年后我还是这样想。我不是为了做作家才拿起笔写小说的。”

“把心交给读者”，平时普普通通的一句话，却很有分量。因为他表达了巴金对读者的真诚。把心交给读者，就是心里装着读者，关心读者，想读者之所想，对读者讲真话，讲自己用心思考过而又确实相信的话，要和读者做以心交心的朋友。为了把心交与读者，使自己的作品为广大的读者所接受，他以直诉于人心的方式写作，在创作上追求“真实、自然、无技巧”的艺术境界，反对以所谓的技巧去“玩弄读者，考读者，让读者猜谜”，更反对欺和骗，反对说谎的文字。正因为他无比信赖读者，把心交给了读者，他也赢得了读者的心，为读者所信赖。在中国现代作家中，巴金是最受广大读者欢迎的大作家之一。②

一　拥抱“丹柯之心”，朴素美辐射社会

巴金非常崇尚高尔基《草原集》小说中描绘的“丹柯之心”，那是一个

① 贾植芳、唐金海、张晓云、陈思和编《巴金作品评论集》，中国文联出版公司，1985，第397～401页。

② 宋曰家：《巴金：永生在青春的原野》，山东文艺出版社，1997，第191页。

古老而又神奇故事：古时候有一族人被外来的人从世代生活的草原赶进了茂密阴森的原始森林，迷失了方向，再也找不到走出去的道路。饥饿、病魔和悲哀夺走了许多人的生命。正当人们在绝望中挣扎的时候，一个叫丹柯的青年挺身而出，他带领着大家顽强地与大自然和命运抗争。人们似乎看到了一点希望。可是不久，森林里雷电交加地下起了大雨，众人的生命受到了威胁，许多人开始怀疑抱怨丹柯。但是丹柯并没有灰心和退缩，他当着众人用手抓开胸膛，掏出自己的心，高高举在头上。心，像太阳一样燃烧着，林子里静了下来，雷雨和黑暗被这"伟大的人类爱的火把"驱赶得无影无踪。丹柯高举着燃烧的心为人们照亮了道路，带领大伙走出了森林。黄昏，河上落日的余霞如同丹柯胸口流出的血一般鲜红。丹柯望着广阔的草原和自由的土地，骄傲地笑着，倒了下去。巴金把高尔基《草原集》介绍给中国的读者。二十世纪三十年代他写作《旅途随笔》时就恳切地表示：要做一根火柴，愿将自己烧得粉身碎骨，把"从太阳那里受到的热散发出来"，"给人间添一点温暖"。他翻译高尔基这篇小说，找到了创作意境中最高的闪光点："我仰慕高尔基的英雄'勇士丹柯'，他掏出燃烧的心，给人们带路，我把这幅图画作为写作的最高境界。"翻开五卷本《随想录》处处可见"丹柯之心"。他用解剖自己的例子来启迪教育别人，用最后的真诚与热情，引发人们对真善美的追求。他用自己的爱与火，点燃他人的爱与火，把希望与美留给了下一代。[①] 巴金从中受到启示，也要掏出"燃烧的心"，用真诚与热情去书写生活——用书写真情的文学创作方式再现与反映社会。

巴金曾以《燃烧的心》为题高度评价高尔基的小说："高尔基的每一篇作品都贯穿着作者的人格。""在他的每一篇作品里都高高地举起他那颗'燃烧的心'。""我每读完他的一篇作品，我就好像看见作者本人站在我的面前。他的人物喜欢发议论，可是他本人并不说教，他让你被他强烈的爱与恨所感染，他让你看见血淋淋的现实生活，最后他用他人格的力量逼着你思考，逼着你正视现实。"巴金自己就属于燃烧自己照亮别人的那一类作家。他写作的时候，总是把自己燃烧在里面，融化在里面，他忘了自己，

① 刘屏：《一个小老头，名字叫巴金》，天津社会科学院出版社，2003，第246~248页。

好似自己已经不存在了。他只感到一种悲哀要倾吐，一种热情要发泄，他拿着笔在白纸上写黑字，好像他的整个生命就在这张白纸上面。[①] 燃烧自己的心，就是"抒真情"至高无上的创作境界。真诚是人类爱的火种，能够照亮人们的黑暗领域；热情是人类爱的光芒，能够温暖饱受苦难而冰冷的心田。

"燃烧的心"作为写作的最高境界，贯穿巴金一生的创作。他不说"四平八稳，无病呻吟，不痛不痒，人云亦云，说了等于没有说的空话，而是以自己'想过的真实想法和真挚感情'，为我们这个时代'留点痕迹'和'叫喊'"。[②] 巴金的"真情"感染着后世，赢得世人的尊敬。著名诗人、散文家、编剧邹静之这样评价巴金的作品：我敬佩的是，新中国成立后，尤其是在"文革"后，巴金先生的文字对我的直接影响更大。我认为他的生命，他的文学是伟大的。巴金先生在"文革"后写的一些文字是由衷的，不带表演的，希望现在的年轻人从网络文学的表皮走向内心深处，那里肯定有让我们感到新鲜惊讶的东西。[③] 这里所说的巴金"不带表演"的东西，就是指巴金的"真诚与热情"，不加虚伪的装饰，将内心的所思所想传达给读者。巴金的作品培养了像邹静之一类的作家，也深深地影响了当代的年轻人。

"真情"抒写，往往体现在朴素美中。《随想录》集回忆、随笔、杂文、抒情诗于一炉。巴金对生活的独特发现和开掘，是富有艺术感染力的。他把生活真实放在散文创作的头等地位，在真情实感的提炼和朴实无华的表现中追求诗意。大作家巴金的心与普通读者的心是相通的。他在娓娓絮语中把心交给读者，却不借助于形象和文字的雕琢，甚至摒弃"首章标其目，卒章显其志"的象征和隐喻。作家道家常一样似乎极其平淡的叙述，却把读者带进激情难掩的境地，这与他所要表达的深厚的历史内容是一致的。从毫不矫揉造作却能取得恒久的魅力来看，巴金是真正的散文大家。朴素美是思想感情真善美的反映。《随想录》是对"文革"社会的真实再现，确

① 宋曰家：《巴金：永生在青春的原野》，山东文艺出版社，1997，第164～165页。

② 楼肇明：《搏动着赤子之心的诗篇——读巴金〈随想录〉一、二集》，《当代》1981年第4期。

③ 彭小花编著《巴金的知与真》，东方出版社，2006，第344页。

实是“一本真实的书”，也是“一本悲壮的书”，它的“每一句话都是通过作者自己的心写下来的，都是经过自己良心的检查。”[①]《随想录》没有浮华艳丽的字句，有的只是朴实的文字，它却唱出了“人的灵魂的歌”，歌声回旋在人间大地。巴老虽然以百岁高龄乘鹤西去，但他的《随想录》产生的巨大影响依然空谷回音，久久地回荡。

我国唐朝散（古）文运动正是针对讲究“骈四俪六”的六朝骈文而产生的，其显著特点就是以质朴代替浮华，以确切恰当的文字代替那些堆砌藻典的陈言。韩愈在《南阳樊绍述墓志铭》中提出的“文从字顺各识职”，就是一个很好的概括。“文从字顺”就是要质朴，“各识职”就是要切当情理。巴金的散文如行云流水，任其所至，看来只是任凭感情奔涌，不加壅阻，其实是“未尝不用字而未尝见其用字之迹”，所以常能收到“归真返璞”“平中见奇”之功效。[②]“平中见奇”之功效，体现在他把心交给读者，毫无掩饰地讲自己的心里话，表现出他对祖国、人民命运的热切关注和严肃思考，显示出其强烈的历史责任感和真实自然的人格光辉。巴金用颤抖的手镌刻、用滚烫的心熔铸的《随想录》，所写的不仅是他个人的经历、感想、思绪，也映出了同时代中国正直的知识分子的心灵。巴金以这本书完成了自己对十年“文化大革命”浩劫的反思，完成了对自己一生为人为文的自审，完成了自己在文学领域的最后建筑。在文学道路上跋涉了几十年的巴金，没有辜负时代的召唤，没有辜负文学的使命，没有辜负读者的期望，更没有辜负自己的誓言。

在散文的出版和发行不大景气的情况下，《随想录》反复印刷，畅销不衰，这不仅在八十年代中国文坛，就是在整个中国现当代散文出版史上，也是不多见的。印数多、传播广的《随想录》，不仅受到哲学家、政治学家等各界人士和研究生、工人等不同层次的广大读者的关注和赞扬，更给予小说家、剧作家、诗人、杂文家、散文家、评论家以及表演艺术家、书法家等众多文学界、艺术界人士以勇气和启迪。1993 年第一届国家图书奖开评，是新中国成立以来第一次，也是规模最大、规格最高的一次评奖活动，

---

① 黄裳：《读巴金〈随想录〉》，香港《大公报》1980 年 1 月 24 日。

② 贾植芳、唐金海、张晓云、陈思和编《巴金作品评论集》，中国文联出版公司，1985，第 405～406 页。

在50万种图书精选中，《随想录》名登榜首。就一部散文集在同时代产生的直接影响和社会评价来说，《随想录》在当代中国无与伦比。[①] 巴金“燃烧自己的心”，把人格与艺术的光辉普洒在当下社会的各个阶层、各个领域。因为“真诚与热情”是人类共有的情感，吻合了正直善良的人们的心灵渴求。《随想录》散发出来的这种爱的光芒，以源源不断的能量，一波又一波向社会各个层面传播开来，照亮了中国人民前行的征途。这如同浩瀚的太空中那颗“巴金星”，普洒着温暖的光泽。

二　“真情”温暖人间，“真情”指引文学大业

巴金“抒真情”文学方式追根溯源，来自他对人类的感情的珍视。他重友情，舍己为人，想人之所想，急人之所急，文坛上一大批卓有成就的名作家都视巴金为知己与诤友；他重爱情，“文革”中备受磨难，他不堪忍受批斗、游行，是萧珊爱的目光把他从人生的悬崖边拉了回来；萧珊被迫害致死后，以巴金的文坛地位，他完全有能力再找个人生伴侣，但无人能占据萧珊在他心中的位置，他孤独地过完了人生的最后三十余年时光；他重亲情，收养朋友留下的孤儿，视为己出。没有人格的光辉，“抒真情”就失去了可靠的依托。

巴金把友情比作一盏灯，这盏不灭的灯，照亮了他几十年的生活道路。他创作《朋友》，深深地书写自己对生活的感受：“在短促的过去的回顾中有一盏明灯，照亮了我的灵魂的黑暗，使我的生活有一点光彩。这盏灯就是友情。我应该感谢它，我方能够活到现在；而且把旧家庭给我留下的阴影扫除了的还是它。”

巴金常说，他的朋友中有三个人“最有才华”：沈从文、曹禺、萧乾。从青年时代相熟、相知，他们的友情一直保持到晚年。他们的友情真是“不怕风吹雨打”，如大松柏一样万古长青。1985年已经是八十高龄的巴金作为中国政协副主席参加政协会议，看望了冰心、叶圣陶、周扬等人，这是他最后一次见到叶老与周扬，不久他们都去世了。出于对友情的珍重，

① 李存光：《巴金传》，北京十月文艺出版社，1994，第397～399页。

巴金不顾年事已高，冒着五六级大风，登上了崇文门外的那幢大楼，探望了久病后的沈从文。他们执手无言，然而彼此的心是相通的。

那几年，巴金出于对朋友的关爱，不声不响地一次又一次地向有关部门反映，请求帮助他们解决住房困难的问题。关爱对象其中就有沈从文和翻译家汝龙。曾同在法国留学的吴克刚在《想念芾甘，兼及合作》一文中，情深意长地说：“我与芾甘，志同道合，肝胆相照”。在《巴金译文全集》第一卷代跋一文中，巴金以无限的感情怀念他去世不久的朋友——翻译家汝龙。在朋友中还包括上海的“老市长”汪道涵，他也是巴金的读者。朱镕基在上海做市长的时候，曾经向老人祝寿。探望的时候，朱镕基说他年轻的时候，也读过巴金的书。据说已故的彭雪枫将军在军务之余，还一直带着巴金的书。可见在中国，巴金拥有的读者之多。在三四十年代又有多少热血青年正是读了巴金的作品而走向进步，走向革命队伍。[①]“铁肩担道义，妙手著文章”。巴金的心是沸腾的，他肩负着用文学救国救民的重任，字里行间流淌着的是源源不断的“真情”，吹响了战斗号角，指引了无数青年奔赴祖国最需要的地方去。其“真情”散发出来的巨大能量是无法估量的。

从二十世纪三十年代起，巴金和靳以就因文学走在一起。他们曾在一个屋檐下写作，同桌编过刊物，一起用手中的笔为抗日、为正义而战斗呐喊。在革命战争年代缔结的深厚友谊，成为文坛一段佳话。1959 年 11 月年仅五十岁的靳以突发心脏病去世。在寒气袭人的严冬，巴金怀着沉痛的心情一口气写了三篇悼念文章，真情溢满纸上。1989 年靳以逝世三十周年，巴金依然难忘亡友，在他的深切关怀下，由上海作协和《收获》承办了“靳以追思”。鉴于靳以的文学道路是从北京开始的，巴金以中国作协主席的身份，1994 年 11 月委托中国现代文学馆和中国作协筹备在北京举行“纪念靳以先生诞辰八十五周年暨逝世三十五周年座谈会”。巴金亲笔写了祝词，委托靳以的女儿章洁思带到北京。靳以去世之后，巴金不仅没有忘记他与靳以深厚的战斗友情，反而时过弥坚。他创作了《靳以逝世三十周年》，情切意重，难忘故友。“二十年过去了。他的声音还是那样响亮，

① 李存光编《世纪良知巴金》，人民文学出版社，2000，第 314～322 页。

那样充满生命与信心。我闭上眼，他那愉快的笑脸就在我眼前。‘怎么样？’好像他又在发问。‘写吧’，我不假思索地回答。这就是说，他的声音、他的笑容、他的语言今天还在给我以鼓励。”后来章洁思编辑他父亲靳以的多卷本选集，巴金为之写作《〈靳以选集〉序》，高度评价靳以光辉的人生。巴金在序中深化了他的“真情论”：优秀的文学作品都是人民的精神财富。凡是真实地反映当时真实生活的作品，凡是鼓励人积极地对待生活的，或者给人以高尚情操的，或者使人感觉到自己和同胞间的密切联系的作品，凡是使人热爱祖国和人民，热爱真理和正义的作品都会长久地存在下去。

冰心的女儿吴青撰文说，在巴金的心中和笔下，母亲一直是他的大姐。巴金和冰心都有大爱和大憎，他们是爱也爱得深切，憎也憎得鲜明。他们都追求“讲真话”。在晚年，他们老而弥坚的声音，振聋发聩。吴青动情地说：“巴金舅舅的每一篇文字都是流着血流着泪写成的。‘真’是他和我妈身上最大的特点。”吴青说，母亲还把巴金舅舅比喻成热水瓶一样里热外凉的人。而吴青本人感觉巴金更像液态的火焰，外面看不到熊熊的火焰，但里面却是滚烫的液体。两位老人之间的深厚友谊，也延续到他们子女身上。冰心喜欢玫瑰花，李小林还时常说，“去看老太太时，别忘了给姑姑送玫瑰花。”①

“文革”期间，萧珊身患重病，因为是“反动学术权威”巴金之妻，而得不到及时治疗。巴金在奉贤五七干校接受“劳动改造”，工宣队头目不准巴金请假照顾病妻。那帮“吃人的魔鬼”夺走了萧珊的生命，巴金用血泪写成了千古绝唱的悼文《怀念萧珊》：“她不想死，她想活，她愿意改造思想，她愿意看到社会主义的建成。这个愿望总不能说是痴心妄想吧。她本来可以活下去，倘使她不是‘黑老K’的‘臭婆娘’。一句话，是我连累了她，是我害了她。”萧珊是那个人兽不分年代的牺牲品。“文革”的罪恶真是罄竹难书，他使巴金妻离子散，酿成人间惨剧。难能可贵的是，爱妻已去，巴金化悲痛为力量，在文末庄严宣告：“我决不悲观，我要争取多活。我要为我们社会主义祖国工作到生命的最后一息。在我丧失工作能力的时候，我希望病榻上有萧珊翻译的那几本小说。等到我永远闭上眼睛，就让

① 陈熙涵：《冰心之女忆长辈：巴金冰心憎爱最分明》，《文汇报》2004年12月24日。

我的骨灰同她的搀和在一起。"巴金的爱不是自私的，而是极为博大的，他要用尽生命的"真诚与热情"让余生再散发光与热，继续为中国人民奉献文学作品。这种大爱无疆的精神，包含了多少坚定的信念和深厚的感情！

鲁迅诗作《答客诮》："无情未必真豪杰，怜子如何不丈夫。知否兴风狂啸者，回眸时看小於菟。"巴金的《家》充满了脉脉温情，他绝不是在《家》中所写的高老太爷。李小棠与李小林和父亲巴金相互呵护，彼此关怀。巴金异常疼爱外甥女端端，创作了"端端"系列文《小端端》《再说端端》《三说端端》。晚年的巴金常常牵着孙女晅晅的手在庭院中散步，尽享天伦之乐。年幼的晅晅随母亲去美国读书，巴金给小孙女写信："你看老爷爷多可怜，晅晅可以到处跑，老爷爷只好坐在小桌前面，老爷爷真想念晅晅。照片看到，可是不像老巴金看惯了的小宝贝了。这个美丽的'西方化'小姑娘对老爷爷还不熟悉，你得让我多见见你，看看你的笑容。你在信上说你会说英文，老爷爷很高兴。可是我下次同你见面时希望你不忘记说中国话。"① 面对着活泼可爱的小孙女，巴金成了充满童趣的"老顽童"，说着"调皮"的话，逗乐着"小宝贝"。透过信件的字字句句，扑面而来的，是浓烈醇厚的亲情。

"老吾老，以及人之老；幼吾幼，以及人之幼。"这是中国古代的优良传统。当并肩作战三十年的战友靳以英年早逝，面对靳以病残的女儿举步维艰，人生道路困难重重之境况，巴金义不容辞地肩负起"养父"的神圣使命。在《哭靳以》一文里，巴金向文艺界朋友发起援助的倡议："朋友们不会让你心爱的女儿在悲痛中过孤寂的日子，也不会看着她孤独地跟病痛斗争。她失去了一个她视作神圣的父亲，但是会有更多父亲般的爱从祖国各个地方送到她身边，帮助她，支持她勇敢地跟疾病战斗到底……"八十年代初，巴金成为中国作协主席，把章洁思唤到身边，让她为父亲靳以编辑文集，还把家中藏书补全缺失，协助她到上海作协和上海图书馆借阅资料。在巴金无微不至的体贴关心下，"养女"章洁思终于编辑出四十卷《靳以文集》。惊喜、感动、亲切，顿时涌上章洁思的心头。在巴金的牵引下，章洁思走进了文学世界，献身文学事业。1996 年冬天，章洁思去看望病中

① 谷苇：《巴金的情》，《行政与人事》1996 年第 4 期。

的养父，巴金赠送她一本她喜欢的俄国列维坦的风景画册。她惊讶极了，养父怎么知道她喜欢列维坦？巴金提醒她，小时候曾看过她欣赏列维坦的风景画。后来章洁思终于想起那是三十多年前的事。那时候靳以刚刚去世，关爱她的养母萧珊经常来看她，那时萧珊见幼小的章洁思留着杂志中列维坦的风景画的插页，知道她喜欢这位画家。没想到养父的记忆那么好。“想到这里，我不忍启口，因为亲爱的萧珊干妈也离去二十多年了。巴金的细致和关切，永远温暖在我的心。”① 几十年的往事，如今依然记在心头。不是亲情，胜似亲情。天空中那颗闪烁着的巴金星，静静地普洒着它的光辉，给予干女儿无私的爱。巴金的情是真切的，更是博大的。老朋友撒手人寰，他毫不犹豫地肩负起“养父”的责任，从生活、工作、学习、爱好等各个方面无微不至地关怀病残的干女儿，高尚的人格似巴金星一样，与日月同辉。

愿化泥土，是巴金牺牲精神的体现。巴金虽然老了，但祖国未来的文学大业，尤其是文学新人仍然牵挂着他的心。在他的努力下，全国青年文学创作会议在北京举行。虽然长期病重不能与会，但他为会议写作了一篇充满信任与期待的讲话稿，把自己六十年来的创作心得上升到理论高度，对青年作家循循善诱：“我始终相信那句古话，生活培养作家。……作家必须对自己熟悉的生活进行深入的思考，要善于从生活中挖掘和发现。”他又告诫作家，“不用怕文化开放，开放会带来各种新的事物，好的我们大量借用，坏的我们可以不要。两种文化接触，一定互相影响，比赛高低，你比我，我比你，好的东西不会随便给人化掉，优秀的文化也不会一碰就倒，我们应当有这个信心。不要因为害怕污染，就关上门不见人，死守着祖国遗产永不更新，不学习，不思考，哪里会走上振兴民族的光明大道？”② 八十年代中期，中国正在大张旗鼓反对“资产阶级自由化”运动，“文革”期间的“以阶级斗争为纲”的余威犹存，当时的中国大地正在轰轰烈烈地开展“姓资”还是“姓社”问题的讨论。十一届三中全会，国门开放，西方的某些腐朽思潮随之入侵，其消极影响引起国人警觉与忧虑。当时部分中国人迷茫了，国门大开，经济发展了，像资本主义社会一样，中国究竟往

① 陈思和、李存光主编《生命的开花》，文汇出版社，2005，第 81 页。

② 巴金：《致青年作家》，《文艺报》1987 年 1 月 3 日。

何处去？正是在这种摇摆不定的时局中，巴金出于对祖国一片真情，出于对青年作家的关切，不顾潜在的政治上“姓资”的嫌疑，写作《致青年作家》，正确阐析了“洋为中用”的理念，要求青年作家对待外国文化，要“取其精华，去其糟粕”，无须视外国文明为洪水猛兽。在当时的社会形势下，这些见解无疑对国人起了振聋发聩的作用，为中国未来的文学事业指明了前进的方向。没有对国人的赤情，巴金无法冒着巨大风险来大胆地“惊世骇俗”。巴金真情的光辉驱散了文坛的阴霾，迎来又一轮日出。

三 “人民作家”的赞誉，文学名人的尊崇

对读者奉献出一片真心与真情，是巴老几十年的创作宗旨。他在《把心交给读者》一文中说：“我要写我真实的思想，还有我心里的话，遗留给我的读者。我写了五十多年，我确实写过不少不好的书，但也写了一些值得一读或半读的作品吧，它们能够存在下去，应当感谢读者们的宽容。我回顾五十年来走过的路，今天我对读者依然充满了感激之情。”① 正因为对读者奉献出真情，巴金的作品才打动并感染着一代又一代读者与作家，巴金的作品才能在市场长期畅销，巴金成为中国唯一不拿国家工资的作家，巨额的稿费养活了巴金一家，巴金也回报了社会。巴金捐给希望工程的稿费超过四十万元。巴金还对十位外省市贫困学生结对资助。巴金倾其珍品，捐赠一套用红木盒包装的书——羊皮封面，印有唯一序列编号并限量印刷的藏书，拍卖所得二十二万元，用于安徽省岳西县一所贫困小学建设。巴金在学校翻修落成的开学典礼上，鼓励孩子们：“好好读书，将来成为山区建设的接班人。”② 心系读者，关爱孩子，巴金心里流淌着一股人间真情。这股真情的泉水，向远方流去，滋润着人们的心田。

巴金的真情感动了中国人，也感动了党与政府。百岁之时，国务院授予巴金“人民作家”荣誉称号，李长春代表国务院出席颁奖仪式，他指出，巴金的人品和他的文品一样为人所景仰。他始终不渝地拥护中国共产党的领导，对祖国和人民怀着无限的忠诚与热爱，对文学事业不懈地耕耘与追

① 巴金：《随想录》，作家出版社，2005，第 24 页。

② 谢辉：《巴金等荣获“上海希望工程突出贡献奖”》，《光明日报》2004 年 3 月 24 日。

求。他胸怀宽广，坦荡无私，具有坚强的意志和旺盛的生命力，他是广大文艺工作者的楷模和典范。[①] 这道出了中国人民的呼声。巴金为人民写作，把一生奉献给了人民，“人民作家”的称誉他当之无愧，那称誉里绽放出的是巴金对人民真情的光芒。

《随想录》写了八年，巴金九十岁高龄，再来了一个“八年抗战”，向人民奉献又一部力作《再思录》。此书由陈思和先生主编的“火凤凰文库”系列丛书推出。那时候巴金先生因校阅他的译文全集，劳累过度造成压缩性骨折，万分痛苦地躺在医院里，甚至想求“安乐死”。陈思和先生编完书稿后发现前无序后无跋，这样子印出来会不太好看，有心想请巴金新写一篇序文，放在书前面。但看到他病得如此痛苦，不忍开口，便找他女儿李小林商量，能否选一篇旧作作为代序。谁知第二天小林就来电话，说巴金知道他的请求后，当场就口述了一篇短文，请小林笔录。那篇序不长，字字句句都洋溢了对人生的热爱，文中还引用俄国音乐家柴可夫斯基的话：“假如你在自己身上找不到欢乐，你就到人民中去吧，你会相信在苦难的生活中依然存在着欢乐。”[②] 巴金认为，在人民中寻找欢乐，颇具真知灼见。毛泽东《在延安文艺座谈会上的讲话》中指出，人民生活是作家创作的丰富矿藏。没有人民生活，文学创作就成为“无源之水”。作家要在人民生活之中寻求真善美，就必须向读者奉献出真情。老作家九十多岁，骨折在病床上，虚弱得无力握笔，为了《再思录》序文，用口述方式，让女儿用笔记下来。对读者的真情可谓“春蚕到死丝方尽，蜡炬成灰泪始干”。这种殉道精神使他成为一位著名的翻译家和作家，他为我国翻译了大量的世界文学名著，《巴金译文全集》忠实记录了他在翻译道路上一串串扎实的脚印。他的传世杰作，培养了一代又一代优秀的青年作家，使我国文学大业后继有人，欣欣向荣。

巴金用真情感召了天下人，也使他誉满神州大地。不同年代，不同的人们向他表示诚挚的赞颂。曾经提携过巴金走上文学道路的叶圣陶先生1977年秋兴之所至，咏诗《赠巴金》：

---

① 厉正宏：《国务院授予巴金“人民作家”荣誉称号》，《解放日报》2004年11月26日，第1版。

② 陈思和：《解读巴金》，春风文艺出版社，2002，第134页。

诵君文，莫计篇；
交不浅，五十年。
平时未必常晤叙，十载契阔心怅然。
今春文汇刊书翰，识与不识众口传。
挥洒雄健犹往昔，蜂虿于君何有焉。
杜云古稀今曰杜，伫看新制涌如泉。[①]

对于作家来说，读者是最好的检察官。有了读者的热爱，便有了作品的不朽。无论是像叶圣陶这样“识”的人，还是更多的未曾谋面的“不识”的人，巴金的文学著作“众口传”。由此可知，巴金在中国辐射的力量是无法估量的。年华已老，豪情犹在。此情最真，光耀千古。

在文坛知友靳以逝世三十周年之际，巴金满怀深情致辞“章靳以同志是一位深受读者敬爱的优秀的现实主义的作家。他正直善良，热爱生活，他把他心灵中美好的事物完全献给祖国的文艺事业，勤奋写作，笔端凝聚着他对人民的爱。”这是巴金先生对章靳以的评价，更是他自己的写照。巴金早年创办《文学丛刊》，晚年发起创办《收获》，使大批文学青年借此走向文坛，巴金的作品使人们感觉到他那颗真情的心一直在跳动，巴金永远活在人们心中。

巴金故乡成都于1991年举办“巴金国际学术研讨会”，老友曹禺写诗祝贺：

文章见真情，巴金是我师。
相识六十载，白头更坦直。
欢笑几回聚，悠悠梦寐思。

“文章见真情”是对巴金作品准确的概括。当年曹禺创作《雷雨》时，还是位大学生，发表困难，不得不将其锁进抽屉。巴金读之大加赞赏，极

① 李致、李舒主编《巴金这个人——献给中国当代文学大师巴金百年华诞》，成都时代出版社，2003，第1页。

力推荐，《雷雨》得以面世。“巴金是我师”是曹禺的心声。两位文坛巨人虽然仅相差六岁，但曹禺却对巴金以“老师”相称，足见巴金在他心目中的崇高地位。

用“真情”书写的《随想录》问世之后，在北京城里，在黄浦江畔，文学家们自动地聚集在一起，祝贺《随想录》的完成，“与会者发言饱含深情，不少人热泪盈眶。情景感人，近年少见。”《文艺报》的记者如是说。荒煤说：“《随想录》始终贯穿着讲真话的原则。它体现在巴老对‘文革’及其前后的反省和总结的历史高度上，也体现在巴老一直恪守的对祖国、对人民的爱和艺术家的良心上。”唐达成认为：“作为文学大师，他已经教育了我们几代人。这部书向我们展示了数十年的人间风雨和一代知识分子的光辉人格。它闪耀着引导我做人作文的精神之火。”著名女作家谌容说：“他教我们如何做一个讲真话的拿笔杆子的人。”获得茅盾文学奖的张洁说：“在他面前，任何‘玩文学’的人都会感到惭愧！”前文化部部长王蒙评价：“《随想录》以最诚恳的呼号，吁请人们负责任地对待历史和国家。如果人人如此，国家就有希望。”①

从不可计数的名人评价中，我们可以知道，巴金的“真情”辐射到社会领域，不断地感染着中国人民，塑造着国人的良知与灵魂。“真情”中蕴含对国家的责任，对人民的关爱。在精神文明建设中，“真情”彰显着人类文明的“精神之火”。

第三节　大师圣火的接力与流播

——论鲁迅与巴金“五四”文化精神的传承

以《新青年》作为战斗堡垒，新文化运动开展得如火如荼。“五四”斗士们从国外请来了两位先生改造黑暗腐败的旧中国，一位“赛先生”即“Science”（科学），旨在反对盲目崇拜。因为两千余年封建帝制虽然在辛亥革命风云荡涤下土崩瓦解，但是“君权神授”的沉疴顽疾并未彻底根除，

① 谷苇：《记巴金》，上海书店出版社，1993，第57～58页。

封建迷信依然存在。一位是“德先生”，即“Democracy”（民主），旨在反对专制独裁，反对唯我独尊。因为几千年沉积的封建流毒阴魂未散，“长官意识”在世人头脑中根深蒂固。新文化运动主将鲁迅先生与同伴们奋然树立起反帝反封两面旗帜，“五四”产儿巴金传接这熊熊燃烧的圣火，成为二十世纪中国一道亮丽的风景。在“五四”文化传播的征途上，鲁迅与巴金是世人仰视的两座丰碑。

五四运动之后，中国人能够决然地对传统文化说“不”，归功于大师鲁迅与巴金的呐喊的影响。曾任鲁迅博物馆副馆长的孙郁先生这样说：“能彻底否定我们传统文化的负面的因素，鲁迅和巴金是两个代表性的人物。其实像胡适和陈独秀，他们未尝不在自己的作品当中，表现他们自己对传统文化的那种失望态度。但是具有道义感，而且一生一以贯之，表现了精神的纯粹的，鲁迅和巴金才是杰出的代表。”① 反封建的不妥协的韧性精神和五四文化理念等人文情怀在两位大师间传承下来。鲁迅去世后，中国作协前主席、百岁老人巴金近几十年来或著文怀念，或亲临故居缅怀，闪烁着文化理性的光芒，映照着祖国的前行之路。

一 鲁迅的葬礼，巴金接过大师的圣火

1936 年 10 月 19 日，鲁迅停止了手中的笔，撒手西去。巴金闻讯飞奔至施高塔路大陆新村，唯一的一次在伟大的导师家中与之见面。被肺病折磨致死的鲁迅面容极度消瘦，巴金潸然泪下，心如刀绞。万国殡仪馆的灵堂庄严肃静，巴金久久地肃立在先生的灵柩前，静静地注视着鲜花丛中的一代文学巨匠，默哀、默哀……那一刻永远地烙在巴金的脑海深处，几十年过去了，他依然忘不了自己站在先生遗体旁哀悼的情景。1981 年 7 月底巴金写作《随想录》中《怀念鲁迅先生》一文，他深情地写道：

> 四十五年了，一个声音始终留在我的耳边：“忘记我。”声音那样温和，那样恳切，那样熟悉，但它常常又是那样严厉。我不知道对自

① 上海巴金文学研究会编：《巴金与一个世纪——“走进巴金”系列文化演讲集》，上海社会科学院出版社，2005，第 88 页。

已说了多少次:“我决不忘记先生”,可是四十五年中间我究竟记住一些什么事情?!

鲁迅去世后,毛泽东作为中共代表赠送“民族魂”赞语旗帜。巴金与十四位青年作家一道为长眠的先生抬送灵柩,安放在万国公墓的墓穴中。

“四十五年前一个秋天的夜晚和一个秋天的早晨在万国殡仪馆的灵堂我静静地站在先生灵柩前,透过半截玻璃棺盖,望着先生慈祥的面颜,紧闭的双眼,浓黑的唇髭,先生好象在安睡。四周都是用鲜花扎的花圈和花篮,没有一点干扰,先生睡在香花丛中。两次我都注视了四五分钟,我的眼睛模糊了,我仿佛看见先生在微笑。我想,要是先生睁开眼坐起来又怎么样呢?我多么希望先生活起来啊!”[①] 四十五年前的那一刻,巴金盼望鲁迅先生依然活在人间,依然在带领中国进步的作家们与腐朽的国民党政府专制与独裁做不懈的斗争。“四十五年前的事情仿佛就发生在昨天。不忘我,忘记还是不忘记,我总觉得先生一直睁着眼睛在望我。”鲁迅先生走了,他把五四文化精神的圣火传递给年轻的巴金,他在用眼睛望着巴金手持圣火行进在中国二十世纪的征途上。

鲁迅为什么会把圣火让巴金去传递?因为先生看到年轻的巴金的巨大潜能,足以堪此重任。1936 年先生在病危之际,由冯雪峰代笔的《答徐懋庸并关于抗日统一战线问题》一文中,鲁迅还是不忘为巴金辩护:“巴金是一个有热情的有进步思想的作家,在屈指可数的好作家之列的作家。他固然有‘安那其主义者’之称,但他并没有反对我们的运动,还曾经列名于文艺工作者联名的战斗宣言。”实际上,鲁迅在他去世之前,已经成为上海左翼作家联盟的领袖,巴金等进步的作家们在这杆大旗下早已聚集,用笔作为武器展开战斗。

为了寄托对导师的无限哀思,巴金送完鲁迅最后一程后,当天夜晚挥笔写下悼文《永远不能忘记的事情》,详细叙写了发丧的四天悲痛的日子——前来吊唁的悲恸情景、空前壮观的送葬队伍、万国公墓的悲壮瞬间,一一铭记在文章里。“他的垂老不变的青年的热情,至死不屈的战士的精

---

① 巴金:《随想录》(五卷合订本),作家出版社,2005,第 192 页。

神，将和他的深湛的著作永留人间。”这就是鲁迅传递给巴金的圣火，巴金义无反顾地接过圣火前行。

怀着追思，巴金与靳以在1936年11月11日的《文季月刊》开辟“哀悼鲁迅先生”特辑。特辑里收入画家司徒乔在万国殡仪馆鲁迅遗体前5分钟为鲁迅作的画像、大陆新村鲁迅寓所、先生长眠的墓穴等十张照片。同时发表黄源《鲁迅先生》以及巴金代表《文季月刊》纪念文《悼鲁迅先生》。巴金写道：

> 我们没有多的言辞来哀悼这么一个伟大的人，因为一切的话语在这个人的面前都成了十分渺小。我们不能够单拿眼泪来埋葬死者，因为死者是一个至死不屈的英勇斗士。但是我们也不能抑制了悲痛来否认我们的损失；跟着这个人的死我们失去了伟大的导师，青年失去了一个爱护他们的亲切的朋友，中国民众失去了一个代他们说话的人，民族解放运动失去了一个英勇的战士。
>
> 鲁迅先生的人格比他的作品更伟大。近二三十年来，他的正义的呼声，响彻了中国的暗夜，在荆棘遍地的荒野中他执着思想的火把，领导着无数的青年向远方的一线光明前进。

巴金这篇文章，是对鲁迅先生至爱至诚感情的真切袒露，是巴金和一代青年人的真实心声。经过思考和梳理，巴金对鲁迅的人格和思想有了较《永远不能忘记的事情》更深一步的认识和理解。① 巴金化悲痛为力量，勇敢地肩负起火炬手的神圣使命——鲁迅在“荆棘遍地的荒野中”把“思想的火把”传递给“在屈指可数的好作家之列的作家”的巴金。鲁迅用这“思想的火把”“领导着无数的青年向远方的一线光亮前进。”这当然包括巴金。巴金立誓要把鲁迅“思想的火把”接力过来，并使其在神州大地上广为流播！

其实，巴金神往并追随鲁迅先生早在五四运动前夕便开始了。鲁迅作为新文化运动的得力干将，在陈独秀创办的《新青年》杂志上，第一次以

① 刘屏：《一个小老头，名字叫巴金》，天津社会科学院出版社，2003，第86页。

“鲁迅”为笔名发表了中国现代文学史上第一篇白话小说《狂人日记》。当年巴金的大哥李尧枚带回《新青年》，十四五岁的巴金顿时被这篇具有浓厚的反封建色彩的小说所震撼，产生了强烈的共鸣。身为“少爷”的巴金在封建大家庭耳闻目睹“人吃人”的社会现象，叛逆情绪一下子被《狂人日记》所激发。“鲁迅”的大名深深地烙在少年巴金的脑海中。《狂人日记》犹如前行的“思想火把”，引导着并照耀着巴金与三哥一道毅然决然冲出家庭樊篱，走上希望之路。

在南京东南大学附属高中毕业之后，巴金渴望进入新文化运动的发源地北平，报考了燕京大学。北上的征途上，巴金随身携带鲁迅小说集《呐喊》。因肺病体检不合格，大学之梦化为泡影，绝望伤心之情可想而知。巴金一遍又一遍阅读《呐喊》。《呐喊》成为巴金的精神食粮，他如饥似渴，潜心钻研，最终找到了自己的人生之路——他要像鲁迅先生一样，创作文学作品，来释放心灵的痛苦；他要沿着鲁迅思想圣火指引的方向，在“荆棘遍地的荒野”中为千千万万的青年们寻找出路。数年之后，巴金反封建力作《家》的出版，成为广大青年冲出封建家庭束缚的“指南针”。与《狂人日记》一脉相承，长篇小说《家》有力地控诉了封建专制和封建礼教“人吃人”的罪恶，引导无数热血青年加入中国共产党掀起的革命洪流里。

巴金与鲁迅第一次见面的情形，永远定格在巴金写作的《鲁迅先生就是这样的一个人》这篇文章里。在上海文学社的一个宴会上，两位大师首次会晤。那天客人不多，除了鲁迅先生外，还有茅盾和叶圣陶等几位。巴金与茅盾也是在这次宴会上相识。

> 我记得那天我正在跟茅盾先生谈话，忽然饭馆小房间的门帘一动，鲁迅先生进来了：瘦小的身材，浓黑的唇髭和眉毛……可是比我在照片上看到的面貌更和善，更慈祥。这天他谈话最多，而且谈得很亲切，很自然，一点也不啰嗦，而且句子很短，又很风趣。他从《文学》杂志的内容一直谈到帮闲文人的丑态，以及国民党的愚蠢而丑恶的宣传方法。

仰慕已久的大师鲁迅先生是那么和善，这给年轻的巴金极为深刻的印象，以至终生难忘。二三十年之后回忆起当初见面的情景犹历历在目。

"这个晚上我不知道看见多少次他的笑容。我离开他的时候才注意到时间过得太快了。他给我的印象一直保留到现在：这位'有笔如刀'的大作家竟然是一个多么善良多么平易多么容易接近的瘦小的老人。我觉得我更贴近地挨到他那颗善良的心了。以后我还在同样性质的宴会上看见他一两次；话说得少一点，但笑容还是有的，人还是那么朴素，那么亲切，好像他装了满肚皮的好心好意，准备随时把自己的一切分给接近他的人一样。只有那对明亮的眼睛有时候会射出仿佛要看透人心的光芒。"[①] 鲁迅"那对明亮的眼睛"关注并支持巴金担任总编辑的文化生活出版社，扶掖这个当时在大上海只能算是一个小小出版社的每一步进程。1934 年 10 月巴金去日本之前，文学社几个朋友为他饯行。鲁迅先生闻讯赶来指导，非常高兴地畅谈了自己在日本所感受的风俗人情，也讲了一两个中国留学生语言不通闹出的笑话。鲁迅先生语重心长地嘱咐巴金："到了那边，文章也得多写"。我很感激他的鼓励。饭后大家在房里闲谈，谈起他的几个熟人被捕后的情形，好像也谈到适夷同志在南京的消息，他表现出很关心的样子。谈到国民党特务活动的时候，他的眼里射出愤怒的光芒。鲁迅眼睛里发出的"光芒"，是要穿透国民党腐朽的黑夜，让巴金一样的进步青年看到重重夜幕下破晓的曙光。

第二年秋天，巴金从日本回国担任编辑工作，鲁迅先生全力支持。"他把自己的作品《故事新编》和呕尽心血的译作《死魂灵》交给了巴金。以后又把他晚年的全部译著交给了这家出版社。他还亲自对出版的装帧、设计、插图等予以具体的指导，乃至对出版社的资金周转也十分关心。对于这一切，巴金无疑铭感于心。"[②] 巴金再次向鲁迅约稿，鲁迅爽快答应了，给散文集取名为《夜记》，并且着手进行准备，把《半夏小集》《这也是生活》《死》《女吊》四篇文章编进《夜记》。巴金听说鲁迅要写一部关于中国旧社会和旧知识分子的长篇小说，于是希望他能早点动笔。然而不幸的是病魔突然夺去了他的生命，创作故而中断，留给巴金一个永远的遗憾。《文学丛刊》第四辑中的《夜记》还是景宋先生在鲁迅逝世以后代编的一个

① 巴金：《鲁迅先生就是这样一个人》，《赞歌集》，上海文艺出版社，1960，第 256 页。

② 四川省作家协会编著《论巴金》，四川人民出版社，2003，第 81～482 页。

集子。每当巴金看见编有鲁迅作品的两本《文学丛刊》，都会引起他深沉的思考，从导师为人处世的点点滴滴中，寻求人生和社会的“火种”。

> 每次我翻开这两本小书，我就感觉到鲁迅先生对待人的诚恳和热情，对待工作的认真和负责，我仿佛又看到他那颗无所不包而爱憎分明的善良的心。我的心充满了温暖，同时也受到了鞭挞。我常常拿他做人的态度来衡量我自己的行为，我不能不因良心的责备而感到痛苦。①

鲁迅是巴金为人的楷模，更为社会为世人开辟了一条康庄大道。“对于敌人他从不妥协不宽恕，即使是跟熟人谈话，倘使话不投机，他也会拂袖而去。然而对于朋友和青年他却很善良、亲切、关心，到了天真的程度。”鲁迅是年轻人的精神导师，他用真诚挚爱与爱憎分明感动着社会中的每个有良知的人。我们只要回首巴金一生对创作一丝不苟的严谨态度、对读者来信尽力回复与解答、对希望工程一次又一次捐款，就可以知道，巴金一生一世都是用鲁迅那闪烁光辉的五四文化精神来指导和检验自己的一言一行，“掏出一颗燃烧的心”，为中国社会树立起一尊精神偶像，而永存于人们的心中。

鲁迅对巴金的影响是不可估量的，以至近五十年过去了，二十世纪八十年代，巴金费了很大力气托人把存在档案室中的1936年2月鲁迅去世前几个月写给他的便函找了出来。那张泛黄的信笺上有他熟悉的毛笔小楷，那是鲁迅先生的亲笔。已到生命垂暮之年的巴金依然要重温一下鲁迅先生。尽管三十年代的巴金还很年轻，但鲁迅对这位四川来的青年作家已经给予相当的重视和信任了。信是这样写的：

> 巴金先生：
>
> 校样已看讫，今寄上，其中改动之处还不少，改正后请再给我看一看。
>
> 里封面上怕要排过。中间一副要制锌板；三个大字要刻起来，范

① 巴金：《鲁迅先生就是这样一个人》，《赞歌集》，上海文艺出版社，1960，第258页。

围要扩大，和里封面的画面大小相称。如果里封面和序文，都是另印，不制橡皮板的，那么，我想最好是等图印好了再弄里封面，因为这时候才知道里面的图到底有多大。

为此布达 并请

撰安

鲁迅上

一九三六年二月四日

巴金总是把鲁迅当年写给自己的便函看了又看。他心里感到十分亲切。他现在想起鲁迅，心中还有一股说不出的热潮在奔涌。[①] 鲁迅先生对工作认真负责的态度，对敌人韧性的战斗精神，激励着巴金在"文革"遭批斗的艰难岁月咬着牙关，挺过了那段黑暗的漫漫长夜。以至"文革"结束后他千方百计托人找到这封信来重温一下，足见巴金对鲁迅深沉的缅怀之情。

二 迁葬的仪式，巴金延续圣火的光亮

1956 年 10 月 19 日是鲁迅逝世二十周年日。10 月 14 日上海市在虹口公园隆重举行新墓迁葬仪式和新纪念馆落成仪式。这天清晨，作为上海纪念鲁迅筹委会主任的巴金与上海市副市长金仲华看着鲁迅灵柩从旧墓中掘出，装修好放在虹桥万国公墓礼堂的中央，两人将印有"民族魂"大字的鲜艳旗帜盖在灵柩上。鲁迅夫人许广平、周扬、茅盾等人专程从北京来到上海，他们与巴金、金仲华、唐弢、靳以、孔罗荪、许钦文等一道从虹桥随运灵柩车来到虹口公园鲁迅新墓址。这是过去鲁迅健在的时候散步的常去地，可让大师的灵魂好好地在这里休憩。

在迁葬仪式上，各行各业来宾达六千人之多。有机关干部、社会贤达、新闻记者，也有工人农民，他们都是"民族魂"的传承者，他们都是鲁迅作品热心的读者。宋庆龄发表讲话，鼓励中国人弘扬鲁迅精神奋勇前进，

① 窦应泰：《巴金最后 32 个春秋》，民主与建设出版社，2005，第 196 页。

热切呼唤着“将来的光明”。许广平泪流满面，头发花白，脸上写满了沧桑。当人们看到毛泽东为新的墓地题写“鲁迅先生之墓”六个大字及雕塑家萧传玖所塑造的鲁迅先生坐像时，各界人士流露出对一代大师的无限怀念之情。

五天之后即 10 月 19 日在上海纪念鲁迅大会上，巴金致开幕词，对鲁迅一生与鲁迅对中国的杰出贡献做了精辟的概括：“鲁迅五十六年光辉灿烂的生活中，为中国人民树立了不朽的功绩，留下了丰富的文化遗产。”鲁迅先生的“一枝笔，一颗心把千千万万的青年引到了他的身边；死后，先生的名字成为中国人民的光荣和骄傲。”如此评论，一语中的，可谓精辟独到。巴金向人山人海的听众们热情地发出深挚的呼唤：“二十年前上海人民公葬先生遗体于上海西郊万国公墓的时候，称先生为‘民族的灵魂’，中华民族的灵魂是绝不会死灭的。先生永远是我们的精神领袖。”“民族魂”就是中华民族几千年生生不息的“圣火”，是历经苦难而新生的力量之源，是撼天动地“人定胜天”的精神。在新生七年的神州大地上，巴金擎着伟人圣火，引导中国人民在新的历史环境下创造更加美好的未来。“巴金以真诚恳切的口气，希望人们都能虚心认真地向鲁迅先生学习，要求大家为了年青一代，都能献出自己所有的光，所有的热，所有的爱，把我们的祖国建成人间乐园。”[①] 大师的圣火一经巴金接力，便在东方大地上生生不息。“星星之火，可以燎原”，圣火的光亮照耀全中国。

巴金这篇开幕词突出地讲了两个重点：一是鲁迅热爱青年、热爱人民，二是鲁迅一生没有停止过对真理的追求。“为了追求真理，他敢于面对一切的功绩、嘲笑、污蔑、通缉和暗杀的威胁。为了追求真理，他不惜‘更无情面地解剖自己’。为了追求真理，他终于从进化论走到了阶级论，从革命的民主主义走到共产主义，而且找到了他引以为荣的切切实实、足踏在地上、为着现在的中国人的生存而奋斗的同志。”[②] 巴金用作家的文笔，连用三个排比句形象地再现了大师对真理的不懈追求精神，同时也勉励中国人民学习大师“追求真理”的精神，让“圣火”燃烧得更为壮观、更为激烈。

---

① 徐开垒：《巴金传》，上海文艺出版社，1996，第 455 页。

② 陈丹晨：《巴金传》，中国青年出版社，2003，第 271～272 页。

这几天，巴金把这次迁葬的感受真切地用文字记录下来，这就是著名的散文《秋天的早晨》。二十五年过去了，迁葬的情景依然历历在目。在《怀念鲁迅先生》一文中，巴金心潮澎湃："二十五年前在上海迁葬先生的时候，我做过一个秋夜的梦，梦景至今十分鲜明。我看见先生的燃烧的心，我听见火热的语言：为了真理，敢爱，敢说，敢做，敢追求。"由此可见，巴金的血液被鲁迅精神感染得沸腾起来，他要献身祖国，献身真理。

从鲁迅逝世到迁葬的二十年间，巴金一刻也没有忘记大师鲁迅的嘱托，时时刻刻在高举"圣火"，照亮着中国人民与黑暗势力殊死搏斗的历程，最终让鲁迅先生的"圣火"驱散黎明前的沉沉夜幕，照亮了新生的中国。

1937 年 10 月，巴金主编《烽火》第七期，开辟了以"鲁迅先生周年祭"为题目的几篇纪念文章的专栏。巴金创作了《纪念鲁迅先生》，呼吁"神圣的民族解放战争"，来实现和建立"自由平等的新中国"，以此作为"纪念鲁迅先生的最好的纪念碑"。1937 年 10 月 19 日下午，巴金在浦东同乡会大楼纪念鲁迅先生逝世一周年大会上，将刚刚从印刷厂拿来的十本《鲁迅先生纪念集》放在许广平面前。那是他不辞辛苦奔走努力的结果，在七七事变抗日战争的烽火中完成了一项十分艰巨的工作，他用自己的真实行动完成对鲁迅先生的真挚纪念。1946 年 10 月鲁迅先生逝世十周年，巴金又挥笔书写《鲁迅先生十年祭》，用文学家的笔墨，写出了圣火传人对先师无限的崇敬之情。新中国的礼炮在天安门广场上空轰鸣之时，巴金念念不忘的还是鲁迅先生。他专程赶到北京图书馆参观了关于鲁迅的展览，将此行所感凝结在《忆鲁迅先生》一文中。这篇文章刊登在 1949 年 10 月 25 日《人民文学》创刊号上，这是巴金在新中国成立后写的第一篇文章。他在人民胜利的喜悦中首先想到的是：鲁迅预言中的自由、独立的新中国成立了，而"他却不在我们中间露一下笑脸"，"他这个最有资格看到它的人却永远闭上了眼睛"。巴金在叙述他参观鲁迅展览馆时说："那地方吸引了我整个的心"。鲁迅先生的手稿、信札和遗照又把他带回 13 年前那几个悲痛的夜晚，他发自内心地说："这些年来我没有忘记他……在我困苦的时候，在我绝望的时候，在我感到疲乏的时候，我常常想到这位瘦小的老人，我常常记起他那含着强烈的爱憎的文章。”[①]

巴金用鲁迅精神勉励世人，也同样勉励自己。他在《我认识的鲁迅先生》中特地提及鲁迅：“不教训人，不说教，以身作则，处处给年轻人作榜样。”他认为“鲁迅的一生是追求真理的一生”。巴金以极大的热情，一而再、再而三地向世人大声疾呼：学习鲁迅为真理而斗争的情怀，让鲁迅的“圣火”在新中国的历史征程中愈燃愈旺。新生的中国面临美帝国主义等列强的层层包围和封锁，在建设新中国的艰苦环境下，巴金深深意识到，鲁迅精神是点燃中国人民希望的圣火，他才不厌其烦几十年如一日为之呐喊，为之呼号。

三　百年的祭奠，圣火挺过噩梦般的厄运

1981 年 4 月 21 日，鲁迅诞辰一百周年纪念委员会在北京成立。6 月在上海市召开了第一次会议，巴金被任命为主任委员。7 月底年近八十岁的巴金创作了《怀念鲁迅先生》，这是他“文革”后第一篇纪念鲁迅的文章，再一次从理论上总结了鲁迅带给后世的精神财富——鲁迅先生具有“勇士丹柯”的精神，有像卢梭一样无情解剖自己敢说真话的情怀，明辨是非的犀利眼光。在巴金看来，这些正是圣火的核心所在，是后世效法大师的可贵之处，是中国人的力量源泉。

> 我开始写作的时候，拿起笔并不感到它有多么重要，我写作是为了倾吐个人的爱憎。可是走上这个工作岗位，我才逐渐明白：用笔作战不是简单的事情。鲁迅先生给我树立了一个光辉的榜样。我仰慕高尔基的英雄“勇士丹柯”，他掏出燃烧的心，给人们带路，我把这幅图画作为写作的最高境界，这也是从先生那里得到启发的。我勉励自己讲真话，卢梭是我的第一个老师，但是几十年中用自己燃烧的心给我们照亮道路的还是鲁迅先生。我看得很清楚：在他身上，写作和生活是一致的，作家和人民是一致的，人品和文品是分不开的。他写的全

① 刘屏：《一个小老头，名字叫巴金》，天津社会科学院出版社，2003，第 89 ~ 90 页。

是讲真话的书。他一生探求真理，追求进步。他勇于解剖社会，更勇于解剖自己；他不怕承认错误，更不怕改正错误。他的每篇文章都经得住时间的考验，他的确是把心交给读者的。我第一次看见他，并不感到拘束，他的眼光，他的微笑都叫我放心。人们说他的笔像刀一样锋利，但是他对年轻人却有着无限的好心。先生长期生活在年轻人中间，同年轻人一起工作，一起战斗，分清是非，分清敌我。先生爱护青年，但是从不迁就青年。先生始终爱憎分明，接触到原则性问题，他决不妥协。有些人同他接近，后来又离开了他；一些"朋友"或"学生"，变成了他的仇敌，但是他始终不停脚步地向着真理前进。[①]

综观巴金的一生，我们可以发现，巴金紧紧握住鲁迅的"火把"，为了中国人民的解放事业，为了建设新世界，在无畏地前行。哪怕是历经"文革"，是鲁迅的"圣火"照亮了巴金黑暗如磐的岁月，让巴金九死一生，怀着滴血的心，咬着牙关，挺过了那漫漫长夜。从 1957 年"反右"运动到 1976 年"文革"结束，期间的政治活动一浪高过一浪。巴金在这种形势下，开始了漫长的"炼狱"般的生活。他被关进"牛棚"，小家也被红卫兵查封，爱妻萧珊屡遭牵连，终被迫害致死。然而，巴金的心中始终燃烧着鲁迅传承过来的圣火，最终没有像老舍那样自沉太平湖，最终没有被沉沉的黑暗所吞噬。他要像鲁迅先生那样"横眉冷对千夫指，俯首甘为孺子牛"。在巴金的内心世界，鲁迅就是一炬圣洁的光焰，伴随并激励他走出那个恶魔触摸过的鬼门关。对此，他道出了这样心底的呼声：

站在他面前，你觉得你接触到光辉的人格，他的光芒照透了你的心。你的一切个人打算都消失了。你不能不爱他，你不能不爱他的思想。你会因为是他的朋友他的同志而感到幸福，你会极力把自己变好来使他高兴……我永远不能忘记他。他的笑容对我永远是鼓励，也永远是鞭挞。

---

① 巴金：《随想录》（五卷合订本），作家出版社，2005，第 193 页。

在1957年“反右”和1958年“大跃进”的背景下，巴金在《人民日报》发表了题为《鲁迅与苏联文学》的文章，详细介绍和高度评价了鲁迅在翻译和介绍苏联文学方面的贡献。巴金“文革”后期被准许“监视居住”，做一点翻译工作，全力投入《往事与随想》这部外国文学名著的译述中，就是深受鲁迅的影响。1961年9月《解放日报》又刊登巴金散文名篇《鲁迅仍然和我们在一起》，希望并号召用鲁迅精神，来度过共和国1959年至1961年三年困难时期。

这段时期姚文元策划批判巴金，幸好被周恩来总理制止。1966年6月亚非作家会议在北京召开，巴金作为中国代表团副团长出席。然而他做梦也没有想到，会议刚刚结束，“文革”的噩梦便降临在他的面前，造反派贴出“打倒反动学术权威巴金”的大字报，狂热的红卫兵掀起“打巴”怒潮，声撼大上海，巴金大祸临头了。1967年5月10日报纸刊登了一篇题为《大树毛泽东文艺思想的绝对权威》的文章，批判巴金“是最典型的资产阶级精神‘贵族’”，“过着寄生虫、吸血鬼的生活，写的都是反党反社会主义的大毒草”。李致想象得到，他的四爸巴金会受到多大的灾难。李致在《我淋着雨，流着泪，离开上海——记“文革”中去上海看望巴金》一文这样复原当时的情景：“机关造反派趁机加大对我的压力。说我过去写的材料是‘假揭发，真包庇’，必须真正揭发巴金的‘罪行’。其实，我和巴金接触（不包括童年时期）的次数不多，我如实地一一写出。造反派说我‘态度恶劣’，但除了拍桌子大骂以外，也无可奈何。”[①] 巴金在“文革”期间，也是希望用鲁迅的精神鼓励亲人们走出厄运，他不断给他自杀身亡的大哥李尧枚的儿子李致寄鲁迅的书本，作为精神的食粮，在那个精神荒芜的岁月里树立起“活下去”的求生信念。巴金在给李致的书信中写道：“关于鲁迅先生的书已经寄上了几本，以后可能还要寄。”又过了一些日子，巴金写信给李致：“今天汇上书款（包括邮费）八元，并挂号寄上你要的《鲁迅日记》一部”，[②] 李致被关进“牛棚”，接受批判和劳动改造，为了度过漫长难熬的时光，李致以检查文艺思想为理由，要求阅读《鲁迅全集》，出乎意外被造反派恩准。他的儿子给他分卷送来《鲁迅全集》，这一下子日子好过

① 四川省作家协会编著《论巴金》，四川人民出版社，2003，第36页。

② 李致编《巴金的内心世界——给李致的200封信》，四川人民出版社，2006，第133页。

多了，"天天读鲁迅的书"。在"牛棚"里，他"思念四爸巴金。每当他翻开《且介亭杂文续编》读鲁迅说巴金是'一个热情的有进步思想的作家，在屈指可数的好作家之列的作家'这一段话，真是思绪万千。他明白了，那些所谓'无产阶级革命家'打着鲁迅的旗帜，其实却在玩弄着'颠倒人妖，混淆是非'的把戏"①。鲁迅闪光的思想在那个"人兽不分"的年代完全被蒙上扭曲的黑影。

鲁迅的精神在"文革"中被玷污。巴金在"文革"结束之后马上发出了自己的强烈怒吼。1981 年在《怀念鲁迅先生》一文中，他把满腔怒火凝成了血泪文章，字字句句在滴着血，如诉如泣地进行控诉，为鲁迅先生百年大祭献上了一份极其丰厚的礼物：

> 我还记得在乌云盖天的日子，在人兽不分的日子，有人把鲁迅先生奉为神明，有人把他的片语只字当成符咒：他的著作被人断章取义，用来打人，他的名字给新发现的"战友"、"知己"们作为装饰品。在香火烧得很旺、咒语念得很响的时候，我早已被打成"反动权威"，做了先生的"死敌"，连纪念先生的权利也给剥夺了。在作协分会的草地上有一座先生的塑像。我经常在园子里劳动，拔野草，通阴沟。一个窄小的"煤气间"充当我们的"牛棚"，六七名作家挤在一起写"交代"。我有时写不出什么，就放下笔空想。我没有权利拜神，可是我会想到我所接触过的鲁迅先生。……在"牛棚"的一个角落，我又看见了他，他并没有改变，还是那样一个和蔼可亲的小小老头子，一个没有派头，没有架子，没官气的普通人。②

鲁迅先生去另外一个世界三四十年了，为什么巴金在"牛棚"的一个角落依然看见了大师呢？当然不是现实生活中可感可触的人，而是鲁迅在精神世界与巴金进行着对话——鲁迅在黑暗的国度里无畏地战斗的情景，在心灵深处感召着巴金；在"文革"炼狱中让大师的圣火不能被暴风骤雨吹灭，他必须要忍辱负重地坚强活下去。他坚信风雨过后，必将是彩虹，

---

① 李致：《我的四爸巴金》，生活·读书·新知三联书店，2003，第 17 页。

② 巴金：《随想录》（五卷合订本），作家出版社，2005，第 192 页。

犹如鲁迅虽然身处邪恶势力重重围攻，但新中国的成立，“一唱雄鸡天下白”，是任何黑暗力量所不能阻挡的。“文革”中，巴金被造反派当成“牛鬼蛇神”，巴金也逆来顺受以“牛”来自居，在“牛棚”里写检查、写“交代”，以应付艰难的日子。这已经成为他的一种习惯，心安理得。在赤裸裸的暴力面前，像巴金一样的受害者精神被折磨得麻木，其灾难是何等深重！“文革”结束后，巴金在写作《随想录》时咬着牙关解剖自己，他想起先生也曾将自己比作“牛”——“俯首甘为孺子牛”。鲁迅先生“吃的是草，挤出来的是奶和血。”这是多么优美的心灵，这是多么广大的胸怀！巴金觉得，十年“文革”期间，自己是一头含着眼泪任人宰割的牛，只要能挣断绳索，牛儿也会突然跑起来的！如今“四人帮”彻底覆灭了，巴金“挣断绳索”，要飞奔起来，清算“四人帮”骇人听闻的累累罪行！

“四害”横行的日子里，姚文元、张春桥批判“无政府主义”，要巴金对此负责。这简直就是风马牛不相及的事儿！二十世纪三十年代鲁迅在为巴金辩诬时就曾旗帜鲜明地声明：“难道西班牙‘安那其’破坏革命，也要巴金负责?”巴金是鲁迅的“信徒”，在“牛棚”里读鲁迅的文章，找到求生的信仰之源。他说：

> 虽然胶州路上殡仪馆已经不存在了，但是玻璃棺盖下面慈祥的面颜还很鲜明地显现在我的眼前，印在我的心上。正因为我又记起先生，我才有勇气活下去。正因为我过去忘记了先生，我才遭遇了那些年的种种的不幸。我会牢牢记住这个教训。若干年来我听见人们在议论：假如鲁迅先生还活着……当然我们都希望先生活起来。每个人都希望先生成为他心目中的那样。但是先生始终是先生。为了真理，敢爱、敢恨、敢说、敢想、敢追求……如果先生活着，他绝不会放下他的‘金不换’。他是一位作家，一位人民所爱戴的伟大的作家。①

在鲁迅诞辰一百周年的祭文中，巴金从理论的高度总结鲁迅精神就是“四敢”精神，认为鲁迅先生永远活在中国人民的心中。“文革”期间，他

① 巴金：《随想录》（五卷合订本），作家出版社，2005，第194页。

忘记了先生"敢恨""敢说"的信念，才遭受被人任意宰割的"不幸"，这个教训必须牢记。这篇百年祭文创作于"文革"结束初期，那时候"左"倾思想流毒还没有完全肃清。许多"文革"造反派"头头"摇身一变，又披上合法的外衣，或改头换面，或阴魂久久盘旋在看不见的角落，伺机反扑。在这种历史背景下这篇借着怀念鲁迅来控诉"文革"的罪恶的"刺文"，如同鲁迅杂文，是匕首，是投枪。在大陆无法发表，巴金就另辟蹊径，与香港《大公报》主编潘际坰合作，开辟《随想录》专栏发表一百余篇"随想"文。巴金没有想到《怀念鲁迅先生》在《大公报》副刊上发表出来时，被删改得支离破碎，凡是与"文化大革命"有关，或者"牵连"的句子统统被删去，甚至连鲁迅先生讲他是"一条牛，吃的是草，挤出来的是奶和血"这样的话也一笔勾销！原因何在？因为"牛"与"文革"期间遍布全国各地的"牛棚"有关。巴金在这一特殊时期把鲁迅先生的战斗精神发挥得淋漓尽致，毫不妥协地作了坚决的斗争！他对有人反对自己在香港报刊上谈鲁迅，谈"文革"，表现出了极大的愤慨。已经粉碎"四人帮"五年了，极"左"思潮在某些人头脑中却依然那么根深蒂固！

为什么《怀念鲁迅先生》发表出来时，被删改得支离破碎呢？追根溯源，1981 年 9 月，在鲁迅百年诞辰前夕，国务院外事办召集了香港几家报纸总编辑在北京开会，高谈海外报纸发表"文革"文章的问题。巴金那时候可能还不知此事，见到《怀念鲁迅先生》面目全非的文章，他于 1981 年 11 月 7 日写信质问潘际坰，以拒绝再寄文章、中断《随想录》专栏写作，来表示他最严厉的抗议：

> 贵同事删改我怀念鲁迅先生的文章，似乎不太"明智"；鲁迅先生要是"有知"，一定会写一篇杂感来"表扬"他。我的文章并非不可删改，但总得征求我的意见吧。如果一个人"说了算"，那我只好"不写"，请原谅，后代的人会弄清是非的。

胡乔木闻知此事后，也大为不满，径直吩咐秘书打电话给《大公报》社长，并约社长来京面谈：为什么《大公报》要删改巴金的文章？如果删改，应该尊重作家意见，报社编辑无权擅自处理。社长处境尴尬，他也是秉承国务院外事办领导的旨意行事的。问题在于《大公报》总编辑顾忌到国务院外事办北京会议精神，担心承担不了“责任”，就通知那位编辑缩短一些。潘际坰撰文，复原真相：原来“编辑说随便删名家的文章说不过去吧？总编说：你们修改，我看看。他也怕承担删改巴金文章的罪名，就说了这样的话。删改后总编认为是过关了。谁知道巴金很愤怒，毫不客气地说如果这个问题不解决，我就不写了。这回最紧张的当然是我了。巴老真的不写了，我怎么向读者交代？黄裳在上海，我对他说，一定要巴老写下去。巴老说有一个条件，要写必须把《鹰的歌》登出来作为抗议，我想了想接受了。结果这一篇发表时有题无文，只是‘鹰的歌 巴金’五个字，跟着是下一篇。朋友说你们这是变相‘开天窗’。港版《随想录》单行本《真话集》与京版一样，也是有题无文，直到合订本征得作者同意后，才全文面世。”① 今天的我们通过潘际坰先生《〈随想录〉发表的前前后后》的文字，可以清楚地发现“文革”结束后的几年间，“四人帮”虽然倒台，进入历史的垃圾堆中，然而“四人帮”的阴魂却并未彻底散去，依然盘存在某些人的脑海之中，在中国历史进程中人为地设置了重重障碍。

为了对这种随意删改文章的“左”倾行径针锋相对地斗争，巴金毅然于1981年11月下旬写作《鹰的歌》表示了自己最严厉的抗议，并且以发表《鹰的歌》作为续写《随想录》专栏的条件。在《鹰的歌》这篇文章里，巴金说《怀念鲁迅先生》讲的都是心里话，读完被删改后的自己的文章，半天说不出话来，疑心在做梦，又好像让人迎头打了一拳。删改当然不会使巴金沉默。“鲁迅先生不是给我们树立了很好的榜样？我还要继续发表我的‘随想’。”鲁迅先生勇于抗争的榜样在激励巴金前行。他大胆宣言：

> 我的《随想录》好比一只飞鸟。鸟生双翼，就是为了展翅高飞。我还记得高尔基早期小说的“鹰”，它“胸口受伤，羽毛带血”，不能再上天空，就走到悬崖边缘，“展开翅膀”，滚下海去。高尔基称赞这种飞鸟说：“在勇敢、坚强的人的歌声中你永远是一个活的榜样。”我常常

① 刘慧英编《巴金：从炼狱走来》，中国工人出版社，2003，第183~184页。

听见“鹰的歌”。我想，到了不能高飞的时候，我也会“滚下海”吧。①

中学教材就选有这篇高尔基寓言体短文《鹰之歌》，美文采用象征手法，那陶醉在沼泽中爬行生活的蛇是市侩的代表，而栖息于悬崖之上渴望高远蓝天的“胸口受伤”的鹰，则是为了高远理想而甘愿殉道牺牲的战士的象征，是“勇敢、坚强的人”歌颂的“活榜样”。巴金的《鹰的歌》就是这样“精神界之战士为理想而献身的悲壮豪迈的战斗誓言。”②

1983年10月年届八十的巴金老人坐汽车去绍兴鲁迅故居瞻仰，当时正值大腿摔伤之后，车上随带了轮椅，下了汽车坐轮椅参观。陪同风烛残年的巴金的有女儿李小林、女婿祝鸿生，还有他的挚友黄源和黄裳。在鲁迅先生的三味书屋、百草堂等处拍影留念。巴金笑得异常灿烂。他在鲁迅纪念馆留言簿上写了心里话：“鲁迅先生永远是我的老师”——鲁迅先生的圣火依然还在巴金老人手中传承，虽然自己年龄大了，但常常想到鲁迅先生，这次总算了却了一桩心事。十年之后，九十岁高龄的巴金再次拜谒鲁迅先生之墓，敬献了花篮，在墓前默哀、沉思——晚年的巴金总在思考这样一个问题：如何将鲁迅先生的精神永远留存于世间，让他手中接力的“圣火”代代相传下去？他最终找到一条捷径——那就是在1985年3月，经过巴金多方奔走积极活动，筹备了好几年的中国现代文学馆终于正式开馆了。这是为了更好地纪念中国现代文学最重要的奠基人鲁迅。巴金捐献了大批珍贵藏书和作家手稿，在他捐献的文物中有许多与鲁迅密切相关。鲁迅先生赠送他的《死魂灵百图》《北平笺谱》《凯绥·珂勒惠支版画选集》，还有许广平赠送的1937年版《鲁迅全集》。另外巴金还捐献出他多年搜集的许多与鲁迅有关的书籍和资料，比如《引玉集》《域外小说选》《艺苑朝华》，等等。如今巴金乘鹤远去了，他把鲁迅的“圣火”永远长留在中国现代文学馆，这是世纪老人献给华夏儿女的一份弥足珍贵的厚礼。

巴金八十年如一日，以自己的执着行动与不朽文章，让大师的精神火焰愈燃愈烈。这位“五四”产儿传承着新文化运动主将鲁迅所撒播的“民主”与“科学”火种，对中国人民思想上进行启蒙，进行熏陶。我国虽然

① 巴金：《随想录》（五卷合订本），作家出版社，2005，第195页。
② 陈思和、辜也平主编《巴金：新世纪的阐释》，福建教育出版社，2002，第497页。

中间历经二十年大大小小云波涌起的政治运动与劫难，但大师的精神圣火最终没有被狂风恶浪所吹灭。历史永远铭记巴金，永远铭记这位新文化运动传播者的毕生奔波、辛勤传递大师圣火的丰功伟绩！

第四节　大师风范的折射与传播

——论鲁迅与巴金人文主义精神的传承

左联在二十世纪三十年代初成立，在鲁迅的周围云集了一大批进步文学青年。鲁迅 1936 年因肺病猝然离世。文学新生代能量集中爆发在追悼活动中，巴金和胡风等十四位倾心于先生的青年人护送灵柩。陈思和先生认为：“鲁迅的精神传统也在他们这一代的文学实践中陆续体现出来——其中最有代表性的，仍然是胡风和巴金：一个创办《七月》《希望》，以自己独特的马克思主义美学观文学观来影响青年作家，特立独行地团结和培养一批优秀的青年作家和诗人；而另一个则以文化生活出版社为岗位，团结和培养一大批才华横溢的文学新人。”① 中国作协前主席、百岁老人巴金以他七八十年的文学实践活动，诠释了鲁迅人文主义精神。在文化传播的征程中，鲁迅和巴金成为彪炳千秋的偶像。他们主张思想自由和个性解放，肯定以人为本，反对以神为本，要求民主，反抗专制，使人文主义精神在他们的人品与文品中闪烁着璀璨夺目的光芒。

一　鲁迅人品魅力，光耀巴金人生

鲁迅先生生活在晚清与军阀割据时期，严酷的环境、腐败的政治促使鲁迅以笔作为战斗武器。“鲁迅精神传统的主要内涵，是特立独行于文坛、毫不妥协的现实战斗精神，并非个人的反抗，而是随时随地团结各种进步力量、发掘新生力量、扩大自己战线的战斗策略，贴近日常生活、于社会文化细节中揭示民族悲剧实质的视角，这是鲁迅战斗传统最为重要的生命

① 陈思和、李存光主编《一粒麦子落地——巴金研究集刊卷二》，上海三联书店，2007，第 66 页。

核心，也是它的活的灵魂，没有批判精神就没有鲁迅精神。"[①] 面对强大的黑暗势力，鲁迅"横眉冷对千夫指"，与封建专制进行肉搏，向旧势力发出了震天的怒吼，让敌人闻风丧胆，为封建体制敲响了丧钟，投身于灭亡满清王朝与蒋家王朝的时代洪流里。其言其行，可歌可泣，撼天动地。

新中国成立，毛泽东在天安门城楼上向全世界庄严宣告："中国人民从此站起来了。"十几天之后，巴金怀着无比复杂的心情深切缅怀鲁迅先生。先生去世十三年了，但巴金时时刻刻都想起先生的道德与文章。鲁迅的作品成为中国人民的精神遗产。这一天，巴金参观了鲁迅生平与著作展览会，当天便创作《忆鲁迅先生》。他满怀深情地写道：

> 我想起来——这个巨人，这个有着伟大心灵的瘦小的老人，他一生教导青年教导同胞反抗黑暗势力，追求光明。他预言着一个自由、平等、独立的新中国的到来，他为着这个前途用尽了他的心血，却忘了自己在为着这个前途铺路。他并没有骗我们，今天他曾经所预言的新中国果然实现了。可是在全国人民欢欣鼓舞的时候，他却不在我们中间露一下笑脸。他一生诅咒攻击中国的暗夜，歌颂中国的光明。而他却偏偏呕尽心血，死在黑暗正浓的时候。等到今天光明的中国到来，他这最有资格看见它的人却已经永闭了眼睛。这的确是一件叫人痛心的事。为了这个，我们只有更加感激他。[②]

当日本帝国主义的铁蹄踏遍华北，阴云在中国天空扩大的时候，鲁迅溘然离世。在先生的灵柩前，巴金从心底里发出誓言："你像一个普照一切的太阳，连我这个渺小的青年也受到你的光辉。你像一颗永不陨落的巨星，在暗夜里我也见到你的光芒。中国青年不会辜负你的爱和你的期望，我也不应当。你会活下去，活在我们的心里，活在中国青年的心里，活在全中国人的心里。"多少年来，鲁迅虽然远去了另一个世界，但先生的慈祥的笑脸，和他在棺盖下沉睡似的面颜始终没有离开巴金的回忆。在十年"文革"

---

① 陈思和、李存光主编《一粒麦子落地——巴金研究集刊卷二》，上海三联书店，2007，第69页。

② 巴金：《忆鲁迅先生》，《人民文学》创刊号，1949。

中，巴金遭受批斗、游行，被关进“牛棚”，在困苦中，在绝望中，巴金每一想到那灵前的情景，就找到“活下去的勇气”。

“文革”结束五年后，便迎来鲁迅先生诞辰一百周年纪念日。鲁迅的战斗精神深深地影响了巴金，他反思“文革”，要为后世“立下遗嘱”，呼唤建立“‘文化大革命’纪念馆”，让子孙后代永远牢记那人兽不分的时代教训。巴金借着鲁迅百年祭的契机，写下了批判“文革”的文章《怀念鲁迅先生》。

> 用笔作战不是简单的事情。鲁迅先生给我树立了一个榜样。我仰慕高尔基的英雄“勇士丹柯”，他掏出燃烧的心，给人们带路，我把这幅图画作为写作的最高境界，这也是从先生那里得到启发的。[①]

一部《随想录》，篇篇都是滴血掏心的至情至性之作。高尔基笔下的“丹柯”意象，即以一己痛苦为同胞照亮道路的自我牺牲形象。巴金在《随想录》中反复提到高尔基草原故事中的“丹柯”形象：“我写作的最高境界，我的理想绝不是完美的技巧，而是高尔基草原故事中的‘勇士丹柯’”，“他用手抓开自己的胸膛，拿出自己的心来，高高地举在头上。”巴金之所以忍受痛苦，在多篇文章里不断揭批自己的思想迷误，忏悔自己的道德缺陷，勇敢地掏出自己燃烧的心高高擎起，为的正是要照亮自己、照亮同胞今后前进的道路。他说“我有这样一种感觉，倘使我们不下定决心，十年的悲剧又会重演”。巴金愿意像丹柯一样倒在同胞前进的道路上。[②] 巴金忘不了鲁迅勇于解剖社会和解剖自己的精神，他要用鲁迅精神来解剖带给中国人民无尽灾难的“文革”，旨在使“文革”十年的悲剧不再“重演”。

一丝不苟，认真细致，是鲁迅办事的重要原则。巴金在现实生活中亲身体会鲁迅先生这种可贵的精神。巴金还是一个青年作家的时候，第一次编辑《文学丛刊》，向鲁迅先生第一次约稿。没想到鲁迅满口答应，过了两天就叫人带来口信，还让巴金把正在写作的短篇小说集《故事新编》收进去。巴金在编写《故事新编》时，鲁迅先生还有三四篇文章没有动笔写。没有想到不

① 巴金：《随想录》，作家出版社，2005，第193页。

② 四川作家协会编著《论巴金》，四川人民出版社，2003，第382页。

久后书店刊登广告，说是《文学丛刊》第一集十六册在旧历年前出齐。鲁迅先生看见广告就急了起来，他对人说，他不愿意耽误书店的出版计划，几个月内便写好了最后几篇，按时结集出版。其实那只是草写广告的人的一句空话，连编辑巴金也未曾注意到。诸多琐事，对巴金触动很大：

> 这说明先生对任何工作都很认真负责。我不能不想到自己工作的草率和粗心，我下决心要向先生学习，才发现不论看一份校样，包封一本书刊，校阅一部文稿，编印一本画册，事无大小，不管是自己的事或者别人的事，先生一律认真对待，真正做到一丝不苟。他印书送人，自己设计封面，自己包封投邮，每一个过程都有他的心血。我暗中向他学习，越学越觉得难学。我通过几位朋友，更加了解先生的一些情况，了解越多，我对先生的敬爱越深。我的思想，我的态度也在逐渐变化。我感觉到所谓潜移默化的力量了。①

由此可以看出，鲁迅的精神给年轻时代的巴金心灵以震撼，他的人格魅力深深地感染着像巴金一样的热血青年们。巴金感到难学，正说明他也是事无大小认真对待。

巴金、萧乾等"文学新生代"自觉追随鲁迅，对先生充满敬意。鲁迅判断识别人，也是从其处事是否严谨方面来考虑的。外国人增田涉在《鲁迅印象记》中说："某些时候他要和一位倾向很不同的青年作家一道搞工作，而他为什么要和那样的人一道工作，他用信任的口气说，那个人比别人更认真。认真、诚实是他最喜爱的。"② 鲁迅先生认真办事的作风引起了国外友人的热切关注，其崇高的人品超越国界，与日月同辉。

二　大师文学技法，巴金实践传承

鲁迅先生是中国现代杂文的开山祖师。他的杂文如匕首，直刺敌人的

① 巴金：《随想录》，作家出版社，2005，第192～193页。

② 增田涉：《鲁迅印象记》，《海外回响——国外友人忆鲁迅》，河北教育出版社，2001，第173页。

心脏，犀利尖刻，一针见血，精练形象。尤其是对国民劣根性的剖析，针砭时弊，入木三分，嬉笑怒骂，皆成文章。这一文风，直接被巴金传承下来。《随想录》等杂文，承继鲁迅杂文战斗风格，有感而发，有的放矢，以理服人。同时，巴金杂文也有自己的特点：平朴、真切、带有纪实性；眼睛盯着现实生活中的问题，心里却想着自己曾经有过的一切经验和教训；没有幽默，也没有刻意的讽刺，什么"社会批判""政治批判""人性批判"全不放在心上，他只是"把心交给读者"，用他的精神力量、用他的真情实感告诫人们：这样做是不行的![①] 这差异在于时代不同了：鲁迅生活在旧中国，敌我矛盾异常尖锐，外国列强、官僚地主对人民进行了无情压榨与盘剥；巴金则生活在新社会，所面临的主要是人民内部矛盾。

作为杂文，具有解剖社会的功效。巴金自觉学习鲁迅文风。他对于鲁迅"有时感觉到声音温和，仿佛自己受到了鼓励。我有时又感觉到声音严厉，那就是我借用先生的解剖刀来解剖自己的灵魂了。"此处"解剖刀"意指杂文。"文革"期间，群魔纷飞，豺狼当道，巴金在赤裸裸的暴力面前违心地秉承上级旨意，写"应酬文章"，攻击胡风等人，他深表忏悔，满怀深情写作《怀念胡风》，以大无畏的英雄气概，解剖自己历史的污点。巴金以自己身体力行，反思"文革"，总结教训，呼吁建立"文化大革命"纪念馆，其意义是不可估量的。

"五四"文化运动的审美现代性表现在受西方人道主义和康德主体性哲学的影响，重视人的价值和尊严，把人的觉醒同社会人生联系起来，以启蒙理性和博爱情怀关注人的生存境遇和精神痛苦。鲁迅先生坚持以"立人"为宗旨的启蒙主义文学观，将"写灵魂"作为自己文学创作的最高追求。鲁迅先生弃医从文，原因在于他"觉得医学并非一件紧要事，凡是愚弱的国民，即使体格如何健全，如何茁壮，也只能做毫无意义的示众的材料和看客，病死多少是不必以为不幸的。所以我们的第一要著，是在改变他们的精神。而善于改变精神的是，我那时以为当然要首推文艺，于是想提倡文艺运动了。"[②] 巴金在西方现代思潮和五四先驱鲁迅的影响下，一直思考着人的本质和人的价值这些人生永恒的话题。在他看来，人是天生热爱自

① 谭兴国：《走进巴金的世界》，四川文艺出版社，2003，第367页。

② 张俊才、李扬：《二十世纪中国文学主潮》，河北教育出版社，2002，第60页。

由、有独立意志和精神、能进行独立思考的动物，人不应该接受任何思想和意志的强制，也不应该将自己的意志强加于别人。自由是人类的最高目的，自由最大的敌人就是扼杀自由的专制，专制的强暴表现在常常将自己的意志强加于人。[①]《随想录》许多文章直斥"文革""长官意志"，锋芒直指封建专制意识，大声呼唤"创作自由"。针对"文革"惨重教训，巴金在改革开放新时期认真严肃地告诫后人："坐在达摩克利斯的宝剑底下，或者看见有人在旁边高举小板子，胆战心惊地度日如年，这样是产生不了伟大的作品的。"

巴金在《谈我的散文》一文中说："我读过韩（愈）、柳（宗元）、欧（阳修）、苏（东坡）的古文，鲁迅、朱自清、夏丏尊、叶圣陶诸先生的散文，都有一个极显著的特点：文字精练，不拖沓，不啰唆，没有多余的字。"巴金把鲁迅的道德文章作为自己的效法榜样。陈思和先生认为，鲁迅晚年的杂文正是《随想录》的思想渊源和血脉传承。《随想录》作为中国八十年代思想解放运动过程中的一部百科全书式的著述，也只有巴金才能担当这样的重任，这是巴金学习鲁迅的最后一次重大实践。著名作家与学者刘再复评说："《随想录》是继鲁迅之后，我国现代散文史上的又一座高峰。"[②]《随想录》既有强烈的战斗锋芒，又有感人至深的感召力；既有对历史的反思和哲理的思辨，又有对人生的探索和文学的沉思。它是巴金散文的最高峰，也代表了当代散文的最高成就。它拓展了散文的表现领域，升华了散文的思想品格，丰富了散文的审美趣味，提高了散文的美学价值，为当代散文创作注进了一股鲁迅所倡导的"敢爱、敢恨、敢说、敢追求"的浩然正气。[③]

鲁迅小说在当时社会已经风靡一时，巴金 1925 年 8 月来北京报考大学，在北河沿一家同兴公寓住了半月，他回忆说："半个月中间始终陪伴我的就是一本《呐喊》。我早就读过了它，我在成都便读过在《新青年》杂志上发表的《狂人日记》和别的几篇小说。我并不是一次就读懂了它们。我是慢慢地学会了爱好它们的。这一次我更有机会来熟读它们。在这苦闷寂寞的

---

① 四川作家协会编著《论巴金》，四川人民出版社，2003，第 236～237 页。

② 刘再复：《里程碑式的作品》，《文艺报》1986 年 9 月 27 日。

③ 卢启元主编《中国当代散文史》，广西人民出版社，1990，第 34 页。

公寓生活中，正是他的小说安慰了我这个失望的孩子的心。我第一次感到了，相信了艺术的力量。几年中间，我一直没有离开《呐喊》，我带着它走过好些地方，后来我又得到《彷徨》和散文诗集《野草》，更热爱地熟读着它们。我至今还能够背出《伤逝》中的几段文字。我有意识和无意识地学到了一点驾驭文字的方法。现在想到我曾经写过好几本小说的事，我就不得不感激这第一个使我明白应该怎样驾驭文字的人。拿我这点微不足道的成绩来说，我实在不配称作他的学生。但是墙边一棵小草的生长，也曾靠着太阳的恩泽。鲁迅先生原是一个普照一切的太阳。”① 由此可知，鲁迅小说写作技巧对巴金文学创作影响是极为深远的。巴金在北京旅馆，流着热泪读完了鲁迅第一本小说集《呐喊》，在鲁迅的文本里感受到自己需要的一种人文主义精神。而这种人文主义精神在巴金后来的文学创作中得到显著体现。

二十世纪上半叶，讲述家庭故事的作品层出不穷，如路翎《财主底儿女们》、老舍《四世同堂》、茅盾《霜叶红似二月花》。最为突出的当数鲁迅的《故乡》与巴金的《憩园》等，两篇小说都是第一人称的写作视角，给读者以真实的感觉。两者都注重场面描写，衬托小说主人公的心情。

> 我冒着严寒，回到相隔二千余里，别了十余年的故乡去。
>
> 时候既然是深冬，渐近故乡时，天气又阴晦了，冷风吹进船舱，呜呜的响，从缝隙向外一望，苍黄的天底下，远近横着几个萧索的荒村，没有一些活气。我的心禁不住悲凉起来。
>
> 呵！这不是我二十年来时时记得的故乡？
>
> ——鲁迅《故乡》

> 我在外面混了十六年，最近才回到在这抗战期间变成“大后方”的家乡来。虽说这是我生长的地方，可是这里的一切都带着不欢迎我的样子。在街上我看不见一张熟悉的面孔。
>
> 其实连那些窄小光滑的石板道也没有了，代替他们的全是些尘土飞扬的宽马路。以前僻静的街巷现在也显得很热闹……

① 巴金：《忆鲁迅先生》，《人民文学》创刊号，1949。

我好像一个异乡人，住在一家小旅馆里……

——巴金《憩园》

两篇小说的开篇何其相似！同样的第一人称叙述，同样的还乡之人，同样的心理感受。在《故乡》中，我讲述的就是“我”的故事，是主体的自我叙述，是作为“我”的镜像的关于家乡的感伤诗，一首衰败的“我”的故园的挽歌。而在《憩园》中，巴金的还乡是没来由的，并且令人惊愕的是，这个归来的游子根本无家可归。[①] 小说《憩园》再现了抗日战争给中国人民带来深重灾难、民不聊生、百业凋敝的社会现实。巴金的小说《家》发扬鲁迅小说揭示“礼教吃人”本质而得以普遍传播开去，成为现代文学的一部名著。

鲁迅《阿Q正传》尖锐地批判了国民的麻木不仁，勇于解剖社会。《随想录》对“文革”的揭露批判也是不留情的。《狂人日记》以其特有的先锋精神揭开了新文学运动的序幕。“《随想录》则重新接续了鲁迅文学的余脉，在一定程度上回到《伤逝》的意识层次——以‘新文化’的参与和推动者（行为主体）的身份，展开对‘新文化后果’的反思。”[②]《随想录》是与心灵的一种决斗，是当代中国的忏悔录。巴金继承了鲁迅的文风，关注弱势群体，关注人们在苦难当中如何摆脱困境，塑造国民一种健全的人格，从而为中国的发展注入生机勃勃的活力。鲁迅已经成为中华民族精神的象征，创造了新文化，思考现代化进程中的种种问题，并寻找解决问题的出路。日本学者丸山升和木山英雄认为，“‘文革’结束以后，在巴金《随想录》里看到了和鲁迅相近的一种东西，所以有人说巴金是鲁迅的继承者。”[③]

忧郁是鲁迅与巴金小说主人公共有的精神状态。鲁迅的《孤独者》《过客》，巴金的《灭亡》《寒夜》等等，都向人们展示了痛苦的灵魂，悲剧意识在两人小说中都有充分显现。《狂人日记》中阴暗、悲凉的心灵独白，《孤独者》中令人窒息的死亡情绪，都给人以压迫感；《家》中鸣凤的自杀身亡，表

① 四川作家协会编著《论巴金》，四川人民出版社，2003，第303～304页。

② 陈思和、李存光：《一双美丽的眼睛——巴金研究集刊卷三》，上海三联书店，2008，第501页。

③ 余秋雨、陈思和主编《巴金与一个世纪——“走进巴金”系列文化演讲集》，上海社会科学院出版社，2005，第107页。

明旧式家庭是一座坟墓。鲁迅开辟了中国新文学的现实主义的源头，并且以自己伟大的人格影响了几代作家，巴金是沿着鲁迅的道路继续前进的一位忠诚的学生。在探索中国知识分子心灵历史的时候，鲁迅和巴金为我们提供了典型的精神范本。他们的作品所体现出的价值是永存的。[①]

在翻译上，两位大师也进行了真诚的合作。1934 年巴金从日本返回上海，出任文化生活出版社总编。巴金欣赏鲁迅的文章，专门拜见了鲁迅，第一次向鲁迅约稿："我听说先生正在翻译果戈理的《死魂灵》第一部，不如交给我们出版社出版。"鲁迅把《死魂灵百图》和《凯绥·珂勒惠支版画选集》交与巴金出版，表示对年轻作家巴金最大的支持，并且先行垫付七百元作为印刷费让文化生活出版社周转。1936 年巴金在鲁迅创办的《译文》月刊上发表了他翻译的赫尔岑的《往事与随想》中的两则片段。他告诉鲁迅，他想全译赫尔岑这部百万字回忆录。抗日战争爆发，巴金为了避难，辗转各地逃生、谋生，因故中断翻译。

"文革"后期，造反派恩准巴金翻译外国名著。《往事与随想》是俄国著名作家赫尔岑的名著，他愤怒地声讨了沙皇君主制和农奴制，书里有声有色的语言像一团火似的燃烧着作家的正义之情。巴金把翻译《往事与随想》当作余生最重要的事情。在准备翻译时就表示："赫尔岑的书大约一百几十万字，看来我这后半辈子能搞完这个工作就很不错了。我准备边译边学；要加的注解多，不要紧，慢慢来，我还可以学点知识，也学点拉丁文等等。总之，只要再活十年就可以把这个工作做得很好。我也再没有什么奢望了。"[②] 巴金译着书，仿佛走进沙皇恐怖时代，与眼前"四人帮"人妖颠倒的日子何其相似，他坚信噩梦终有结束的时候。1976 年春天，著名女作家茹志鹃探访巴金："我是看到了一个更是巴金的巴金。文静、温和、诚挚的外表里面，却是一颗无比坚强的心。""他竖着满头倔强的白发，任凭风狂雨暴，依然在走自己的路。"[③] 在译书过程中，在"文革"险恶的时期，巴金从中寻求到一种精神寄托的力量——他认为沙皇的统治被人民所推翻；"四害"横行，逆时代而动，终将被扫进历史的垃圾堆！

---

① 孙郁：《鲁迅与巴金》，《辽宁大学学报》1989 年第 4 期。

② 李存光：《巴金评传》，中国社会出版社，2006，第 182 页。

③ 茹志鹃：《我心目中的巴金先生》，《文汇月刊》1982 年第 1 期。

翻译使大师们沟通了中外文明。如果要说鲁迅感染了一个民族，乃至于感染了世界各国的民族，那么巴金也是这样。巴金的作品被翻译成几十种文字，不仅再现了中国的历史风景，也刻下了人类心灵的一道闪光。无数事实证明，任何一个民族只有拥有大海一样宽阔的胸怀，去拥抱世界的文明，才能更好更快地发展。在中外文化交流的征途上，巴金继承鲁迅开拓的翻译事业，在新时期做出了不朽贡献。

三　七十春秋追随，传播鲁迅精神

鲁迅、胡适与陈独秀等第一代新文化运动的开拓者与领路人，筚路蓝缕，文化拓荒，开创了新文化的道路。巴金、茅盾等人显然是第二代作家群，维护新文化价值体系，自觉肩负起历史所赋予的重任。

在七十年风风雨雨的日子里，巴金始终沿着鲁迅开辟的道路前进，执着地追寻伟人的足迹，几十年如一日，从未动摇过，从未犹豫过，其终其一生不变的信念，足以惊天地、泣鬼神。在各个历史时期，巴金都要撰文缅怀鲁迅先生，旨在让中国人民永远不要忘记大师的人品与文品。

新中国成立之时，他写作《忆鲁迅先生》，参观鲁迅先生展览会后感叹："图书馆里一间小小的展览室，那地方吸引了我整个的心。我有点奇怪：那个小小的房间怎么能够容纳下一个巨人的多么光耀的一生和多么伟大的心灵？"

鲁迅先生逝世二十周年，他撰文《鲁迅先生就是这样的一个人》，他深情地写道：

> 今天我还清楚地记得那个情景。我仍然有这样的一种感觉：他没有死。他会活起来。的确，他怎么会死呢？二十年来，我每次想到他，我就感到他那强烈的爱，我就看到他那亲切的笑容，他给了我多少的勇气，给了我多少的温暖！他那抽着烟含笑说话的姿态永远不会在我的眼前消去。

鲁迅虽然远去二十年了，但他依然鲜活地活在巴金的心目中。大师的魅力折射着光辉，给了巴金以“勇气”和“温暖”。

鲁迅诞辰一百周年，巴金创作了曾经引起文坛风波的《怀念鲁迅先生》。开篇便以无比沉重的笔调如实记录他真实的心声：“四十五年了，一个声音始终留在我的耳边：‘忘记我’。”巴金不知对自己说了多少次：“我决不忘记先生。”大师与大师之间的灵魂在真切地对话，一个声音说：“忘记我”。另一个声音回应：“我决不忘记”。那是这人间最美最动听的话语。巴金在心里藏了四十五年的一句话是：永远铭记先生的期望。鲁迅希望巴金成为“中国屈指可数的好作家”。巴金发扬鲁迅的精神，成为中国现代文学六大奠基人之一——鲁迅、郭沫若、茅盾、巴金、老舍、曹禺六个光彩夺目的名字响彻中国文坛。

1986 年 12 月，巴金撰写《致青年作家》，收入《再思录》中。八十二岁高龄的巴金即将告别文坛之际，念念不忘的依然是鲁迅精神在中国的传承——他老了，他要把这火焰传递给青年作家，一棒一棒去接力圣火。

> “文革”给中国人民留下多么深重的心灵创伤和难以忘却的痛苦记忆，但是深刻反映这一时期生活的作品至今还不多见。值得我们深思的是，有人劝我们忘记过去，目光永远向着前面的光明；还有人坚持不让揭露自己的疮疤，说是家丑不可外扬；然而也有人忘记不了铜头皮带在头上挥舞的日子；还有人不停地问自己：“是不是真有创作的自由?”人们在思考，人们在探索。中国新文学的奠基人鲁迅先生就是我们的榜样，先生敢想，敢说，必写。他从来不用别人的脑子替自己思考问题，他更不曾看行情，看别人脸色写文章；他探索、追求，勇于解剖社会，更勇于解剖自己，为了社会的进步，他用笔作武器战斗了一生。他用作家真诚的、热烈的心指引读者走生活的道路。他从不向读者装腔作势，讲空话、假话。在他的每篇作品中我都看到了作家的艺术的良心，他的作品是经得住时间的考验的。①

在巴金看来，鲁迅精神永远不会过时。为了消除“文革”留下的巨大

① 巴金：《再思录》，广西师范大学出版社，2004，第 2 ~ 3 页。

阴影，他向青年作家指明了方向——用鲁迅“思想的火把”照亮未来之路。

《朝日新闻》驻上海站的日本特派员田所在“文革”后专访巴金，在谈到“对鲁迅评价是否有变化时”，巴金立场坚定地回答：“鲁迅是位亲切的老师，我受到他的很大的影响。他具有令人敬佩的人格。但正如鲁迅自己说的，他的著作并非一成不变的《圣经》，而是经过了不断发展变化的过程。我以为就应当本着这种精神来学习鲁迅。”① 巴金这种用动态的发展眼光来看待鲁迅，无疑具有前瞻性。

鲁迅和巴金师传生承，其作品都可以列入世界不朽的名作之林。在民族解放运动中，他们是伟大的战士；在人类解放运动中，他们是勇敢的先驱。无论是人品还是文品，都闪烁着人文主义光芒。

“鲁迅先生的人格比他的作品更伟大。近二三十年来，他的正义的呼声，响彻了中国的暗夜，在荆棘遍地的荒野中，他执着的思想的火把，领导无数的青年向远远的一线光亮前进。”②

巴金如是说的话语，永远回荡在神州大地的上空，撒播鲁迅人文主义精神，让一代又一代青年读者与作家们沿着这“一线光亮前进”。鲁迅的人品与天地同在，鲁迅的文品与日月同辉！

第五节 新中国成立前后知识分子问题研究

——以巴金和老舍“文革”前后沉浮起伏为研究视角

“鲁、郭、茅、巴、老、曹”是中国现代文学六大奠基人的简称。鲁迅于二十世纪三十年代去世；郭沫若在新中国成立后是文艺战线领袖人物，“文革”中受到冲击较少。茅盾和曹禺在“文革”中受害相对较轻。而巴金和老舍在“文革”初期就遭到残酷迫害。巴金被关进“牛棚”长达十年，妻子病重因得不到及时救治而死去；而老舍性格刚烈，自沉太平湖，使诺贝尔文学奖与中国失之交臂。在某种程度上说，巴金和老舍是中国知识分子典型形象的剪影。

① 巴金、贾植芳编《我的写作生活》，百花文艺出版社，2006，第251页。

② 丹晨编《巴金评说七十年》，中国华侨出版社，2006，第10页。

老舍生于1899年，巴金生于1904年，相差5岁，两位中国现代文学巨匠情同手足。老舍的儿子舒乙说，父亲的一位老朋友曾经告诉他，1934年老舍先生从山东回北平探望母亲。一天，老舍先生去吉祥剧场听戏，正巧碰到爱听京剧的巴金也在那里，两人就这样认识成为好友。巴金有一篇小说《电》，当时影响不是很大，老舍先生主动为这部作品写过一篇批评文章，很中肯，很到位。可见两人的友谊不是表面的。舒乙说，中国现代文学馆挂着一副老舍先生写的对联：云水巴山雨，文章金石生。两句的第三个字蕴藏“巴金”的名字。而巴金先生的随想录中有一篇《怀念老舍同志》也写得十分感人。上海作协曾经要编选上海作家散文百篇，巴金先生亲自选了两篇，其中一篇就是《怀念老舍同志》。[①] 文人的正直、良知与善解人意等可贵的品质，在巴金和老舍身上得到最大限度地体现。老舍对巴金作品真诚的批评与诤言，毫无奸恪小人阿谀逢迎的倾向。巴金在“文革”刚一结束，“左”倾思潮余威仍在的环境下，对老舍之死沉痛缅怀，对“文革”暴行进行严厉控诉。巨匠们的浩然正气长留人间。

一 “文革”之前：中国知识分子勇于担当的两面旗帜

老舍与巴金是苦难的产儿，两位大师年幼都经历了丧父的惨痛，由母亲含辛茹苦拉扯成人。老舍研究专家傅光明先生这样描写道：1899年2月3日傍晚，北平宛平县小羊圈5号属满族正红旗的舒家生下排行第八的儿子——老舍以后，母亲晕过去了半夜，多亏大姐将他抱在怀中，才没有被冻死。因这天是旧历腊月二十三日，正值小年，又逢立春，老舍的学名便起做了“庆春”。老舍诞生的这座为新街口南大街小杨家胡同八号的小院，在过了八十几年后，由于电视剧《四世同堂》的热播而变得家喻户晓。因为其中的故事就发生在小羊圈，祁家大院就是生养了老舍的家。新中国成立以后，老舍写《正红旗下》，故事也是从这里开始。这是老舍生命的起点。1900年八国联军入侵北京时，老舍的父亲是在巷战中抵抗的一名正红旗护军士兵，因洋兵的子弹打燃了他身边撒落的火药而被烧死。老舍没了

① 姜小玲：《老舍之子舒乙谈我眼中的巴金》，《解放日报》2006年11月4日。

父亲，母亲又没有了奶，只好天天吃棒子面与咸菜，身体发育不好，长得十分瘦弱，到三岁还不会说话和走路。一家人的生活全靠母亲给人洗衣、补衣勉强维持。在老舍的记忆里，"童年没有任何玩具，当母亲拆洗棉被的时候，我扯下一小块棉花；当家里偶尔吃顿白面的时候，我要求给我一点揉好的面，这就是我的玩意儿"。然而，"生命是母亲给的。我能长大成人，是母亲的血汗灌养的。我能成为一个不十分坏的人，是母亲感化的。我的性格、习惯，是母亲给的。"（《我的母亲》）① 艰难困苦，玉汝于成。母亲的艰辛使老舍立志成才。

中国知识分子多半是从苦难中孕育出来的。欧阳修四岁丧父，母亲用大地为纸，树枝为笔，教欧阳修在沙地上识字。经过磨砺，欧阳修成为北宋文坛的开国领袖，成为唐宋八大家之一，苏轼、苏辙、王安石、曾巩都是他的高徒弟子。在某种程度上说，文学是苦难的结晶物。没有在社会最底层的锻炼，知识分子无法写出感染一代代读者的不朽作品。正因为在贫寒家庭中成长，老舍才成为"平民作家"，老舍才成为北京市民生活最成功的描绘者，《四世同堂》《正红旗下》才成为名著。

巴金虽然出生在官僚地主之家，但他喜欢在大批女佣、轿夫的下层生活中混日子，深知家奴悲惨状况，从小就萌发了悲怜情结。照料巴金和尧林生活起居的女仆杨嫂的遭遇，更给巴金留下了深深的感伤印象。三十多岁的杨嫂是一个寡妇，在李家做了四年佣人，又跟着他的一家从成都到广元。杨嫂干活勤快利落，口才也好，会讲很多好听的故事。这个能说会道的杨嫂却生病了。巴金和三哥尧林偷偷跑到三堂后面的平房去看过一次病中的杨嫂。房内阴暗发臭，杨嫂躺在床上，乱发飘蓬，脸色惨白，双手又瘦又黄，说话有气无力。不久，缺少照顾的杨嫂神经错乱，凄惨地死去了。这是巴金懂事以来周围死去的第一个最亲近最熟悉的人。再也听不见会讲故事的杨嫂那悦耳的声音了。一个活生生的人永远消失了。这就是死。它使巴金感到可怕、可怖。年幼的巴金第一次朦胧地知道了什么是死，感受到了死的悲哀的含义。巴金的父亲做广元知县，使用暴力打压下人。公堂上和家中看到的鞭打、受刑、眼泪、哭号、死亡，都与"爱"相矛盾。直

① 傅光明：《平民写家老舍·小传》，安徽文艺出版社，2003，第3～4页。

觉告诉巴金幼小的心灵：并不是一切的人都能随时得到爱，也不是一切的人都始终给别人以爱。[①] 目睹了大家庭的罪恶，巴金从小就反叛家庭，长篇小说《家》成为现代文学史上批判封建制度的佳作，也成为世界文学宝库中一部名著。

优裕的日子并没有维持多久。十岁那年，巴金的母亲陈淑芬去世了。他呆呆地看见母亲的遗体被抬进棺木，盖上红绫，听着那残忍揪心的钉棺盖的敲打声和围着棺木的人的悲惨的哭喊声，使巴金恨不得把以后几十年的眼光都用在这时饱看母亲最后的遗容。他一边流着眼泪，一边在心底喊着："我是母亲最爱的孩子。"三年之后，父亲又病亡了，大哥哭着说：我们如今没有父亲了。巴金踯躅街头，想起父亲生前常常带他上街闲走，斯时斯景在眼前无法抹去。他明白，他从此是孤儿了。这个本来应该在父母庇护下的孩子，如今因为孤独伤感，也因为埋首读书过于伤神，竟不断生病，整个冬天一直服用丸药。父亲死后，李公馆有过一次分家。除了父亲购置的40亩田外，还从祖父那里分得二百亩田。分家过程中，家族种种倾轧的丑态代替了平日亲属血缘的和睦关系。他们这房孤儿寡母备受欺负，使巴金看到了人情的炎凉冷暖，看到了在诗礼传家后面的丑恶。[②] 不久以后，祖父也死了，《家》中的那个"高老太爷"离世，使得这个封建大家庭彻底没落了，后来家庭沉重的负担还让巴金的大哥自杀身亡。曹雪芹经历少爷生活惨变，家道沦落，写出《红楼梦》，成为封建社会走向灭亡的一篇长长的悼词。巴金也经历封建大家庭巨变，在五四运动进步思潮的启蒙和熏陶下，用不朽的文学名著引领民族解放的道路。

巴金与老舍经过二十多年辛勤的写作，逐渐成为中国文坛领袖。早在抗日战争时期，巴金与老舍已进入文艺战线上的核心人物阶层。正如陈思和先生认为，在抗战以后的文学活动中，巴金在编辑工作中建立起来的威望是可以肯定的。五十年代以后，中国现代文学史著作对巴金与老舍非左翼作家的推崇，显然不完全出自文学上的评价。在抗战前，巴金和老舍与一般非左翼作家没有很大的区别，但在抗战的文学实践中就不一样了：老舍主持了整个文艺家抗敌协会的日常工作，成为抗战文学的一面旗帜；而

① 李存光：《巴金评传》，中国社会出版社，2006，第6~7页。

② 陈丹晨：《巴金全传》，中国青年出版社，2003，第16~17页。

巴金先生通过他的民间出版工作，把一大群作家都团结在他周围，也成为一种不可忽视的力量。巴金从一个边缘的撰稿人和文学先锋，通过民间岗位的实践，终于成为一个众望所归的文学领军人物。[①] 老舍主持了八年《抗战文艺》，用自己的满腔热血，用文艺作品鼓舞中华儿女英勇抗日。他在《这一年的笔》中发出了庄严的誓言："艺术么？自己的文名么？都在其次。抗战第一，我的力量都在一支笔上，这支笔须服从抗战的命令。"抗战中，近百万字《四世同堂》三部曲：《惶惑》《偷生》《饥荒》，有着激励人心的巨大力量。上海市文化界救亡协会创办了《救亡日报》，巴金是编委。《呐喊》刊物问世后，巴金几乎每期或隔期都会发表支持抗战的文章。《烽火》创刊号其实就是《呐喊》第三期，刊头上注明"编辑人茅盾，发行人巴金"。但这时候茅盾离开上海，《烽火》日常工作全由巴金独自完成。他仿佛感到愤怒的烈火"一天天炙着我的骨，熏着我的心……我必须拿起笔来，否则我会让火烧死自己。"巴金在抗日的烽火下，写作抗日三部曲之一《火》；抗战后期，写作中篇小说《憩园》；长篇小说《寒夜》也是以抗日战争后期的重庆为背景，是国统区黎明前百姓苦难生活的真实写照，表达了巴金对黑暗世界的控诉。巴金与老舍以自己卓有建树的功绩，在抗战文学上成为中国文艺领域两面光辉的旗帜，引领大批进步作家为中国正义战争而呐喊、而战争。

新中国成立不久，老舍创作不朽话剧《茶馆》。在《茶馆》中，老舍仅用三万多字的篇幅，就概括了从 1898 年到 1945 年中国历史的变迁。全剧纵贯半个世纪，人物多达七十余人，囊括了旧社会的三教九流、五行八业、七姑八姨等。老舍以老字号裕泰茶馆为背景，以老板王利发为经线，以出入茶馆的各个阶层的人物为纬线，织出了一幅幅半封建半殖民地社会的血淋淋的历史画面，构成了一帧帧黑暗旧社会罪恶展览图和世态众生相。《茶馆》堪称是史诗性的杰作。第一幕写的是戊戌变法失败后，贴着"莫谈国事"的裕泰茶馆，依然充满了白色恐怖，横行的特务随意摔茶碗，随便抓人问罪。老舍巧妙地用茶馆下棋时说的"将！你完啦！"来收了尾，宣判了第一个时代的灭亡。第二幕，写的是袁世凯死后，军阀混

① 陈思和、李存光主编《一粒麦子落地——巴金研究集刊卷二》，上海三联书店，2007，第 67～68 页。

战，民不聊生。最后情节是特务趁机勒索，逃兵溜走后，在草菅人命的一声“绑”中，加上胡乱抓人的一声“走”，落下了帷幕。第三幕，写的是抗战胜利后，国民党特务和美国兵在北京横行的时候。最后情节是王掌柜苦心经营了一辈子的裕泰茶馆，被国民党要员霸占了，王掌柜与常四爷、秦仲义三个孤苦老人自祭之后，上吊身亡。国民党要员听说王掌柜“吊死了”，倒连说了两个“好（蒿）！好（蒿）！”全剧由此结束。[①] 平民作家老舍对旧社会三个不同历史时代真实社会的描绘，以暗无天日、昏庸无道的历史画卷来暗示映衬新中国社会的光明与美好，老舍因此获得“人民艺术家”的光荣称号。

老舍创作的《茶馆》反响强烈。周总理高度评价茶馆：让我们青年看一看人吃人的旧社会是多么可怕。老舍以饱满的热情参加新中国的文化建设事业，出任北京文联第一任主席，他要以自己的作品唤起国人忆苦思甜的情感，鞭挞旧社会，讴歌新社会。巴金对《茶馆》情有独钟，对《茶馆》赞不绝口。“文革”结束后，巴金再一次观看《茶馆》话剧演出，重温了五十年的旧梦。在戏快要闭幕的时候，王老板、常四爷与秦二爷在一起最后一次话旧、含着眼泪打哈哈，“给自己预备下点钱”，“祭奠祭奠自己”。巴金一直被感动着，流着泪水，好些年没有看到这样的好戏了。这难道仅仅是为在旧社会唱挽歌吗？巴金认为老舍在拿着扫帚清除他心灵中的垃圾。其实，人的心灵中或多或少都有封建尘埃。

看过《茶馆》半年了，巴金仍然忘不了那句台词：“我爱我们的国呀，可是谁爱我呢？”巴金认为老舍同志是伟大的爱国者。新中国成立后，他从海外回来参加祖国社会主义事业，他是写作最勤奋的劳动模范。他是热烈歌颂新中国的最大的“歌德派”，1957 年他写出他最好的作品《茶馆》。他是用艺术为政治服务中最有成绩的作家。他参加各项社会活动和外事活动，可以说是把整个生命和全部精力都贡献给祖国。他没有一点私心，甚至在红卫兵上街串联，危机四伏、杀气腾腾的时候，他还拿着事先准备好的发言稿，到北京市文联开会，想以市文联主席身份发动大家积极参加“文化大革命”。但是就在那里，他遭到拳打脚踢，人身侮辱，自己成了“文化大

① 崔恩卿，高玉琨主编《走近老舍——老舍研究文集》，京华出版社，2002，第 249 ~ 250 页。

革命"专政的对象。老舍夫人回忆说："我永远忘不了自己是怎样在深夜用棉花蘸着清水一点一点地替自己的亲人洗清头上、身上的斑斑血迹，不明白是哪里出了问题，不明白为什么会闹成这个样子……"①

在中国现代文学六大奠基人中唯独老舍在"文革"中被迫害自绝于人世。这与老舍崇尚殉难哲学的特质有关。1941 年抗战中，文人们建议他设立诗人节，还真成功了，为此老舍先生写了一篇题为《诗人》的小文，发表在当年 5 月 31 日《新蜀报》上。那里面有一段话是谈诗人特质的：

> 他的眼要看真理，要看山川之美；他的心要世界进步，要人人幸福。他的居心与圣哲相同，恐怕就不屑于，或来不及再管衣衫的破烂，我见人必须作揖问好了。所以他被称为狂士，为疯子。这狂士对那些小小的举动可以无关宏旨的忽略，对大事就一点也不放松，在别人正兴高采烈，歌舞升平的时节，他会极不得人心地来警告大家。大家笑得正欢，他会痛哭流涕。以致社会上真有了祸患，他会从身谏，他投水，他殉难。②

当"文化大革命"以排山倒海之势席卷而来之时，老舍以他刚烈的气节实现了"他投水，他殉难"的预言，在"文革"之初便在这场浩劫中殉道了。老舍的死对巴金冲击很大。当他欣赏完《茶馆》走出剧院之后，他满脑子还印着常四爷的一句话："我爱我们的国呀，可是谁爱我呢?"完全没有想到，一个熟悉的声音在追逐他。他听见了老舍同志的声音，是他的遗言。巴金怎么回答呢？他曾经对方殷同志讲过："老舍死去，使我们活着的人惭愧……"这是巴金的心语，他向这个社会发出怒吼：

> 我们不能保护一个老舍，怎么向后人交代呢？没有把老舍的死弄清楚，我们怎么向后人交代呢?③

---

① 巴金：《怀念老舍同志》，香港《大公报》1979 年 12 月 25 日 ~26 日版。

② 舒乙：《我的思念——关于老舍先生》，中国广播电视出版社，1999，第 163 ~ 164 页。

③ 巴金：《怀念老舍先生》，香港《大公报》，1979 年 12 月 25 日 ~26 日版。

两个反问句式，呼唤着一代知识分子应有的良知。这是心灵在剧痛！这是责任在呼唤！《茶馆》主人公为自己“预备下点纸钱”“祭奠”。巴金在这里从侧面表述了“唱挽歌”的看法，完全可以看出他自己对《憩园》的新认识。“唱挽歌”绝不仅仅是“怀旧”，它本身就包含着作家从新时代的高度对过去生活的审美判断，包含着清扫心灵垃圾的积极的现实意义，包含着对人的正常发展和美好生活的向往。对《寒夜》的“悲调”，巴金也有重新认识。在关于《〈寒夜〉——创作回忆录之十一》一文中，巴金鲜明地表示：“我要讲一句真话：它不是悲观的书，它是一本希望的作品，黑暗消散不正是为了迎接黎明！”①两位大师都是在作品中用反衬手法，用旧社会的腐朽昏庸来衬托新社会的艳阳高照。

老舍惨死，是封建法西斯暴力所致。巴金呼唤要扫除“心灵中的封建尘埃！”他通过对《茶馆》的高度评价，来夸奖北京人民艺术剧院演出成功。他用“这是真实的生活”来颂扬老舍作品的成功。因为能够把作品反映的生活写的像真实的生活那样，这是艺术的最高境界。不仅如此，巴金用“重温了五十年的旧梦”，来颂扬《茶馆》的典型意义。巴金从《茶馆》里体会到人民生活的艰难，从人们盼望的心情看到了自己在旧社会五十年奋斗的历程。巴金以自己对剧作的感受来说明这部剧作的典型意义的论点是十分精辟的。这就把老舍的《茶馆》反映的旧中国整个时代的人民的心理，提到了这部杰作最成功的价值上来。在巴金看来，这是《茶馆》最成功的地方。在《茶馆》演出中，巴金从自己感动得流泪的情景里，看到了自己也有着祭奠自己的封建思想的垃圾。他为之感动，又从这种感动里窥察到灵魂深处的弱点，好像自己在挨着思想的扫帚在灵魂上刷扫灰尘一般，而且他还得出了“谁的心灵中没有封建的尘埃”的观点。这一切无疑是极为深刻、极为精辟，而且只有巴金才能提得出来的立论。② 中国知识分子善于剖析自己的心灵，勇于担当，对国家与社会高度负责任，巴金与老舍可以说是“典型”化身。两位大师看似诅咒黑暗社会，实则是呼唤光明社会的来临。中国社会经历了几千年封建社会，封建意识扎根于世人头脑中，必须清除“封建尘埃”，新中国的面貌才能焕然一新。

---

① 谭洛非、谭兴国：《巴金美学思想论稿》，四川大学出版社，1991，第153～154页。

② 张慧珠：《巴金随想论》，百花文艺出版社，1998，第179～180页。

二 "文革"期间：中国知识分子遭受残酷迫害的典型写照

老舍先生是"文革"最早的殉难者之一。

"无产阶级'文化大革命'运动"狂风暴雨一般席卷了中国大地。当时的中国，人们到处可以看到大大小小的批判会、斗争会、讲用会、声讨会；看到遍及机关、学校、工厂、农村的大字报、大标语；看到身着军装，手拿小红书的青年学生的狂热、奔走、串联和呼号；看到在中国大地上突然涌现出来的形形色色的群众组织；看到这些群众组织间的抗争、辩论、分裂，以至武斗；看到党和国家的领导人和无数正直善良的人遭受冤屈、打击、迫害和摧残。当时人民难以理解的是，为什么身为国家主席的刘少奇得不到宪法和法律的保护，被诬陷为"叛徒""内奸""工贼"并失去了一切申辩的权利？为什么昨日的"接班人""伟大的副统帅"林彪，今日走上了背叛党和国家、背叛人民的道路？[①]

在千千万万遭受迫害致死的人群中，老舍在"文革"开始两个月后便自杀身亡，为血染的历史添上了悲壮的一笔。1966 年 8 月 24 日在太平湖里找到了老舍的尸体。他的衣服、手杖、眼镜都整齐地放在岸上，他一步一步踏着芦苇和水草走向湖水，让湖水吞没了自己。他的口袋里有他的名片，写着他的名字：舒舍予，老舍。老舍儿子舒乙这样写道：我第一秒钟起，便绝对相信：他在受尽一天一夜的残暴殴打奇耻大辱和进行了惊心动魄的刚烈的直接反抗之后，选择投水自杀。他喜欢这个新政权，认为它是为老百姓谋利益的，觉得它比旧政权强得多。他尊敬毛泽东，他和周恩来是非常好的朋友。他把自己当成这个新政权的主人，以极大的热情和喜悦，写了二十四部戏剧、一部中篇、半部长篇和几百篇散文、诗歌，成为受人民爱戴和尊敬的"人民艺术家"，而且唯一获有正式奖状。记得苏联领导人赫鲁晓夫把马林科夫、莫洛托夫、伏洛希罗夫、卡冈诺维奇打成"反党集团"的时候，中共中央立即发表声明表示支持，并要求文化名人也就此表态，问到老舍先生，他断然来了这么一句："哼，慢慢瞧吧，历史会下结论的。"[②] 老

---

① 高皋、严家其：《"文化大革命"十年史》，天津人民出版社，1986，序言第 1 页。

② 舒乙：《再谈老舍之死》，《北京文学》1994 年第 8 期。

舍先生自绝人世的消息不胫而走，迅速传遍了整个北京城，传遍了全中国。老舍是“文革”期间少有的头脑清醒者之一。他对苏联赫鲁晓夫的“暴行”嗤之以鼻，认为历史终将为蒙冤者昭雪。老舍悲惨自沉湖水，几十年过去了，人们依然记忆犹新，永远不会忘却，永远铭记着他冤死的情景。

在“文革”刚刚开始时，1966年6月27日召开亚非作家紧急会议之时，老舍与巴金最先遭受到冲击。当时担任会议的英文翻译章含之记述道：“几乎在会议的头一天就出现了麻烦。不知道是哪里的造反派冲进京西宾馆非要揪出某一个作家，说他是‘黑线黑帮人物’。会议的气氛一下子紧张起来了。后来的两天，这类事不断发生。大厅里在开国际会议，京西宾馆的门口聚集着要揪出会议代表的红卫兵，真是人心惶惶。我们都接到通知不要出京西的大门，怕一出门就被抓走。”后来在周恩来的干预下加强了警卫。

“尽管大门口每天仍然聚集了吵吵嚷嚷的造反派，但揪人的事没有再发生。”但是，在宾馆外面“大街上川流不息地过往着一车车的红卫兵，到处都是口号声，到处都是造反派打着各种旗帜的队伍。”①

巴金与老舍作为这次会议的重要领导人物，面对“文革”风暴，倍感惊恐。当时报上公布改组中共北京市委的消息，老舍告诉巴金：“我很好，请告诉朋友们，我没有问题。”7月9日大会结束，7月10日巴金与老舍离别，两位大师立即被卷进“文革”的激流与旋涡中。张英在《巴金在“文革”中》一文里这样写道：

> 上海作协“文革”小组精心策划了“打巴”行动，审查《巴金文集》中的作品和巴金自1925年以后发表的其他单篇文章，并按照“上头”所定的调子，列出“四大”问题：一、一贯宣扬反对革命的无政府主义；二、反对无产阶级专政；三、新中国成立后坚持反动立场，在历史重大阶级斗争风浪中，都跳出来反党反社会主义反毛泽东思想；四、办过出版社，是文化资本家。②

---

① 章含之：《跨过厚厚的大红门》，文汇出版社，2002，第33页。

② 张英：《巴金在“文革”中》，《东方记事》1988年第6期。

巴金立即被关进"牛棚"，隔离审查，参加"打巴"游行与批斗。8月23日，老舍同北京市文化局负责人等三十多位作家、艺术家一道，被拉到成贤街孔庙大院批斗。老舍被打得头破血流，回社联后，又遭到聚在那里的红卫兵的拳打脚踢，并被戴上了"现行反革命"的帽子。第二天深夜，这位不堪凌辱和折磨的杰出人民艺术家，愤然离开人世，惨死在北京德胜门外的太平湖中，成为"文化大革命"中最先向自己所爱的社会交出生命的蒙难者之一。[①]"文化大革命"是中国历史上空前绝后的一场惨烈的"文字狱"，最大程度上钳制了人们的思想与头脑。秦朝秦始皇推行"焚书坑儒"，开创了"文化革命"先河，使战国时期思想领域极度繁荣的"百家争鸣"局面消失在历史天幕中，后来被历朝历代统治者所沿袭。明朝朱元璋因"胡惟庸"案残杀士人灭九族多达万余人。清朝文字狱登峰造极，有人作过"清风不识字，何故乱翻书"的诗句，被认定是嘲讽大清王朝之作，作者被斩首，成为冤魂。"文革"是历史上"文字狱"的延续，使无数知识分子突遭飞来的横祸。老舍远去了，巴金沉沦了，中国文坛百花凋零，一阵肃杀景象。

巴金劫后重生，对老舍之死痛断肚肠，他如泣如诉：

> 我仿佛看见满头血污包着一块白绸子的老人一声不响地躺在那里。他有多少思想在翻腾，有多少话要倾吐，他不能就这样撒手而去，他还有多少美好的东西要留下来啊！但是过了一天他就躺在太平湖的西岸，身上盖了一床破席。没有能把自己心灵中的宝贝完全贡献出来，老舍同志带着多大的遗憾闭上了眼睛，这是我们想象得到的。[②]

《随想录》是巴金的战斗檄文，它是一座"用文字建造起来的'文革'博物馆"，有含血带泪的控诉，也有对历史的理性的探索。它是作家真诚的忏悔，是"忏悔录"，作家无情地解剖别人、解剖社会，并且首先是解剖自己。他通过解剖自己，解剖这个多灾多难的时代，道出了一个民族的"忏悔"：

---

① 李存光：《巴金评传》，中国社会出版社，2006，第157～159页。

② 巴金：《随想录》，作家出版社，2005，第89页。

> 老舍同志是中国知识分子最好的典型，没有能挽救他，我的确感到惭愧，也替我们那一代人感到惭愧。但我们是不是应该从这位作家的惨死中找到什么教训呢？他的骨灰虽然不知道给抛撒到了什么地方，可是他的著作流传全世界，通过他的口叫出来的中国知识分子的心声请大家侧耳倾听吧："我爱咱们的国家，可是谁爱我呢？"请多一点关心他们吧，请多一点爱他们吧，不要挨到太迟了的时候。[①]

巴金自然不应当为老舍的死负任何责任，可是他向自己向社会提出了一个问题："我究竟做了些什么事情呢?"对现实人生的思考，对"文革"以及几十年极"左"思潮的清算，对自己的反思和忏悔，这三者在巴金身上是融为一体的。这正是《随想录》与别的"声讨""控诉"或者"忏悔录"不同的地方，也是它最鲜明的特色。在中国文坛，能够像巴金那样严酷地解剖自己的人有几人?[②] 儒家要求儒生"内圣"，即自我反省精神，从反省中寻找成功的经验，也从反省中找到失败的教训。巴金具有中国传统知识分子"内圣"意识，"君子一日三省吾身"，他勇于自我批评，从老舍之死体悟到深刻的社会大道理。

傅光明先生认为，把老舍在 1966 年"八·二三事件"中被纠、押、批、辱、骂、打整个"焚书坑儒"过程的历史情景，与"判处死刑""兵丁戏弄""被钉十字架"过程中的耶稣相比，几无二致。决心"赴死"向太平湖走去的"将溺死"的老舍，是要也在"顷刻中看见一生的事?"，他极快地想起了什么；我们只能与他写钱诗人一样，用文学让他"想起来一切"。[③] 也许就老舍来说，"他必有一死，他必赴他的死"。他是以"赴死"完成了对自己精神灵魂的救赎吗？有多少活着的生命还在等待救赎?[④] 老舍背负着基督教十字架"舍予"的精神，以自溺而亡向"文革"暴行表示严正抗议，他要穿越地狱般的黑暗，超度到极乐世界的天堂中去。老舍"出淤泥而不

① 巴金：《随想录》，作家出版社，2005，第 89 页。

② 谭光国：《走进巴金的世界》，四川文艺出版社，2003，第 366 ~ 367 页。

③ 傅光明：《老舍文学的北京地图》《口述历史下的老舍之死》，山东画报出版社，2007，第 271 ~ 282 页 。

④ 傅光明：《"舍予" + "基督" = "赴死"?》，《中国现代文学研究丛刊》2009 年第 5 期。

染"，精神上是清清白白的，他救赎了自己的灵魂，也救赎了像巴金一样有着良知的人们的灵魂。如今的中国人从老舍之死中吸取了"文革"惨痛的教训，从波澜壮阔的政治运动中解放出来。这是老舍之死带给后人的一笔珍贵的遗产。

在无边而深重的苦难中，《神曲》成为巴金与老舍精神的食粮。意大利记者梅译蒂访谈巴金："您在'文革'中怎么忍受过来的?"巴金平静地回答："我也不知道是怎么过来的，但我告诉你，我在但丁身上找到了最大的安慰"。然后，他就用意大利语朗诵："正当我们人生旅途的中途，我在一座昏暗的森林之中醒悟过来……"这是《神曲》中"地狱篇"的第一歌。巴金从抽屉里拿出几本旧笔记本给梅译蒂看，并说："你可以找到许多但丁的韵句诗写在不同的地方。当红卫兵把我关起来时，我是用这种方法保持头脑清醒的。那是我尽最大的努力回忆但丁的诗句，再一次为之惊讶不已。"巴金说：我非常欣赏但丁诗的和谐悦耳和尖锐泼辣，我很钦佩《神曲》的伟大和但丁的为人。1979 年意大利设立"但丁国际奖"，巴金获此殊荣，是 1949 年后中国作家第一次接受西方国家文化奖项。1982 年 4 月巴金委托中国驻意大利公使杨清华在佛罗伦萨代为领奖。[①]

在创作道路上，老舍信仰基督教，更把但丁《神曲》奉为经典加以吸收。在老舍看来，《神曲》是世界上唯一的一本"无可摹仿的大书"[②]，是"天才与努力的极峰"。《神曲》使他"明白了肉体与灵魂的关系"，"明白了文艺的真正的深度"。[③] 日本著名作家井上靖在老舍惨死四年后的 1970 年 12 月写作悼念文章《壶》，发表在日本《中央公论》上。我们知道"文革"十年中，1970 年正是"四人帮"横行嚣张之极的时候，井上靖就表达了日本一代有着正义感的知识分子的沉痛心情，也公开向"四人帮"表明进步作家的愤慨与谴责。发表之前，井上靖将名篇《壶》交给中日文化交流协会的白土吾夫，请他发表自己的看法和感受。白土先生忧心忡忡：此文一发，恐怕再也不会被允许到中国去了。井上靖是擅写中国历史题材的日本作家，被禁止去中国意味着断绝了他写作的根基，意味着他将停止中国题

---

① 陈丹晨：《巴金全传》，中国青年出版社，2003，第 542～543 页。

② 老舍：《老舍文集》（第 4 卷），人民文学出版社，1982，第 10 页。

③ 傅光明：《"舍予"+"基督"="赴死"?》，《中国现代文学研究丛刊》2009 年第 5 期。

材的写作。然而出于正义与良知，井上靖义无反顾地说：“我宁愿不再到中国去，也要发表它。”巴金在给老舍夫人的私人信件《致胡絜青》中说道：

> 几个月前我读到日本作家井上靖纪念舍予（老舍）的文章，很难过。最近我在一篇散文里也提起一九六六年七月十日我在京最后一次看见他，他对我讲的一句话。虽然只有一句话，刊物既出，我还是寄给您看看，作为一个朋友的吊唁吧。我已经沉默了十一年了。舍予的作品，我当在这里托旧书店收集，倘使找不到，我就把我家里收藏的寄给您。请保重！①

这里讲的井上靖这篇纪念老舍的文章，就是名作《壶》，巴金认真阅读了《壶》，在《怀念老舍同志》一文中，用大量篇幅进行介绍，对井上靖的勇气和正义表示无限崇敬之情，也表达了痛悼老舍的沉湎之情。井上靖在《壶》中转述了老舍对他讲述的有关“壶”的故事：很久以前，中国有个富翁，他收藏许多古董珍品。后来他事业上失败了，于是把收藏的古董一件件变卖，最后富翁落魄成为讨饭的乞丐。然而即使成了乞丐，有一只壶，他是怎么也不肯割爱的，他带着这只壶到处流浪。当时另外一个富翁知道了这件事，他千方百计想要获得这只壶。富翁出了很高的价格想把壶买到手，虽经几次交涉，乞丐却坚决不脱手，就这样过了几年，乞丐已经老态龙钟，连走路都十分困难了。富翁便给乞丐房子住，给乞丐饭吃，暗中等着乞丐死去。没多久，乞丐衰老之极，病死了。富翁高兴极了，觉得期待已久的这一天终于来临。可是谁知道，乞丐咽气之前，把这只壶掷到院子里，摔得粉碎。巴金在虹桥机场送别井上靖时，井上靖赠送巴金《桃李记》。他翻看了《桃李记》中的《壶》，对老舍那样善良的人遭遇的不公正待遇，极其悲惨的结局，他无法入眠。第二天与井上靖交流《壶》的读后感，赞同“壶”的另外一种结局：“壶”是福建人沏茶用的小茶壶。乞丐并没有摔破它，他和富翁共同占有这只壶，每天用它一起沏茶，一直到死。巴金不相信老舍抱壶跳楼，他不会把壶摔破，他要把美好的珍品留在人间。

① 陈思和、李存光主编《一粒麦子落地——巴金研究集刊卷二》，上海三联书店，2007，第5页。

客机就要起飞了，交谈无法继续下去。井上靖先生的激动表情给巴金留下深刻的印象。他告诉同行的佐藤女士："巴金先生读过《壶》了。"巴金对此进行深刻的剖析和反思：

> 我当时并不理解为什么井上靖先生如此郑重地对佐藤女士讲话，把我读他的文章看做一件大事。然而，我后来明白了，我读水上勉先生散文《蟋蟀罐》（一九六七年）和开高健先生的得奖小说《玉碎》（一九七九年）。日本朋友和日本作家几乎比我们更重视老舍同志的悲剧的死亡，他们似乎比我们更痛惜这个巨大的损失。在国内看到怀念老舍文章还是近两年的事。井上靖先生的散文写于一九七零年十二月，那个时候老舍同志的亡灵还在作为反动权威受到批斗。为老舍同志雪冤平反的骨灰安放仪式一直拖到一九七八年六月才举行，而且骨灰盒里也没有骨灰。甚至在一九七七年上半年还不见谁出来公开替死者鸣冤叫屈。我最初听到老舍同志的噩耗是一九六六年年底，那是造反派为了威胁我们讲出来的，当时他们含糊其辞，也只能算是"小道消息"吧。以后还听到两三次，都是通过"小道"传来的，内容互相冲突，传话人自己讲不清楚，而且也不敢负责。只有在虹桥机场送别的前一两天，在衡山宾馆，从中岛健藏先生的口中，我才第一次正式听见老舍同志的死讯，他说是中日友协的一位负责人在交谈中坦率地讲出来的。但这一次也只是解决了"死"的问题，至于怎样的死法和当时的情况中岛先生并不知道。我想我将来去北京开会，总可以问个明白。①

日本朋友远隔大海，尚且在老舍惨死四年之后撰文《壶》以示纪念，足见日本作家对老舍之死的高度关注。相比之下，同在一块土地上，因为关进"牛棚"十年，与世隔绝，巴金对老舍之死模模糊糊，直到十一年之后才从日本朋友那里确知此事。老舍殉道十一年间，无人问津。因为那是一个野兽横行、魔鬼当道的社会。人人自危，自顾不暇，也担心引火烧身。两相对比，巴金沉痛怀念之情跃然纸上，他对祸国殃民的"四人帮"进行

① 巴金：《随想录》，作家出版社，2005，第86～87页。

痛斥。

> 虽然到今天我还没有弄明白，老舍同志的结局是自杀还是被杀，是舍身投湖还是受害致死。但有一点是可以肯定的：人亡壶全。他把最美好的东西留了下来。最近我在北京出席第四次全国文代会，没有看到老舍，我十分落寞。有位知心人对我说："不要纠缠过去吧，要向前看，往前跑啊！"我感谢他的劝告，也愿意听从他的劝告。但是我没有办法使自己变成《未来世界》中的"三百型机器人"，那种机器除了朝前走外，什么都看不见。很可惜，"四人帮"开动了他们的全部机器改造了我十年，却始终不曾把我改造成机器人。过去的事情我偏偏记得很牢。①

尽管井上靖对巴金解释《壶》："我是说老舍先生抱着壶跳楼的。"意思是说老舍无意摔破壶。可是《壶》的结局是：人亡壶碎。作为文学大家的巴金在此发挥了作家的超凡的想象力，给《壶》想象出另外一种结局：人亡壶全。这里是象征的意义，说明老舍虽然远去另外一个世界，但他的作品永存人间，"壶"不会因为暴力而碎，老舍作品与精神永生在中国人民的心中。

三　改革开放新时期：中国知识分子的新生与重塑

老舍含恨自绝人世十一年了，但是巴金依然记得一九六六年七月十日与老舍在北京开会见面的情景，历历在目，不会忘怀。一九七七年十二月十五日，巴金满怀激情地追忆最后与老舍见面的场面，挥笔含泪写下著名散文《最后的时刻》，在最后一段他这样写道：

> 就在那一天我最后一次看到老舍同志的时候，他对我说："请告诉朋友们，我没有问题，我很好，我刚才还看到总理和陈副总理。"说

① 巴金：《随想录》，作家出版社，2005，第89页。

"总理和陈副总理"时，他的声音流露出极深的敬爱的感情。这个声音今天还在我的心里激荡。

老舍对新中国满怀热情，积极投身于新中国建设。然而，在"文革"倒行逆施的非常社会，他在劫难逃。《最后的时刻》还被摄影师拍成了照片，让美好的瞬间永远定格下来。巴金在《致赵清阁》两封信中提及：

《最后的时刻》我知道有两种，一种是文物出版社印的，另一种是香港洗印的照片。倘使您说的是照片，请代我找一张。至于文物出版社印的那种，我已经有了。当然文物出版社印得也很好。

清阁同志：前信想已收到，您提到的《最后的时刻》，即使是文物出版社印的图片，我也要。如能找到，请给我一幅，因为有个朋友非常喜欢它。①

那天中午，北京人民在人民大会堂举行支援越南人民抗美斗争大会，巴金、老舍与中岛健藏先生都参加了大会的主席团，许多细节在散文《最后的时刻》描写过。例如，老舍同志用万分崇敬的眼神望着周恩来总理与陈毅副总理，他已经坐在那里同当时的北京市副市长王昆仑谈话。看见老舍，巴金感到意外。因为巴金到京出席亚非作家紧急会议一个多月，没有见人提到老舍的名字，就猜想他可能出了什么事情，很替他担心。现在坐在老舍的身旁，听见他说："请告诉朋友们我没有问题……"巴金真是万分高兴。过了一会儿，中岛先生也来了，看见老舍便亲切地握手寒暄。中岛的眼睛突然发亮，那种意外的喜悦连在旁边的巴金也能体会到。巴金的确看到了一种由衷的欣喜表情，这是中岛先生最后一次看到老舍，也是巴金最后一次看见老舍。他们做梦也想象不到，一个多月以后将在北京发生的悲剧！老舍之死在巴金心灵深处产生了巨大的震撼：

否则我一定拉着老舍谈一个整天，劝他避开，让他在精神上有所

① 陈思和、李存光主编《一粒麦子落地——巴金研究集刊卷二》，上海三联书店，2007，第8～9页。

> 准备。但有什么办法让他不会受骗呢？我自己后来不也是老老实实地走进“牛棚”吗？他看见我健康地活着，感到意外的高兴，他意外地看到老舍的健康，更加高兴。他的确比许多人更加关心我们。我当时就感觉到他在替我们担心，什么时候会大难临头，他比我们更清醒。①

1978 年 6 月 3 日北京八宝山公墓礼堂举行老舍同志骨灰安放仪式。巴金拖着病弱的身躯，不顾七十多岁高龄参加亡友的悼念活动。他低头默哀的时候情不自禁想起胡絜青那句问话：“为什么闹成这个样子呢?”“为什么呢？……”主持骨灰安放仪式的人们都应该知道怎么回答，那个年代人人头脑发热发狂，人民艺术家老舍的生命被剥夺。但是已经太迟了，老舍离开他所热爱的新社会已经十二年了，那天巴金离开八宝山公墓的时候，忽然想起一位外籍华人、一位知名女作家的谈话：

> 中国的知识分子是很了不起的。他们是忠诚的爱国者。西方的知识分子如果受到“四人帮”时代的那些待遇，那些迫害，他们早就跑光了。可是中国知识分子，不管你给他们准备什么条件，他们能工作时就工作。②

外籍华人女作家脚迹遍天下，见识广，不会信口开河。她的话是对中国知识分子可歌可泣光辉形象的高度概括。

在全国第四次文代会以前，法国之行前夕，巴金特地在罗荪的陪同下到丰富胡同看望老舍夫人胡絜青。当时她正在整理老舍的遗作。巴金向她讨了三幅画，准备作为赠送法国朋友的礼物。巴金知道法国朋友怀念老舍，也喜爱老舍夫人的画。巴金很想知道老舍死的真相，但又怕她伤心，不敢问她。正因为对老舍之死深表惋惜与同情，巴金才作为几十年老朋友亲临胡同登门拜访老舍夫人，足见两位文学巨匠绵延不断的深厚情谊。

1979 年 12 月，巴金为了制止“文革”的悲剧再次上演，为了吸取老舍惨死的教训，他一次又一次地叩问自己的心灵，写作长篇悼念文章《怀念

---

① 巴金：《随想录》，作家出版社，2005，第 87 页。

② 巴金：《随想录》，作家出版社，2005，第 89 页。

老舍同志》。对老舍之死不能无动于衷，他深情地追忆起过去与老舍真挚的交往场景。过去，巴金每次到北京开会，总要去看望老舍，谈了一会儿，老舍照例说："我们出去吃个小馆吧！"老舍夫妇带着巴金到东安市场里一家他们熟悉的饭馆，边吃边谈，欢乐时光一闪而过。巴金敞开心扉地写出心语：

> 我不相信鬼，我也不相信神，但我却真希望有一个所谓的"阴间"，在那里我可以看到许多我所爱的人。倘使我有一天真的见了老舍，他约我去吃小馆，向我问起一些情况，我怎么回答他呢？……我想起了他那句遗言："我爱咱们的国啊，可是谁爱我呢？"我会紧紧握住他的手，对他说："我们都爱你，没有人会忘记你，你要在中国人民中间永远地活下去！"①

巴金虚拟在"阴间"与老舍见面的情景，深切地表达了对冤死的老舍痛悼之情。采用一句一答形式，再现了老舍绝命人世间那苍凉的呐喊："我爱咱们的国呀，可是谁爱我呢？"空谷回响，万音悲鸣，巴金也在用心灵向老舍呼唤："我们都爱你！"这声音响彻云霄，山河为之呜咽。

巴金是位作家，同时也是一位知识分子。在《随想录》第一辑里，他曾经承认过自己是"五四运动的产儿"（《五四运动六十周年》）。从十五岁开始受到五四运动影响的巴金从来没有忘记过自己是知识分子。在《探索集》和《真话集》里，巴金关于知识分子谈了两个方面的问题：一个是新中国成立以来知识分子的遭遇问题，另一个是知识分子对社会的责任感问题。他在《怀念老舍同志》《怀念丰先生》《怀念满涛同志》等文章里用悲痛的语言来陈述有才华的知识分子的不幸遭遇："他的作品说明他很有才华。他的青春刚刚开放出美丽的花朵，就受到'反右扩大化'狂风的无情摧残。他的早死也是那二十年不幸遭遇的后果。"（《悼方之同志》）他们都是与巴金有相同经历的人：在三十年代搞过一样的工作，一起经历过新中国成立以后的政治运动，在"文革"当中一起受到"牛鬼蛇神"的侮辱，

① 巴金：《随想录》，作家出版社，2005，第89~90页。

等等。巴金好像在他们的身上找到了自己的东西一样，通过充满激情的表达来回忆他们。在怀念已不在的人当中，巴金不仅批评过去对他们不合理的对待，还对他们无法挽回的青春和才能感到十分的遗憾。

白桦在自己的一部电影剧本中反映了当时知识分子的心声："我知道您，我太知道您了，爸爸！您爱我们这个国家，苦苦地留恋这个国家……可这个国家爱您吗?"[①] 这就是经过许多政治运动以后中国知识分子得出的一种结论。巴金在《怀念老舍同志》里借老舍的话来提出同样的问题。[②]

著名女作家谌容的中篇小说《人到中年》，通过女大夫陆文婷在病床上采用意识流写法，向社会提出要关注中年知识分子待遇的问题。那时候，著名科学家蒋筑英中年过劳而死，惊醒了有识之士。而巴金的《随想录》是对谌容作品有力的回应，它对中国十年"文革"浩劫之后中国知识分子的走向问题，进行深层次的思考。曹禺认真阅读了巴金的《随想录》，并给予高度评价：

> 我读了《忆老舍》、《赵丹同志》、《小狗包弟》几篇，他的感情真诚、热烈、一颗火热的心。我敬爱他的文章，更敬爱他的为人！
>
> 读《探索集》，巴金的真话，实在的。他勇敢、诚实、言行一致，一生劳动，求学问、求真理。巴金使我惭愧，使我明白，活着要说真话。我想说，但怕说了很是偏激。那些狼一般的"正义者"夺去我的安静与时间，这"时间"我要写出我死前最后的一两部剧本。[③]

研究巴金新生代的学者周立民先生还对《怀念老舍同志》原稿与发表稿一一核对，发现原稿中表现出比定稿更为丰富的思想。巴金虽然写出了老舍后半生的悲剧，但是对这段历史的反思和批判还是很谨慎的。在谈到没有为老舍辩解时，定稿删去了这样的话语："我算一个什么样的作家呢?难道我真是一架改造好了的机器吗？像某位怀着恶意的西方记者所说的那样。"在谈到老舍"文化大革命"中的遭遇时，定稿删去了初稿激进尖刻的

① 白桦：《苦恋》，《争鸣作品选编》（第一辑），北京市文联研究部，1981，第53页。

② 陈思和、辜也平生编《巴金：新世纪的阐释》，福建教育出版社，2002，第542～544页。

③ 陈思和编著《解读巴金》，春风文艺出版社，2001，第9页。

语言，那些巴金的悲愤之语，在当时是尖锐的表达，等于是否定"新社会"，因此还是不能让它留下来。老舍夫人为丈夫擦光身上的血迹，发出"不明白是哪里出了问题，不明白为什么闹成这个样子"的疑问，巴金多加一些抒情话语："这些话像铁锤似的敲打着我的脑子。难道今天就弄明白了吗？至少我没有。因此我们仍然回答不了这个问题：'可是谁爱我呢？'"接下来，巴金想到老舍去世时候的情况："这就是一位有才华、有良心、正直、善良的中国作家的结局。"老舍的结局引起了巴金一系列的反思："现在谈老舍同志的死亡，真是太迟了吗？我问自己。""是不是还是过去那样不相信知识分子呢？""请多一点关心他们吧，请多一点爱他们吧。即使改造第一，也让他们在工作中实践中改造。""为着我们那些忠诚爱国的知识分子，我要反复地念那句台词，我要反复地念下去。"以上这些话语在定稿中都被删除了。如果依照手稿中恢复被巴金删除的文字，我们会发现在这篇文章中并不明朗的一层意思，变得十分明朗——巴金对新中国成立以后知识分子走过道路进行反思，对知识分子政策和知识分子的改造提出了质疑。当时人们习惯把一切罪名推到"四人帮"身上，而从巴金的话语中，我们看到的不仅仅是对"四人帮"迫害老舍的控诉，造成老舍悲剧的还有更深层的原因。"为什么对知识分子总是不信任呢？""怎样改造知识分子？"这些虽然巴金未必有明确的答案，但有一点可以肯定，巴金对过去走过的道路是怀疑甚至是否定的。[①] 反思"文革"，进而反思中国知识分子问题，是巴金晚年对中国社会的一大杰出贡献，有利于中央高层调整知识分子政策。尊重知识、尊重人才，是新时期中国对知识分子态度的风向标，在某种程度上是积极呼应巴金所提出的问题的结晶。

当局者迷，旁观者清。日本学者对当时"文革"洞若观火，明察秋毫。早在 1970 年，阿部知二对"文革"中老舍与巴金作品被封禁的不幸遭遇，表明了自己的看法：

> 在历史的长河中，有朝一日也许再以社会的名义，有解封的日子到来。虽然到了那个时候，再也不会见到他们当中的死者。但不知至

① 陈思和编著《解读巴金》，春风文艺出版社，2001，第 295～297 页。

今还活着的几个人，能否还有机缘见到？这种机缘或迟或早总会来的吧！原封不动地等待着解封一日的到来，对于老舍和巴金的这类小说家来说是正相宜的。①

在孔庙遭受红卫兵毒打的老舍离开了自己的家，同小孙女拉着手说“跟爷爷再见”之后便沉落在太平湖中。他永远长眠于湖水中，没有机会看见自己不朽的著作《月牙儿》《骆驼祥子》《四世同堂》再次在新时期绽放出耀眼的光芒。忍辱负重的巴金挺过这场生死劫，他看见自己的作品继续畅销在中国土地上，并且走出国门，走向世界。

1984 年 2 月 3 日，老舍八十五岁诞辰，中国文联、中国作协、中国剧协、中国曲协在人民大会堂隆重举行座谈会。巴金又发表了纪念文章《我敬爱的老舍同志》，抒发了自己真挚的感情：

我敬爱他，他是一个伟大的爱国者。他的全部作品都贯穿着一根爱国主义的红线，他的一生都围绕着这样一个愿望：国家富强，人民幸福。我了解他，因为我也看够了外国侵略者在我们土地上横行霸道，无恶不作；我也曾像一个无家孤儿在国外遭受白眼，任人欺凌。一个熟悉的声音像警钟似的在我的脑子里敲了十几年：“我爱咱们的国呀！”在他的作品中读到多少怨恨，多少悲痛，多少愿望啊！愿望，是的，其中之一便是：中国人民有一天会站起来。

《龙须沟》的作者把心交给了我们。热爱生活的人有权活到今天。他不能和我们一起共度诞辰，我感到遗憾。然而这样一颗火热的心是不会死的。即使他的骨灰盒里没有留下骨灰，他的心也活在每一个朋友的心里，活在每一个读者的心中。他的那些杰作已成为世界文学的宝贵财富。

1988 年 1 月 2 日，北京人民艺术剧院等单位在京举行话剧《太平湖》及《老舍之死》首发式。为戏剧界瞩目的《太平湖》分为两部分，上阙表

① 阿部知二：《同时代人》，选自《现代中国文学 4（老舍巴金〈骆驼祥子〉〈憩园〉）》，日本河出书房新社，1970。

现了老舍先生投湖自尽的所思所想，表现了一位知识分子的正直品格和崇高气节。下阙则借助老舍之子舒乙对父亲灵魂的追寻，通过老舍灵魂与判官、恶鬼、法师及其笔下人物亡灵的对话，展示了老舍对历史、对人生、对社会的深思。

在《太平湖》排演期间，巴金致函编剧苏叔阳："关于老舍同志的死，我的看法是他自杀抗争。""这是受过'士可杀不可辱'教育的知识分子骨气的表现，傅雷同志也有这样的表现，我佩服他们。"

巴金在信中还说："我们常说'炎黄子孙'，我不能不想到老舍、傅雷诸位，我今天还感谢他们，要是没有这一点骨气，我们怎么能对得起我们的祖宗？"①

老舍与巴金是中国知识分子的典型代表人物，两位文学巨匠跌宕起伏的人生历程，典型地反映了中国知识分子从旧社会走向新社会的心理历程。他们的挫折与新生，是中国知识分子挫折与新生的缩影。

① 吴泰昌：《我亲历的巴金往事》，文汇出版社，2003，第20～25页。

第三章

《随想录》忏悔意识传播途径：“说真话”

第一节　“大鸣”“大放”与“说真话”之探析

二十世纪五十年代中后期中国共产党提出一个响亮的口号：鼓足干劲，力争上游，多快好省地建设社会主义。顺应时代浪潮，1958 年中国进入“大跃进”与“人民公社”时期，要跑步进入“共产主义社会”，“十五年赶英超美”。狂热的浪潮沸腾了祖国的山河，“大鸣”“大放”遍地开花，谎言、假话处处皆是。中国付出了惨重的代价，1959～1961 年中国进入三年困难时期。极“左”思潮进一步蔓延，为“文革”的到来吹响了前奏曲。“文革”期间，“大鸣”“大放”更是达到质的飞跃，诬蔑、造谣大行其道，由此掀起汹涌的迫害狂潮。根治这一病态的良药便是“讲真话”。作为病态社会治理的方法，“讲真话”成为“文革”之后拨乱反正的强心剂。

一　“大鸣”“大放”“大跃进”，吹响“文革”前奏曲

“人有多大胆，地有多大产”“亩产超万斤”“抬起红薯上北京”，这是“大鸣”“大放”时期刊登在各报刊上的响亮口号。“人民公社”作为“共产主义社会”的蓝本，寄寓了中国人对理想世界的渴望。全国人民一片狂热，热火朝天，干劲冲天，处于极度的亢奋之中。巴金也被强烈感染，拆掉了自家大铁门拿去“炼钢”，积极投入“全民大炼钢”的热潮中。巴金兴

致勃勃地到新安江水电站工地实地考察，用手中的笔讴歌“大跃进”，认为“大跃进”“震惊了全世界”，原因在于：“人们踊跃地参加义务劳动，好像去吃喜酒一样；公社里吃饭不要钱；在很短的时间里，基本上扫除了全国的文盲；千百万首诗，几千万幅画在各地出现；技术革新的花在每个角落都开得异常鲜艳。”巴金还借早年崇拜的意大利无政府主义领袖凡宰地的话：“每个家庭都有住宅，每张嘴都有面包，每颗心都受教育，每个智慧都得到光明”，为这种观察和判断找来理论依据。由此他预计，未来的中国将是“每个脑筋都在开动，每双手都不休息，每一样东西都发生作用，每个人的精力都取得成绩，每一颗心都充满力量，每个人的前途都充满光明。”[①] 在这种思想支配下，这一年巴金连续写了《我又到了这个地方》《最大的幸福》《无上的光荣》《我们要在这土地上建立天堂》《星光灿烂的新安江》《迎接新的光明》《我们伟大的祖国》七篇文章，发表在《收获》《解放日报》《文汇报》《人民日报》《新闻日报》《上海文学》《萌芽》七家报刊上。[②] 我们从巴金这些文章中，大致可以看出那个时代人们的精神面貌：热情冲天、斗志昂扬，积极投身于“共产主义社会”建设洪流中。

文艺事业要跟上社会“大跃进”的“步伐”。于是《文艺报》积极响应党中央的召唤发表社论《插红旗，放百花》，号召文艺界树立“无产阶级红旗”，拔除“资产阶级白旗”。作为文艺界的领导人郭沫若不失时机地提出“文艺也有试验田”的主张。他豪情满怀创作诗歌：“文艺也有试验田，卫星何时飞上天？工农文章遍天下，作家何得再留念？”[③] 郭沫若这一倡导，极大地激起了人们创作的热情，文艺界的口号是“全党办文艺”“全民办文艺”，全民诗歌运动红红火火发动起来，“写中心、演中心、唱中心”。上海作协大厅日夜赛诗赛歌，鼓声配以锣声，喧天动地。郑振铎说，人民公社成立了，共产主义社会快要实现了，我个人再没什么要求了。

那时的政治宣传铺天盖地，告诉人们原来说 15 年赶英超美现在可以提前了，幸福的共产主义社会很快就要来临。有一所大学的党委书记做报告说，到那时人们都过集体生活：集体住宿、集体行动，夫妻只有周末才可

① 巴金：《新年试笔》，《解放日报》1959 年 1 月 1 日。
② 陈思和、李存光主编《生命的开花》，文汇出版社，2005，第 119 页。
③ 郭沫若：《跨上火箭篇》，《人民日报》1958 年 9 月 2 日。

团聚。报纸上连篇累牍地说：个人主义是万恶之源，一切献给党，一切归功于党，做党的驯服工具，做革命事业的螺丝钉……还有令人眼花缭乱的生产捷报，魔术般的数字，种种美好的许诺和预言……把人们煽动得亢奋起来。长期守在家里的萧珊这时也坐不住了，她感到自卑，她非常羡慕那些"龙腾虎跃"的火热生活，觉得自己"不能再这样下去了，这股洪流会把人淹没的，我还不甘落后。"① 巴金也积极支持夫人投身到"时代洪流"中去锻炼。巴金更对"大跃进"做了"歌颂酒"，用乌托邦的理想代替了现实，把"豪言壮语"当作真理。他积极响应上级号召，写作大量的歌颂"大跃进"的文章，如《为振奋人心的消息欢呼》《空前的春天》《一个作家的无限快乐》《千变万化的春天》。

1958 年 6 月 1 日《文汇报》头版刊发"总路线的灯塔照耀全国人民的一切工作"，上海乃至全国都掀起了宣传"总路线"的高潮。复旦大学教授郭绍虞在《文汇报》上赋诗盛赞总路线："多呀多！百花齐放开朵朵。快呀快！脑筋一动窍门开。好呀好！工作先进称英豪。跃进更跃进，比先进也比干劲。歌唱吧！社会主义优越性。"巴金自然也不能落后，他为配合宣传写下了《宣传总路线》《小女来编歌》等文。②

那是共和国成长以来最艰难的日子，弄虚作假，浮夸之风，说假话风，正像饥饿、疾病、死亡一样笼罩大地。但所有的这一切，我们仿佛在巴金的创作中找不到反映，甚至私人日记和书信中都绝少提及。不去写倒也罢了，谁敢冒天下之大不韪！问题在于他写了，有一段时间他似乎真的相信了那些"一天等于二十年"的"超英赶美"的大话和那些"翻几倍几十倍"的谎言；他也充当起这种"大话"和谎言的传播者了。巴金在中国作协第三次理事扩大会议上发言《文学要跑在时代前头》，竟然也重复流行的豪言壮语："共产主义的光芒照亮了六亿五千万人民的前程"，"文学花园中也出现了百花齐放，万紫千红的繁荣景象。"③

巴金只是千千万万个文艺界人士的一个个案而已，这是社会上"大鸣""大放"政策下必然导致的结果。曹禺又何尝不是这样的呢？《明朗的天》

① 陈丹晨：《巴金传》，中国青年出版社，2003，第 322 页。

② 周立民编《另一个巴金》，大象出版社，2002，第 73 页。

③ 谭兴国：《走进巴金的世界》，四川出版社，2003，第 331 页。

就是政治图解的一部败作。曹禺按照党的方针指引，要写歌颂党对高级知识分子团结改造的剧本，自己又并不熟悉现实生活，写作时焦虑不安，失败在所难免。

毛泽东《在延安文艺座谈会上的讲话》把文艺批评的标准定为“以政治标准放在第一位，以艺术标准放在第二位”。在1958年极“左”思潮下，为政治服务几乎成为文艺的唯一功能。违背毛泽东这一文艺方针的，就是“大毒草”。巴金三四十年代的作品显然不符合这一标准，遭到全国读者的非议与攻击。在“兴无灭资”的“拔白旗运动”中，采用行政手段和群众斗争的方法给作家乱划阶级，乱贴标签。有读者认为巴金的作品“在实质上是对毛主席《在延安文艺座谈会上的讲话》中所揭示的文学的党性原则的攻击”①。在这种文艺批判的浪潮下，巴金只好违心地做出检讨，只想投降过关：“我自己不去参加实际的、具体的斗争，却只是闭着眼睛空谈革命，所以绞尽脑子也想不到战略、战术和个人应当如何在党的领导下参加战斗。”

在“文艺政治化”的政策与标准之下，优秀作品遭到否定，优秀作家遭到批判，在政治高压态势下，作家们谈假话、说空话是必然结果。因为如果不接受批判，文艺工作者只会遭到更大的打击，过不了“关”，于是只好顺应“形势”，违心检讨。巴金在《再论说真话》中写道：

> 那些时候，那些年我就是在谎言中过日子，听假话，说假话。起初把假话当作真理，后来逐渐认出了虚假；起初为了“改造”自己，后来为了保全自己；起初假话当真话说，后来假话当假话说。十年中间我逐渐看清十座阎王殿的图像，一切都是虚假！“迷魂汤”也失掉了作用，我的脑子清醒，我回头看背后的路，还能够分辨这些年我是怎样走过来的。我踏在脚下的是那么多的谎言，用鲜花装饰的谎言！哪怕是给铺上千万朵鲜花，谎言也不会变成真理。这样一个浅显的道理，我却为它花费了很长的时间，付出了很高的代价。②

① 无名氏：《柔剑的剑刺向哪里》（来稿摘要），《读书》1958年第19期。

② 巴金：《随想录》，作家出版社，2005，第136页。

巴金三个并列句，通过“起初”与“后来”的对比，表明作者对“谎言”认识的过程，最后明白一切都是虚假的。巴金为自己在“假话”盛行十年中空耗宝贵时间，表示了愤怒与痛惜。在《随想录》封笔之际，巴金回首往事，深刻反省自己，写作《无题集》后记，他将解剖刀指向自己：

> 我们这一代人的毛病就是空话说得太多。写作了六十几年的我应当向宽容的读者请罪。我怀着感激的心向你们告别，同时献上我这五本小书，我称它们为“真话的书”。我这一生不知说过多少假话，但是我希望在这里你们会看到我真诚的心。这是最后一次了。为着你们我愿意再到油锅里受一次煎熬。是真是假，我等待你们的判断。同这五本小书一起，我把我的爱和祝福献给你们。①

巴金满怀深情告别读者，还不忘检讨自己“说假话”的毛病，无情地解剖自己。1986 年 9 月 15 日，《人民日报》以“我把我的爱和祝福献给你们”为题，转载了这篇文章及其《〈随想录〉总序》。《随想录》完成之后，受到文艺界广泛关注，认为它是控诉“文革”时代的最强音，是对祖国和人民深沉的关爱。

从 1957 年“反右”派运动开始，人们不明不白地被划为“右派”，下放基层进行劳动改造。比如王蒙的《组织部新来的年轻人》遭到围攻，许多文艺界人士在“政治标准第一”政策导引下，大写假话，攻击王蒙。1959 年庐山会议把彭德怀定为“反党集团”，原因是生性耿直的彭德怀通过实地考察，抨击 1958 年“大跃进”的严重危害性。“讲真话”使“彭大将军”遭受不白之冤。在这种人为虚假制造“阶级敌人”的时局下，一代文豪巴金“写小说写得很少，但是我搜索人心的习惯却没有给完全忘掉。运动一个接一个没完没了，每次运动过后我就发现，人的心更往内缩，我越来越接触不到别人的心，越来越听不到真话。”② 而“文革”是一个说假话的大运动，是假话对真话的大革命。许多“革命左派”就是在批判巴金时靠编造谎言，步步高升。巴金对“文革”悲剧的文化批判，并不简单地从

① 巴金：《随想录》，作家出版社，2005，第 427 页。

② 巴金：《巴金论创作》，上海文艺出版社，1983，第 567 页。

"左"右思潮的政治定位上看问题，而是直指中国封建主义残余思想的谎言意识形态的文化之根。安徒生的童话《皇帝的新装》的故事内容是可笑的。然而它所讽刺的正是在封建皇权专制社会体制下的所有人都失去了面对事实的真相、说真话的勇气和能力。而只有不知皇权能掌握人的生死命运、不识利害的儿童，才能说真话。

巴金在"文革"后期就识破这套"皇帝的新装"，他决定要戳穿它。虽然年过七十，余生时光不多，巴金决定写作《随想录》。他在《〈随想录〉总序》中写道："在林彪和'四人帮'横行的时候，我被剥夺了整整十年的大好时光，说是要夺回来，但办得到办不到并没有把握。我不想多说空话，多说大话。我愿意一点一滴地做点实在事情，留点痕迹。我先从容易办到的做起。我准备写一本小书：《随想录》。我一篇一篇地写，一篇一篇地发表。这些文字只是记录我随时随地的感想，既无系统，又不高明。但它们却不是四平八稳、无病呻吟、不痛不痒、人云亦云、说了等于不说的话，写了等于不写的文章。那么就让它们留下来，作为一生无力的叫喊，参加伟大的'百家争鸣'吧。"① 这篇创作于1978年12月11日的文章，是巴金"文革"复出的行动大纲，也是巴金决定揭穿"文革"大谎言的文艺宣言。巴金不顾年迈体衰，勇敢地投身于"百家争鸣"的思想解放运动的洪流中，表现了一代老艺术家对祖国的赤诚和勇于担当的精神。

二　迎击极"左"思潮与当下颓风，"讲真话"大放思想光芒

萧乾在1993年11月敬贺巴金九旬华诞的题词是"真话万岁"。端木认为：《随想录》的精髓，说到底，确实就是三个字："说真话"——对自己、对他人、对社会、对历史，这是容易做到的吗？太难了！检索一下共和国的历史，哪一次灾难不是以假话开始，被假话推波助澜的呢？从国家领导人到有良知的知识分子再到普遍民众，人们"聪明"了，精于算计了，算出假话可以给自己带来的种种好处，于是假话绵绵不绝。又岂止是假话，假统计字数、假货、假典型、假证件……作假，早已是当代中国的痼疾之

① 巴金著，贾植芳等编《我的写作生涯》，百花文艺出版社，2006，第211~212页。

一。巴金有不少荣誉头衔，却唯独没有权力，他不可能在制度上为根绝作假做什么。他明白，对一个以笔为生的人来说，唯一能做的就是说真话。“是大多数人的痛苦和我自己的痛苦，使我拿起笔不停地写下去……我写作是为了战斗，为了揭露，为了控诉……”巴金给“讲真话”列了标准：“讲自己心里的话，讲自己相信的话，讲自己思考过的话。”看起来这个很“基本”的要求，有多少人做到了呢？[①] 老作家萧乾、端木最看重《随想录》的价值就是讲真话。在造假之风充斥大大小小每一个角落的国度里，“讲真话”就是战斗的一把锋利的武器。“文革”就是一场弥天大谎，是一场假借虚拟的其实并不存在的“阶级斗争”运动，而把开国领袖毛泽东推向神坛的造神运动。在造神运动十年中，国人对假话与谎言如痴似狂。“讲假话”造成了一场民族大灾难。解铃还须系铃人，“讲真话”才能揭穿“文革”这场大骗局。

“文化大革命”运动结束之后不久，巴金即提出了“讲真话”的文学主张，并接连写了五本《随想录》来实践自己的理论。他自称：“《忏悔录》的作者卢梭是教我讲真话的启蒙老师”；“我没有走上邪路，正是靠了以鲁迅先生的《狂人日记》为首的新文学作品的教育”。（《为〈新文学大系〉作序》）这个符合实际情况的表白，正道出了“讲真话”的历史内涵。[②] 在“文艺就是政治”的高压之下，巴金被迫说假话，说假话是为了过关，是为了活命。甚至在“反胡风反革命集团”运动中，撰写三篇揭批胡风的“罪证”文章，巴金对此真诚地忏悔。这是卢梭《忏悔录》在中国的实践。巴金有力地发扬卢梭“讲真话”的精神，让自己的“丑行”暴露于天下，勇于剖析自己，《随想录》因此被誉为中国的“忏悔录”。巴金有力地传承了鲁迅文章如“匕首”、如“投枪”的战斗精神，用锋利的解剖刀毫不留情地解剖“文革”的恶疾与毒瘤，在中国拨乱反正的浪潮中发挥了极为重要的作用。“讲真话”的追求一直是巴金执着的信念。在早年的《灭亡》《家》《寒夜》等作品中将社会存在的弊端真实地再现出来，用文学的真诚，塑造了国人的灵魂。“讲真话”在巴金晚年表现得格外清晰。巴金的赤诚与坦荡再度显示了作家的精神世界的力量。他以无比高尚的人格，感召着国人走

---

① 端木：《最后的遗产》，《中国青年报》2003 年 11 月 25 日。

② 吴中杰：《“讲真话”说的历史内涵》，《世界》2006 年第 2 期。

出“文革”的误区与迷途。

有一位作者说，学会讲话只要一两年就行，学会讲真话却往往是一辈子的事。的确，讲真话是不容易的。在任何时候、任何地方，都敢于秉笔直书，说真话，这就需要有真诚的愿望，坦荡的胸怀，不畏强暴的勇气，不计个人得失的品德；同时还需要对人对己都持有一种公正的态度。著名学者王元化先生在给赵兰英专著《感觉巴金》一书所写的序文中，对“讲真话”进行剖析：有人曾告诫作家不要去正面写“文化大革命”，断言文学必须避免残暴和丑陋。可是，《随想录》的价值恰恰就在于揭示了“文化大革命”的真相，要我们痛定思痛，引起我们的深思。揭发弊端是为了医疗，我不想在这个问题上再作什么申辩。我只想指出，我们民族有着古老的传统，这有好也有坏。[①] 面对历史，我们需要勇敢地面对，不能讳疾忌医。“讲真话”在《随想录》中就表现为，把“文革”这场“恶疾”真真切切地展露在世人面前，让人们看到病因与危害，从而对症下药，彻底根除它，以避免这场“恶疾”再度发生。

“讲真话”容易，真正执行起来却相当困难。它会遇到形形色色、各种各样的阻力甚至围攻。《随想录》发表问世，就有知名评论家甚至讥讽它是“小学二三年级水平”。有人不喜欢甚至讨厌“讲真话”，因为它将污秽暴露出来，让“隐私”无处藏身。有人凭借位高权重，使《大公报》发表的《纪念鲁迅先生》等文章被任意删减。其实一个负责任的作家只有凭着良知写作，才能够达到干涉生活的目的。《随想录》第一辑问世之后，1980 年 9 月号《开卷》杂志便开始组织力量围攻《随想录》。

在“文革”刚结束之后，“讲真话”存在非常大的危险，因此“讲真话”就需要巨大的勇气和大无畏的英雄气概。著名电影艺术家赵丹临终之前在《人民日报》上发表文章，最后说：“对我，已经没有什么可怕了。”这句话道出了一代备受迫害的老艺人真实的内心世界，颇具有悲壮的殉道精神。作为即将离世的老人，讲出真心话，不再存在害怕他人再度攻击的顾虑，即使在走向死亡的路上也充满对祖国人民的热爱和对文艺事业的信心。

“文革”过去之后十余年，张放依然撰文攻击《随想录》：“大胆讲真

---

① 王元化：《讲真话》，《文汇读书周报》2003 年 11 月 21 日第 3 版。

话”，我们也急切欢迎，讲“文革”自然应该，但倘能听到作为作协主席的巴老讲一讲目前最现实的是非风云，及那些最不能使一般青年明白的现象，哪怕发表点滴“真话”，读者都该是多么受益解惑、有立速效应啊![1] 张放在八十年代末期依然对“讲真话”冷嘲热讽，我们可想而知《随想录》遭受的阻力何其巨大，阻力来自“极‘左’思潮”的余威。

讲真话是战斗，要付出极大的代价。伽利略对地球自转的论证，被宗教裁所判断为异端邪说，将他判处死刑。他却在法庭上说：“地球依然在转!”季米特洛夫在莱比锡纳粹德国刑庭上慷慨陈词，驳斥“国会纵火案”的弥天大谎，语气激烈，但是诚恳坦白，宣布他有“说实话的习惯”，要保护自己的共产主义理想和信仰。这是世界科学史上和革命史上著名的两大冤案。所有冤案的出现，都是对愚昧和谎言的指控，对不公道不合理的指控。讲真话不容易。巴金就坦率地承认，他要过这一关就“十分困难”。他的办法是首先把自己送上手术台，实行无情的解剖。巴老把自己的心血淋淋地挖出来，一刀一刀地当众割。[2] 巴金的“讲真话”是需要勇敢地战胜自己，才能坦荡地解剖自己的灵魂，也是抱着“没有什么可怕的了”悲壮殉道的心情，迎接着各种各样邪恶势力的围攻，才最终实现揭批“文革”大骗局的目的。

巴金是20世纪中国的一个重要的思想文化现象和一份重要的思想文化资源。巴金的意义首先在于文学，但绝不限于文学，而有更广泛的思想文化意义。1985～1986年面对“一切向钱看”的汹涌的“黄金潮”，1994～1995年面对市场经济文化下消费文化、垃圾文化的泛滥，2003～2005年面对“说真话”的困境和种种体制性缺失、丛生的腐败现象，人们一次又一次提出巴金、述说巴金、强调巴金，这表明了巴金存在的意义。将来，只要假话（许多是“正确的话”“大家都在说的话”）、假货（许多是“名牌”“名品”）还流行，只要物质与精神失衡的现象还存在，只要现实状况和理想境界还存在距离，只要人格人品还有高尚低下的区分，巴金就具有警示、针砭和启迪、典范意义。[3] 巴金的生命本身就是一座“‘文革’纪念碑”，

---

① 张放：《关于〈随想录〉评价的思考》，《文学自由谈》1988年第6期。

② 陈思和编著《解读巴金》，春风文艺出版社，2002，第39～40页。

③ 陈思和、李存光主编《一粒麦子落地——巴金研究集刊卷二》，上海三联书店，2007，第198～199页。

他是中国"文革"和中国现代历史最正直的见证人。有他在，那些撒谎家们总会少一点自在。《真话集》也是一座永恒的劫难纪念碑。[①] 余秋雨先生在"走近巴金"文化讲座中说：在新时期，痛定思痛之后，巴金给世人一句诤言——讲真话。巴金以一种贯穿始终的忧郁形象，感动着我们。这就是他纯真的爱国爱民之心。

在"大鸣""大放"时局下，"假话""谎言"势必盛行。它使我国社会遭受了全方位的巨大损失。巴金洞穿持续二十余年"假""大""空"蔓延的社会症结，找到"讲真话"的方式，来拯救日益颓败的社会风气，使中国迎来了新的春天。

第二节　论"讲真话"利器及其锋芒对社会的辐射与流播

《随想录》的一个基本特征，不少研究者认为是作家讲了真话，这种看法是非常表面的。因为讲真话的意义仅仅相对于说假话而言是有价值的——其实，说假话在任何时代都无价值，不过是灾难岁月的一个可耻象征而已。真话作为构成普遍人格的条件，本身并无很高的价值。陈思和先生通读《随想录》，潜心研讨，找到了老作家巴金反复强调的"真话"内涵：这就是作家站在人民立场上，对历史现象作了认真独立的思考，只有当这种思考的结果与人民的利益相符，作家的真话说出了人民的心里话时，他的真话才具有人民性的价值。[②] 巴金把"讲真话"作为一种批判与拯救社会的利器，他在《随想录》中创作了"讲真话系列"共五篇文章：《说真话》《再论说真话》《写真话》《三论讲真话》《说真话之四》，《随想录》中其他文章也有"讲真话"的种种探讨，在某种程度上可以说，整部长达一百五十篇之巨的《随想录》就其内容而言，真真切切都是老作家真实心路历程的写照，称得上"讲真话"的一部大书。这是给读者最初的直观感觉。巴金历经"文革"劫难，死里逃生。作为即将告别读者的文学家，巴

① 刘再复：《巴金的意义》，《香港作家》2003 年第 5 期。

② 陈思和：《人格的发展——巴金传》，上海人民出版社，1992，第 237～238 页。

金自觉站在历史制高点上，俯瞰“文革”以及新中国成立以来中华民族所走过的风雨征途，顶着各种各样极“左”势力的围攻，要把心里话作为“遗嘱”写下来，让国人永远铭记这场民族大劫难，避免悲剧再次上演，道出了亿万人民心灵的呼声，从而使“讲真话”的意义从作为独立存在的个体必备的条件上升到关乎中华民族生死存亡的“具有人民性的价值”的战略高度。

一 “讲真话”内涵丰富多彩，践行“讲真话”碍难重重

关于说真话，仁者见仁，智者见智。有人说现在的确有要求讲真话的必要，社会上假冒伪劣商品充斥市场，三鹿奶粉坑害了全国多少儿童，给他们的家庭造成的灾难是无法想象的；有人对各种虚假统计数字深表痛恨，官员为了有“政绩”，用民脂民膏大作“政绩工程”，大做“表面文章”，该用实事求是的科学发展观教育为政者；也有人嗤之以鼻，认为现在并不存在说真话的问题，表现了对社会的失望。

巴金先生以赤诚的情怀，以长者对世人循循善诱的方式，在《说真话之四》一文中，提出了自己对“讲真话”的见解与心愿：

> 我虽然几次大声疾呼，但我的意见不过是一家之言。我也只是以说真话为自己晚年奋斗的目标。说真话不应当是艰难的事情。我所谓真话不是指真理，也不是指正确的话。自己想什么就讲什么，自己怎么想就怎么说——这就是说真话。你有什么想法，有什么意见，讲出来让大家了解你。倘使意见不同，就进行认真讨论，探求一个是非。这样做有什么不好？可能有不少的人已经这样做了，也可能有更多的人做不到这样。①

巴金“讲真话”，一是要“讲自己心里的话”，而不是讲别人要他讲的话；二是要“讲自己相信的话”，而不是鹦鹉学舌地高喊那些连自己都不相

---

① 巴金：《随想录》，作家出版社，2005，第220页。

信的豪言壮语；三是要“讲自己思考过的话”，而不是为了哗众取宠，一鸣惊人去胡说八道。巴金清楚地知道，真话不等于真理，真理并非一蹴而就、掌握就算数的；只有讲真话，才能纠正谬误，最后接近或达到真理。假话则永远达不到真理，只不过是“骗人骗己”而已！1991 年秋，他在致成都“巴金国际学术研讨会”的信中，回答那些对“讲真话”的攻击时说：

> 我提倡讲真话，并非自我吹嘘，我在传播真理。在此，我想说明过去我也讲过假话欺骗读者，欠下还不清的债。我讲的只是我自己相信的，我要是发现错误，可以改正，我不坚持错误，骗人骗己。所以我说：“把心交给读者。”

巴金认为“说真话，也就是‘保持自己的本来面目’”，就是要“心口一致”“言行一致”；对一个作家来说，还必须做到“写作和生活的一致”，“人品和文品一致”。这是做人的准则，也体现了人的尊严。如果一个人连说真话的权利都没有，人权又何从谈起？对每个人来说，讲真话，既是个人道德上的自律，也是价值权衡的一个起码的尺度；同时，它还是处理人与人的关系、个体与群体的关系，建立一个符合人性的社会的重要保证。①

从大的方面来讲，一个社会要健康正常发展，“讲真话”是必备的条件。“文革”的社会就是“谎言”制造的大工厂，结果使中国走向了崩溃的边缘。从小的方面来讲，“讲真话”也是世界芸芸众生的每一个个体安身立命之根本。试想，一个靠“谎言”过日子的人，人们一定会视之如瘟疫，因为骗子如过街老鼠人人喊打。因此，无论是个人发展，还是社会发展，“讲真话”都是一把锋利的器具，伴着这柄利器，世间的真情才会畅通无阻地表达，我们的世界才能真正成为美好的人间。

“讲真话”的前提是真诚的态度。慈祥的母亲从小教巴金“对人要真实”，以此作为立身行事的基本准则。巴金历来再三强调：“无论对于自己和别人，我的态度永远是忠诚的。”巴金《随想录》的创作，是怀着真诚的心面对读者，忏悔自己在“文革”中的“奴隶”与“帮凶”的角色，让

① 谭光国：《走进巴金的世界》，四川文艺出版社，2003，第 371～372 页。

“文革”历史清晰地展示在世人面前。这也就是鲁迅先生所说的“只要写出实情，即于中国有益”。

“讲真话”这个呐喊里有明确的针对性。几十年来，说假话流行于上下左右各个阶层，形成了社会风气。它在历次政治运动中制造了无数荒诞古怪的故事，使国家陷于崩溃的边缘，带来巨大的灾难；更为可怕的是在社会和人际关系中，由此引发的寡廉鲜耻的虚伪欺骗言行招摇过市，说真话、真诚待人反倒招致打击这种与现代精神文明相悖的怪现象。文艺界几十年来曾经不断地批判“写真实”这个口号，胡风、秦兆阳、邵荃麟等人为此受到打击，“五四”新文学运动的传统遭到践踏。因为“五四”倡导的科学、民主精神体现在文艺观念上就是真、善、美。“真”是艺术美的第一要素，这本是普遍常识，但是在某些人看来，这是不能容忍的。[①] 胡风等著名文艺家为了坚持自己的文学纲领，付出了牢狱之灾的代价，留给后世的人们以深沉的思索。

“讲真话”，就是“把心交给读者”。晚年的巴金这样说，也是这样做的。在20世纪20年代，巴金在追随以克鲁泡特金为代表的无政府主义者时，他从不隐瞒自己的观点，哪怕被人误解，受人攻击。在任何情况下，他都坦然地公开宣布：我是一个无政府主义者，我相信安那其主义。六十年以后，当人们从浩劫中熬过来，纷纷把责任推到已经被历史宣判死刑的“四人帮”身上时，巴金却敢于在报纸上公开说出：“‘四人帮’绝不只是四个人，它复杂得多。”“不能把一切都推到‘四人帮’身上，我自己也承认过‘四人帮’的权威，低头屈膝，甘心任他们宰割，难道我就没有责任！难道别的许多人就没有责任！”[②] 应当说在当时，与一些由别人说出的真话比较起来，这是最重要又最不容易说出来的真话。这是巴金深入思考无产阶级专政为什么会在特定的条件下演变成对人民群众的迫害的一次严肃而有益的探讨，这是巴金围绕反对专制主义尤其是反对文化专制主义问题展开的思考链中的一环。[③]

巴金先生“讲真话”，是受鲁迅、高尔基、卢梭等历史巨人影响的。他

---

① 李存光：《世纪良知巴金》，人民文学出版社，2000，第335页。

② 巴金：《随想录》，作家出版社，2005，第156页。

③ 四川作协编著《论巴金》，四川人民出版社，2003，第160~161页。

曾经说:"鲁迅先生给我树立了一个榜样。我仰慕高尔基的英雄勇士'丹柯',他掏出燃烧的心,给人们带路,我把这幅图画作为写作的最高境界,这也是从先生那里得到的启发。我勉励自己讲真话,卢梭是我的第一个老师,但是几十年中间用自己燃烧的心给我照亮道路的还是鲁迅先生。"① 巨匠的真情构筑了"讲真话"的巨大丰碑,世人们仰望着这座丰碑,文艺作品也因此散发出感人肺腑的光辉。

"讲真话"随口说出轻而易举,但真正践行起来,碍难重重,需要当事者具有足够的勇气和敢于担当的精神,否则无从谈起。巴金在"文革"复出不久出席全国文联的招待会,刚刚散会,走出人民大会堂二楼东大厅,一位老朋友拉着他的胳膊,带笑说:"要是你的《爝火集》里没有那篇文章就好了。"他害怕巴金不理解,又加了三个字:"姓陈的"。那是指他的《大寨行》。巴金说:"我是有意保留下来的。"这句话提醒我们:讲真话并不那么容易。1964 年 8 月巴金在参观大寨时,看见一辆一辆满载干部、社员的卡车来来去去,每天都有几百人来参观与学习。巴金疑惑地想:这个小小的大队怎么负担得起?可是《大寨行》却这样写道:"显然是看得十分满意。"巴金有意留下自己这篇"农业学大寨,工业学大庆"时期的"遵命文学",旨在保留一些作品,让它向读者说明自己走过什么样的道路。巴金的《说真话》对过往的岁月进行了深刻的反省。

> 我从未考虑到听来的话哪些是真,哪些是假。现在回想,我也很难说出是什么时候开始的,可能是一九五七年以后吧。②

在极"左"思潮支配下,从 1957 年"反右"起中国开始了长达二十年的惊心动魄的政治运动,在政治高压态势下,人人自危,争先恐后制造谎言,上面需要什么样的揭批材料,下面的人们无条件地"响应",整个中国成为"谎言"横行肆虐的国度。

要写出实情,讲出真话,实非易事。因为我们的习惯总是喜欢歌功颂德,不大愿意揭露矛盾,特别是当问题牵涉自己的时候,更是不敢坦言。

---

① 彭小花编著《巴金的知与真》,东方出版社,2006,第 335 页。

② 巴金:《随想录》,作家出版社,2005,第 129 页。

所以会制造出一些历史的垃圾桶，把所有的脏东西都往里面丢，或者会制定一些历史呼号，以便把民众的义愤都附着其上，而显得自己非常干净了。但这不是历史。历史的实际情况是非常复杂的，往往你中有我，我中有你，正确和错误也会纠结在一起。巴金的要求是："让大家看看它的全过程，想想个人在十年间的所作所为，脱下面具，掏出良心弄清自己的本来面目，偿还过去的大小欠债。"这要求当然很高，但也只有如此，才能真正写出历史的真实来。当然，能扛起讲真话的大旗就很不容易，这只要看到当时的阻力之大，就可以想见其难。但巴金还是敢于冲破阻力，尽量讲出真话的，虽然有时候欲说还休，有时不免用了曲笔。比如对于"文革"的罪恶根源问题，巴金也常常用某种符号来代替，似乎未能免俗，但细读全书，就知道他其实是看得很清楚的。这在游岳王坟的文字中透出了相关信息，在谈到加害岳飞的责任时，他引用了岳庙古碑上所刻明人文征明所作的《满江红》，并特别强调其中的一句："笑区区，一桧亦何能，逢其欲。"这是点睛之笔。[①] 巴金"讲真话"在某种场景之中，不得不使用"曲笔"，不能将批判的锋芒尽情展露，似乎给人留下一点遗憾，难以让人在阅读文章时有着一泻千里、酣畅淋漓的痛快之感。但是这也在反面说明巴金在《随想录》中"讲真话"的阻力是何等巨大。巴金在《再论说真话中》这样坦言：

> 我的《随想》并不"高明"，而且绝非传世之作。不过我自己很喜欢它们，我怎么想，就怎么写出来；说错了，也不赖账。有人告诉我，在某杂志（香港《开卷》）上我的《随想录》（第一辑）受到了"围攻"。我愿意听不同的意见，就让人们点起火来烧毁我的《随想》吧！但真话是烧不掉的。当然，是不是真话，不能由我一个人说了算，它至少总得经受时间的考验。三十年来我写了不少废品，譬如上次提到的那篇散文（《大寨行》），当时的劳动模范忽然当上了大官，很快就走向他的反面；既不"劳动"，又不做"模范"；说假话、搞特权、干坏事成了家常便饭。过去我写过多少豪言壮语，我当时是那样欢欣鼓舞，现在我才知道受了骗，把谎言当成了真话。无情的时间对盗名欺世的

① 吴中杰：《"讲真话"谈的历史问题》，《世界》2006 年第 2 期。

假话是不能宽容的。①

在“歌德与缺德”、关于《假如我是真的》的讨论等问题上，巴金畅所欲言，坦率直言。到了后来，他渐渐地感到了压力，这种压力林治贤先生当然不可能感受得到。但巴金先生是明显感受到的，这就是后来他不断抱怨的“冷风”。于是渐渐地，他意识到，这是一个知识分子还不能畅所欲言的时代。之所以要强调“讲真话”，就是因为讲真话之难：之所以吞吞吐吐欲言又止，是因为他真实地感受到言论的困难。陈思和先生指的其思想之远，感情之诚，都是针对这种精神状态而言的。随风转向、说话如唱山歌一样好听的人，是不会有如此压力和遭遇的，是不含有如此言谈困难的。而他为了把某些精神状态通过最易被社会接受的方式表达出来，那只有强调“讲真话”。正如林先生所说，整个社会做不到讲真话，那么岂能有效地教育小学生呢?② 林治贤先生撰文抨击巴金“讲真话”，讥讽它是“小学生三年级水平”。陈思和先生撰文反击，表现了一个正直的知识分子坦荡的情怀。“冷风”“冷雨”等都是巴金使用曲笔的写作技法，象征着极“左”势力与多种邪恶势力，正如鲁迅先生当年对黑暗世道的控诉，也使用了不少象征性隐语。

“十九世纪全世界良知”的代言人托尔斯泰对当时沙俄政府横征暴敛猛烈批判，用“讲真话”的利器抨击，展露了被压迫者的心灵呼声。故而托尔斯泰成为政府和东正教会迫害的对象，多种反对势力对其进行迫害，威逼托尔斯泰承认“错误”，收回对教会的攻击。老人始终不曾屈服，八十二岁那年离家出走，病死在阿斯达沃车站上。托尔斯泰是世界上最真诚的人，他从未隐瞒自己的过去。他出身显贵，又当过军官，年轻时代的确过着放荡的贵族生活。但是他作为作家，严肃地探索人生，追求真理，不休止地跟自己的多种欲念作斗争。他找到了基督教福音书，他宣传他所理解的教义。他力求做到言行一致，照他所宣传的去行动，按照他的主张生活。而他要达到这个目标是多么困难。为

① 巴金：《随想录》，作家出版社，2005，第 134 页。

② 陈思和：《关于“讲真话”的一封信》，《香港文学》2003 年第 5 期。

了它，他甚至献出了自己的生命。巴金在《再认识“托尔斯泰”》向世人吹出了响亮的号角：“我想，人不能靠说大话，说空话，说假话，说套话过一辈子。还是把托尔斯泰当做一面镜子来照照自己吧。”①

如果说谎是“不善”的，那么不讲真话则是一种“犯罪”，因为这触犯了公民社会的道义底线。从伦理学维度终端显现着价值论的东西。“讲真话”和“大善”意味着一个民族、一个社会乃至整个人类与世界的“大利”。就像生物伦理观学之父爱德华·威尔逊所说：伦理不是为了让人能装模作样而发明的文化装饰，而是“确保各种交易能够进行的手段”，关系到人类根本利益的兑现。② 这是在澄清“何以要讲真话”的逻辑困惑：讲真话关系到社会公正的落实和公民权利真正得到保障，能否让真话畅通无阻，是衡量一个社会健全与否的重要标记。③因此，“讲真话”的利器早已超越它本身所具有的内涵，而牵涉社会的和谐与稳定的大是大非的层面，凸显其社会文化的深层次的根结所在，从而彰显它应有的深远意义。

二 批斗会催生谎言，封建专制为假话根源

“讲真话”践行起来，困难重重，有来自各种势力的阻挠，也有来自“讲假话”成风的社会状态所形成的无形压力。其中，政治运动风波涌起，高压之下，闭住了“讲真话”之口。1962 年巴金在上海第二次文代会上做了《作家的勇气和责任心》的讲话，本来是真实的心声，却不想遭到来自各方面的攻击。在重重围攻之下，巴金沉默了，继而跟着大众学习“讲假话”。他在《三论讲真话》一文中把这一心路历程惟妙惟肖地再现出来：

关于学习、批判会，我没有做过调查研究，但是我也有三十多年的经验。我说不出我头几年参加的会是什么样的内容，总不是表态，

---

① 巴金：《随想录》，作家出版社，2005，第 340～343 页。

② 〔美〕爱德华·威尔逊：《生命的未来》，陈家宽等译，上海世纪出版集团，2005，第 179 页。

③ 陈思和、李存光主编《一双美丽的眼睛》，上海三联书店，2008，第 188 页。

不是整人，也不是自己挨整吧。不过以后参加的许多大会小会中整人和被整的事就在所难免了。但是有一点是可以肯定的——表态、说假话。起初听别人说假话，自己还不满意，不肯发言表态。但是一个会接一个会地下去，我终于感觉到必须甩掉"独立思考"这个包袱，才能"轻装前进"，因为我已经在不知不觉中给改造过来了。于是叫我表态就表态。先讲空话，然后讲假话，反正大家讲一样的话，反正可以照抄报纸，照抄文件。开了几十年的会，到今天我还是害怕开会。我有一种感觉，有一种想法，从来不曾对人讲过。在会场里，我总觉得时光带着叹息在门外跑过。我拉不住时光，却只听见那些没完没了的空话、假话，我心里多烦。我只讲自己的经历，我浪费了多少有用的时间。不止我一个，当时同我在一起的有多少人啊！①

批斗会是整人的重要手段。批斗者往往是凭空捏造"罪行"，借群众大会打压人的声浪，会上人人要"表态"，响应"长官意志"，无中生有罗列材料，这样的批斗会有谁还敢说真话呢？于是会议成为造谎的场所。原本想"讲真话"者不得不屈服于专制，变为讲谎言、讲假话的人。在那荒唐而又可怕的十年中间，说谎的艺术到了登峰造极的地步，谎言变成了真理，说真话倒犯了大罪。例如，1968 年秋天的一个下午，造反派把巴金拉到田头开批斗会，向农民揭发其罪行。一位造反派的年轻诗人站出来发言，揭露巴金每月领取上海作家协会一百元的房租津贴，明知是谎话，却显得装模作样，毫不红脸。这些造反派的"革命左派"靠假话起家。然而巴金并不一味谴责造反派，而是将解剖刀指向自己。他这样严厉地剖析自己带血的灵魂：

我并不责怪他们，我自己也有责任。我相信过假话，我传播过假话，我不曾跟假话作过斗争。别人"高举"，我就"紧跟"；别人抬出"神明"，我就低首膜拜。即使我有疑惑，我有不满，我也把它们完全咽下。我甚至愚蠢到愿意钻进魔术箱的"脱胎换骨"的戏法。正因为有不少像

① 巴金：《随想录》，作家出版社，2005，第 212 页。

我这样的人，谎话才有畅销的市场，说谎话的人才能步步高升。[①]

奴隶意识存在于那个特殊年代的人们头脑中，这是“假话”“谎言”能够大行其道的社会基础。如果人人揭开“谎言”的真相，群起而攻之，即使像“文革”那样的弥天大谎都会被揭穿。

1958年大刮“浮夸风”的时候，巴金不但相信各种“豪言壮语”，而且也跟着别人说谎吹牛。前两年巴金还鼓励人们“独立思考”，可是后来“反右”运动兴起，身边的朋友被打成“右派分子”。巴金在重压之下丢盔缴械，不再以说假话为耻了。尤其是“文革”刚刚开始的八、九月份，巴金仿佛被用了催眠术，脑子里一堆乱麻，感觉到自己背着一个沉重的“罪”的包袱，想自救，可是越陷越深。他脑子里没有是非、真假的观念，只知道自己有罪，而且罪名越来越大，最后他认为自己是无可救药了，应当忍受种种灾难、酷刑。在无法承受煎熬的时候，巴金也有过自杀的想法：

我曾想到自杀，以为眼睛一闭就毫无知觉，进入安静的永眠的境界，人世的毁誉再也无损于我。但是想到今后家里人的遭遇，我又不能无动于衷。想了几次我终于认识到自杀是胆小的行为，自己忍受不了就让给亲人来承受，自己种下的苦果却叫妻儿吃下，未免太不公道。[②]

逼人逼到自杀的情分，这就是“假话”所导致的恶果。“假话”泯灭人性，泯灭良知，使整个社会糜烂不堪。在艰难岁月中，巴金把《神曲》带在身边。在田地里劳动的时候，在会场受批斗的时候，但丁的诗句给了巴金莫大的勇气。《神曲》让巴金承受住了如炼狱般的考验，终得以重生。

“讲假话”并非五十年代以后才有的，在中国传统封建社会里早已有之，而且根基深厚。巴金六七岁时在父亲工作的广元县衙亲眼所见父亲审案：“犯人”不肯承认罪行，就喊“打”。有时一打“犯人”就招；有时打下去，“犯人”大叫“冤枉”。古语说，屈打成招，酷刑之下有冤屈，那么压迫之下哪里会有真话？巴金把它与“文革”进行对比：

① 巴金：《随想录》，作家出版社，2005，第130页。
② 巴金：《随想录》，作家出版社，2005，第135~136页。

> 我不明白造反派身上怎么会有那么多的封建官僚气味？他们装模作样，虚张声势，惟恐学得不像，其实他们早已青出于蓝！封建官僚还只是用压力、用体刑求真言，而他们却是用压力、体刑推广假话。①

提倡"讲真话"，是对民生、法制和人权的呼唤，是对专制压迫的反抗。"假话就是从板子下面出来的。"古时的"大老爷"审案，动辄用刑，想靠高压逼出真话，结果得到的常常是假话；新专制主义则用高压制造和传播假话。②

"讲假话"也并非巴金一人在批判，从古至今凡是正义的人士都在抨击假话。"五四"时代的李大钊就对国人唯主子是从的奴化心态，对言不由衷的社会状况进行揭批："中国人有一种遗传性，就是迎考的遗传性。什么运动、什么文学、什么制度、什么事业，都带有迎考的性质，就是迎合当时主考的意旨，说些不是发自内心的话。甚至把时代思潮、文化运动、社会心理，都看作主考一样，所说的话，所作的文，都是揣摩主考的一种墨卷，与他的现实生活都不发生关系。"③ 李大钊作为先知先觉的中国人，深刻洞察到了科考场上的唯主考意志是从的弊端，进而揭示中国文化有其惰性的一面：虚假性。科举考试让普天之下的知识分子应考不是为了解决现实问题，而是迎合主考心理，得中高分，金榜题名，然后做忠于皇帝、忠于主子的"奴仆"。同是"五四"文化产儿的巴金传承了李大钊这种精神，在许多文章中将批判的锋芒直指腐朽没落的封建主义，探讨出"假话"与"谎言"是封建专制与强权的产物。

三 社会教育文学等领域传播，褒贬不一百家争鸣

"讲真话"并非过时，而且对现实具有极强的针砭色彩。巴金对社会上的"歌德派"与"见风使舵派"进行了斥责，义正词严，发人深省。他在

---

① 巴金：《随想录》，作家出版社，2005，第 220～221 页 。

② 谭光国：《走进巴金的世界》，四川文艺出版社，2003，第 372 页。

③ 金净：《科学制度与中国文化》，上海人民出版社，1990，第 190 页。

《再论说真话》中说：

> 奇怪的是今天还有人要求作家歌颂并不存在的“功”、“德”。我见过一些永远正确的人，过去到处都有。他们时而指东，时而指西，让别人不断犯错误，他们自己永远当裁判官。他们今天夸这个人是“大好人”，明天却骂他为“坏分子”。过去辱骂他是“叛徒”，现在又尊敬他为“烈士”。自己说话从来不算数，别人讲了半句一句就全记在账上，到时候整个没完没了，自己一点也不脸红。他们把自己当作机器，你装上什么唱片，他们唱什么调子；你放上什么录音磁带，他们哼什么歌曲。他们的嘴好像过去外国人屋顶上的信风鸡，风吹向哪里，他们的嘴就朝向哪里。[①]

巴金为当下社会这两类人物画了两幅绘画，形象地描绘了这两类人物的嘴脸。说到底，这两类人物还是假话与谎言的传承者，背离了“讲真话”这一基本社会道义的最底线。他们站在人民的敌对立场上，为了个人利益，以假乱真，从而使社会日益陷于精神恐慌与危机之中。

“四人帮”垮台以后，巴金从“牛棚”中解放出来，由“牛”重新转变为“人”。他在《三论讲真话》中大声疾呼：“人只有讲真话，才能够认真地活下去。”他借女作家谌容小说的主人公之言，写出他自己的座右铭：要听逆耳之言，不作违心之论。这实际是“讲真话”在真正立身处世中的具体体现。巴金的疾呼其实就是要世人有直面社会的正确态度，这也是直面人生的创作态度。这种主张到现在也没有过时，依然具有现实意义。因为我们现代社会还有说假话的官员，也有写谎言的作家。故而“讲真话”的利器依然可以发出它批判现实社会的锐利锋芒。

巴金一贯主张讲真话。早在1942年，巴金就勉励他的侄子“说话要说真话，做人要做好人。”[②] 如果说教育是立国之本，那么讲真话则可视为教育之根。“学而时习之，不亦说乎”，一部《论语》以此开篇体现了中国先贤们对教育的重视。但离开了“真话”的传播，所谓的“学习”与“教

① 巴金：《随想录》，作家出版社，2005，第134页。

② 李致：《我的四爸巴金》，生活·读书·新知三联书店，2003，第11页。

育"便只有其名，没有其实。颇有讽刺意味的是：巴金一再强调的"讲真话"的人文意义，恰恰体现了在当下中国社会语境里它显得如此无意义。不能不承认，与官方组织的热闹形成强烈反差的大众心态的冷漠。虽说天下父母没有谁愿意其子女成为撒谎成性的骗子，但很少有家长会鼓励他们在生活中能坚持说真话的原则。有小学生因说了真话而"得罪"同学与老师，回家被父母批评"不聪明"，这样的报道早已不是新闻；有留学生在国外上学，认可教师将作业的答案公布，让学生自己给自己评分，中国学生习惯性骗取高分，而外国学生则"愚蠢"地如实填写，这样的故事也并非传闻。这就是我们的社会日益严重的"诚信"缺失现象。这足以说明，对"讲真话"的关注必须重新提上我们的文化议程。[①]"讲真话"在教育大计方向发挥着举足轻重的功用。我们时下呼唤要建设"诚信社会"，原因就在于我们这个社会"诚信"的普遍缺失。

"讲真话"应当辐射到我们当今的文学家园。因为当今文坛也不令人满意，大量的文化垃圾充斥着文化市场。早在 1988 年巴金参加文代会时，就令巴金大为光火。他在 11 月 20 日《至杨苡》的书信中这样写道：

> 文代会开完了，有人说并未开得一团和气，倒是一团冷气。开会前郭玲春两次打电话要我发表意见，我讲了两句，都给删掉了。我讲的无非是几十年前讲的"双百方针"的支票应该兑现了。没有社会主义的民主，哪里来的"齐放"和"争鸣"之类？花了一百几十万，开了这样一个盛会，真是大浪费。我的确感到心痛。我不喜欢《家·春·秋》，它应当触及今天的封建主义，可是没有办到。写不下去了，祝好！[②]

"冷气"在这段文字中显然是"曲笔"，影射当时"左派"首领压制巴金"讲真话"，向文学界吹来一股阴风暗雨。巴金笔锋犀利，直批那些擅自删除发言稿的恶劣行为为"封建主义"。巴金出离愤怒，私信写不下去而搁笔。

二十世纪八十年代，思想解放运动虽然也是政治权利更替的产物，但

① 徐岱：《巴金的意义》，《文艺理论研究》2006 年第 2 期。

② 陈思和，李存光主编《一粒麦子落地——巴金研究集刊卷二》，上海三联书店，2007，第 11 ~ 12 页。

毕竟动摇了统治中国几十年并被实践证明是有害的所谓“极左路线”的地位，知识分子当时还无权可依，积极参加到反“左”和反“文革”的现实斗争中去才是唯一的选择。陈思和先生认为，“说真话”几乎是一个维护良知与操守的武器，“不说假话”成了他衡量自己人格标准的最后底线。在八十年代风雨欲来的政治风波中，巴金始终没有丧失人格去迎合权势，客观上就树起了知识分子独立思考、自由言论的旗帜。[①]《随想录》对八十年代思想解放运动高潮的主要贡献在于对历史的沉思与探索，“讲真话”作为一种利器成为中国真正的知识分子的护身符。

《随想录》问世后，成为中国最畅销的书籍之一，显示了它的强大生命力。“讲真话”利器在文学百花园中开辟了一条康庄大道。这把利器锋芒四射，光芒照耀在文艺界和社会其他各个领域中，大力辐射，广为流播。

与巴金素以姐弟相称的冰心老人在1988年10月24日《至巴金》书信中说：“你‘胆’大，敢说真话，精神是应有物质为基础的！”萧乾在《更重大的贡献》中这样高度评价“讲真话”：

> 我认为说真话的《随想录》比《家》、《春》、《秋》的时代意义更伟大。因为一个国家一个民族，一旦真话畅通，假话失灵，那就会把基础建在磐石之上。那样，国家才能强盛，社会才能真正安宁，百业才能俱兴，民族才能立于不败之地。我认为讲不讲真话，关系到民族的存亡。[②]

《随想录》写作完成之后，巴金又用了一个八年抗战，写成了又一部“讲真话”之书《再思录》，受到友人马识途称颂。马识途在1995年6月15日给巴老的书信中写道：“这是一本学着你说真话的书。过去我说假话，从今以后我要努力说真话，不管为此我将付出什么代价。”[③] 文如其人，《再思录》使马识途这位老作家受到强烈震撼，决心以巴金为榜样，为“讲真话”甘愿献身。由此可见，“讲真话”利器的锋芒是何其锋利，何等璀璨，折射

---

① 陈思和编著《解读巴金》，春风文艺出版社，2002，代序，第11页。

② 萧乾：《更重要的贡献》，《文汇报》1994年4月1日。

③ 四川作协编著《论巴金》，四川人民出版社，2003，第2页。

着耀眼的人性的光辉。

汪曾祺在《责任应该由我们担起》中，称巴老“始终是一个痛苦的流血的灵魂”。与那些文过饰非的人不同，他对“文革”的反思，是把自己看作“债主”，自我解剖达到了近乎残酷的程度。[①] 谌容认为，《随想录》之所以称得上是文学精品和历史文献，我认为全在于作者讲的是真话。巴老把《随想录》第三辑题名为《真话集》，其实，讲真话正是贯穿于五本随想录的总主题。讲真话，说起来容易，做起来难。扪心自问，我们过了这么些日子，走了人生半个旅程，说了多少假话啊![②] 张光年在《语重心长》中说，《随想录》的文章虽短，分量却很重。当代中外读者和后辈子孙，都可以从中得知中国知识分子最优秀的代表、中国作家的领袖人物在“文革”之后的思考，它是记录一代正直文化人心灵的文献。[③]

不仅作家们高度关注《随想录》，学者、报人、编剧等行业的人们也对“讲真话”给予相当高的评价。复旦大学的郜元宝先生认为，《随想录》的主要内容是巴金从自己切身经历出发来反思“文革”的悲剧，他把这种反思性的写作叫作“讲真话”，不仅情真意切，而且见解深刻，目光远大。这是保证一个民族的历史记忆不至于苍白模糊的关键之一。巴金呼吁全体中国知识分子更深入地探讨“文革”的成因及其对中国文化的深远影响，这绝不是所谓纠缠于过去，或者老年人的思想凝滞，而是有其深远的见地。在这一点上，他不愧是五四的儿子和鲁迅传统的继承者。[④]《中华文学选刊》总编王干认为，巴老的文学精神、艺术精神对青年人有传承性的影响，教育青年人要真诚地面对现实，不要矫情，要讲真话。巴老跨越了两个世纪，巴老的文学创作和做人的精神给文学工作者、给从事文学创作的人提供了一面镜子。讲真话、不虚假等都是一些作家要汲取的。巴老的精神改变了一批人的命运，巴老的文学作品影响了一代人的生活。编剧邹静之用一句话总括为“巴老的文字不带表演”。[⑤]

以上知名人士，或是文坛泰斗、文学巨匠；或是学术权威、传媒人物，

---

① 吴泰昌:《我亲历的巴金往事》，文汇出版社，2003，第129~130页。

② 谌容:《只因为是真话》，《文艺报》1986年9月27日。

③ 吴泰昌:《我亲历的巴金往事》，文汇出版社，2003，第132页。

④ 彭小花:《巴金的知与真》，东方出版社，2008，第341页。

⑤ 彭小花:《巴金的知与真》，东方出版社，2008，第342~343页。

都从“讲真话”角度再度探讨了《随想录》的各个层面的影响与意义。不难发现，“讲真话”利器一经社会磨刀石的试擦与磨切，就向社会各个领域散发出绚丽奇异的光亮。这束神奇的光束，流播范围之广、辐射能量之强，让人叹为观止，更为世人瞩目与垂范。

按照唯物辩证法的哲学论点，任何事物都是一分为二的，都是相对而言的。同样，“讲真话”备受国人颂扬的同时，又遭受人们的反感，这是十分正常的。如果说是百分之百的赞语，那才是真正的“讲假话”。有了不同的声音，才能进行“百家争鸣”，在“争鸣”中接近真相，接近真理。

深圳的朱建国于1989年在《明报》杂志上发文，攻击巴金为“贰臣”。香港大学生在《开卷》上展开了对《随想录》的围攻。海外某些研究中国文学的学者、专家，由于对中国“文革”后的社会生活和文学状况缺乏全面的了解，加之意识形态的差异和文学观念的不尽相同，对巴金的创作，对《随想录》很难有深刻的见解和认识。瑞典文学院院士、诺贝尔文学奖评审马悦然教授就是其中的一个。有记者对他说：“高行健曾对他说，中国大陆终于有一位敢说真话的作家巴金。”但是马悦然读了巴金的《随想录》后说：“根本看不出什么真话，胆子太小了，还是不敢讲真话，都八十岁了，杀掉了，就杀掉了。”[①] 优秀文艺作品的真正评审是读者，无论国内少数“左”倾势力，还是国际诺贝尔奖评审专家否定“讲真话”，否定《随想录》，也不能抹杀它存在的价值。在与反面势力较量中，正面力量将愈战愈勇，在争鸣中明辨是非，探究真相，从而使人们在争鸣中实实在在感知“讲真话”的重要性，我们中华民族才会从“讲真话”中受益无穷。

① 谭光国编《走进巴金的世界》，四川文艺出版社，2003，第401页。

第四章

《随想录》忏悔意识传播层次：从现代文学馆到“文革”博物馆

第一节　“中国现代文学馆之父”

——巴金与现代文学馆关系之探析

历经“文革”惨痛，源于心灵忏悔，巴金晚年有两大愿望：一是建立现代文学馆。如今早已落成，投入运营，成为现代文学研究的宝库，最大限度地搜集和保存了现代作家的作品资料与珍贵文物。二是建立“文革”博物馆。原因之一，在于让中国人民通过这座博物馆来永远铭记“文革”这场惨痛的灾难，让悲剧不再重演。这就是巴金《随想录》忏悔意识在现实社会传播由此及彼、由低到高的两个层面。

改革开放新时期，巴金晚年一大心愿是建立现代文学馆。他在《现代文学资料馆》一文中，开篇这样写道：“近两年我经常在想一件事：创办一所现代文学资料馆，甚至在梦里我也曾几次站在文学馆门前，看见人们有说有笑地进进出出；醒来时我还把梦境当作现实，一个人在床上微笑。”建立现代文学馆为什么让中国作协原主席巴金如此痴迷，甚至魂牵梦绕？他为什么要建馆呢？他是如何建馆的？建馆的意义何在？本章对此问题做了粗浅的探析。

一　诸多缘由与因素，促成建立文学馆

建立现代文学馆，在巴金看来是纪念鲁迅先生最好的礼物。我们知道

鲁迅是中国现代文学最重要的奠基人。在隆重纪念鲁迅先生诞辰一百周年的时候，在《病中集·再谈现代文学馆》中，巴金曾经这样写过：

> 先生不见得会喜欢这种热闹的场面吧。用现代文学馆来纪念先生也许更适当些。先生是我们现代文学运动的主帅，但他并不是“光杆司令”。倘若先生今天还健在，他会为文学馆的房子呼吁，他会帮助我们把文学馆早日建立起来。[①]

这便是巴金晚年把现代文学馆的创建当作他人生最重要的一件大事的原因之一。在皇城古都找房子是非常困难的活儿，巴金为此伤透脑筋，甚至有些埋怨的情绪。但他不顾年迈体弱，积极奔走呼号，馆址最后设在北京紫竹院公园西侧的万寺西路，这里原来是慈禧太后的行宫。可见巴金为之付出巨大。巴金是鲁迅思想与精神的有力传承者。百岁巴金走了，他让鲁迅先生的圣火永远在现代文学馆熊熊燃烧。鲁迅与巴金以等身著作极大地丰富了现代文学馆的宝库。一位作家这样描绘巴金：

> 巴金成了鲁迅之后中国文坛上的佼佼者之一，绝不是偶然的。这既不仅仅是因为他是一位“多产作家”，也不仅仅因为他是一位伟大的编辑家、翻译家和社会活动家，更重要的是他用赤子之情“书写”的一生光明磊落的历史；是因为他在创作中所表现出来的高尚的人格。

巴金没有辜负他的导师兼朋友鲁迅先生的期望。他以自己几十年的人生和创作历程证明，他不曾玩弄、粉饰、美化人生，无论是处于逆境还是顺境，他始终在作品中生活，在作品中奋斗。[②] 巴金在离开人间的时候，还不忘为鲁迅、不忘为现代文学卓有建树的作家们建立一个“家”。斯人已故去，来者犹可追。在现代文学馆中，我们仍可以追寻鲁迅的脚印，奋然前行。

建立现代文学馆，就是为中国人民的美好心灵建设一座宝库，这是第

① 巴金：《随想录》，作家出版社，2005，第 248 页。

② 刘屏：《一个小老头，名字叫巴金》，天津社会科学院出版社，2003，第 96 页。

二个原因。巴金对此信誓旦旦：

> 对文学馆的前途我十分乐观。我的建议刚刚发表，就得到不少作家的热烈响应。同志们给了我极大的鼓励。我心情振奋，在这里发表我的预言：十年以后欧美的文学家都要到北京来访问现代文学馆，通过那些过去不被重视的文件、资料认识中国人民的美好心灵。①

巴金把现代文学馆视为“表现中国人民美好心灵的丰富矿藏”，是“五四”以来新文学事业的里程碑。中国现代文学馆正门上是江泽民主席题写的“中国现代文学馆”几个鎏金大字。正门口是一块50吨重的山东莱州巨型花岗岩制的屏风，上面刻着巴金先生的两段话，正面是：

> 我们有一个多么丰富的文学宝库，那是多少作家留下来的杰作。他们支持我们、教育我们、鼓励我们，使自己变得更善良，更纯洁，对别人更有用。

背面是：

> 我们的新文学是表现我国人民心灵美的丰富矿藏，是塑造青年灵魂的工厂，是培育革命战士的学校。我们的新文学是散播火种的文学，我从它得到温暖，也把火种传给别人。

这块石碑立在大门口，向世人展示着文学馆的办馆宗旨。② 中华民族是勤劳勇敢、善良正直的民族，五千年文明生生不息。这在世界历史上都是罕见的。就连玛雅文明、古巴比伦文化都在历史的风雨中烟消云散。巴金为中华文明建立了一个向世界展示卓越文化的窗口——现代文学馆。

促成建立现代文学馆的第三个原因在于，建立现代文学馆是通过借鉴东西方文明来成功延伸民族文化的产物。巴金二十岁远赴法国留学，几十

---

① 巴金：《随想录》，作家出版社，2005，第167～168页。

② 彭小花编著《巴金的知与真》，东方出版社，2006，第329～330页。

年来他参观了许多国家闻名于世的博物馆、纪念碑，接触了东西方文化资料，看到了东西方人民的今天，也了解了他们的过去。巴金认为，任何民族、任何人民都有自己光辉的历史。毁弃过去的资料，不认自己的祖宗，这是愚蠢而徒劳的。你不要，别人要；你扔掉，别人收藏。巴金作为一位文学大师，站在历史的制高点，俯瞰全球状况，如数家珍：

> 我们的友邦日本除了个别作家建立资料馆外，还有一所相当完备的他们自己的近代文学馆。日本朋友也重视我们现代文学的资料。据一位美籍华人作家说这方面的资料美国收藏最多，居世界第一。欧洲有些学者还要到美国去看资料。荷兰莱顿有一所“西汉汉学研究中心图书馆”成立已五十年，虽然收藏我国现代作品不多，但正在广泛地搜集。我说句笑话，倘使我们对这种情况仍然无动于衷，那么将来我们只有两条路可走：或者把一代的文学整个勾销，不然就厚着脸皮到国外去找寻我们自己需要的资料。[①]

对欧美和日本的访问，使巴金看到了国外对中国现代文学资料的广泛收集和认真研究。后来他又注意到《文汇报》上一篇介绍日本近代文学馆的文章。他逐渐形成了在我国创办一所现代文学资料馆的设想。1980 年 11 月 15 日，他在给姜德明的信中首先提出了这个建议。十天以后，他又写信给姜德明说：“我认为由作协来办最好，房子向政府要，资料由大家捐献，经费也可由作家和出版社捐赠，过一两年便可以自给自足。我愿意为它的创办出点力，而且相信肯出力的人一定不少。”12 月 27 日巴金在《创作回忆录》最后一篇《关于〈寒夜〉》的文末谈到搜集我国现代文学资料的必要性时，正式提出建议：

> 我建议中国作家协会负起责任来创办一所中国现代文学馆，让作家们尽自己的力量帮助它完成和发展。倘使我能在北京看到这样一所资料馆，那将是晚年的莫大幸福。我愿意尽最大的努力促成实现，这

① 巴金：《随想录》，作家出版社，2005，第 167 页。

个工作比我写五本、十本《创作回忆录》更有意义。

第二天，他在为《创作回忆录》所写的后记中再次表示：出版这本小书，我有一个愿望：“我的声音不论是微弱还是响亮，它是在替中国现代文学馆的出现喝道。让这样一所资料馆早日建立起来！”此后巴金先后给姜德明、孔罗荪、曹禺、李健吾等去信，谈建立文学馆的事，并得到了他们的支持。① 作为大师的巴金巡视世界形势，力争建立现代文学馆，势在必行。

促成建立现代文学馆的第四个原因在于，经过“文化大革命”大破坏、大摧残，亟待恢复那些被批斗为“毒草”的文学作品，非常需要建立一座现代文学馆。

当初，巴老在倡议建馆的时候，他憋了一肚子火。“文革”否定了作品，否定了作家，否定了一切，全国只有八个样板戏和一个作家，其他全是“牛鬼蛇神”，其他的作品全是“毒草”。“文革”过去了，巴金是比较早清醒过来的人，他便倡导建立中国现代文学馆。他要让人们看看，祖先遗留下来的文化遗产中有很多是珍宝，它们曾经影响许多年轻人奔向革命、走向进步，它们绝不是“毒草”。中国现代文学馆的使命，便是把五四运动以来用华文写作的海内外作家的全部作品及其创作档案统统收藏起来，集中地展示出来。从这个意义上讲，中国现代文学馆是集中展示中国新文学辉煌成果的地方，是反映中国作家高尚心灵的地方。②

“文革”中，巴金被关在各种“牛棚”里，与世隔绝。“文革”期间，各种文学资料成了“四旧”，巴金也亲自烧毁了自己保存多年的书刊信稿。一天上午，巴金在作协厨房里劳动，外面的红卫兵跑进来，用皮带抽打“牛鬼”，巴金只能四处躲藏，最后被捉住了只好自报罪行，承认“这一生没做过一件好事”。传达室里的老朱在扫院子，红卫兵拉住他，问他是什么人，他骄傲地回答是“劳动人民”。两相对比，巴金倍感惭愧，沉痛忏悔：

我多么羡慕他！也有过一个时期我真的相信只有几个“样板戏”才是文艺，其余全是废品。我彻底否定了自己。我失去了是非观念。

① 李存光：《巴金评传》，中国社会出版社，2006，第200~201页。

② 舒乙：《巴金的三件大事》，新加坡《联合早报》副刊，1996年6月1日。

> 我没有过去，也没有将来。只是唯唯诺诺，不动脑筋地活下去，低着头，躲着人，最后听见人提到我的名字，讲起我写的小说。在那个时候，在那些日子里，我不会想，也不敢想文学和文学资料，更不用说创办文学馆和保存我们的文学资料了。在一九六七、六八年中我的精神状态就是这样可怜、可鄙的。这才真是着魔啊！

1976年“四人帮”倒台，举国欢腾。“四人帮”贴在巴金脑门上的符咒终于被撕掉了。巴金历尽劫难，终于明白，千万不能说自己读过的书都是“毒草”。文学是民族和人类的财产，谁也垄断不了，谁也毁灭不了。“文革”中的血和火搅动了巴金心灵的沉渣，它们全泛了起来，他为这些感到羞耻。巴金坦诚地敞开了心扉：

> 我当时否定了自己，否定了文学，否定了一切美好的事物，我真的这样想过。现在我又把那些否定又否定了，我的想法也绝非虚假，万幸我在入迷的时候并没有把手边的文学资料全部毁弃，虽然我做过的蠢事已经够多了。[①]

哲学中有“否定加否定等于肯定”一说。“文革”中巴金否定自己的文学作品，承认自己的作品是“毒草”，应该彻底铲除。现在拨乱反正了，巴金再次否定了“文革”时的想法，其实也就说明《家》《寒夜》等小说是中国现代文学史上光辉千古的优秀作品。现在建立现代文学馆可以用来好好地收藏保管作家们优秀的文学作品。

1978年巴金到北京开会，与一位朋友聚餐。朋友偶然说起他手中还保存着三十年代女作家罗淑的一些信件。这时候，一个念头在巴金脑中油然而生：“应该有个什么单位来搜集这些东西，还有别的作家的，都放在一起，好让人们研究。”巴金的倡议立即在国内外引起强烈反响。[②]在“文革”中，大量珍贵的现代文学资料被当作“封、资、修”的东西付之一炬，化为灰烬。这是让中国人民十分痛心的事情，巴金大力呼吁中国政府采取积

① 巴金：《随想录》，作家出版社，2005，第166页。

② 彭小花编著《巴金的知与真》，东方出版社，2006，第321～322页。

极措施，建立现代文学馆，及时拯救日渐流失的文学资料，可谓高瞻远瞩。

二　竭力奔走与呼吁，旧馆新馆终落成

1981 年 2 月 14 日香港《文汇报》副刊《文艺》和《大公园》分别刊出《关于〈寒夜〉》和《创作回忆录·后记》。香港报刊一经发表巴金关于建立现代文学馆的倡议，便立即引起中央各大媒体热切关注。同年 3 月 12 日，《人民日报》转载《创作回忆录·后记》，并在编者附记中强调了巴金关于建立现代文学馆的倡议。通过作为中共中央机关报《人民日报》在编者附记中加以强调，效果更加明显了。众多知名老作家纷纷响应巴老的倡议，从而汇成了一股建馆的热潮。

巴金与曹禺相交几十年，最先引领曹禺走上文坛。曹禺怀着极大的热情撰文《致巴金——响应建立“中国现代文学馆”》，认为建立现代文学馆，“这是为我们后代留下财富，为全国和全世界的中国文学研究者积攒些有用的资料，也是为今后中国的文化展览做个准备。”① 曹禺作为文学大家，在《人民日报》发文响应，影响更大，作用更强了。

曹禺发文的第二天，巴金在杭州写作了著名文章《现代文学资料馆》，它标志着对文学馆建立由最初倡议阶段发展到正式启动阶段，此文在《人民日报》与香港《大公报》发表。巴金认为现在还是能够有所作为。日本“近代文学馆”是日本作家创办的，并没有向国家要一分钱。日本作家办得到的事情，中国作家也应办得到。巴金决心很大，表示要带个头。他主张，创办和领导工作由中国作家协会担任，只要求国家分配一所房子。他准备交出自己收藏的书刊和资料，捐献自己的稿费，希望在离开人世之前看见文学馆创办起来，并且发挥作用。

“我设想中的‘文学馆’是一个资料中心，它搜集、收藏和供应一切我国现代文学馆的资料，‘五四’以来所有作家的作品，以及和他们相关的书刊、图片、手稿、信函、报道，等等。这只是我的初步设想，将来‘文学馆’成立，需要做的工作确实很多。”②现代文学馆后来建成了“巴金文库”

① 曹禺：《致巴金——响应建立“中国现代文学馆”》，《人民日报》1981 年 4 月 2 日。

② 巴金：《随想录》，作家出版社，2005，第 167 页。

“冰心文库”“萧乾文库”“张天翼文库”“周扬文库”以及“萧三·叶华文库”，等等。

如果说巴金的《创作回忆录·后记》是倡议建立文学馆最初朦胧的想法，那么《现代文学资料馆》可以算是建立现代文学馆的宣言书，在《人民日报》与《大公报》上一经发表，很快引起著名专家学者的关注。一个星期之后，也是1981年4月10日，唐弢先生撰文《回顾是为了前瞻》，积极响应巴老的倡议。在他看来，“只有真正尊重自己文化历史的人，才会热爱自己的民族，热爱自己的祖国，懂得向前看，懂得适应民族文化历史不断进步的需要，从而努力于现代化的事业。”[①]唐弢作为中国现代文学权威专家，他的文章在《人民日报》刊发，无疑起到了推波助澜的效果。

1981年3月27日中国作家协会主席茅盾逝世。4月20日作协举行主席团扩大会议，选举巴金为代理主席。巴金积极筹建现代文学馆——巴金在会上准备献出稿费十五万元作建馆基金，并愿意捐出自己的手稿及所藏的有关资料。[②] 据《文艺报》报道，会议听取了关于“中国现代文学馆”筹建工作的汇报。文学馆具有国家档案馆的性质，它将逐步成为中国现代文学的资料中心和若干位中国现代文学大师的研究中心。藏品的时限要求，从“五四”运动起，迄中华人民共和国成立。藏品所涉及的文学家，主要应是在这一历史时期中对新文学运动产生过重大影响的作家、评论家和翻译家。藏品的种类包括手稿、信札、日记、手迹、照片、画像、资料影视、录音、录像、书籍、报刊等；对若干位已故的文学大师，还将收藏他们的一部分遗物。会议决定成立筹备委员会，负责建馆的筹备工作。巴金捐献的十五万元建馆基金，已于7月汇至北京。他表示还将继续为文学馆募集资金，他热切盼望文学馆早日建成。6月16日中央批准中国作协负责建立中国现代文学馆。10月13日中国作协主席团会议决定成立中国现代文学馆筹备委员会，巴金、冰心、曹禺、严文井、唐弢、王瑶、冯牧、罗荪、张僖为委员，罗荪为主任委员。中国现代文学馆的筹建工作由此正式艰难而有序地开始了。[③]

---

① 唐弢：《回顾是为了前瞻》，《人民日报》1981年4月10日。

② 李存光：《巴金评传》，中国社会出版社，2006，第202~203页。

③ 吴泰昌：《我亲历的巴金往事》，文汇出版社，2003，第100~102页。

筹备委员会成立后，全国各地知名作家掀起了一场捐献珍品的浪潮。与巴金有姐弟之情的冰心老人全力支持，她把家中全部题有她与她丈夫吴文藻先生的53幅字画捐献给了文学馆。更为感人的是这位被称为“文坛祖母”的冰心还向文学馆捐献了满满一展柜全国各地爱戴她的读者寄给她的信件，其中有当年的小读者，更多的是当今的小朋友，他们还附上充满童心和挚爱的礼物——红领巾与贺卡。夏衍在临终前专门嘱托家人把相伴了几十年的3000余册珍藏本书籍捐给了文学馆。他在病中还说：“让它们发挥更大的作用吧！”萧乾与夫人文洁凭借厚实的英国文学功底，依靠惊人的毅力，坚持每天从清晨5点到深夜12点轮番工作，用整整5年时间翻译了被称为“天书”和“奇书”的《尤利西斯》这部巨著，完成后他们又毫无保留地把整部译稿捐献给了文学馆。长期遭受病痛折磨的女作家杨沫把一生积攒的16万元、所有著作版权、15种外文和少数民族文版本如《青春之歌》《东方欲晓》也捐献给了文学馆。在现代文学馆众多文库中，“唐弢文库”弥足珍贵，其可堪称国家级的现代文学藏书库了。这五万余册藏书中有许多是孤本和绝版本。正如巴老预见的那样，“有了唐弢的书，就有了文学馆的一半”。此外还建立了萧三、张天翼、丁玲等71座作家个人文库。那些在历经“文革”“围剿”的动乱岁月中用生命保存下来的文学资料，如同涓涓细流般从四面八方汇成滚滚洪流，藏品达四十万余件之多。①

茅盾生前极力赞成现代文学馆的创建，他愿把自己的全部创作资料包括《子夜》的原稿提供给现代文学馆。周扬的家属也按照周扬的遗愿，把一万五千多册藏书捐献；茅盾的儿子韦韬也将茅盾的遗物一批批整理出来，陆续运到文学馆。重病中的孔罗荪把一套至今已无第二套的《抗战文艺》杂志，亲手交给文学馆新的负责人。巴金除了分七批将七千四百余册图书捐给文学馆外，还把大批珍藏多年的外文书送给北京图书馆。② 中国现代文学馆还同时管理两处现代作家的故居——茅盾故居和老舍故居。

1982年10月中国现代文学馆成立典礼仪式隆重举行。胡乔木代表党中央应邀出席，为文学馆挂上了叶圣陶手写的长匾。这是巴金为文学馆建设积极奔走的产物。他在《致曹禺》书信中这样说：“今年还是要为现代文学

① 陆正伟：《巴金：这二十年（1986～2005）》，上海人民出版社，2006，第168～170页。

② 徐开垒：《巴金传》，上海文艺出版社，1996，第708～709页。

馆多鼓吹，多宣传。罗荪说他已和茅盾、夏衍两位说过，他们也很赞成。茅公还说把他的全部手稿捐赠给文学馆。我也有不少的书刊捐赠。总之由作协发起，一定把它办起来，对内、对外，甚至对旅游事业都有好处。”[①] 曹禺也积极响应，他不久回信说：“我总相信，今天的中国文学家们是受了时代的磨炼与滋养的。他们幸运，他们不会再遭受曹雪芹的命运，不再遭受折磨、压迫、困苦、夭折的命运，不至于如曹雪芹那样不幸，连一部完整的《红楼梦》都没有写成。前年我在瑞士日内瓦，参观了一个很奇怪的收藏馆。那是一座坚固而美丽的地下建筑。在那里我亲眼看到卢梭、伏尔泰、契诃夫的手稿……时间匆匆，我所看到的仅仅是文豪们手稿的极微小的一部分。但是，我惊异、激动，同时又有着一种深深的亲切之感。馆长告诉我，这个收藏馆是由一位收藏家用他一生的精力和财富建立起来的。想到这位先生和他所完成的这样一个成就，我为我们在这方面的空缺万分感慨。几次出国都感到外国人搜集研究中国作家的资料，比我们还要认真。现在美国的文科大学，都开了中国当代文学课，中国现代文学已开始被世界所认识，我们也应为人类提供资料。建立一个‘中国现代文学馆’，实在是一项值得我们用心去做的事。它会增添我们的民族自豪感，让我们进一步认识自己。这也将是祖国的一个荣誉。”[②]曹禺在此文中用瑞士日内瓦文学馆、美国大学开设中国当代文学课程、曹雪芹写作《红楼梦》等古今中外的实例论证建立中国现代文学馆的必要性与重要性。该信在《人民日报》上发表，更有利于引起中央的重视。在大师们的辛勤努力下，胡乔木终于代表中央出席文学馆成立典礼。

中国现代文学馆旧馆房舍是巴金拼尽全力才争取到的。中国新华社记者谷苇探望病重的巴金。每次探望，巴金都向谷苇谈文学馆的事情。两年过去了，文学馆的招牌还没有挂起来，因为房子还没有落实。搜集到的资料需要有一个存放的地方；开展工作，需要有个办公的地方。可是偌大的北京城却找不到他们需要的房子。现代文学馆筹备委员会设在中国作协的防震棚里，巴金为之十分着急。一位朋友劝慰他：“你不用性急，不会久等的。我们不是在大声疾呼要建设社会主义精神文明吗？这精神文明中包含

① 巴金：《巴金书信集》，人民出版社，1991，第55页。

② 李致、李舒主编《巴金这个人》，成都时代出版社，2003，第32页。

的当然不只是：种树木，扫马路，文明服务，待人有礼，大公无私，助人为乐等等等等。我们长期的文化积累，文学遗产……特别是反映我们人民的生活习惯、思想感情和精神境界的文艺作品都应当包括在内。你们的文学馆当然不会被人忘记。”

巴金也表达了他的心愿：“有了文学馆，可以给我国现代文学六十多年来的发展做一个总结，让大家看看我们这些搞文学工作的人究竟干了些什么事情。”①

巴金因为现代文学馆的房子问题，再次写了他的第二篇文章《再说现代文学馆》，为之再一次大声疾呼，不久终于实现了他的愿望：最终以慈禧太后行宫作为馆址，在胡乔木主持下，现代文学馆终于挂牌成立了。

经过四年艰苦的筹备工作，1985 年 3 月 26 日中国现代文学馆终于迎来了它盛大的开馆典礼。巴金主持典礼，胡乔木代表中央出席，夏衍、胡风、臧克家、沙汀、王蒙等二百余位知名作家亲临会场。巴金的梦想变成了现实，老人无比兴奋和激动，即兴演讲道：

> 我们这样十亿人口的大国，应当有一个这样的文学馆，至少应当有一个。现在成立了，这是很好的事情，虽然规模很小，但是从今以后就会从小到大。……我相信中国现代文学是一股强大的力量，文学馆的存在和发展就将证明这个事实。……我又老又病，可以工作的日子也不多了，但是只要我一息尚存，我愿意为文学馆的发展出力。②

万寿寺曾是大清王朝皇帝出游的行宫。慈禧的寝宫已开辟为作家的手稿库和作家照片库。万寿寺是砖木结构，实在不适宜用来作书刊资料保存之地，且又是临时性的。所以为了建立一个永久性的馆舍，巴金还要继续奋斗，只要有机会见到相关领导人，巴金就要向他们呼吁。1985 年习仲勋、乔石访见巴金时，巴金又请他们帮助解决文学馆新馆舍的地皮问题。1986 年初，中宣部部长朱厚泽访见他时，稍后中央书记处书记胡启立看望他时，

---

① 巴金：《随想录》，作家出版社，2005，第 247 页。

② 巴金：《在中国现代文学馆开馆典礼上的讲话》，《中国现代文学研究丛刊》1985 年第 3 期。

他都谈到文学馆馆舍问题，他们也都答应协助解决。[①] 然而进展并不顺利，迟迟不能如愿以偿。巴金突然想到一位重要人物，他就是从前的上海市委书记，现任的中共中央总书记江泽民。当年他在上海工作的时候，曾经几次到巴金家中探望。巴金从来没有因自己私事求助别人的习惯。可是现在当他感到中国现代文学馆再次面临困境的时候，他就毅然决定提笔给总书记致信求助：

> 泽民总书记：
>
> 我为中国现代文学馆目前遇到的困境感到很不安。他们写信给我，归结起来最迫切的是建馆舍的问题。希望能提到议事日程上来并获得批准。在新馆未落实之前，希望仍在万寿寺西院安身，不实行有偿借用……
>
> 文学馆将是我一生最后一个工作，绝不是为我自己。我愿意把我最后的精力贡献给中国现代文学馆。它的前途非常广阔，这是表现中国人民美好心灵的矿藏。我不愿意看到它的夭折。我愿意坚持下去，让它生长壮大。前面有不少困难，需要有大家的支持；也希望得到您的帮助，请您过问一下。
>
> 我又老又病，不能多写，请原谅。一切拜托了。[②]

江泽民总书记收到巴金来信，立即批转给中央宣传部负责人，要求务必落实。巴金听到这个好消息，心中的一块石头终于落了地。

1990 年巴金对现代文学馆馆长杨犁说："我说过文学馆是我最后一件工作，我应当把全部精力献给它。其实你们为它出的力，你们为它费的心血比我多得多，我已经精疲力竭了。但是只要我的心还在燃烧，我就要为文学馆出力。"此时正值中国现代文学馆建馆五周年，巴金给馆长写信，旨在表示他的心一如既往，继续在关注文学馆的发展。1996 年 11 月 25 日在江泽民总书记的关怀下，中国现代文学馆新馆开始建设，并举行了奠基仪式。由国家提供位于亚运村以东的建筑面积达 1.4 万平方米的场地，投资 1.5 亿

① 陈丹晨：《巴金全传》，中国青年出版社，2003，第 531～532 页。

② 窦应泰：《巴金最后三十二个春秋》，民生与建设出版社，2005，第 321 页。

元。一期工程竣工，在2000年5月23日正式对外开放。新馆收藏面很广，不论作家大小、政治观点、艺术流派和风格，凡是二十世纪以来的新文学资料都在征集收藏之列，包括港、澳、台以及海外华文作品和资料。可以说是二十世纪中国文学辉煌成就大展览。这一天北京举行了隆重的开馆仪式，巴金躺在华东医院病床上，阅读了新闻作品《走近百年文学的圣殿——中国现代文学馆巡礼》：

> 对于中国的作家，对于中国的文学，对于中国的所有人，甚至对于全世界的人们，今天无疑都应该是个值得永记的日子——中国现代文学馆新馆开馆了！北京城区东北角芍药居小区一片广阔的空地，是新馆的居所。耗资1.5亿元的新馆一期工程赫然耸立，清秀而耀眼。飞檐斗拱的中式建筑群，似乎带着欣喜与自豪，展露在明媚的阳光之下。走进文学馆新馆，扑面而来的是新颖但不失庄严的种种精彩的设计。

中国现代文学馆新馆在新千年伊始，向全世界人民开放。这是巴金晚年给人民留下的一笔弥足珍贵的“不动产”，这是百岁巴金离开人世间时，梦想成真的地方。巴老的光芒永远照耀着新千年中国文学的美好前程。

三 服务中外学术研究，促进民族文化建设

中国现代文学馆建成之后，意义重大。首先它推动了中国现代文学研究向纵深发展，为学术繁荣创造了良好的条件。

中国现代文学馆为了发表有关现代文学研究的成果并传播有关动态和信息，还编辑出版了《中国现代文学研究丛刊》，此刊作为CSSCI来源刊，成为中国现代文学研究的主力军，备受学界瞩目。中国现代文学馆还编辑了一套作家书信集。此馆还经常举行学术讨论会及讲习班，并与北京图书馆等单位联合主办作家文学生涯的展览。

现代文学馆不但为全国学者，也为全世界中国现代文学研究者服务。台湾“中国时报”记者应凤凰参观之后，称它为“具有国家档案馆性质的资料及研究中心，一座文化藏宫。使台湾人看完感到‘中国文坛之大’、

‘文学资料真是多得惊人’。”《城南旧事》的作者林海音参观回台后，立即号召台湾出版界向文学馆赠书，她所支持的纯文学出版社带了头。[①]

服务于中外研究者也是其意义所在。中国现代文学是中国文学复兴的标志。它所取得的巨大成就，堪称中国继诗经、楚辞、汉赋、唐诗、宋词、元曲、明清小说之后又一个辉煌篇章；同时它又是中国文学走向世界、与世界先进文化接轨的时代。像巴金、郭沫若等一批现代文学大师都曾远渡重洋，去法国、日本等地求学，徐志摩《再别康桥》使英国“康桥”在中国早已家喻户晓。

中国现代文学发展时期，是中国文学史上纷争最多、斗争最激烈的时期。随着时代的变迁，国共纷争留给历史，敌意应当消除，建设全球中华文学的重任落在每一个华人文学工作者的肩上。中国现代文学馆，应当成为展示中国现代多元文化的殿堂，成为全世界中国现代文学研究者共同的“家”。[②] 来自世界各地，来自欧美各国的汉学家为了挖掘中国现代文学这座美好的矿藏，纷纷走向北京，走向现代文学馆。

中国现代文学馆创建，也是中华民族文化建设的重要举措，可谓“功在当代，利在千秋”。它是中华民族复兴的象征，也是民族团结的象征。正如舒乙所说：“巴金先生的这三大件事恰是一座金字塔：中国现代文学馆是塔身，《巴金全集》是塔牌，《随想录》是塔尖。这座不朽的塔，将作为民族精神的象征，成为我们的骄傲，耸立在东方，他的设计师和建筑师就叫巴金。”[③] 任何时候我们都可以看见前面的亮光，前辈作家“燃烧的心”在引导我们中华儿女前进。即使遭遇莫大的困难，遭受莫大的挫折，我们也不会灰心与绝望。十年“文革”过后，那些被打倒的“毒草”如今在现代文学馆焕发出耀眼的光彩。

中国现代文学在中国历史上发挥的作用是不可估量的。它是中华民族反帝反封建道路上的精神食粮，激励着优秀的中华儿女，它在抗日战争、解放战争历史转折关头，为国人摇旗呐喊。巴金在《再说现代文学馆》中进行了认真的总结与思考：

---

① 陈思和编著《解读巴金》，春风文艺出版社，2002，第 28 页。

② 谭兴国：《走进巴金的世界》，四川文艺出版社，2003，第 449 页。

③ 李存光编选：《世纪良知——巴金》，人民文学出版社，2000，第 195 页。

> 在我十几岁的时候，给我们点燃心灵的火炬，鼓舞不少年轻人走上革命道路的，不就是我们的现代文学作品吗？抗日战争初期大批青年不怕艰难困苦，甘冒生命危险，带着献身精神，奔赴革命圣地，他们不也是受到中国现代文学的影响吗？在乌烟瘴气的旧社会里，年轻人只有在文学作品中才能呼吸到新鲜空气，这些作品是他们的精神养料，安慰他们，鼓励他们，扩大了他们的视野，培养了他们斗争的勇气，启发他们，帮助他们树立为国为民的崇高理想，树立战胜旧势力的坚定信心。我们的现代文学好像是一所预备学校，把无数战士输送到革命的战场，难道对新中国的诞生就没有丝毫的功劳？①

对这段话语仔细分析，就知道巴金认为中国现代文学有四大贡献：首先，中国现代文学点燃了中国的乃至人类的理想社会的火炬，引导了无数青年明确了国家未来的方向，即走“革命道路”。让青年人知道中国未来的远景，是“五四”以来的中国现代文学完成的使命。其次，中国现代文学在抗日战争初期，吸引了大批青年奔赴延安圣地，为抗战做出了很大的贡献。这是有目共睹的事实。再次，中国现代文学在整个国统区的黑暗年代里，都为帮助人民群众，特别是帮助青年一代树立为国为民的崇高理想，做出了很大的努力，增强了他们战胜黑暗、迎接光明的信心。最后，中国现代文学为中国革命不断地培养和输送了有用人才。巴金称中国现代文学为一所青年参加革命以前，思想得到初步冶炼的预备学校的观点，是完全符合历史实际的。中国现代文学这段历史必须被回顾。巴金认为，创建中国现代文学馆，保存这段历史资料是完全有必要的。这也是弘扬民族文化精神的重要体现。“过去的事已经过去了。在摧残文化的十年梦魇中我们损失了多少有关现代文学的珍贵资料，那么把经历浩劫后却给保存下来的东西保存下去，也是一件好事。”也就是说，在当前，保存历史的文化资料，是一件刻不容缓的事情。②

“点着火柴烧毁历史资料”的“文革”时代一去不复返了。在拨乱反正

① 巴金：《随想录》，作家出版社，2005，第 247～248 页。

② 张慧珠：《巴金随想论》，百花文艺出版社，1993，第 485～486 页。

之后的改革开放新时期应该吸取惨痛的教训。创建中国现代文学馆，充分发挥现代文学应有的光芒，无疑会增强我们的民族自豪感，提高对我们民族精神的认识。正如巴金向中国人民热切地呼唤：

> 认识自己，认识我们的文学，认识中国人民的心灵美，我们有一个丰富的矿藏，为什么不建设起来，好好地开采呢？我那些美好的梦景一定会成为现实，我的愉快的微笑并不是毫无原因的。[①]

巴金所说的“丰富的矿藏”，就是喻指中国现代文学馆。巴金的“梦景一定成为现实”。事实已经证明，巴金的“梦景”确也成了现实。面对未来，巴金对中国现代文学馆充满期待。

第二节 建立“文革”博物馆及其难以实现原因之探析

年届八旬的巴金回首在“文革”中的悲惨遭遇，创作了《“文革”博物馆》，开篇写道：“前些时候我在《随想录》里记下了同朋友的谈话，我说最好建立一个‘文革’博物馆。我并没有完备的计划，也不曾经过周密的考虑。但是我有一个坚定的信念：这是应当做的事情，建立‘文革’博物馆，每个中国人都有责任。”为什么要建立“文革”博物馆？为什么至今还没有建成“文革”博物馆？这是接下来要探讨的课题。

一 批斗批臭“牛鬼”，难忘“血淋淋的魔影”

“文化大革命”的产生有其必然性，它是1957年“反右”运动进一步恶化的产物。在“大鸣大放”的政策鼓舞下，巴金先后用笔名“余一”发表了《“鸣”起来吧！》《恰到好处》《秋夜杂感》等批评时政的文章，还对

① 巴金：《随想录》，作家出版社，2005，第168页。

已经走红的姚文元进行了尖锐的批评。1958 年，在张春桥的支持和姚文元批判文章《论巴金小说“灭亡”中的无政府主义思想》《论巴金小说〈家〉在历史上的积极作用和它的消极作用——并谈怎样认识觉慧这个人物》的连续围攻下，巴金始而愤怒，后来终于成为“惊弓之鸟”，思想上受到极大的震撼。①

姚文元在社会上有“姚棍子”之恶誉。他善于捕捉时机、投机钻营，在文坛中用笔杆子作为棍棒杀人，用偷梁换柱、巧立名目等方式从作家作品中摘引话语、罗列“罪名”。得罪了姚文元、张春桥、徐景贤等要人，巴金的噩梦在所难免了。

“文革”使巴金妻离子散，家毁人亡。痛苦的记忆是永存的。“文革”结束后的第三年，巴金开始创作《随想录》，前后历时八年，1986 年才最终完成。它由“随想集”、“探索集”、“真话集”、“病中集”、“无题集”五部分组成，真实地再现了“文革”十年的历史进程与心路历程，悲愤地鞭挞了“四人帮”的罪行。反映“文革”的作品还有季羡林的《牛棚杂忆》、杨绛的《干校六记》等。但从主题的深刻程度、文笔的犀利程度、思考的深邃程度等方面看，《随想录》远远超过以上作品，它被誉为中国的“忏悔录”，反映了中国知识分子的“良知”。

“文革”结束不久，巴金便在《文汇报》上发表了《一封信》，这是全国作家、艺术家对“四人帮”的第一声血泪控诉，类似左拉名作《我控诉》。文章催人泪下，强烈地拨动着亿万读者的心弦。

“文革”初期，巴金首先受到迫害。1967 年 10 月 10 日第一次批斗大会上，巴金被专案组押赴批斗场。进场前，专案组再三警告他：不准在台上替自己辩护，而且对强加的罪名必须承认。这次批斗主题是“高举毛泽东思想伟大红旗，斗争反动学术权威巴金大会”。会前进行了精心策划，发布了《会议通知》：

> 巴金是上海文艺界头号“反动权威”老牌的无政府主义者，漏网后的大右派。几十年来一贯坚持资产阶级反动立场，疯狂反党、反社

① 陈思和、李存光主编《生命的开花》，文汇出版社，2005，第 118 页。

会主义、反毛泽东思想、反对无产阶级专政。他精心炮制了十四卷大毒草和修正主义的战争文学，流毒中外。要把巴金彻底批倒、批臭，必须发动广大人民的工农兵群众，打一场人民战争。①

从通知内容可以看出，姚文元之流的用心是险恶的，欲置巴金于死地而后快。批斗的口号震撼山河："巴金是刘记黑司令部所豢养的一条恶狗""巴金恶毒攻击列宁罪该万死""巴金是反动的文化资本家""揭发巴金反对毛主席、反对毛泽东思想的滔天罪行""巴金为叛徒法西斯开脱罪责难逃"，等等，可谓无中生有，无限上纲上线，极尽诬蔑之能事。巴金已被划归入"刘少奇黑司令部"阵营。在"打巴"声浪中，巴金噤若寒蝉，到了草木皆兵的地步。但灾难的日子远没有尽头，等待他的是更猛烈的暴风雨。

1968 年 5 月下旬，根据张春桥、姚文元、徐景贤等人的"指示"，上海作协成立了"打巴小组"，对巴金的揪斗不断升级，凌辱不断加剧。为了让声势更浩大，造反派沿途张贴了不少大字报，"打倒巴金"的大字报汇成了海洋，淹没了巴金。《会议通知》写道：

经市革命委员会批准，定于 1968 年 6 月 20 日（星期日）下午一时半在上海杂技场举行第二次批斗大会，召开"高举毛泽东思想伟大红旗，彻底斗倒批臭无产阶级专政的死敌巴金电视斗争大会"。为了更深入地开展革命大批判和肃清巴金的反革命流毒，拟请本市部分工农兵业余作者前来共同参加。②

这次批斗大会较前次"火力"更为猛烈。先前是作协、高校等文化战线，后一次扩大到工农兵社会系统；先前只是实地批斗，后一次是电视批斗，运用现代传媒手段，让上海市甚至全中国人民都能通过电视观看批斗的盛况；先前定性为"反动学术权威"，现在上升到"无产阶级专政的死敌"。

"文革"期间，红卫兵、造反派出版正式的报刊，批判巴金的文章比比皆是，上海《文学风雷》刊登了云水怒的《一株反对革命战争的大毒

① 陈思和、李存光主编《一粒麦子落地——巴金研究集刊卷二》，2007，第 330 页。

② 陈思和、李存光主编《一粒麦子落地——巴金研究集刊卷二》，2007，第 332～333 页。

草——从巴金小说〈团圆〉到电影〈英雄儿女〉》。北京《风雷》刊登的《“五四文学”黑货出笼始末》这样写道：“在党的八大二次会议上，柯庆施同志尖锐地批评了大量出版资产阶级作家文集的问题，并举出巴金为例。当时王任叔和楼适夷从旧文化部副部长陈克寒处听到了消息，即向主子请示，阎王殿竟然狗胆包天，置若罔闻。”苏州《新闻战士》刊有《巴金的黑关系》一文，分为“巴金与彭真”和“巴金与彭德怀”两部分。1962 年巴金在上海文代会上作了《作家的勇气与责任心》的讲话，他想不到“文革”中竟成了批斗他的材料。《看！美帝怎样为巴金撑腰》对巴金逐条进行了恶毒攻击：“这位 58 岁的作家，要求他自己和其他作家鼓起充分勇气，来摆脱这种恐惧，写出一些具有创作性的东西。”评注说：“1962 年黑老 K 以为反攻倒算的机会到了，就在文化会上公然煽动牛鬼蛇神来造共产党的反，造社会主义的反。黑老 K 的反动勇气，可谓大矣！责任感可谓重矣！”“巴金在讲话结束时，赞扬了毛泽东主席。他说：‘毛主席的文艺思想照耀了这次会议的整个会场和我们每一个人的心灵。’”评注说：“彻头彻尾的假话，这说明巴金正是打着红旗反红旗的老手。我们要把巴金的画皮撕下来。”①

电视在六十年代还没有普及，而报纸作为一种大众传媒，覆盖面更广，影响力更大。“文革”报纸批斗巴金，在地理范围上由上海迅速波及北京、苏州等地，全国上上下下，各个角落真正掀起了“批巴”狂潮。在这个狂热的浪潮中，一般文艺界人士经受不住攻击，老舍、傅雷等人自绝于世。巴金念及爱妻萧珊及可怜的儿女，忍辱负重进了“牛棚”，自觉接受“无产阶级思想改造”。巴金用笔如实记录了那段暗无天日的岁月：

> 并不是我不愿意忘记，是血淋淋的魔影牢牢地揪住我不让我忘记。我完全给解除了武装，灾难怎样降临，悲剧怎样发生，我怎样扮演自己憎恨的角色，一步一步走向深渊。这一切就像是昨天的事，我不曾灭亡，却几乎被折磨成一个废物，多少发光的才华在我眼前毁灭，多少亲爱的生命在我身边死亡。②

---

① 陈思和、李存光主编《一粒麦子落地——巴金研究集刊卷二》，2007，第 337 ~ 341 页。

② 巴金：《随想录》，作家出版社，2005，第 389 页。

胡风受到的迫害比巴金更惨烈。从五十年代到七十年代，“反胡风反革命集团”声威响彻云霄。大难不死的胡风从亲身的悲惨遭遇出发，痛定思痛，提出“精神奴役的创伤”的说法，揭示了二十世纪中国知识分子的精神特质。巴金受到的“精神奴役的创伤”是深重的。“文革”虽然过去十年，可是十年里自己遭受的灾难，是含泪带血的记忆。他躺在病床上，“文革”的遭遇浮现在脑际，挥之不去，抹之不灭。他念及身边那么多的朋友在“文革”中被迫害而死，“血淋淋的魔影”便笼罩着他。巴金在《十年一梦》中写道：

> 经过那十年的磨炼，我才懂得“奴隶”这个词眼的意义。在悔恨难堪的时候，我常常想起那一句名言（《十字军英雄记》中“奴在身者，其人可怜；奴在心者，其人可鄙。”）我用它来跟我当时的处境对照，我看自己比任何时候更清楚。奴隶，过去我总以为自己同这个字眼毫不相干，可是我明明做了十年的奴隶！

司各特的《十字军英雄记》与巴金在“文革”中的“奴隶哲学”极为相似。两者描述的都是用暴力手段使人成为奴隶。稍有区别的是，十字军东征是赤裸裸的军事进攻，是一个外来民族的侵略；而“文革”是中华民族的一场自相残杀与恶斗，从中采取的是“神化”政策，兼及暴力方式，稍为文雅的是，使受害者不堪凌辱自我毁灭。

“文革”的痛太重太深，巴金至死也难以忘怀。1993 年巴金脊椎骨折后就很少亲笔写文章了。1995 年 6 月 23 日在《收获》上刊登的巴金的《〈十年一梦〉增订本序》在一定意义上是巴金生前的最后一篇手迹。他在序言里写道：“十年一梦！我给赶入了梦乡，我给骗入了梦乡。我受尽了折磨，滴着血挨着不眠的长夜。多么沉的梦，多么难挨的日子！我不断地看见带着血的手掌，我想念我失去的萧珊。梦露出吃人的白牙向我扑来……我不是战士，我能活到今天，并非由于我的勇敢，只是我相信一个真理：任何梦都会醒的。”①

巴金的生命力是超常的旺盛，他活了 101 岁。在十年乌云压阵的日子

① 姜小铃：《〈收获〉刊文纪念巴老逝世一周年》，《新闻午报》2006 年 9 月 14 日。

里，巴金以坚韧不拔的意志抵挡丧失人性的凌辱，内心始终充满一个信念：噩梦终将结束！中华民族是一个历经苦难的民族，在几千年的历史征程上，经受了无数难以想象的暴风雨的洗礼，但最终凭借自己的力量战胜了灭顶之灾。“文革”群魔纷飞，豺狼当道，但最终被赶进了历史的垃圾堆中，为世人所不齿。太阳的凌空出世，是任何沉沉夜幕都无法阻挡的。

二 为了不让“文革”再来，为了反对封建主义

回望过去充满血雨腥风的岁月，巴金怀着极为沉重的心情，创作了《“文革”博物馆》，开宗明义指明建立“文革”博物馆的缘由：

> 我相信那许多在“文革”中受尽折磨或磨炼的人是不会沉默的。各人有各人的经验。但是没有人会把牛棚描绘成天堂，把惨无人道的残杀当作无产阶级的大革命。大家的想法即使不一定相同，我们却有一个共同的决心：决不让我们国家再发生一次“文革”，因为第二次的灾难，就会使我们的民族彻底毁灭。
>
> 我决不是在这里危言耸听，二十年前的往事仍然清清楚楚地出现在我的眼前。那无数难熬难忘的日子，各种各样对同胞的伤天害理的污辱和折磨，是非颠倒，黑白混淆，忠奸不分，真伪难辨的大混乱，还有那些搞不完的冤案，算不清的恩仇！难道我们应该把它们完全忘记，不让人们再提它们，以便二十年后又发动一次“文革”，当作新事物来大闹中华?！有人说：再发生，不可能吧？我想问一句：为什么不可能？这几年我反复思考的就是这个问题，我希望得到一个明确的回答：可能，还是不可能？这样我晚上才不怕做怪梦。但是谁能向我保证二十年前发生过的事情不可能再发生呢？我怎么能相信自己可以睡得安稳，不会在梦中挥动双手滚下床来呢?①

建立“文革”博物馆不是巴金心血来潮的想法，而是他几年来反复思

① 巴金：《随想录》，作家出版社，2005，第389页。

考的问题。他与朋友聚会常常探讨这个问题。“中国究竟还会不会再来一次‘文革’?”他为此常常做噩梦。十年经历惨痛之深重，可想而知。八十年代，“文革”余波尚未完全涤荡殆尽，各种思潮依然激烈地交锋。身在病床，心系天下的巴金怎么能不为之忧虑呢?“生于忧患，死于安乐”是中国老祖宗留下来的可贵精神。对祖国和人民强烈的热爱与责任感，使高龄老人振臂高呼要创办“文革”博物馆，旨在通过建馆，让千千万万炎黄子孙永远牢记这血的代价。巴金寄希望通过“文革”博物馆对人民大众进行共同觉醒的现实教育。

在巴金看来，“千万不能再让这段丑恶的历史重演，哪怕是半点也不让!”全国各地一些朋友与读者在报刊上发文赞同巴老观点，他们有更惨痛的遭遇，也有更深切的感受。

巴金向全社会发出诚挚的呼吁：

> 建立“文革”博物馆，这不是某一个人的事情。我们谁都有责任让子子孙孙、世世代代牢记十年惨痛的代价。不让历史重演，不应当只是一句空话。要使大家看得明明白白，记得清清楚楚，最好是建立一座“文革”博物馆，用具体的、实在的东西，用惊心动魄的真实情景，说明二十年前在中国这块土地上，究竟发生了什么事情?!让大家看看它的全部过程，想想每个人在十年间的所作所为，脱下面具，掏出良心，弄清自己的本来面目，偿还过去的大小欠债。没有私心才不怕上当受骗，敢说真话就不会轻信谎言。只有牢牢记住“文革”的人，才能制止历史的重演，阻止“文革”的再来。[1]

揭露和批判特定历史条件下的封建法西斯专制主义，尤其是文化专制主义，不让过去十年中发生的悲剧在将来重演，这就是巴金在他精神史的完成阶段主要思考的问题。从这个意义上来说，这无疑是巴金精神史起始阶段借用无政府主义理论反抗专制主义的继续和发展。早已告别了无政府主义思想的巴金，以历史唯物主义的眼光和人道主义胸襟，向新的历史条

---

① 巴金：《随想录》，作家出版社，2005，第390页。

件下的专制主义，大无畏地发起了抨击。[①] 建立“文革”博物馆，是让子孙后代不要重蹈覆辙。巴金的善言与建议，是站在国家未来发展大计上，鸟瞰全局的高瞻远瞩，是一位饱经沧桑的老人对历史沉思所得出的生命亲身体验。

与巴金有着几十年交情的季涤尘先生在 1998 年 3 月 10 日中的日记中这样写道：

> 我在编选《1985—1987 年散文选》时，拟选巴金先生的《〈随想录〉合订本新记》，为此去信征询他的意见。先生复信说：就选《新记》吧。几十年来我自吹自擂，说是反封建，事实上却是封建在反我。高老太爷的阴魂在改造我，我必须时时刻刻敲敲警钟。这是巴金对时代的批判，对自我的剖析。说得多么深刻而精辟。记得先生在《关于〈激流〉》一文中说过：我的最大的敌人就是封建制度和它的代表人物。我写作时始终牢记住我的敌人。又说：这些高老太爷的鬼魂就常常在我四周徘徊。这就是为什么巴老要提醒自己和众人必须时时刻刻敲警钟。[②]

建立“文革”博物馆的第二个原因就是“必须时时刻刻敲敲警钟”，也就是反封建的需要。巴金一生都致力于反封建，这贯穿在他的文学创作之中。二十世纪三十年代《家》的主题是反封建主义；四十年代的《寒夜》旨在反对蒋家王朝；《随想录》在于揭批“文革”。巴金三部代表作在三个不同历史时期否定了三种“黑暗”的社会，这种否定是依次递进不断深化的，这种否定也是他在巨大痛苦的涅槃中再生的过程。

为什么巴金一生致力于反封建呢？巴金出生在四川成都官僚地主的家庭，他在幼时目睹了封建主义的危害，对之深恶痛绝，恨之入骨。巴金清楚地记得：“一个晚上奶妈在自己的房里吃饭，看见母亲进来就突然现出了慌张的样子，把什么东西往枕头下面一塞。母亲很快的就走到床边把枕头掀开。一个大碗里面盛着半碗凉拌黄瓜。母亲的脸色马上变了，就叫人去请了父亲来。于是父亲叫人点了羊角灯，在夜里坐了堂。奶妈被拖到二堂

① 四川作家协会编著《论巴金》，四川人民出版社，2003，第 158 页。

② 陈思和、李存光主编《一双美丽的眼睛》，上海三联书店，2008，第 366 页。

上，跪在那里让两个差役拉着她的两手，另一个差役隔着她的宽广的衣服用皮鞭敲打她的背。一、二、三、四、五……足足打了二十下。她哭着谢了恩，还接连分辩说她初次做奶妈，不知道轻重，下次再不这样做了。她整整哭了一个晚上，自己责备自己的贪嘴。第二天早晨母亲就叫了她的丈夫来领她去了。这个年轻的奶妈临走时带了一副非常凄惨的脸色，眼角上慢慢地滴下了泪珠。我为这个情景所感动得下泪了。"

在《最初的回忆》一文中，巴金对父母痛打奶妈一事记忆犹新。在旧社会，奶妈被作为仆人对待，在主人家似牲畜一样。偷吃半碗凉拌黄瓜，竟然招致三个差役皮鞭痛打，这是没有人性的惩罚，奶妈最后还得哭着"谢了恩"。我们可以推想专制主义是何等凶残！而难以想象的是，巴金母亲一向是十分温和的，体谅下人的艰辛。在专制主义氛围笼罩的大家庭里，她竟然充当了帮凶，无怪乎巴金被这一情景震撼得"下泪"。[①]

幼小的巴金在心里埋下反封建主义的种子。在广元县衙的生活虽然是愉快的，"少爷"巴金人人宠爱，但他还是挨了两次打。

> 这两年里我只挨过一次打，是母亲打的。原因是祖父在成都做生日，这里敬神，我不肯叩头。母亲用鞭子在旁边威吓我，也没有用。结果我吃了一顿打，哭了一场，但依旧没有磕一个头。这是我第一次被母亲打。不知道怎样从小孩时候起我对于一切的礼仪就起了盲目的憎厌，这种憎厌，并且还是继续发展下去的。[②]

封建主义的一个显著标志是"敬神"。皇帝是天子，代表上天下凡来统治臣民；家长是大家庭的"神"，是无条件受尊重的，是家中最高的掌门人，一切家人都要无条件遵循他的差遣，否则要受到毒打的惩罚。巴金孩童时代就憎厌"神"，憎厌封建主义，直到晚年，依然如故。

在《随想录》中，巴金痛切地喊出：必须大反封建，必须清楚封建主义与政权结合的产物——专制，与个人思想结合的产物——迷信。他知道民族与文化再也经不起第二次磨难。反思历史，巴金也有了更深的认识：

---

① 巴金、贾植芳等编《我的写作生涯》，百花文艺出版社，2006，第 26～27 页。

② 巴金：《忆》，载《文学丛刊》，文化生活出版社，1936。

所有的历史事件都依附于具体的人身上，人类的历史正是在各种合力下走到今天。“文革”同样是多方面合力促成并一步步被推向巅峰的。他自己——巴金，也是这合力中的一股。巴金将解剖刀指向历史的同时，也指向自身。[①] 在“文革”中，与自己相濡以沫三十多年的爱人，生病得不到救助，做事没有人理解，孤独、无助、绝望地离开这个罪恶的却是她眷恋着的世界时，巴金再难缄口。压在舌底心头六年之久的悲愤还原而出，在《怀念萧珊》一文中，巴金用血用泪组合成了这样的文字：

> 我们正在用哭声向萧珊的遗体告别。我记起了《家》里面觉新说过的一句话：好像珏死了，也是一个不祥的鬼。四十七年前我写这句话的时候，怎么想得我是在写自己！我没有流眼泪，可是我觉得有无数锋利的指甲在搔我们的心。我站在死者遗体旁边，望着那张惨白的脸，那两片咽下千言万语的嘴唇，我咬紧牙齿，在心里唤着死者的名字。我想，我比她大十三岁，为什么不让我先死？我想，这是多么不公平。她究竟犯了什么罪？她也给关进牛棚，挂上牛鬼蛇神的小纸牌，还扫过马路。究竟为什么？理由很简单，她是我妻子。她患了病，得不到治疗，也因为她是我妻子。想尽办法一直到逝世前三星期，靠开后门她才住进医院。但是癌细胞已经扩散，肠癌变成了肝癌。[②]

萧珊因为是“反动学术权威”“无产阶级专政的死敌”的妻子，顺理成章，成为过街老鼠，人人喊打的“臭婆娘”。曾经是“文革”期间备受磨难的巴金的精神支柱如今轰然倒塌了，绞痛的心，在滴血！死因是惨烈的，身患重病，却因是“专政”对象，是“牛”、是牲畜，造反派理所当然不让她进医院根治。理由很简单，他们要让“牛鬼蛇神”在地球上灭绝！巴金年轻时代写作批判封建的《家》，塑造了“瑞珏”这个被封建专制迫害致死的牺牲品形象；三十余年后，他不曾料到在他家中竟然出现“家”的翻版，萧珊像瑞珏一样被迫害而死。觉新说：“好像珏死了，也是一个不祥的鬼。”现实生活中，觉新的话成了巴金的话。我们不难想象巴金当时五雷轰顶的

---

① 陈思和、辜也平主编《巴金：新世纪的阐释》，福建教育出版社，2002，第520页。

② 巴金：《随想录》，作家出版社，2005，第8～9页。

精神状态。建立“文革”博物馆，是为了继续反对封建主义，反对专制迷信，让新社会扫除封建主义的阴霾！

《随想录》被誉为当代散文的顶峰之作。原因何在？就是因为在这里，诗人的赤子之心与民族文化良知合二为一，巴金时刻都在进行着“谁之罪”“怎么办”的思考。自身的遭遇、民族的灾难，使他痛切地感到：封建思想经过两千多年的沿袭，已渗进了全民族的血液之中，沉淀在了民族集体无意识之中，已成为民族性格的组成部分；它已经严重妨碍并将继续妨碍民族的前行，去除它却非一时一日之功。对“谁之罪”的拷问，巴金的矛头不仅指向封建思想，也指向自身。“怎么办”的思索之后，老作家提出了一个至今有巨大意义和价值的质问：劫难结束后，知识者的神圣与责任感现在在哪里？在信仰与理想被消解的今天，知识者的民族责任感随自我社会地位的边缘化消失殆尽了。[①] 巴金竭力呼吁建立“文革”博物馆，实际上是要振作中国人的民族责任感，“我们谁都有责任让子子孙孙、世世代代牢记十年惨痛的教训”。这“惨痛的教训”就是封建法西斯主义的殉葬品。

“文革”如果再来第二次，我们的民族就会彻底毁灭。这是巴老向世人敲响的警钟，巴金为此倡议建立“文革”博物馆。这个建议得到有识之士的拥护与支持。一位著名的绘画艺术家说：“巴金的这个建议真是太重要了。这一建议，它的意义甚至不低于巴金一生的全部著作。对于我们这个伟大的民族，对于我们的子孙后代，对于中国革命的万世基业来说，建立这样一个‘文革’博物馆，都是极端需要的。”老画家连用三个排比句，提出了建立“文革”博物馆的必要性和重要性。张爱萍将军担任过国务院副总理、国防部部长，李致去北京拜访他时，张老特地对他说：“请你转告巴老，我非常赞成他的建议，成立‘文革’博物馆。否则若干年后，年轻人对什么叫‘文化大革命’都不知道了。”张将军以后又三次重申了赞成巴老关于成立“文革”博物馆的建议。[②] 张爱萍将军为了新中国的诞生，经历了枪林弹雨的考验，也亲历了“文革”全过程，对“文革”的危害与根源洞若观火，支持巴老建馆的倡议，是出于一个国家领导人对民族的历史责任感。

---

① 陈思和、辜也平主编《巴金：新世纪的阐释》，福建教育出版社，2002，第 518 页。

② 李致：《我的四爸巴金》，三联书店，2003，第 272～273 页。

三 极“左”思潮与封建主义的缘由，伟大民族需要真诚忏悔

《随想录》始创于1978年，历时八年才最终完成。1986年临近尾声时，巴金才创作《“文革”博物馆》一文，是缘于“文革”结束之后的初期，极“左”思潮尚没有彻底消失，从1957年“反右”到“文革”结束，极“左”思潮蔓延盛行了二十余年，彻底根除需要时日。巴金深知现实状况，一直拖到《随想录》即将杀青，同时考虑年事已高，八十有余，才把《随想录》最终的创作宗旨提出来，建立“文革”博物馆，是巴老晚年两个遗愿中的一个。

在八年写作过程中，《随想录》遭受过重重阻力，极“左”势力或明或暗进行干扰和攻击。巴金在写给树基的《〈巴金全集〉第十六卷代跋》中如实记录了当时的情形：

> 《随想录》终于收在全集里面问世了。大家为它操了几年的心，有人担心它会被人暗算，半路夭折，有人想方设法不让它“长命百岁”。我给它算了命：五年。但一百五十篇“随想”却消耗了我八年的时光。我总算讲了心里话。这是一场艰苦的斗争，处处时时都有人堵我的嘴，拉我的手。我不再像以前那样天真了。既然斗争，我就得准备斗一下，也得讲点斗争的艺术。别人喜欢叽叽喳喳，就让他们训这个，骂那个吧。我必须讲道理，分清是非，抓紧时间完成我的五卷书。我已经有了这样的想法：五卷书连在一起才有力量。我只有用道理说服人，不能浪费别人的时间。的确有好几次我动了感情，我决定搁笔，撤销专栏，像《鹰之歌》的鹰那样爬上悬崖滚下海去。幸而我控制了自己，继续写作，连载不曾中断，终于完成了五卷书。我现在不再害怕，可以说我是给武装起来了。①

《随想录》终于问世了。“终于”一词包含了巴金几多复杂的思想感情。

① 巴金：《我的写作生涯》，百花文艺出版社，2006，第287页。

巴金顶住难以想象的压力，写作一篇一篇的“随想”。仔细权衡，巴老采用一个“迂回战略”，在潘际炯的协作下，“随想”在香港《大公报》文艺副刊上发表。

在现代政治学话语中，“威权政治”主要指介于民主政治与极权政治之间的一种政治形态，或者说是属于后现代主义时代的政治模式。它的根本特征是有限的、非责任式的政治多元主义。所以它一方面继续保持传统的集权政治的基本特征，另一方面又允许有限的政治多元化，允许形式上的政治反对派的公开存在。“威权政治”与这样一种政治形态具有内在联系，但是并不专指这一特定的政治形态，它强调的是在社会政治运作过程中，政治主体的有形权力与无形权威这两种因素的交相辉映，致使政治效应迅速得以膨胀放大，从而使政治对象无条件地完全臣服。它也是家长制社会政治文化的衍生物。[①] 家长制是君主专制集权模式在治理大家庭时的封建形式，“威权政治”是在新的历史条件下，民主力量与日俱进的时局里，集权政治新出现的政治模式。二十世纪末期，政治体制改革的宗旨要解决权力过于集中的问题，分权是时代的必然要求。然而几千年封建帝制给中国人民潜意识的影响是根深蒂固的，极“左”思潮在一定程度上，是封建专制在新时期的变种与反映，巴金在这种“威权政治”社会里，受到的打击和阻挠是可以想到的。

巴老晚年患有帕金森氏综合征，常年躺在华东医院病床上。尽管老朽在床，他依然深深感觉到“极‘左’思潮”威力的强大。由于读书看报很吃力，巴老就习惯在早晨听电台的新闻广播，晚上到会议室看电视台的新闻联播。下午熟人探病，常常带来古怪的小道消息。巴金这样写道：

> 我入院不几天，空气就紧张起来，收音机每天报告某省市干部对“清污”问题发表意见；在荧光屏上文艺家轮流向观众表示清除污染的决心。听说在部队里战士们交出和女同志一起拍摄的照片，不论是同亲属还是同朋友；又听说在首都机关传达室里准备了大堆牛皮筋，让长发女人扎好辫子才允许进去。我外面相当镇静，每晚回到病房却总

① 胡志明：《卡夫卡现象学》，文化艺术出版社，2007，第228页。

要回忆一九六六年“文革”发动时的一些情况，我不能不感觉到大风暴已经逼近，大灾难又要到来。我并无畏惧，对自己几根老骨头也毫无留恋。但是我想不通：难道真的必须再搞一次“文革”把中华民族推向万劫不复的深渊？仍然没有人给我一个明确的回答。小道消息越来越多。我仿佛看见一把大扫帚在面前扫着，扫着。我也一天、两天、三天地数着、数着。多么漫长的日子！多么痛苦的等待！我注意到头上乌云越聚越密，四周鼓声愈来愈紧，只要我脑子清醒，我还能够把当时发生的每一件事同上次“文革”进展的过程相比较。我没有听到一片“万岁”声。人们不表态，也不缴械投降。一切继续在进行，雷声从远方传来，雨点开始落下，然而不到一个月，有人出来讲话。扫帚扫不掉灰尘，密云也不知给吹散到了何方，吹鼓手们也只好销声匿迹。我们这才免掉了一场灾难。①

透过这段文字，我们可以看出，“文革”结束后极“左”思潮的火力依然是相当猛烈的。“清除精神污染”与“破四旧”形异却神似；中直机关女同志一律扎辫子才允许上班，这与“文革”中“跳忠字舞”又有何异呢？深居病房的巴金尚且能感觉到“乌云密布”、山雨欲来风满楼之势，这和“文革”发动时情形何其相似？幸好一代伟人邓小平出面加以干涉，这位一生三起三落的中国大航船的舵手再次扭转了中国开始偏离的前行方向盘。巴金还说，应当感谢那些牢牢记住“文革”的人，他们不再让别人用他们的血在中国土地上培养“文革”的花朵。用人血培养的花看起来很鲜艳，却有毒。巴金明白，倘使花再次开放，哪怕只开出一朵，自己也会给拖出病房，得不到治疗。

极“左”思潮不仅在大陆有市场，而且波及香港。《随想录》在香港《大公报》上面世，香港几位大学生就在《开卷》上发表批评《随想录》的文章，甚至可以说是严厉的批评：“忽略了文学技巧”“文法上不通顺”，等等，迎头给巴老一瓢冷水。其中黎活仁的文章开篇第一句话就是：“读过巴金《随想录》的人，会否觉得这位老作家退步了？”“回首前尘，不免痛

① 巴金：《随想录》，作家出版社，2005，第389~390页。

骂‘四害’，有些读者会因为巴金‘言论大胆’，所以肯定《随想录》的价值。但我觉得他总是挠不到痒处。难道‘文革’带来的痛苦，就只应归咎于‘四人帮’?”“由于大部分的说话都太露骨，情感就不免显得浮泛，难于打动读者的心。”李小良的文章说：“《随想录》的大部分文章都是控诉‘四人帮’和推销‘友谊’，真令人怀疑‘《随想录》是我自愿写的真实的思想汇报’这句话的可靠程度。当然，巴金对‘四人帮’必定很痛恨。但在今天人人大骂‘四人帮’的时候，他又来这一套，多多少少有‘遵命’的意味。”张永德发文说：“《随想录》显然就是欠缺了这功夫。看过巴金这部新作，不免有点失望，至少他可以写得更好。只觉得作者急于控诉现实，作了太多的呻吟，虽然他的呻吟都是有感而发。而且那些捧场文字，更是俗不可耐。”① 从这些文学评论中，香港这些大学生用类似“文革”期间惯用的手法“无中生有”“混淆是非”，以“莫须有”罪名对《随想录》进行非议与指斥，个个找不出合适的理由来论证他们的“高见”，有的只是肆意诽谤，甚至诬蔑攻击。这正是极“左”思潮在文艺界的显著表现。

学者张放也加入其热闹的行列中，他写的《关于〈随想录〉评价的思考》一文，内容提要是：从文学角度看，内容重复的篇章，观一知余，始终无变化的结构，语言一味平直，无论怎么说，其文学魅力都难以尽如人意。文中还说：笔者不是“文革”外的人，有些触目惊心的惨状至今夜半惊醒，倘如实写来，作为历史的确是真实的，但作为文学就是个疑问。严肃的文学固然重在意义，但文学读者都不是被迫读作品的，因此作家势必要有如何吸引、牵引他的考究。② 张放从文学形式和文学内容两方面否定《随想录》的价值，招致李辉、辜也平等著名学者撰文批评。巴金说：文学的最高境界是无技巧，张放却是“鸡蛋里挑骨头”；巴金的创作是把心交给读者，奉献一片赤诚与真情，张放却说巴金严肃的文学不应复述历史的真实，有碍读者身心健康。言外之意，“文革”惨痛不应诉诸文学。种种见地，或明或暗存在“极‘左’思潮”的阴影。

巴金面对“极‘左’思潮”的种种言行，不再做“文革”期间的“精

① 黎活仁、李小良、张永德：《我们对巴金〈随想录〉的意见》，香港《开卷》1980 年第 9 期。

② 张放：《关于〈随想录〉评价的思考》，《文学自由谈》1988 年第 6 期。

神奴隶”，不再害怕，不再退缩，毫不畏惧。他在《〈探索集〉后记》一文中襟怀坦荡：

> 迎头一瓢冷水，对我来说是件好事，它使我头脑清醒。我冷静地想了许久，我并不为我那三十篇“不通顺”的《随想录》脸红，正相反，我倒高兴自己写了它们。
>
> 我写作的最高境界，我的理想绝不是完美的技巧，而是高尔基草原上的“勇士丹柯”——“他用手抓开自己的胸膛，拿出自己的心来，高高地举在头上。”五十多年来我受过好几次围攻，“四人帮”烧了我的作品，把我逐出了文艺界。但是他们一倒，读者们又把我找了回来。那么写什么呢？难道冥思苦想，精雕细琢，为逝去的旧时代唱挽歌吗？不，不可能！我不会离开过去的道路，我要掏出自己燃烧的心，要讲心里话。

《随想录》创作本身就是一个探索的过程，是一个彻底摆脱精神枷锁，找回自我的过程；人们对它的认识、理解，自然也会有一个由浅入深、举一反三的过程。在这个探索过程中来自多方面的不理解、误会，以及极“左”思潮的攻击，一直没有停止过，将来也许还会继续下去。这犹如中国华裔建筑大师——著名才女林徽因的侄女林茵，当年是美国耶鲁大学读建筑设计专业的在校大学生，她设计的美国有关越南战争纪念馆的标志是采用地面灰色V字形，一头指向华盛顿，另一头指向林肯纪念堂。但这个超凡的建筑设计自从问世以来便一直没有停止过来自各方面的批评，甚至迫使她一度休学。然而她依然在后来博士学位论文答辩上坚持自己的艺术设计理念。二十多年之后的今天，2010年3月，五十岁的林茵接受奥巴马总统颁发的最高艺术勋章，经过二十余年的争论，越南战争设计标志终于获得官方认可。

巴金老了，一天天向生命尽头靠近，躺在病床上与死神搏斗，完全无力回手的时候，有人却趁机出手。1998年10月香港《明报》“批评与回应”栏里，发表了“深圳朱建国”的文章，谈他喜欢李辉《贰臣传》，“把一些先天失足或被诱奸的大女人真相描述下来，令人灵魂震撼。”他所指的“先天失足或被诱奸的大女人”，从舒芜起首，引出胡风、老舍、邓拓、吴晗、田汉、冯雪峰、沈从文、周扬、丁玲、萧乾等多人。其中，特别攻击的对象是巴金，说他“在苟活中度过漫长的日子”“有恶劣的影响”。文章写道：

一些“反右”“文革”中的卖友求荣者，稍稍反思几句，写几句“真话”，马上又得到“高风亮节”的“盛誉”。做一种“见人就检讨”或“随想录”似的反思，依然可以高顶文豪、大师、思想家的桂冠。《随想录》是“随风转向”。如巴金先生曾在改革开放之初呼吁建立“文革”博物馆，这是个真正反思的呼唤。但是这一要求受到官方的冷淡之后，巴金先生就不再呼吁这一要求了，至少是不公开、不反复呼吁了。而以巴金先生的文学名望和政治地位，他本可以借自己的威望把这件事落到实处，但是他不去做了，而是心安理得地去当官，做作协主席和政协副主席，这种一遇强力就真心认错的行为，不算贰臣算什么呢？①

朱建国之论调完全不顾事实，颠倒黑白，造谣中伤，极尽挖苦讽刺之能事。《随想录》中有关建立“文革”博物馆的建议文字反复出现，足以证明巴金根本不是“随风转向”。他在《纪念》《“文革”博物馆》《二十年前》等文章中都反复强调建立“文革”博物馆的重要性。《随想录》创作完毕，1987年6月19日在《〈随想录〉合订本新记》一文中，巴金在为《随想录》出版发行合订本所做的序言中依然如故，重申自己坚定的立场。

为什么还有这么多人深切地厌恶我的《随想录》呢？只有头一次把“随想”收集成书的时候，我才明白就因为我要人们牢记住“文革”。第一卷问世不久，我便受到了围攻，香港七位大学生在老师的指挥下赤膊上阵，七个人一样的声调，挥舞棍棒，杀了过来，还说我的“随想”“文法上不通顺”，又缺乏“文学技能”。不用我苦思冥想，他们的一句话使我开了窍，他们责备我在一本书用了四十七处“四人帮”，原来都是为了“文革”。他们不让建立“文革”博物馆，有的人甚至不许谈

① 谭兴国：《走进巴金的世界》，四川文艺出版社，2003，第398页。

论“文革”，要大家都忘记在我们的国土上发生过这样的事情。

在新千年来临的时候，“文革”已经结束二十多年，朱建国等人依然凭借着残存的“极‘左’思潮”，对《随想录》肆意进行诋毁与诅咒。朱建国等人是尚存的“极‘左’思潮”代言人而已。正如巴金在《〈探索集〉后记》中所说：“极‘左’思潮今天还不能说‘没有市场’。”但面对“极‘左’思潮”余威的攻击，至今不能建立“文革”博物馆就在所难免了。

中国封建社会长达二千三百年之久，在世界历史上最为罕见，也是独一无二的。在几千年官方意识形态的宣教中，封建意识已经深深植根在中国人的骨髓之中。它作为中国传统文化的一部分，在中国人的头脑中潜移默化。封建社会最后一个王朝虽然在1911年走向历史的尽头，但是封建思想并没有随着清王朝的崩溃而彻底消亡。封建主义思想依然残存于社会，这是不能建立“文革”博物馆的原因之一。巴金在《小街》一文中写道：“‘四人帮’垮台以后我探索了几年。一九七八年我说：还需要大反封建；一九七九年我的内伤还在出血；一九八零年我告诉日本朋友：我们做了反面教材，让别国人民免遭灾难。去年我离开法国的前夕，在巴黎和几位文学家聚谈，有人提到在浩劫中活下来的事。对我们看似很寻常的事情，他们却严肃地对待，我不能不思考。”

封建主义是什么呢？封建主义就是专制，封建主义就是强权。高老太爷是社会专制的象征。什么时候有专制，什么时候就有强权，《家》的力量就不会消失，《家》的批判力量就永远存在。高老太爷的原型是巴金的祖父：专制而独裁。巴金在《家》中批判的锋芒直指封建专制的体制。《家》中三个女人都死于专制的淫威之下：鸣凤被高老太爷送给了冯乐山，她喜欢觉慧，不愿嫁给老头子而被迫自杀。瑞珏怀孕生孩子，恰逢高老太爷死去，陈姨太就说如果在这个地方生孩子，就会冲犯尸体，于是把她送到乡下，结果难产而死。《家》影射的是那个社会的强权制度。在《“深刻的教育”》中，巴金写道：“我记得很清楚：批斗会上，我低头认罪，承认《激流三部曲》是为地主阶级‘树碑立传’的‘毒草’。然后回到‘牛棚’还得写‘认罪书’或‘思想汇报’。”在人兽不分的年代，造反派完全推行封建主义专制与强权的模式，不仅要让人变成“兽”，脖子上还要挂着“牛鬼蛇神”的招牌，推行思想暴力，让巴金承认《家》是“毒草”，完全是污蔑的不实之词。但在那个年代都是天经地义、合情合理的。再回首1998年朱建国等人的污蔑，我们不难体会到巴金的呐喊——“我们还需要大反封建”这句话之潜在的含义。

邓小平在“文革”中惨遭迫害，却忍辱负重地活下来。他在回望“文革”社会的种种不堪回首的往事时，深情地说：“‘文革’的种种弊端，多少都带有封建的色彩。”[①] 邓小平对新中国成立之后存在的唯长官意志是问的社会现象进行了针砭：“许多重大问题往往是一两个人说了算，别人只能奉命行事。”这样的结果，只能是“随风倒的现象就多起来了。不讲党性，不讲原则，说话做事看来头，看风向。”[②] 从政治上讲，“文革”的悲剧是社会的动乱和发展停滞，甚至倒退。而从文化上讲，还是鲁迅所一直批判的旧中国维护封建专制的瞒骗的文化余毒的重现。新时期的中国，依然还需要对“文革”所表现的封建主义余毒进行反思和批判。[③]

“文化大革命”其实就是一场空前绝后的“文字狱”。胡奇光先生在《中国文祸史》中定义“文祸”为：“通常因文字触犯禁忌而判刑，或先定罪后找文字把柄的现象。”秦始皇推行暴政，“焚书坑儒”，对异端思想者进行“肉体消灭”。丞相李斯这一策略揭开了封建专制“肉体消灭”的万恶源头，从此一发不可收拾。汉魏孔融、嵇康不满司马氏统治而遭杀身之祸，但嵇康临刑前弹奏的《广陵散》至今依然回荡着悲壮的旋律。南宋岳飞以“莫须有”的罪名遇害；明太祖朱元璋在胡惟庸案中，灭九族，诛杀达万人；清朝“文字狱”更可谓登峰造极。历代封建统治者为固一人之天下，以“文字狱”杀功臣名将、名人义士。其实，文化史上还有另外一种祸患，它所损伤的不仅是某个集权之利益，而是整个民族文化：那就是民族文化心理变迁中的历史之回流。思想文化的相对独立性、文化心理进化的缓慢，注定了历史积淀的浓重与新文化思想转化为民族文化血肉部分的漫长，并由此注定了新旧文化思想交锋中的“反复”“羼杂”。但在二十世纪，马列主义传入中国后，与封建思想就有过多次交锋及而后出现的反复与羼杂。

---

① 邓小平：《邓小平论文艺》，上海文艺出版社，1989，第73页。

② 邓小平：《邓小平论文艺》，上海文艺出版社，1989，第71页。

③ 四川作家协会编著《论巴金》，四川人民出版社，2003，第206页。

在个体的悖谬思维被演绎成全民族集体非理性的恶性发展之后，整个冒进的民族被大泛滥的封建思想拖回了早已死灰的专制与迷信——其间，两千万人失去生命，一亿人挨整，八千亿人民币被白白浪费，整个文坛除却“封资修”空无一物。反民族反科学的文祸使被戳伤的民族心灵，无法在短期内愈合；而文化、人才的被摧残，又阻碍着民族前进的步伐，制造历史的人就必须承担历史的报应。[①]“文化大革命”是毛泽东一手发动起来的。他的一张大字报拉开了“文革”的序幕：打倒刘邓陶——我的一张大字报。一张小小的大字报何以使全民族受苦受难呢？毛泽东一手缔造了新中国，运用卓越的聪明才智，进行艰苦卓绝的战争，推翻了腐朽的蒋家王朝。凭借着这一创造历史的功勋，毛泽东在全国人民心目中享有“至高无上”的殊荣。毛泽东当政日久，一步一步走向了“神坛”，成为中国人民之上的“神灵”。毛泽东在天安门城楼接见“红卫兵”，全国江山于是一片“红”。“四人帮”继续为“神”化毛泽东，钻了政治的空子。“文革”造成的灾难是不言而喻的。“四人帮”垮台了，遭到了“历史的报应”。如今中央大张旗鼓地反对腐败。单单 2009 年落马的省部级高官多达八人，厅局级高官多达 204 人、县处级干部竟然高达 6000 余人。这些害群之马封建官本位意识极强，大小事情唯有他一人说了算，贪污受贿，私生活糜烂。如果我们细细想一想，建立“文革”博物馆的倡议不能实现，难道封建主义的影子没有从中作梗吗？

一个正视自身缺陷的民族，才是真正伟大的民族。两次世界大战都是德国挑起的。面对二战中死去的人们，德国总统表现出了前所未有的开明，在波兰的法西斯集中营纪念碑前，一国之君竟然下跪谢罪。勃兰特总统并不会因“下跪”之举降低德意志民族的尊严，相反却由于他诚挚的忏悔而受到全世界人民拥戴，并获得了诺贝尔和平奖的殊荣。不能建立“文革”博物馆，还归咎于我们民族缺少德意志民族的忏悔意识，缺乏德意志民族正视自身缺陷的勇气与胆识。

巴金常常提起五十年代访问东欧时，他目睹法西斯建立的“奥斯维辛集中营”。那就是一个活生生的历史教育大课堂。它告诉了所有来参观的

① 陈思和、辜也平主编《巴金：新世纪的阐释》，福建教育出版社，2002，第 519～520 页。

人，让他们知道：什么叫法西斯主义？那些灭绝人性的法西斯刽子手，如何残酷地把手无寸铁的人们赶进“焚尸炉”里去。他们剥下人皮做灯罩，他们把受难者的头发做成地毯，践踏在他们的皮靴之下……

在这里，历史使每一个参观者都觉醒起来，使每个人都会在心中立下誓言：要永远消灭法西斯主义！中国为什么不能建立“文革”博物馆？一位青年女作家从西欧访问归来，把她亲眼看见的事实告诉巴金老人：在德意志联邦共和国的一个城镇里，一个普通的德国人办起了“中国‘文革’展览会”……当然，主办者绝不是狂热的“红卫兵”运动的崇拜者。他是以历史批判的眼光来举办这个展览会的。他想唤起更多人的良知，让世界上更多善良的人们了解“文革”中的中国，究竟是什么样？那里究竟发生过什么荒谬而又愚蠢的事情？他要告诫自己的人民，不要重蹈东方文明古国的历史覆辙。这样的事实应该给我们发生过这么巨大的历史悲剧的国家的人民，以什么样的启示呢？“‘文革’博物馆总会建成的。我想。它应该像一座不朽的警钟，高高地矗立在中国大地上。它会时时向人们发出震耳的警声。这钟声如像是教人：莫忘！莫忘！”[①]“文革”博物馆一旦建成或竣工，参观者一定会有“奥斯维辛集中营”相似的感叹与教育，对未经“文革”的年轻人一定会达到德国人举办“中国‘文革’展览会”期望所达到的效果。“前事不忘，后事之师”的古训就会响彻中国大地，我们的民族就一定会有希望。

不要忘记，巴金一直谈起奥斯维辛的悲剧，一再对牢记奥斯维辛的德国人表示由衷的钦敬。后人应当理解这位善良的老人的心。所有的专制独裁给人民带来的灾难和痛苦都是极其深重的。警惕并防止各种形式的残酷的专制主义对人民的戕害，不仅是德国人的使命，也是中国人的使命，更是全人类的神圣使命。巴金的这些话，传达的是一个重要的信息：巴金正逐渐站到全人类的层面和视角去反思和探索这一段特别的中国社会历史，世界也正在从这个层面和视角去反思和探索这一段特别的中国社会历史。[②]推而广之，全世界都在或大或小，或隐或现地与封建主义魔影做斗争。巴基斯坦议会 2010 年 3 月组成了专案组，调查一个部落因不同意部族或家族

① 谷苇：《论巴金》，上海书店出版社，1993，第 61～62 页。

② 四川作家协会编著《论巴金》，四川人民出版社，2003，第 163 页。

指定包办的婚姻，而对五个年轻女子集体开枪射杀，活埋一群花季少女的所谓“荣誉处决”事件。这显然是封建包办婚姻的残余势力所为。

能否建立“文革”博物馆，在考验着我们这个古老而伟大的中华民族。在世界反封建主义残余的浪潮中，我们中华民族是否需要反省一下，以德意志民族作为我们的参照与坐标呢？

第三节　浅议“文革”中的“毒草病”与“样板戏”

巴金在《随想录》中反反复复提到“毒草”，好像被毒蛇咬过看见绳子也害怕一样。从五十年代到七十年代长达二十余年间，巴金天天听说“毒草”，几乎到了谈虎色变的程度。在“四害”横行的时期，巴金迫于“四人帮”的淫威被迫写作不少的思想汇报和检查，口口声声承认《巴金文集》是“邪书十四卷”，全是“大毒草”。“四人帮”为了登上宝座，而大造特造舆论，“革命群众”大抓特抓，调动一切艺术手段尽力拔除“大毒草”，发动了声势浩大的“文化大革命”。“文革”期间，“四人帮”组织“御用班子”，创作了八本“三突出”的样板戏，而以《智取威虎山》作为典型代表，连偏僻乡村也组织人“扮演”，妇孺皆知，热闹非凡。然而，随着“四人帮”彻底垮台，他们精心炮制的一正一反的文艺形式“样板戏”与“毒草病”都销声匿迹，可耻地退出了历史舞台。

一　“香花毒草论”出笼，文学园地拔除“毒草”

小说是如何演变成“反党工具”，变成一株株“大毒草”的？在新中国文学艺术的诸多形式里，小说作为文学的主体并未受到毛泽东的重视。长期的中国革命实践使毛泽东很清楚地知道，对于占中国人口百分之九十以上的中国农民来说，文盲众多，文化程度低下，最适合他们的文学形式是讲唱文学，而不是书面文学，最能够激发起人民的激情的是广泛流行于农村的戏曲艺术，小说则被排除在外。况且写小说者大多为接受资产阶级教育的知识分子。他们的世界观是否被改造好，立场是否真正站过来还很难说。一九四二年延安解放区对王实味文艺的批判或许在毛泽东心目中记忆犹新，《讲话》的分量也就愈发沉重。所以小说的命运在新中国的文艺诸事业中可想而知。[①] 五十年代中期，胡风作为文学理论家不服当时文艺界对他的围攻，上书《三十万言书》，提出了自己独到的文艺理论大纲，这与毛泽东作为政治家提出的文艺理论大纲是有出入的。于是"批胡风"反革命集团政治运动轰轰烈烈地开展起来。"毒草"说自然随之出现。

早在五十年代，巴金已经因为写作《法斯特的悲剧》一文遭受不公正的批判。巴金对之记忆犹新，他在《随想录》一再提到它。这篇文章最清楚不过地说出了现代知识分子悲剧性的心理状态。巴金是用自己切身体会在批判法斯特以及马尔洛们："知识分子的心灵深处总有一个'伟大的自己'。他们习惯了站在自己的个人的立场看一切事情，一切问题……他们也不去好好想一下，也不肯虚心地信任别人，一不高兴，转身就走。"而离开高家大院的，高觉新正是丧失了这个"伟大的自己"而陷于罪恶泥坑不能自拔。[②]"五四"精神在五十年代以后的知识分子身上难以得到发扬，就是因为"觉新那样的人太多了，高老太爷才能横行无阻"。[③] 巴金此文在《文艺报》上发表后，有人写信指责巴金文章远不及曹禺与袁水泊的文章有力度，有人甚至说巴金连"敌我矛盾、大是大非都弄不清楚"。徐景贤奉张春桥、姚文元之命在《文汇报》发表《法斯特是万人唾弃的叛徒——和巴金同志商榷》。这样一来，法斯特的悲剧成了巴金的"悲剧"，成为受人中伤的"陷阱"。巴金在八十年代谈及此事时说："今天看来，我写法斯特的'悲剧'，其实是在批判我自己。我的'悲剧'是别人把我当作工具，我也甘心作工具，而法斯特呢；他是作家，如此而已。"[④] 巴金此文是应《文艺报》总编辑张光年约请写的，结果被迫在报上公开检讨自己。自己成为别人利用的"工具"而已。

而这些的根源在于极"左"思潮。对于文艺创作，毛泽东特别强调的是政治标准。他按政治标准，把作品分为"香花"与"毒草"两大类。只

---

① 孙兰、周建江：《"文革"文学综合论》，远方出版社，2001，第25~26页。

② 陈思和：《人格的发展——巴金传》，上海人民出版社，1992，第242页。

③ 巴金：《关于〈激流〉》，《巴金研究资料》上卷，海峡文艺出版社，1985，第441页。

④ 巴金：《巴金六十年代文选·代跋》，上海文艺出版社，1986，第855页。

有“香花”类的文学作品才是人民需要的精神食粮；而“毒草”仅是作为对立面供批判之用的，归根结底是被消灭的对象。1957 年毛泽东就有这样的认识：“许多人都没有看过牛鬼蛇神的戏，等看到这些丑恶的形象，才晓得不应当搬上来了。然后，对那些东西加以批判、改造，或者禁止。”① “文革”中广为流传的词语“毒草”“牛鬼蛇神”，早在五十年代就被毛泽东独创出来，并借助领袖的声威，迅速在全国蔓延开来。毛泽东非常敏感地把文学创作与意识形态问题密切结合起来，从而使文学创作与演出蒙上了浓重的政治色彩。巴金的《法斯特的悲剧》就被徐景贤等人批判为不讲“政治标准”，应当作为“毒草”加以围攻。

在毛主席文艺路线指引下，当时全国文联主席郭沫若按照“政治标准”都检讨了。在这种背景下，1962 年上海文代会上巴金发言检讨自己的错误，说自己写的“全是毒草”，“愿意烧掉全部作品”。把自己毕生创作出来的文学作品说成是邪恶的坏书，无异于“精神自杀”，目的在于“过关”，求得解脱。

1965 年 11 月 10 日，《文汇报》刊登姚文元的《评新编历史剧〈海瑞罢官〉》，直截了当地指责《海瑞罢官》“是一株毒草”，从此拉开了“文化大革命”的序幕。

“山雨欲来风满楼”。1966 年 8 月底 9 月初，“感到大祸就要临头”的巴金烧毁了已保存四十几年的大哥的全部来信。② 因为在那个年代，属于公民通讯秘密自由的私人信件可以随便公开，断章取义，任意定罪，甚至变为“毒草”。

1967 年 10 月 10 日第一次批斗巴金的大会开始了。造反派大力搜集“毒草”，整理“打巴”资料，编写“打巴战报”。批斗会上，上海工人革命文艺创作组大力批判“大毒草”《家》《春》《秋》；东海舰队批判巴金的反革命战争的文学。批斗大会的口号有 30 条之多。加之发言者无中生有，百般诬陷咒骂诽谤，先“打倒”而“后快”，“火力”不可谓不猛。巴金后来回忆说：“我头昏眼花，思想一片混乱。一片‘打倒巴金’的喊声，叫人心惊胆战……”批斗大会对巴金的打击是沉重的，原来“日子十分难过”，

---

① 孙兰、周建江：《“文革”文学综合论》，远方出版社，2001，第 6 页。

② 巴金：《关于〈激流〉》《创作回忆录》《巴金全集》，人民文学出版社，1989。

经此雪上加霜更趋难过。然而，苦难的日子还远远没有结束，更大的打击和灾难还在后面。[①] 1968 年 6 月 20 日电视批斗巴金大会又开始了。为了配合这次大会，6 月 18《文汇报》以“斗倒批臭文学界反动权威‘巴金’”为通栏标题，集中发表了一组“批判”《家》的文章。《文学风雷》大批判专栏 8、9 两期，大肆挞伐巴金，发表《〈家〉〈春〉〈秋〉是反封建的吗?》《坚决扑灭苏修为巴金翻案的火焰》。电视批判大会内容集中在巴金炮制的“毒草”等。精神折磨和人身侮辱不断地刺激巴金的神经。巴金后来说起这两次批斗大会时还心有余悸：“杂技场的舞台是圆形的，人站在那里被批斗好像四面八方高举的拳头都对着你，你找不到一个藏身的地方，相当可怕……”[②]

“文革”小报不约而同地加入“铲除”毒草的行列。1967 年《文学风雷》第五期发表总题为《彻底批倒资产阶级反动“权威”巴金》的一组批判文章：复旦大学鲁迅战斗队的《反革命的〈激流三部曲〉—〈家〉〈春〉〈秋〉》、范秀的《〈憩园〉是地主阶级的变天账》、陈晏的《剥开觉慧的画皮，看巴金的丑恶灵魂》、高长才的《斥巴金的反革命杂文〈救救孩子〉》；1968 年 9 月北京铅印本的《送瘟神——111 个文艺黑线人物示众》及《撕开臭权威画皮——彻底砸烂反革命修正主义文艺黑线!》。批巴文章最长的当数《批判“黑老 K”巴金》。长文指出：巴金是毒草的多产作家，“值得注意”的东西很多，切不可轻易放过。[③]

从上述材料中，我们知道，造反派圈定的“毒草”，完全是无稽之谈、空穴来风。“毒草”是与所谓“政治标准”相对立的，不符合“政治标准”的作品，就不是“香花”，应该在文学园地里毫不留情地予以铲除。这反映了五十年代起党中央用政治手段干预文学创作，给中国文学大业造成了极为严重的后果。五十年代最优秀的演员赵丹，经历十年“文革”，在他逝世前两天，《人民日报》发表了他在病床上写的文章《管得太具体，文艺没希

① 陈思和、李存光主编《一粒麦子落地——巴金研究集刊卷二》，上海三联书店，2007，第 331 页。

② 陈思和、李存光主编《一粒麦子落地——巴金研究集刊卷二》，上海三联书店，2007，第 334 页。

③ 陈思和、李存光主编《一粒麦子落地——巴金研究集刊卷二》，上海三联书店，2007，第 335 ~339 页。

望》，写出了中国知识分子共有的心中惨痛：“我只知道，我们有些艺术家——为党的事业忠心耿耿，不屈不挠的艺术家，一听到要‘加强党的领导’，就会条件反射地发怵。”[①] 这篇文章有这样一句话：“对我，已经没有什么可怕的了。”一位为党的文艺事业做出贡献的老艺术家去世前夕，才把多年来“管住自己不说”，积压在心上的意见倾吐出来。我们由此可以看到，“毒草”病对中国知识分子的心灵创伤何其巨大！这是多么强烈的控诉！赵丹不能忘记那些拳打脚踢，不能忘记那些各式各样的侮辱！

巴金根据赵丹的遗言，特地创作了一篇时文《“没什么可以怕的了”》。“文革”期间，赵丹渴望毛主席发给他一面“免斗牌”，这也成为人们揭发出来的他的一件“罪行”。巴金这样写道：

> 不休止的批斗，就像我们大城市的噪音，带给人们多大的精神折磨，给文艺事业带来多大的损害。当时对我的“游斗”刚刚开始，我多希望得到安静，害怕可能出现精神上的崩溃。今天听说这位作家自杀，明天听到那位作家受辱；今天听说这位朋友挨打，明天听说那位朋友失踪……人们正在想出种种办法残害同类。为了逃避这一切恐怖，我也曾经探索过死的秘密。我能够活到现在，原因很多，可以说我没有勇气，也可以说我很有勇气。那个时候活着的确不是容易的事。一手拿“红宝书”，一手拿铜头皮带的红卫兵背诵“最高指示”动手打人的造反派的“英雄形象”，至今还在我的噩梦中出现。那么只有逼近死亡，我才可以说：“没什么可怕的了”。[②]

生不如死，恐怖盛行，大批有才华的知识分子在暴政中惨淡地死去。“没什么可怕的了”，赵丹说出了整个知识分子的心声，这是对“毒草病”的血泪控诉！

在1962年上海第二次文代会上，著名画家丰子恺力主文艺领域要“百花齐放”：“既然承认它是香花；是应该开放的花，那么最好让它自己生长，

---

① 赵丹：《管得太具体，文艺没希望》，《人民日报》1980年10月8日。

② 巴金：《随想录》，作家出版社，2005，第145页。

不要‘帮’它生长，不要干涉它，”[①]“文革”来了，他的发言与散文《阿咪》被认定为“反社会主义”的“毒草”。老艺术家不过温和地讲了几句心里话，他只是谈谈生活的乐趣，讲讲工作的方法。他做梦也没有想到要“反”什么，要向什么“进攻”。但是没有多久，台风刮了起来，他的文章成了一株“大毒草”！丰子恺被定义为“反动学术权威”受到批判和折磨。徐景贤一手导演了“批黑画”运动，把丰先生的《满山红叶女郎樵》揪出来做靶子，被认定为“反对三面红旗”的毒草。一张大字报说《满山红叶女郎樵》讽刺红色革命：红是中国，樵取红叶，即反对红中国。[②] 丰先生《船里看春景》中的水里桃花倒影也给当作“攻击人民公社”的罪证。谁有权势谁有理，任意定罪，是“文革”造反派的惯用手法。

巴金特为之创作《怀念丰先生》，怀着万分悲痛的心情怀念亡友：

> 人民喜爱的优秀艺术家形象是损害不了的，我不再相信四人帮能长期横行了，但是我没有想到他们会垮得这样快，更没有想到丰先生会看不到他们的灭亡。在现今的世界上画家多长寿。倘若没有那些人的批斗、侮辱和折磨，丰先生一定会活到今天。但是听说他一九七五年病死在一家医院的急诊间的观察室里。[③]

一代卓越的艺术家因为不朽的作品被反诬为“毒草”而遭受非人的虐待致死，不能不让人扼腕痛惜。优秀的艺术家永远让人怀念。然而，我们与其在丰子恺先生死后无尽地追思，不如生前爱护他。如此惨痛的教训应该让国人代代铭记在心！

在抗美援朝前线上，巴金怀着对新中国的热爱，亲临炮火阵地，写作了名篇《我们会见了彭德怀司令员》。彭德怀司令在新中国缔造上战功卓著，毛泽东亲笔赋诗：“谁敢横刀立马，唯我彭大将军！”生性耿直的彭总面对1958年大跃进带来的严重后果，仗义执言，惹恼了毛泽东，1959年庐山会议被定为“反党集团核心人物”。劳苦功高的大元帅转瞬间变成人民的

---

① 丰子恺：《丰子恺散文集》第6卷，浙江文艺出版社，1992，第631页。

② 丰子恺：《丰子恺自传》，江苏文艺出版社，1996，第367页。

③ 巴金：《随想录》，作家出版社，2005，第180页。

大罪人，也连累了一大批无辜的同志。巴金也受到株连，被打成“反党反社会主义的大毒草”，在“文革”中受到了最严厉的声讨。上海《文学风雷》发表造反派文章《巴金和他的黑后台》。苏州市新闻界革命造反委员会主办的《新闻战士》于1967年12月9日发表《巴金的黑关系》一文，分为“巴金和彭真”“巴金与彭德怀”两个部分。

在拔除“毒草”的一段较长时期，巴金经常被造反派押解各处游斗，今天是这个学校，明天是那个工厂。原因在哪？《巴金文集》十四卷“邪书”是“罪证”，他写作了大批“毒草”，读者中毒太深，因而在造反派眼中，“消毒”的革命任务理所当然格外繁重。只要有“拔毒草”场所需要，造反派一声令下，巴金就必须俯首听命，参加各种各样的、五花八门的“消毒会议”。

为了加强“革命”的彻底性，工宣队和“造反派”不但对“牛鬼蛇神”认真施行“苦其心志，困乏其身”的改造措施，更本着“边劳动，边批斗”的精神，因地制宜，举行“田头批斗会”。大家正在监督下奋力掘土，忽然一声令下，要求立即放下锄头集中田头，排列成行，在一群男女社员的围观下，先由干部如生产队支书或苦大仇深的贫下中农诉一通旧社会的苦，又由工宣队或“造反派”笼笼统统训斥一顿，然后拉出一两个“罪大恶极”的“吸血鬼”在“革命群众”面前低头认罪，自报罪行，最后照例高呼一通“打倒”、“清算”之类的口号。不用说，在“田头批斗会”上，巴金是最重要的批斗对象，不仅因为他出身于一个地主家庭，更因为他写了一部“为地主阶级树碑立传”的“毒草”小说《家》。[①] 1968年6月18日以《斗倒批臭文学界反动“权威”巴金》为通栏标题，发表了一组“批判”《家》的文章。《批判“黑老K”巴金》长文洋洋洒洒，气势恢宏，有十五个部分之多。

众所周知，《家》启发了年轻人去参加革命、奔赴革命圣地延安。“文革”期间《家》竟然成为“反社会主义一株大毒草”，被大批特批，还要批倒批臭！这是多么荒谬可笑！“文革”时期，巴金还看到报纸上一则消息：一个女青年在火车站的候车室里默默地读着《家》，周围的“革命群众”顿

---

① 陈思和编著《解读巴金》，春风文艺出版社，2002，第94页。

时义愤填膺，勒令她当众把《家》烧毁，并参加对“毒草”的大批判！“文革”报纸刊登这则新闻的根本宗旨在于宣扬“文革”如何深入人心。然而这恰恰暴露了造反派的愚蠢。优秀的艺术作品是任何暴力都镇压不了的！巴金看罢这则消息反而十分欣慰：在“文革”的艰难岁月里，读者没有忘记巴金，也没有忘记他的作品！

在“毒草病”肆虐中国大地的时候，巴金走过了一段极为煎熬的心路历程。他在《毒草病》一文中记录他在“文革”期间对“毒草病”的认识转变的过程，让人深思：

> 难道我们这里真有这么多的“毒草”吗？我家屋前有一片空地，屋后种了一些花树，二十年来我天天散步，在院子里，在草地上寻找“毒草”。可是我只找到不少“中草药”，一棵“毒草”也没有！倘使我还不放心，朝担忧，夜焦急，一定要找出“毒草”，而又找不出来，那只有把草地锄掉，把院子改为垃圾堆，才可以高枕无忧。这些年来我有不少朋友死于“四人帮”的残酷迫害，也有一些人得了种种奇怪的恐怖病（各种不同的后遗病）。我担心自己会成为“毒草病”的患者，这种病的病状是因为害怕写出毒草，拿起笔就全身发抖，写不成一个字。①

巴金以从自家院子里寻“毒草”而无果为例证，映射“文革”期间“毒草”论是无稽之谈。而这种“毒草”论祸及人们的心灵，造成了白色恐怖，使大批作家们视文学创作为畏途，“全身发抖”，十年美好的时光荒芜！更有甚者，一批才华横溢的艺术家被逼自杀身亡，叶以群就是一个典型。

“文革”时期，张春桥担任中央宣传部部长，指令叶以群组织人对柯灵的《不夜城》进行批判。叶以群找到巴金，巴金说好不提《不夜城》编剧柯灵的名字，将文章写好后便交给叶以群，等不及在上海《文汇报》发表，巴金就动身前往越南河内考察。上飞机前夕，巴金与萧珊同去柯灵家说明情况。三个多月后巴金从越南回来，知道文章已经发表，《不夜城》在张春

---

① 巴金：《随想录》，作家出版社，2005，第 15 页。

桥一手导引下已经被定为“大毒草”，张春桥也升了官。相反，巴金反而被说成包庇柯灵。第二年八月初，叶以群同志受到林彪和“四人帮”的迫害含恨跳楼自尽，留下爱人和五个小孩。“文革”结束后，巴金在叶以群平反昭雪追悼会上致悼词，“想起他的不明不白的死亡，我痛惜我国文艺界失去这样的战士，我痛惜失去这样的朋友，我在心里说绝不让这一类的事情再发生。”①

“文革”期间，文学园地里丛生的“毒草”必须拔除。造反派对“毒草”写作者施以灭绝人性的“拔除”，将他们迫害致死。这给新中国文学事业造成了无法估量的损失。

二 “样板戏”出笼，加重批斗狂潮

毛泽东对文艺的指示，决定着“文革”的命运。他对戏曲情有独钟，看到当时的中国人民文化程度普遍偏低，只能听戏剧娱乐。利用演戏，来传播阶级斗争意识形态，即文艺政治化运动需要，样板戏创作和演出迅速推向全国。从刚开始专业戏剧团演出，到后来机关、医院、学校、厂矿等所有部门都要组建业余宣传队演出，最终形成“工农兵学商，大家一起唱”的群众演出高潮。文艺领域中“政治挂帅”的氛围愈来愈浓厚。

1962 年毛泽东在八届十中全会上提出“千万不要忘记阶级斗争”的口号，并特别强调思想意识领域里的斗争。在此之后，江青观看了不少京剧传统戏，认为“目前剧目混乱，毒草丛生，鬼戏泛滥”。1963 年江青通过柯庆施首先在上海掀起批判旧戏大抓改革之风。同年 4 月 3 日中宣部发布停演“鬼戏”的决定，5 月又决定全国停演香港影片。12 月毛泽东在一份反映柯庆施大抓故事会和谈改革的材料上写下了“许多部门至今还是‘死人’的统治”令人寒心的指示。1965 年以后，江青以上海为基地，精心培育她的样板戏。在“文革”期间相当长的一段时间内，许多艺术作品被打成“毒草”，只有八朵“香花”盛开怒放，这就是《红灯记》《沙家浜》《奇袭白虎团》《智取威虎山》《海港》《龙江颂》《白毛女》《红色娘子军》八个现

---

① 巴金：《随想录》，作家出版社，2005，第 19 页。

代题材的京剧和芭蕾剧。正如“文革”期间流行的一句谚语：“吃尽长征苦，不如跳个芭蕾舞。满身弹痕记，不如唱出样板戏。”可谓一针见血。演员出身的江青为了树立自己的威望，进而达到篡党夺权的目的，以文艺界为突破口应该算是聪明的选择。她曾经骄傲地表示：“我不是戏剧家，而是政治家，我是搞政治的。”①

在一定程度上说，样板戏是江青一手导演出来的，为着政治阴谋的需要。着重从建设性方面着手，树立“革命旗帜”作为文艺战线上的学习典范。

“四人帮”大肆宣扬样板戏，其目的之一是为江青树碑立传，奠定其篡党夺权的基础。以样板戏为龙头，将文艺“改造”成他们的舆论工具，为其反革命活动鸣锣开道。“样板戏”的确立，是“文革”理论的核心，是继1958年“写中心”“写三史”这样“左”的主张之后的又一极“左”思潮的大展现。1968年5月23日《文汇报》发表于会泳的文章《让文艺舞台永远成为宣传毛泽东思想的阵地》，推出“三突出”的创作原则：在所有人物中突出正面人物来；在正面人物中突出主要人物来；在主要人物中突出最主要的中心人物来。之后作为“三突出”的补充，又提出了“三陪衬”方针：在正面人物和反面人物之间，反面人物要反衬正面人物；一般人物要烘托、陪衬英雄人物；在所有英雄人物中，非主要人物要烘托、陪衬主要英雄人物。将“样板戏”的制作方向推向文学艺术领域，成为唯一的准则。

从六十年代开始，由于领袖人物的极“左”思潮和江青之流的介入，中国戏剧被“逼良为娼”，沦为可悲的政治御用工具，在“文革”期间以不可估量的力量扫荡了整个文艺界，成为文艺领域的极“左”思潮的领头羊，并形成了“文艺至上”“文艺就是政治”的奇谈怪论。在这种荒诞不经的理论支持下，终于导致文艺成为“四人帮”篡党夺权的阴谋工具。②“文革”期间，“牛鬼蛇神”们常常都在同一天阅读与演唱用整版整版的篇幅刊登的“样板戏”。报刊全文发表一部“样板戏”，造反派就及时地组织“牛鬼蛇神”认真学习。“牛鬼”学习的心得体会是千篇一律的——先把“样板戏”大捧一通，再把大抓“样板戏”的“旗手”大捧一通，然后把自己大骂一

① 孙兰、周建江：《“文革”文学综合论》，远方出版社，2001，第79~84页。

② 孙兰、周建江：《“文革”文学综合论》，远方出版社，2001，第89~93页。

通，还得表示下定决心改造自己，重新做人。“样板戏”的目的是让大批“牛鬼蛇神”向“戏”中英雄人物看齐，放弃自己的思想，彻底否定自己，成为“四人帮”大棒之下俯首听命的“顺民”。

巴金在《“样板戏”》中清晰记录了“牛鬼”们学习“样板戏”的情景。《智取威虎山》由一位左派诗人主持学习。巴金离家一个多月了，原定第二天“休假”回家。巴金很想家，即使回去两三天，也感到莫名的幸福。就在他动身前一天还得被逼着去学习“样板戏”，去歌颂“革命旗手”，去歌颂用“三突出”手法塑造出来的英雄人物。本来他以为只要编造几句便可以应付过去，谁知偏偏遇着那位诗人，揪住巴金不放，一定要他承认自己“反党、反社会主义”的罪行。

> 过去一段时间我被分配到他的班组学习，我受到他的辱骂，这不是第一次。看到他的表情，听到他的声音，我今天还感到恶心。他那天还得意地对我狞笑，仿佛自己就是“盖世英雄”杨子荣。我埋着头不看他，心里想：什么英雄！明明是给“四人帮”鸣锣开道的大骗子，可是口头上照常吹捧“样板戏”和制造它的“革命旗手”。①

“样板戏”被称作无产阶级文艺的优秀样板，也是“文化大革命”各个阵地上“斗批改”的优秀样板。“样板戏”在全国各个角落红红火火地上演，被全国人民喜爱，是戏剧革命的胜利，宣告了反革命修正主义文艺路线的破产。在“文艺就是政治”的荒谬口号指引下，“样板戏”被当作中央文件一样学习。所谓学习就是再一次的政治勒索，强制人们匍匐在“样板戏”的脚下，对“江青们”表忠心，歌功颂德。尤其是对“牛鬼”们再一次兴起批斗的浪潮，要他们检讨认罪。这时，“样板戏”随着“江青们”的造神运动也被神化，供奉成“神”，神圣不可侵犯，谁要是对“样板戏”有任何质疑或批评，就有被打成现行反革命的危险，这都是无数事实证明了的。那时，“样板戏”的乐声和演唱覆盖全国城乡，包括旅行途中的列车，只要有广播站能够遍及的角落，从早到晚都会反复广播。人们厌烦，无异

① 巴金：《随想录》，作家出版社，2005，第384~385页。

于精神上遭受强制的折磨，直到反感、麻木。尤其是在批斗会上高喊“打倒”的欢呼声和“样板戏”乐声混杂一起，对“牛鬼们”来说就成了一种恐怖的符号。[①] 在“样板戏”唱遍祖国每一个角落的时候，恐怖的号角就响彻祖国的每一个角落。“牛鬼们”心里发怵，整天笼罩在“人吃人”的死亡阴影中。巴金面对青年诗人的训斥，低头认罪，生怕得罪了诗人，明天就回不了家。在忐忑不安中渡过这一难关，回到房间，觉得心上隐隐作痛。“样板戏”的权威就是这样建立起来的。它给巴金心灵创痛是难以形容的，过度恐怖使他噩梦顿生：

> 在我的梦里那些“三突出”英雄常常带着狞笑，用两只大手掐我的咽喉，我拼命挣扎，大声呼喊。有一次在干校我从床上滚下来撞伤额角，有一次在家中我挥手打碎了床前的小台灯，我经常给吓得在梦中惨叫。造反派说我“心中有鬼”，这倒是真话。但是我不敢当面承认，鬼就是那些以杨子荣自命的造反英雄。[②]

“样板戏”中塑造的英雄，才是现实生活中真正的“牛鬼蛇神”，他们残害生灵，视生命为稻草，是典型的血腥的法西斯暴行。令人难以想象的是，“文革”结束十年之后，1986 年春节电视节目里竟然一连几天播放演员唱“样板戏”的片段。巴金看了之后又做了一个“文革”的梦。在梦里：

> 我和熟人们都给关在牛棚里交代自己的罪行。一觉醒来，心还在咚咚地跳，我连忙背诵“最高指示”，但只背出一句，我就完全清醒了。我松了一口气，知道大家“样板戏”的时代已经过去。牛棚也早给拆掉了。[③]

1986 年老百姓唱“样板戏”并没有怀念“文革”的意图，但确实怀念毛泽东。八十年代腐败问题相当严重，“官倒”是当时非常流行的一个名

---

① 陈思和、李存光主编《一双美丽的眼睛》，上海三联出版社，2008，第 175 页。

② 巴金：《随想录》，作家出版社，2005，第 385 页。

③ 巴金：《随想录》，作家出版社，2005，第 370 页。

词。改革开放，淘金浪潮涌起，国门失守，十四个海关关长相继倒在糖衣炮弹之下。老百姓通过唱“样板戏”怀念毛泽东时代为官的清廉，足见老百姓对为官者的强烈不满。在巴金看来，“文革”还没有彻底结束，在现实生活中还存在着灾难，因此又做了一个关于“文革”的梦。腐败问题引起胡耀邦总书记的警惕，他在《关于正确处理党内两种不同的矛盾的问题》中公开斥责腐败现象：

> 有些党员对党和人民的利益不关心，有些党员对党和人民的利益淡漠，而将个人利益凌驾于党和人民利益之上，甚至严重违法乱纪，以权谋私。
>
> 不客气地说，我们现在有些党组织，包括某些高级党委，谈不上什么健康的政治生活，关系学盛行，政治空气淡薄。①

老百姓非常反对这种特权主义，因而怀念以前为官清廉的时代。当时知识分子对这种怀旧的社会气氛表示反感。巴金也站在知识分子的立场上思考这种现象，警告人们“文革”的幽灵还在等待着复活的时机。除了老百姓“怀旧”现象外，巴金还举了另外一个例子来说明中国有再次发生“文革”的可能性，“清污”就是其例子。他在《“文革”博物馆》中这样写道：

> “不会再有这样的事了，还是揩干眼泪向前看吧。”朋友们这样地安慰我，鼓励我。我将信将疑，心里想：等着瞧吧。一直等到宣传“清除精神污染”的时候。②

“清除精神污染”运动虽然开始后不久就被官方停止使用，但在那短短的几个月里人们很自然地想起“文革”早期的情景。因此，巴金提出建立“‘文革’博物馆”的倡议。

巴金对时局的洞察是清晰的，对社会的判断是准确的，颇有远见卓识。

① 中共中央文献研究室：《十二大以来重要文献选编》（中），人民出版社，1986，第970、974页。

② 陈思和、辜也平主编《巴金，新世纪的阐释》，福建教育出版社，2002，第558～559页。

1989 年深圳朱建国在《明报》第 9 期杂志上发表文章《“文革”〈样板戏〉意外受欢迎》。文章说道，七月下旬深圳各报都“着力”报道芭蕾舞剧《红色娘子军》两度在深圳“广受欢迎”的消息。说当时官方推行一边上演、一边任由批评的“公平竞争方式后，结果居然是：样板戏获胜。”批评声倒是愈来愈冷落；无独“再”有偶，“白卷英雄”张铁生在狱中过了十五年放出，某大学同学董礼平在门口接他：“以后吃小吃不收钱，办户口，办公司‘到处遇到支持’，今日社会上对‘文革’风云人物和罪人，已经开始高度理解和原谅了。”“受到百姓的款待”……朱建国还认为，“一些当时的高级决策者，包括江青等，其实也是受害人，真正的祸首，在中国封建文化传统的惯性遗传上。”在朱建国看来，中国还应该再一次为“样板戏”大唱赞歌。① 朱建国在“文革”走进历史垃圾堆中已经十余年的时候，依然为“样板戏”来“翻案”，说明“文革”极“左”思潮在中国还有市场。“文革”卷土重来并不是完全没有可能。

王西彦先生记录了 1970 年在奉贤“文化干校”的实际情景，让某些残留“极‘左’思潮”的国人看到血淋淋的惨象，警醒自己混乱的思维：

> 到了晚上巴金经常做噩梦，发梦呓，大喊大叫。一位好心的工宣队老师傅担心他半夜做噩梦会从上铺跌下来，让他与“革命群众”交换了床位。有天晚上，我又被惊醒，原来巴金又做噩梦了，大声喊叫，从床上滚到地下。如果他还睡上铺，这样一滚可能摔成残废了。因为巴金经常做噩梦，造反派认为他心中有“鬼”，逼他交代出来。作为专政对象，做梦的自由也是没有的。

纵观“文革”历史，有人被弄得家破人亡，伤痕累累；有人从“文革”中得到好处，至今还在重温旧梦，希望再有机会施展魔法，再现“毒草”从生、“牛鬼”当道时代。听到“样板戏”，有人连连叫好，像巴金一样备受迫害的人在“文革”过去十余年，一听到“样板戏”，依然还条件反射似地做着“噩梦”。

---

① 谭兴国：《走进巴金的世界》，四川文艺出版社，2003，第 399 ~ 400 页。

像老舍、沈从文、巴金等人的作品都曾被打倒为“毒草”，如今乌云散去，“毒草”又变成了“香花”。但愿国人时时刻刻敲响警钟，让“文革”永远不要卷土重来。

第四节 论“牛棚”生涯与“长官意志”

1966年6月，《人民日报》相继发表《横扫一切牛鬼蛇神》《触及人们灵魂的大革命》等文章。全国各地报纸转载姚文元在《解放日报》与《文汇报》同时发表的《评“三家村”——〈燕山夜话〉、〈三家村札记〉的反动本质》，邓拓、吴晗、廖沫沙首先成为“文革”牺牲品。8月2日叶以群跳楼自杀。9月10日造反派抄了巴金的家。10月，巴金蹲进第一个“牛棚”。“牛棚”设在上海作协资料室，里面关着王西彦、师陀、孔罗荪、柯灵、闻捷、吴强、芦芒、魏金枝、杜宣等一大批“牛鬼蛇神”。在“长官意志”的支配下，“牛鬼蛇神”真正由人变为“兽”，成为任人宰割的“精神奴隶”。

一 大小“牛棚”齐设立，“牛鬼”们备受煎熬

为什么“牛棚”设在上海作协二楼的资料室？因为资料室收集了比较全面的二十世纪三十年代的书刊，巴金作为上海作协主席，主要以三十年代《家》走红当今文坛。张春桥诬蔑资料室是“上海的黑书库”。巴金、王西彦等知名人士被关在这个“牛棚”里，密密麻麻，拥挤不堪，接受“思想改造”。“牛鬼蛇神”要接受“劳动改造”：打扫大厅，下楼掏阴沟，在花园里拔草，在楼内擦玻璃，清洗烟灰缸，到食堂拣菜、洗碗、擦桌子，常常从清晨忙到晚上，“劳其筋骨”，进行劳动锻炼。劳动之外，就是一遍又一遍朗读红宝书《毛主席语录》，让毛主席思想洗涤“牛鬼”污浊的灵魂，从而检讨自己文艺作品“毒草”中“反党、反社会主义”的罪行，写作深刻反省的“思想汇报”。命运无常，不久前，巴金还作为亚洲作家会议中国代表团副团长在北京开会，回到上海，就沦为“阶下囚”，关进“牛棚”，

完成了从人变为“牛鬼”的全过程，经历了从叱咤风云的一代文豪变为阶级敌人的全过程。

在“牛棚”里，成群的串联者在资料室门前吼叫：“巴金滚下楼来!”监督人员也以训斥的口吻命令他接受批斗。来自全国各地的串联者越来越多，从早到晚，整个作协成了闹市，他们操着不同的语言，却提出几乎相同的要求——批斗“罪行”严重的“牛鬼蛇神”。巴金成为众矢之的。于是“造反派”把几个“老牛鬼”迁出资料室，关到楼下一处不超过五平方米的小煤气灶间示众，使串联者随时可以进入“小牛棚”提审“老牛鬼”，巴金提审次数最多。王西彦用文字如实记录了当时的情景：新成立的监督组为了表示自己的革命性，层出不穷地想出新花样来折磨“牛鬼”们。例如，每天早、中、晚三次“站队”，知道王西彦患有严重的腰椎间盘突出症兼肥大性脊柱炎，就强迫他九十度弯腰，直至背诵完一篇《敦促杜聿明等投降书》；知道老年人精神不济，就不许午饭后打个盹儿。为了用干脏活的办法来改造“牛鬼”，尽职的监督组就把大楼内外五个厕所的打扫工作，分工包干，命令“牛鬼”们用浮石擦洗马桶的尿迹。巴金有时被派到厨房里干活，兼任监督组的炊事员命令他搬很重的坛子火剁板，使得他浑身大汗，满身污黑。有一次，食堂里忽然贴出一张大字报：

“巴金、魏金枝罪大恶极，竟任其出入厨房重地，难免发生严重事件。为防止不测，应立即勒令他们滚出厨房!”

于是正在厨房洗碗端菜的巴金和魏金枝马上被轰了出来，两个脸色发白、气喘吁吁的老人回到“小牛棚”里。发白如麻的魏金枝小声嘀咕：“罪大恶极！还怕我们下毒呀!”巴金却只从裤袋里掏出一块灰色手帕，擦擦自己的满脸汗水，默无一言。[①]

人类应有的怜悯之心在那个非常社会被扫荡殆尽。“老吾老以及人之老”，是中国传统美德。在兽性大作的年代里，像巴金、魏金枝一类白发苍苍的老人被认定是“黑老K”“资产阶级反动学术权威”“无产阶级专政的死敌”，被剥夺了做人的基本权利。是造反派眼中的“牛”“鬼”，当然不能被当作“人”来看待，被关在“牛棚”里的“牛鬼”，面对此情此景，迷茫而又困惑。

---

① 陈思和编著《解读巴金》，春风文艺出版社，2002，第85~86页。

在与我同时代的作家中间，巴金是最勤奋的人，几十年来写了那么多热情洋溢的作品，当代年轻人谁不曾从它们吸取生活的勇气呢？可是，现在这些红卫兵战士们竟然把他当作罪人来诬蔑他，侮辱他，控诉斗争，究竟是怎么一回事？这个世界为什么会变得这样颠颠倒倒呢？当我想到这一点时，涌现在心头的已经不是悲愤，而是一种近于眩晕的感觉。[①]

时人的真实感受，让世人看到“文革”的疾风暴雨打得人们晕头转向，不知所措，大有地震般震动人心之感。文联与作协被毛泽东指为“裴多菲俱乐部”，属于“彻底砸烂”之列。对“牛鬼”们的迫害进一步升级，由繁重劳动改造，转变为人格侮辱，继而大开杀戒，进行肉体攻击。

“牛鬼”们被押出去批斗时，脸上涂满黑墨汁，以示“黑帮”；胸前佩戴“牛鬼蛇神×××”，头戴一顶高耸入云的大高帽，以示为“牛鬼”。像巴金这样“老牛鬼”被揪到批斗场上，一群如狼似虎的“造反派”就一拥而上，按下跪倒在桌前，几十个跪成一个环形，造反派还挥舞拳头和皮鞭抽打“牛鬼”们。

这个史无前例的黑暗年代，除了到处私设公堂、“监狱”，严刑拷打，还有最疯狂最暴虐的一幕：全国性的抄家风。“造反派”向巴金宣布：因为你态度不老实，革命群众要求对你采取“革命行动”。于是押着巴金离开“牛棚”，回到家中，检查“有毒物质”：一整天翻箱倒柜，把手稿、日记、信件等“罪证”，装了满满几麻袋装运出去，最后将所有的书柜都贴上封条。封建时代的犯人们因触犯法令，贪污受贿，皇帝往往辅以“抄家”惩罚，比如清朝第一贪和珅，风光无限，家财超过国库十几年的收入。新皇帝上任抄其家，于是有“和珅一倒，嘉庆吃饱”的说法。曹雪芹本是生在百年望族之家，因祖父被抄家，最终沦落为“全家食粥”的地步。所有的法律在那个年代都是一纸空文，造反派们的旨意就是铁定的“法条”，“牛鬼”们必须无条件地接受。“牛鬼”们在“牛棚”里备受煎熬，不知什么时候会大祸来临，过着朝不保夕的惊恐生活。一位“牛鬼”违反禁令偷偷打

① 王西彦：《焚心煮骨的日子》，香港昆仑制作公司，1991，第91页。

盹儿，被一个突然闯入的监督人员一把拎起衣领，揪了出去，再也没有回来。因为他是“牛鬼”，“罪行”显著，而被投进“监狱”。

> 每天三次“站队”时，监督人员可能是出于一种类似小孩子玩弄蚱蜢的心情，总要从“牛鬼”里面拉出几个人，或是指责他们的头低得不够要求，或是背诵《语录》和《投降书》的声音不够响亮，给你一顿铜头皮带，甚至关隔离室。可是他们却把这种尼基塔式的暴行叫做“群众专政”，正如他们把私设刑堂和打、砸、抢叫做“革命行动”。他们这样做时，都能在“最高指示”或《语录》本里找到“理论根据”。当时，巴金都一一默默忍受下来了。①

巴金在给树基的信中，详细倾诉了自己“牛棚”生涯的情景：

> 运动一开始，大家都说自己有罪。在这之前我从未想到或者听到这个罪字。它明明是别人给我装上去的东西，分明不是我自己的东西。我早已习惯不用自己的脑子思考了。我一开始就承认自己有罪，也是为了保护自己。我想保护自己只是根据一点经验（大老爷审案我太熟悉了）。其实我连保护自己的武器也没有，人家打过来，我甚至无法招架，更谈不上还手。在“牛棚”里我挨斗受批，受折磨受侮辱，结结巴巴，十分狼狈。不知怎样我竟然变成给别人玩弄的小丑，在长夜痛苦难眠的时候，我才决定解剖自己，分清是非，通过受苦，净化心灵。②

在“四人帮”专政下，1975 年的巴金还是一个不戴帽子的“反革命分子”，一个“新社会”的“贱民”。“四人帮”用极“左”的“革命”理论、群众斗争和残酷刑法推行种种歪理：知识罪恶，文化反动，在一穷二白的基础上加速建设“共产主义社会”。他们害怕反映真实生活的文艺，迫害讲真话的作家。在“极‘左’思潮”的直接引导下，全国各地建设“五

---

① 王西彦：《炼狱中的圣火——论巴金在“牛棚”和农村“劳动营”》，《花城》1996 年第 6 期。

② 巴金：《我的写作生涯》，百花文艺出版社，2006，第 287 页。

七”干校的“大牛棚”，让大批文艺战士来“牛棚”改造。造反派认为，“五七”干校是广大革命干部认真看书学习和进行劳动锻炼的一个好地方，“炼了思想红了心”；有些同志不想到干校学习，以为离开了他工作就没有人抓，这是不相信本单位群众的力量。“五七”干校为在职干部创造了那样好的学习环境和学习条件，广大干部都要分期分批地打起背包，到干校去学习和锻炼！[①] 在这种形势下，巴金由上海作协的“小牛棚”，转到了奉贤“五七”干校的“大牛棚”接受改造。“牛棚”就是人间的“地狱”。在“牛棚”的四周到处都有“高老太爷”，尽管穿着各式各样的新旧服装，有的甚至戴上“革命左派”的帽子。在“文革”中，知识分子有像老舍、傅雷那样不堪侮辱、激烈自尽的；也有像王西彦那样不时反抗一下，和“造反派”作对的；也有像巴金那样开始真诚地愿意认罪改造，后来发现了荒谬，重新审视自己，走出了“骗局”误区的。

《随想录》就是巴金独立思考“文革”，反省自身的“表演”创作出来的。巴金在《随想录·合订本新》中谈道：

> 五十年代我不会写《随想录》，六十年代我写不出它们。只有在经历了接连不断的大大小小政治运动之后，只有在被剥夺了人权在“牛棚”里住了十年之后，我才想起自己是一个“人”，我才明白我也应当像人一样用自己的脑子思考，真正用自己的脑子去想任何大小事情，一切事物、一切人，在我眼前都改换了面貌，我有一种大梦初醒的感觉。[②]

在“四人帮”荒谬的理论强力灌输下，像巴金一样的人们在“文革”中被迫喝了“迷魂汤”，每个人的大脑都被“政治挂帅”理论洗过了，自觉或不自觉地钻进了“四害”预先精心设计好的陷阱，失去了独立思考的能力。“文革”过去，人们从“迷魂阵”中清醒过来，才恍然大悟自己上当受骗了。回首“牛棚”生活，人们仍然心有余悸。

---

① 本报评论员：《“五七”干校是看书学习和参加劳动的好地方》，《文汇报》1972年11月23日，第1版。

② 巴金：《随想录》，作家出版社，2005，序言第1页。

二　君主专制孕育“长官意志”，“长官意志”“文革”横行

在“牛棚”里，“牛鬼们”备受生与死的煎熬。工宣队头头或造反派司令一句话可以置人于死地。在“四人帮”及其爪牙的心目中，文艺也好，作家也好，都应当是他们驯服的工具。张春桥在上海“做官”的时候，面对《上海文艺》《收获》的编辑，大骂巴金。张春桥是“无产阶级革命左派”、是“好人”，他骂巴金就说明巴金是“反动派”、是“坏人”。“文革”期间，一些“长官”因为握有实权，他们心血来潮，冒出一个“革命”的想法，凭着诬蔑的力量，一些荒谬的主张竟然可以大行其道，变成“牛鬼蛇神”们必须贯彻执行的信条，变得那样合理合法，让人对那个年代扼腕嘘叹不已。“长官”们不论胡说什么，都有人吹捧，而且人人必须照办。徐景贤主管上海文艺事业，有一天心血来潮突发奇想：说出版社的首要任务是“出人”，即是培养“革命战士”的摇篮。出版社不出书，而“出人”，那学校干什么呢？可是徐景贤是“长官”，大家都要学习他的“新的提法”。本来是胡说，一下子就变成了“发展”。张春桥过去大吹“写十三年”的稿件，北京刚有人怀疑，他就大发脾气。他在上海时，如果有人反对“大写十三年”，那是吃了豹子胆。我们知道，生活是五彩缤纷的，我们有古典剧，也有外国剧。为什么只能写 1949 年至 1962 年这十三年？可见荒谬透顶。尽管荒谬，还是有人跟着“长官意志”走，积极响应张春桥的号召，主张“大写十三年”。有人请某长官观看话剧，“长官”问他：“是不是写十三年的？写十三年的，我就去看。”不幸那出戏偏偏比十三年多两三个月。“长官”一本正经地说：“不是写十三年的，我不看。”这听起来真像现代舞台的“相声”与“笑话”，但在那个时代都是那样的天经地义。巴金在《“长官意志”》中写道：

的确有一些人习惯了把“长官意志”当做自己的意志，认为这样，既保险，又没事。所以张春桥和姚文元成为“大理论家”，而在上海主管文教多年的徐某某也能冒充“革命权威”。当然这有许多原因。张、

姚二人五十年代就是上海的两根大棒。[①]

中国漫长的封建社会盛行过君主专制统治，延伸两千年之久。早在战国时期法家学派集大成者韩非子提出“法治理论”，被秦始皇在现实层面上改造成政权体制，有利于维护祖国大统一局面。然而秦始皇却过犹不及，实行严刑苛法，族铢连坐，民不堪命，导致秦二世则亡，从而使“始皇帝”开创的秦朝成为中国历史最短命的王朝。“始皇帝”君主制披着“法治”外衣，大力加强“长官意识”，必然导致暴政，从而颠覆强大无比的大秦朝。董仲舒进一步强化了韩非子理论，要求“思想上大统一”，推行天人合一，君权神授，罢黜百家，独尊儒术的政策，从而使战国时期百家争鸣的局面消失，从此以后中国人民的头脑被官方意识牢牢控制，它直接辐射了整个封建社会，使中央集权一步一步强化，到了明清达到鼎盛。辛亥革命推翻清王朝，结束了封建社会的历史，然而中国始终没有消除封建专制主义思想，没有打倒封建主义势力。辛亥革命之后中国军阀割据，封建势力仍然十分强大。国民党独裁统治导致民怨沸腾，政权易主。在这样的国度里，“长官意识”被一代一代地灌输下来，统治者希望臣民成为顺民，农民起义被一朝一朝当局者镇压在血泊之中，江山易主，换汤没换药。“长官意识”作为中华民族消极传统文化植根在人们的头脑中，唯“长官”是向，听“长官”差遣。

解放战争推翻了国民党的法统，喊着要实现民主、复兴中华、告别独裁专政，结果得了政权后，党就是国家，党能高于宪法，高官弄不清“党权”大还是“法权”大。政策代替了法律，长官意志就是法律，有法不依，执法不严，故此民主革命没有成功，奇特的政党权直接否定了革命中歌颂和追求的民主、自由、人权、法治等诉求；中国人本来因为没有自由、民主，才去革命争取自由民主的；一旦革命“成功”，就被要求压抑个人自由，搁置民主运动，换取国家的自由与政党集权的组织民主。[②]“文化大革命”就是这种局面最为显著的反映。“民主”遭受严重歪曲，法律形同一纸空文，“四人帮”凭着“长官意志”荼毒亿万生灵。

---

① 巴金：《随想录》，作家出版社，2005，第 20 ~ 21 页。

② 陈思和、辜也平主编《巴金：新世纪的阐释》，福建教育出版社，2002，第 429 页。

“民主”是以不侵犯他人正当权利为前提的。“文革”期间，人民以为大字报就是“民主”的化身。成百上千的“大字报”揭发、肯定像巴金一样的人们的“罪行”，甚至说他们是“汉奸卖国贼”。在大街上、广告牌上长时期张贴“大批判专栏”揭发“牛鬼蛇神”们的罪行，随意编造所谓的“罪行”，称“牛鬼”是狗，连“牛鬼”的三姑八姨也统统变为“狗群”。例如，萧珊第二次被揪到“作协分会”去的时候，造反派便在巴金家大门上张贴揭发她的罪行的大字报，如果不是儿子晚上把它撕掉，一张大字报真能要她的命。巴金在拨乱反正后赴法国考察，面对法国友人克莱芒先生提及“文革”，他在《“友谊的海洋”》中坦承自己的心语：

> 贴别人的大字报也不见得就是发扬民主。民主并不是装饰。即使有了民主墙，即使你贴了好的大字报，别人也可以把它覆盖，甚至可以撕掉，也可以置之不理。只有在“四害”横行的时期大字报才有无穷的威力。一纸“勒令”就可以抄人家、定人罪，甚至叫人扫地出门，因为它后面有着“四人帮”篡夺了的一部分权力。①

造反派就是凭着“长官意志”，一纸“勒令”便无情地剥夺了“牛鬼蛇神”们创作、学术、言论、出版自由。“文革”的文学百花园中一片萧条，作家们的笔都被抢走。全国上上下下只有按照“三结合”创作出来的八个样板戏：一个人“出生活”，一个人“出技巧”，一个人“出思想”。在今天的人们看来真是忍不住发笑，但在那时却是铁的事实。1975 年 10 月在一次文艺座谈会上，巴金依然听见上海仅存的出版社的“第一把手”说过今后要推广这种做法，还训斥了巴金几句。他们彼此早就相识，第一次当官有了一点架子，后来靠了边，与巴金同台挨批斗，偶尔见了面又客气了。第二次“上台”就翻脸不认人。他们掌握了出版社的大权，的确大大地推广了“三结合”的创作方法，如法炮制了不少作品，任意把“四人帮”私货强加给作者。反正你要出书，就要听我的话，于是到处都是“走资派”，“大写走资派”。巴金在《“长官意志”》把这种奇特文坛景观的走向形象地

---

① 巴金：《随想录》，作家出版社，2005，第 57 页。

描绘了出来：

> 我说句笑话，倘使“四人帮”再多闹两年，那位“第一把手”恐怕只好在《封神演义》里去找“走资派”了。更可笑的是有些作品写了大、小“走资派”以后来不及出版，“四人帮”就给赶下了政治舞台。“走资派”出不来了，怎么办？脑子灵敏的人会想办法，便揪出“四人帮”来代替，真是“戏法人人会变”。于是我们的“文坛”上出现了一种由“反走资派”变为“反四人帮”的作品。这样一来吹捧“四人帮”的人又变成了“反四人帮”的英雄。“长官”点了头。还有什么问题呢？即使读者不买账，单位把书向全国大小出版社一放，数目也很可观了。可能还有人想：这是古今中外文学史上了不起的“创举”呢！①

巴金的眼光是深沉的。他透过错乱的文学看到社会的本质：“长官意志”祸国殃民，下则使中国文学事业偏离正确的轨道，上则危及整个国家政权统治的稳定性。“文革”把中国推向了全面崩溃、岌岌可危的境地。

在《小人·大人·长官》一文中，巴金对“长官意志”进行了更深入的探讨。“长官意志”不但危及大人，而且危及幼小的心灵。林彪谈“好人打坏人”“坏人打好人”那一套很有市场，明显是胡说八道，却有人把它们当作“指示”，因为“长官”说了算，用不着自己动脑筋。巴金当时属于被打倒的“坏人”之列。全国人民都说巴金“罪大恶极”。曾经有这样的笑话：朋友的儿子问他妈妈怎么坏人都是老头子？因为他妈妈带孩子到机关来，看到巴金这些作家受批斗，或者站在草地上“示众”，自报罪行。“牛鬼”们或满头白发，或则秃头，在孩子眼中都是老朽了。小孩相信大人，大人相信长官。长官说你是坏人，你敢说你不是坏人？对长官的信仰由来已久。“牛鬼蛇神”们只好把希望寄托在包青天身上，还有人把希望寄托在海青天的身上，结果吴晗和周信芳“含恨而亡”。当年著名历史学家吴晗创作《海瑞罢官》，毛泽东牵强附会地认为，《海瑞罢官》是在影射他罢免了

① 巴金：《随想录》，作家出版社，2005，第20～21页。

彭德怀的官，于是最高“长官”发怒了。姚文元这个政治投机家适时地推出他臭名远扬的《评新编历史剧〈海瑞罢官〉》，拉开了“文革”的序幕，成千上万的“牛鬼”跟随吴晗到另外一个世界去寻找“青天老爷”，为他们的冤魂鸣冤叫屈了。

“长官”情绪易变，“下人”随之变换表情。七十年代初期五七干校批斗两个音乐界的“反革命分子”，其中一个人的反革命罪行是：他用越剧的曲调歌颂江青。照常人看来，音乐家紧跟“时代潮流”，为“女皇”歌功颂德，应当归于“革命”行列。然而“长官意志”有了变化，据说江青反对越剧，认为越剧的曲调是“靡靡之音”，这个人用江青反对的曲调歌颂江青，其实就是侮辱江青，就是“攻击无产阶级司令部”。理由实在古怪、滑稽，但事实却是这样。巴金对之发出了深沉的感叹：

> 既然我们相信长官，长官把我们带到哪里，我们就只好跟到哪里。长官是江青，就是跟着江青跑。长官是林彪，就“誓死保卫”，甚至跳忠字舞，剪忠字花。难道这是一场大梦吗?①

在中国的传统里，“忠”与“孝”是历代君主、历朝当局极力倡导的两种伦理道德，于是有了“士为知己者死，女为悦己者容”古训。马克斯·韦伯认为，“封建主义的孝，以及一般对任官者的孝顺相并列，因为孝对所有这些人来说原则上是适用的。”②元朝社会强化的等级制度，“一官二吏；三僧四道；五医六工；七盗八娼；九儒十丐”，知识分子被称为“臭老九”，理应听从“一官二吏”使唤。中国这种等级伦理中残余的现实力量是比较强大的。人民头脑中都存在“长官意志”，这在很大程度上可以解释中国历史从古到今，包括“文革”，中国的百姓、中国的知识分子为何习惯恭顺“长官”，处处小心谨慎，唯恐招惹得罪长官，潜意识地知道，一旦长官动怒了，自己的命运便会急转直下，甚至被逼得妻离子散、家破人亡。在“文革”“长官意志”雷霆声威之下，无数作家从此搁笔，即使复出之后，亦担心政治气候变迁，也不敢再发表文章。曹禺就是被“长官意志”害惨

---

① 巴金：《随想录》，作家出版社，2005，第 40 ~ 41 页。

② 〔德〕马克斯·韦伯：《儒教与道教》，洪天富译，江苏人民出版社，2005，第 219 页。

了，拨乱反正之后心有余悸，心如死灰。老巴金非常惋惜曹禺没有完全写出“心灵中的宝贝”贡献给人民。曹禺去世后，老巴金伤心地说：“他把痛苦留给了他的朋友，留给了所有爱他的人，带走了他心灵中的宝贝，他真能走得那样安详吗?”

三 “文革”之前“奴在身者”，“文革”之中“奴在心者”

“文革”十年，“牛鬼蛇神”们屈服于“长官意志”，屈服于权势，在武力之下低头，成为死心塌地的精神奴隶。奴隶哲学像铁链似地紧紧捆住“牛神”们。巴金在《十年一梦》中用“解剖刀”严厉解剖自己的灵魂：

> 没有自己的思想，不用自己的脑子思考，别人举手，我也举手；别人讲啥呢，我也讲什么，而且做得高高兴兴，——这不是“奴在心者”吗？这和小说里的黄妈不同，和鸣凤不同，她们即使觉悟不“高”，但她们有自己的是非观念，黄妈不愿意“住浑水”，鸣凤不肯做冯乐山的小老婆。她们还不是“奴在心者”。固然她们相信“命”，相信“天”，但是她们并不低头屈服，并不按照高老太爷的逻辑思考。她们相信命运，她们又反抗命运。她们并不像一九六七、一九六八年的我。那个时候我没有反抗的思想，一点也没有。①

巴金把自己在“文革”中的处境与他的长篇小说《家》中主人公黄妈和鸣凤进行对比，相同的是他们都是封建专制主义的牺牲品，都处于任人宰割的境地。不同的是黄妈与鸣凤面对专制势力从内心深处涌动反抗的力量。一个不愿“住浑水”，一个不肯做冯乐山的小老婆，并不屈服于“高太爷”的安排；而一九六七年、一九六八年的巴金面对排浪滔天的“文革”声威，巴金吓得做了缩头乌龟，毫无反抗意识。两者相对比，我们不能不感到“文革”对人的“精神奴役”是何等深重！

1933 年《家》的初版只印了两千册，以后重印了许多次，对三四十年

① 巴金：《随想录》，作家出版社，2005，第 184 页。

代的青年有很大影响。1979 年重印竟达五十万册之巨。由此可见一部优秀作品旺盛的生命力，同时也可以看出《家》中人物活动的背景依然残存，引起了读者心灵的共鸣。巴金在《答法国记者问》中旗帜鲜明、一针见血指出我们当今社会的弊端：

> 封建家庭已在新中国绝迹。但封建的流毒还存在。“四人帮”大搞的是封建主义的复辟，打起“极左”的招牌，推行封建主义，大搞家长作风，什么都是一个人说了算，不准自由恋爱，提倡包办婚姻、买卖婚姻。一人犯罪，株连九族。一个成佛，鸡犬升天，所以我说：“到处都有高老太爷鬼魂出现”，《家》的历史任务尚未完成。[①]

陈思和先生认为，人挨了打而奋起反抗，是强者意识；挨了打而忍气吞声的是弱者意识；挨了打而自欺欺人者——譬如阿 Q，是弱者想当强者（或自以为是强者）的自我幻想；唯有挨了打，还要像巴金五岁在广元县衙内看到的犯人遭到肉体摧残还要跪着向老爷叩头谢恩。这算什么意识？这是巴金在《随想录》再三探讨的问题。他在《十年一梦》中，引用林琴南一本译作的话来形容这种意识：“奴在身者，其人可怜；奴在心者，其人可鄙。”他尖锐地把它称为“奴隶哲学”。当被打者完全丧失了保护自己的能力的时候，只能靠这种自我作践来垂死挣扎。但更有甚者，是专制者施行暴力时为了使自己更加合法化，利用舆论工具不断麻痹挨打者的神经系统，以致挨打者像鲁迅所说的，那种中了细腰蜂的毒的小青虫，在不死不活的状态下，为凶残者提供美味佳肴。这种细腰蜂的毒，在巴金的《随想录》里被称作“迷魂汤”。如果说前一种叩头谢恩还是奴隶们垂死前企图自救的最后一计，那么后一种叩头谢恩才真正体现了奴隶意识的劣根性。奴隶意识成为一个时代人格的普遍特征，产生于行将崩溃的家奴时代与封建专制时代，以及崩溃后作为那个时代游魂的死灰复燃。[②]“文化大革命”就动用了一切宣传队舆论工具，利用党报党刊发表“大字报”，发表打倒“毒草”任意定罪的文章，利用电视现场直播批斗现场的“盛况”，下跪、抽打、游

---

① 陈思和、李存光主编《一双美丽的眼睛》，上海三联书店，2008，第 151 页。

② 陈思和：《人格的发展——巴金传》，上海人民出版社，1992，第 235～236 页。

行等恐怖的镜头对千千万万观众而言是一种无形的而又威力巨大的恐怖力量。在这种时局下，巴金在“文革”初期，正被法西斯宣传牵着鼻子走，真心实意承认自己“有罪”，决心要认真改造，重新做人，“文革”中的巴金“没有反抗的思想，一点也没有”，是“奴隶意识”的显现，是“奴隶哲学”的重演。通过《十年一梦》的“自我解剖”，读者能够理解一个有“自我意识”的作家如何变成“奴在心者”。

“文革”期间，巴金无条件接受造反派的一切“指示”，变成一个“精神奴隶”的表现是：别人喊叫“打倒巴金”，他也跟着喊叫“打倒巴金”；别人说“十四卷黑书”，他也说“十四卷黑书”，叫他认罪就认罪，叫他交代就交代。这究竟是出自真心，还是屈从于野蛮的暴力？也许兼而有之，也许两者皆非，而仅仅是盲从。因为那是一个盲从的时代。和绝大多数批斗者及被批斗者一样，他根本就没有了自己的思考；唯一的想法就是求得宽恕、早些过关。与别人不同的是，巴金更多一点虔诚。在“牛鬼”中，他是最顺眼的一个，劳动从不偷懒，“交代”认认真真。他一度真的以为自己“罪孽深重”：出身官僚地主家庭，信仰过无政府主义，写过“反苏反共”文章，新账旧账一起算，说他是“无产阶级专政的死敌”，并非无中生有——他的确一辈子没喊过“专政万岁”的口号。有一段时间，巴金甚至怀着受苦来赎罪的心情，并以此宽慰自己，只希望不要因为自己的罪孽拖累家人。他也曾想到过自杀，一了百了。但因为不愿亲人们为自己受累，他宁可咬着牙把一切打击自己承受下来，做一个“死心塌地的精神奴隶”。[①] 巴金这种“精神奴隶”的状态，正是“四人帮”大力利用媒体宣传与红卫兵运动导致的必然结果。巴金的“精神奴隶”状态，也是千千万万个“牛鬼蛇神”在“文革”中真实而典型的写照。

巴金这种“奴在心者”的状态，不是偶然出现，而是有着深刻的历史渊源——那就是“文革”前的20世纪的五十年代上半期，巴金已经被时局熏陶成为一个“奴在身者”：凡是国内外有重大政治事件、重要政府论文、领导人的报告讲话，如中苏论战、赫鲁晓夫下台、柯庆施和周扬的报告等，上海市统战部门或上海作协就会立即派人来找巴金谈话，谈话有时长达一

① 谭兴国：《走进巴金的世界》，四川文艺出版社，2003，第350～351页。

两小时；有时前晚刚刚广播了社论，第二天清早巴金刚刚起床，那位了解情况听取反映的人就找上门来了。1964～1965年，这样的谈话竟多达20次。而巴金的态度则是有求必应，凡找谈话都奉陪。上面说什么他就做什么，他已经决心不再思考，不再质疑，不再不安于现状。年轻时以“大胆”著称，颇有叛逆精神的巴金，现在却因为“一个接一个运动”，把一个“怕”字深深刻印在心头。[①]“文革”前夕的巴金在波澜壮阔的政治运动声威的震撼下，被迫成为“奴在身者”，“遵命文学”的写作任务举不胜举。“遵命文学”也成为迫害作家的一种重要手段。一旦圈定要批判某人，“长官”就要组织一帮人来写揭发与批判的文章，谁也不能抗拒，否则就很可能打成“现行的反革命”。张春桥要批柯灵，就强迫叶以群、巴金等人必须写作批判《不夜城》的文章，而这些“遵命文学”顺理成章成为戕害“牛鬼”最有力的“材料”与“罪证”。巴金在《随想录》痛心疾首地说：

> 倘使我也流了眼泪，那一定是悲惜白白浪费掉的二三十年的大好时光……我感到可悲的倒是流水一样逝去的那些日子……在“文革”到来之前我的确就是这样地混日子，我用一个“混”字，因为我只说实话，没有干实事。一次接一次开不完的会，一本接一本记录不完的笔记，一张接一张废话写不完的手稿。

历史的停滞固然可悲。可是认识到这种停滞，并把它提示出来，使人醒悟，又未尝不是可喜的征兆。读巴金《随想录》中那一篇篇沉重得令人感到压抑的文字时所体会到的一丝光明。但这种醒悟的意义不在于作家指出了我们社会生活中尚存着封建性的糟粕，关于这一点，已经有不少同时代人走在前头了。《随想录》鞭挞属于内省性的封建性意识——奴隶意识仅仅是其中的一种。这才是真正的醒悟，是一个个体的人面对着死亡而发出的独立宣言。[②]

巴金自称是五四运动的产儿，因为五四运动打开了他的眼睛，如饥似渴地阅读传播新文化的书报，他敢于站起来反对封建家庭也是这个时候开

---

① 彭小花编著《巴金的知与真》，东方出版社，2006，第266～267页。

② 李存光编《世纪良知巴金》，人民文学出版社，2000，第411页。

始的。巴金那一代青年高举两面大旗：科学与民主，呐喊着法国革命家丹东的名言：“大胆，大胆，永远大胆!”。五四运动给了他们无比强大的力量。“四人帮”之流贩卖的那批“左”的货色全部展览出来，的确是封建专制的破烂货，除了商标，哪里有一点点革命战争的气味！林彪、“四人帮”用封建专制主义的全面复辟来反对并不曾出现的“资本主义社会”，他们把种种“出土文物”乔装打扮，硬要人相信这是社会主义。巴金在《“五四”运动六十周年》中对历史与现实进行了客观冷静地剖析。

> 林彪、“四人帮”为了推行所谓的“对资产阶级的全面专政”，不知杀了多少人，流了多少血。今天我带着无法治好的内伤迎接“五四”运动的六十周年，我庆幸自己逃过了那位来不及登殿的“女皇”的刀斧。但是回顾背后血迹斑斑的道路，想起十一年来一个接一个倒下去的朋友们、同志和陌生人，我用什么来安慰死者，鼓励生者呢？说实在话，我们这一代人并没有完成反封建的任务，也没有完成实现民主的任务。一直到今天 ，我和人们接触、谈话，也看不出多少科学和精神，人们习惯了讲大话、讲空话、讲废话，只要长官点头，一切都是对的。①

二十世纪八十年代中国拨乱反正形成一股解放思潮，促使人们摆脱思想束缚，从“奴隶意识”中解放出来。巴金直面社会的言辞是这股解放思潮掀起的一朵美丽的浪花，这绝不仅仅是巴金一个人对当下社会的针砭与指斥。孙思白、韩凌轩在《“五四”以来反封建文化运动之史的考察》就发出了一连串的质疑甚至是声讨：

> 为什么忽然一天，宪法失去了效力，人身自由失去了？为什么“长官意志”具有高于法律条例的效力？为什么一封有力的介绍信比规章制度还灵妙？为什么官僚主义和特权思想那样严重？为什么宗教式的膜拜，忽然代替了出于对领袖的自然爱戴？为什么愚昧代替了科学

① 巴金：《随想录》，作家出版社，2005，第 39 页。

> 与文化？为什么人们无权罢免一个不得人心的官吏？为什么习惯于“为尊者讳”、“为亲者讳”？为什么到处是土禁令和土政策？为什么“双百方针”不易贯彻？为什么把中外接触与文化交流看作危险？为什么血缘、宗族的东西还在起作用？为什么梁山式的平均主义一度流行？为什么某些地区还出现买卖婚姻？如此等等，随处可见。[①]

时人的反问，归结起来就是对封建主义形形色色的表现愤怒地进行谴责。“奴隶意识”是封建专制的伴生儿。这与封建时代衙门审案被打者还要给大老爷谢恩之事如出一辙。巴金在《一颗桃核的喜剧》中最后向全社会呼吁：“没有办法，今天我们还必须大反封建。”

鲁迅的《狂人日记》中“狂人”的告白：我是吃人的兄弟！对人吃人的封建礼教进行控诉。鲁迅的呐喊：“在向着国民的同时，也强烈返回自身。”[②]“五四”时代，鲁迅对国民性剖析得精微细致，要求用“科学与民主”精神重塑国人的灵魂，“人各有己，而群之大觉近矣。”[③]巴金是鲁迅精神传承者。“文革”复出后，他对集荒唐、愚昧、专制、疯狂于一体的大灾难在国土上演十年时间，深刻地进行反省，进行忏悔，对自己过去“精神奴隶”的状态进行冷峻地分析，要求人们摆脱“奴隶意识”，高扬独立思考的旗帜，一针见血地指出当今依然要大反封建主义。这种呼吁，正是鲁迅“改造国民性”的延续，这是震撼人心的大智大勇，这是燃尽自己以求照亮中国人民前进道路的“丹柯之心”，这是要让中华民族的灵魂在烈火中重获新生的空前壮举。百岁老人巴金已乘鹤西去，他为国为民敢于直言的赤诚呐喊依然回响在祖国的大地上，让有识之士燃烧着强国富民的精神之火，奋然前行。

---

① 中国社会科学院近代史所编《纪念五四运动六十周年学术讲座会论文集》，中国社会科学出版社，1980，第537~538页。

② 黄克剑：《东方文化——两难中的抉择》，江西人民出版社，1992，第198页。

③ 鲁迅：《鲁迅全集》第八卷，人民文学出版社，1981，第24页。

第五章

《随想录》忏悔意识传播影响力研究

第一节　巴金《随想录》对内传播影响力研究

巴金《随想录》问世，仁者见仁，智者见智，莫衷一是。《随想录》被誉为“中国的忏悔录”。它的出版与发行，在神州大地上掀起了一场思想解放的新高潮，对于中国人文精神的重塑与高扬，对于“极‘左’思潮”的纠正，对于“文学救世说”的接受与推行，都产生了深远而广泛的影响。

一　批判极“左”思潮，启蒙国人灵魂

《随想录》创作于1978～1986年，正值中国社会走向改革开放的转型时期。在这一特定时期，中国思想界掀起了清算“文革”的思想风暴。1988年10月王元化、王若水创办《新启蒙》论丛，半年时间先后出版了《时代与选择》《危机与改革》《论异化概念》《庐山会议教训》，虽然仅仅发行四辑便停刊了，但是它在八十年代末期的思想解放运动中产生了广泛的影响。“新启蒙”作为描述后“文革”时期思想解放特征的词汇，受到知识界的广泛认可。“新启蒙”更多用于以思想理念影响人，以知性照亮人的心灵，它的核心是使人成为按照理性思考和行动的“成熟的人”。张光芒先生在他的“启蒙论”中把康德等启蒙思想家的人性启蒙概括为递进提升的三个层次，即自由意志、理性意志、道德意志。新时期的新启蒙所要完成

的主要是后一项工作。《随想录》一方面以文学的方式参与这一项工作，另一方面其文本又诞生于新时期的启蒙运动中，它的演说策略必然受制于新启蒙的历史语境。[①] “文革”期间，法律形同一纸空文，而法律又是道德的最低线。践踏法律，就意味着丧失道德。在那个非常的岁月里，武斗成风，一片狂热，无数人死于非命。“红卫兵”可以任意抄家、烧毁“四旧”物品，随意取走自己想要的东西。这种现象在《随想录》得以充分的再现。巴金在新启蒙思潮中，创作五卷本《随想录》，旨在拯救被“文革”抛失的“道德意志”，重新找回失落的道德感，把中国人民从“文革”思维的泥沼中解放出来，这种思想的新启蒙意义不言而喻。

《随想录》在二十世纪八十年代掀起的“新启蒙”运动，是与“五四”运动启蒙思潮一脉相承的。陈思和先生认为，在现代知识分子的精神传统里，一直有两种价值取向交替着发挥作用。他把这两种价值取向归纳为广场意识与岗位意识，前者常常作为传统士大夫的庙堂意识的补充，它企图将现代社会中的庙堂权力与民间权力相结合来推动社会的改进和发展。“五四”以来，陈独秀、瞿秋白、鲁迅等激进的知识分子和三十年代流浪型左翼知识分子基本上是走这条道路，巴金早期作为一个自觉的无政府主义者自然也是广场上的一员，启蒙与西化是他们的主要思想武器；而另外有一批知识分子，或者是作家或者是学者，他们自觉地确立了自己的工作岗位，理想的“岗位”绝不是用强调专业来掩盖对现实的怯懦，而应该是既包括职业又超越职业，知识分子的人文精神也往往通过自己岗位上的工作来体现。这两种意识可以说是现代中国知识分子精神传统的两翼，当民主空间比较大的时候，广场意识可能发挥更大的作用；但如果在民主空间比较小的环境下，岗位意识所发挥的实际作用更大些。作为一名中国作家，他的岗位意识当然不仅仅体现在文体上创造无与伦比的境界，更主要的是如何在美的创造中寄予知识分子的良知与精神作用。[②]

巴金走上写作道路之初，在法国巴黎卢梭石像前瞻仰，被卢梭的《忏悔录》深深地震撼。茅盾去世后，巴金接过中国作家协会主席一职，当之无愧地成为文坛的盟主，自然有了“庙堂权力”，表现出一个老作家的权

① 陈思和、李存光主编《一双美丽的眼睛》，上海三联书店，2008，第195~196页。

② 陈思和编著《解读巴金》，春风文艺出版社，2002，代序第9页。

威。《随想录》的创作，在中国大地上掀起了一股风暴，勇于解剖自己，勇于承担自己的责任，严厉反思“文革”，不诿过于人，这在“文革”结束后初期、极“左”思潮依然存在的环境下，是要冒极大风险的。巴金以大无畏的英雄气概，探寻“文革”产生的根源，扫除国人的“极左”思想，重新塑造国民精神。这有力地延接了五四时期鲁迅的“重塑国民性”火炬。青年的鲁迅本是在日本学医，父亲因病早亡让他立志成为一名出色的医生。然而当他看见日俄战争时期，日本人在处死中国人时，国人却踮起脚跟以一睹杀人场景为快。国人头脑简单、四肢健全的看客形象深深地触动了他敏感的神经，鲁迅弃医从文，用文学来塑造国人的灵魂。鲁迅与巴金在文学作品中的“广场意识”是非常明显的，他们要用文学作品对国民的心灵进行洗涤、荡尽残渣，还心灵以明净。巴金在“文革”刚刚结束便要创作清算“文革”的《随想录》，他看见了血淋淋的残酷现实，他洞察了极“左”思潮对中国近于毁灭性的打击，不顾年迈力衰，奋力呐喊，震醒了一批似梦非梦的中国人，使国人尽快摆脱“文革”阴霾，使国民精神旧貌换新颜。

改革开放的前几年，“极‘左’思潮”若隐若现。巴金深知当时中国思想界仍处在徘徊、迟疑的阶段，起伏不定、忽紧忽松的局势，使许多人无所适从，往往以缄口不语为上策。但巴金没有沉默，他坚持发出自己的声音。《随想录》在香港《大公报》发表，与内地相比，那里少了许多禁忌。即便如此，巴金也不断遭到批评，文章甚至遭到开天窗的厄运。至于还有人把巴金写于《随想录》之前的作品，如悼念郭沫若的文章，重新又孤立地拿出来按照现行的一些观点予以“讨伐”，更是不可取的粗暴与简单化。[①]那个渐行渐远的极“左”岁月，今天的人们是无法想象的。许多极“左”行动，今人觉得可笑，而且不可思议，但在那个年代里却是天经地义的。《随想录》面世之初，有人指责巴金不该赞同赵丹“管得太具体，文艺没希望”的遗言；指责他几次谈“小骗子”，揭露了阴暗面；指责他主张讲真话，因为“真话不等于真理”……曾经有人企图把巴金作为资产阶级自由化的代表人物，更有甚者，叫嚷着要枪毙他……”时任中共四川省委宣传

① 陈思和、李存光编《生命的开花》，文汇出版社，2005，第325页。

部副部长的李致分管文艺和出版工作，当时“极‘左’思潮”再度抬头。从实际出发，为稳定人心，四川省委宣传部公开表示四川文艺界的主流是好的，尚未发现资产阶级自由化的代表人物，立即有人指责李致他们包庇有问题的人，“助长了资产阶级自由化倾向”。[①] 历史是检验一切是非的裁判官。《随想录》在极“左”思潮尚存的环境下出版发行，体现了巴金的“世纪良心”与良知。人们对巴金深沉的呼唤，表达了对这位历尽苦难仍然保持着一片真心的伟大作家的最高尊崇，千浪淘尽始见金，《随想录》在重重的谩骂与指斥中，最终赢得世人的青睐。

出于一个伟大作家的勇气与责任心，巴金在《随想录》中大义凛然地回击与批驳了各种各样的极“左”思潮。有人要批判赵丹的临终遗言“管得太具体，文艺没希望”，巴金却在《“没有什么可怕的”》一文中，赞同赵丹的话；接着又以“究竟属于谁?”为题，深入地把“文艺属于谁”的问题提了出来。一般读者很可能把它当作“一般的”理论略读，而让那些有权宣称“我说了才算”的人感到“如芒刺背”了！在有人大肆攻击“西方文化”污染了中华神圣的净土、号召批判“全盘西化”的时候，巴金在《一封回信》中，回答瑞士作家马德兰·桑契的提问时，说“我还看不出什么‘西方化’的危机……”磨刀霍霍，“左派”们一直想对巴金动手，只能施放暗箭。于是，他们以内部文件的方式，把巴金的某些文章不记名地摘引为“资产阶级自由化”的表现，供人们批判参考。一家权威性的报纸针对巴金提倡讲真话的观点，发表短文说：“真话不等于真理，刘宾雁一伙不也是在说他们在讲真话吗?”此时此刻刘宾雁已被当作“资产阶级自由化”代表人物，成为媒体的众矢之的。在这个时期，巴金《“文革”博物馆》一文遭到封杀。[②] 斗争辨是非，斗争现真相，巴金的《随想录》是在争争吵吵中逐渐被世人接受的。1992 年邓小平南方谈话，号召国人停止“姓资还是姓社”的争论。他认为，不管白猫还是黑猫，抓到老鼠就是好猫，发展经济才是硬道理。政治环境较以前大为改善，李致主编的《讲真话的书》再版时补校了《“文革”博物馆》，去掉了存目。

从近代社会以来，价值观的问题已成为哲学的核心。“文革”使我们面

---

① 陈思和、李存光编《生命的开花》，文汇出版社，2005，第 222～223 页。

② 谭兴国：《走进巴金的世界》，四川文艺出版社，2003，第 396 页。

对的是一片精神的废墟，一切价值观念均已坍塌，“只落得一片白茫茫大地真干净。”进入新时期的文化重建主要是指道德观念和价值观念的重建。这一时期的论证纷起，表明文学界正在探讨在原有的价值体系的基础上，建立一种新的体现人类社会进步的价值观念和道德观念的可能性。[①] 面对道德的沦丧，巴金希望以《随想录》来拯救世人的灵魂，找回被肆意糟蹋的道德，把人的思想从“文革”思维中解放出来，抚平那个“人兽不分”年代对人们心灵的创伤，重新找回人们十年“文革”时期丧失的亲情、友情与爱情，让人间神圣的感情再度绽放出应有的光芒。

“文革”浩劫，巴金也和大多数知识分子一样，受到莫大的冲击。不仅他的身心受到严重的摧残，连他相濡以沫的老伴萧珊也受到迫害，离他而去，这对巴金真是重大悲痛和无可弥补的损失。时至今日，萧珊的骨灰盒还放在他的卧室里陪伴着他，萧珊的形象还深深地铭刻在他的心上。然而巴金是坚强的，他终于以八年的时间陆续写出了一百五十篇《随想录》。在青年时代，他在巴黎瞻仰卢梭石像时，就已经萌生了要像卢梭写《忏悔录》那样努力学说真话的念头。在经历了“文革”的苦难后，他鼓起了足够的勇气讲真话。第一，需要经过作家自己的“良心”检验，包括对自我的某种否定。第二，需要不顾个人的得失甚至安危，真正为人民的复兴和愿望而呐喊。而在当时一般人往往为了保住自己可怜的生存权利，就怯懦而可悲地赖活着随大流地说假话。巴金就是从这种奴隶哲学着手解剖自己，坦承自己也犯过这样那样的错误，逐步抚摸自己的良心，唤醒自己灵魂的觉醒，而感到再也不能这样混下去了。《随想录》的时代意义就在于以个人的思想发展总结出历史的教训，从而给大多数人以启示、以反思、以自省，从根本上来制止再一次发生类似灾难的可能。这种自剖和坦承是沉痛的，是需要非凡的勇气才能做到的。在体现时代精神的意义上，巴金的《随想录》比起卢梭《忏悔录》更伟大。[②]《随想录》是巴金以赤诚的胸怀来观照“文革”中的是非与得失，站在救世的顶峰上，俯瞰“文革”这场劫难，这种高瞻远瞩的视野也是卢梭《忏悔录》无法比拟的。

---

① 卜召林等：《20 世纪中国文学与道德》，新华出版社，2007，第 380 ~ 381 页。

② 陈思和编著《解读巴金》，春风文艺出版社，2002，第 35 页。

二　真诚忏悔救人心，文学救世救社会

《随想录》具有强烈的忏悔意识，这是作家真诚态度的集中表现。在中国传统文化中，最缺乏的就是忏悔意识，但凡一个人有了一定的地位和名声，就要把自己装扮成十全十美的圣人，仿佛一贯正确，从来就没有犯过错误。但一个正常的人是不可能没有错误的，于是，就有文过饰非，诿过于人的做法，说假话成为他最大的本事。林彪甚至说：不说假话成不了大事。可见瞒和骗已经成为必不可少的政治手段。在这种文化背景下，"文革"结束之后，各色人等顿时成为被害者，很少有人承认自己做过一些错事，甚至参加过御用写作班子的人，也声称自己一贯正确，从来没有写过错误文章，表态一开始就与造反派划清了界限。其实，实际情况远把简单的派别划分得复杂，即使真正被打倒的人，在他还掌握权力之时，也曾打击过别人。"文革"期间，巴金没有掌握过什么权力，也没有主动去整过别人，但为了保存自己，在以往的多次运动中，也被迫写过一些表态文章来批判别人，这在我们的现实生活中，本是常事，几乎人人有份，于是大家也就不觉得是一回事了。但是巴金很认真，他在《随想录》中反复提起这些陈年老事，深感愧疚。这就可见巴金的真诚。① 十年"文革"，真诚被无情地践踏，人间充斥着假情、假话、假事，变成了地狱，吞噬了一条条鲜活的生命。巴金在《随想录》中以真诚来感召天下人，对自己过往的错误用解剖刀来一点点挖自己的心，对那些遭受过自己伤害的人们表现出赤诚的忏悔，不加掩饰，不需遮蔽，坦坦荡荡，真真切切，最终赢得世人崇敬和赞颂。

巴金在《随想录》中通过忏悔来救赎生灵，是他一贯倡导的文学救世说的创作思想的表现。他在《复仇》的《序》中毫不掩饰地说："我哭了，为了我的无助而哭，为了人类的苦难而哭，也为自己的痛苦而哭。这许多眼泪就变成了这本集子里所收的几篇小说。"文学救世说自从鲁迅的《狂人日记》发出"救救孩子"的第一声呐喊后，便在现代中国文学中产生深远

---

① 吴中杰：《"讲真话"说的历史内涵》，《世界》2006年第2期。

的影响。虽然这个理论同儒家倡导的“以天下为己任”的精神有着千丝万缕的联系，但严格地讲，20 世纪的文学救世说早已超越传统意义上的忧国忧民意识。它表现出以启蒙主义，尤其是以浪漫主义为特点的西方意识形态。所以巴金用耶稣基督的形象来比喻自己，实不足为怪：“现在我却要学那个历史上的伟大人物‘基督’那样来诅咒人了。”（《光明·序》）传播福音，拯救人类——这是巴金交给自己的历史伟命。唯有他要宣传的并非《新约》的教义，而是世俗的西方启蒙主义思想。[①]《随想录》以客观冷静的心态、勇于担当的情怀，严厉地剖析了自己，剖析了那个人吃人的非常年代，让国人永远吸取这血淋淋的教训，使狂热的中国人清醒过来，勇敢地抛弃兽性，回归到人类良知上来。

巴金这种文学救世说是他作为一个知识分子对社会的责任与良知的实践。“要是我不把这十年的苦难生活作一个总结，从彻底解剖自己开始，弄清楚当时发生的事情，那么有一天说不定情况一变，我又会中了催眠术无缘无故地变成另一个人，这太可怕！这是一笔心灵上的欠债……”（《探索集》附录《我和文学》）“我写作是为了战斗，为了揭露，为了控诉，为了对国家、对人民有所贡献……”（《后记》）从中我们可以知道巴金愿意在自己的岗位上尽力履行责任。他对《假如我是真的》《人到中年》的肯定也和知识分子的责任感有关。沙叶新的剧本《假如我是真的》被认为“戏中由人物形象形成的环境，对三中全会以后的现实来说，不够真实，不够典型。”“对不应该同情的人物，不加分析地同情”的时候，巴金却提出了相反的评价：“话剧虽然不成熟，有缺点，像活话剧，但是它鞭笞了不正之风，批判了特权思想，像一瓢凉水泼在大家发热发昏的头上，它的上演会起到好的作用。”（《再谈小骗子》）对于谌容，巴金在《随想录》里两次表示支持：“《人到中年》写了我们社会的缺点，但作者塑造的人物充满了爱国主义的感情，这种感情不是空洞的、虚假的，而是深沉的，用行动表示出来的”（《人到中年》）。“她（谌容）有说真话的勇气。”（《三论讲真话》）巴金对这些文学作品的评价包含两层意义：既是对新一代作家的表扬，另外也是通过赞成他们的创作精神来实践自己的主张。[②] 谌容的《人到

① 陈思和编著《解读巴金》，春风文艺出版社，2002，第 214 ~ 215 页。

② 陈思和编著《解读巴金》，春风文艺出版社，2002，第 278 ~ 279 页。

中年》通过病床上大夫陆文婷回想人生的坎坷与磨难，表现了“救救中年知识分子”核心命题。巴金予以支持，后来中央加大了对中年知识分子待遇改善力度，为中国社会保护精英阶层做出了贡献，可谓是文学救世说在现实层面上的实践。

周作人在《雨天的书·自序》中说：“我看自己的一篇文章，里边都含着道德的色彩和光芒，虽然外面是说着流氓似的土匪似的话。”① 奴性是中国传统社会奴化教育的结果。“文革”期间，在暴力与强权之下，国人心甘情愿地接受“无产阶级革命教育”，住进“牛棚”，由人变成“牛”，对国人的奴性可以说是一次空前绝后的大检阅。巴金在《随想录》中以悲天悯人的态度，对“奴在身者”与“奴在心者”进行精致地刻画，洋溢出一股浓烈的人道主义情绪，对兽性大作的年代中人们的苦难寄寓了最深切的悲怜与同情。《随想录》旨在反对封建主义，追求个人解放，具有深沉的人文批判色彩，对封建法西斯种种暴行彻底揭露，还世界文明礼让的原貌。

三　文豪学者高评价，《随想录》影响深远

《随想录》问世后，在老、中、青年作家与学者中产生了广泛的共鸣。与巴金有着几十年交谊姐弟情深的冰心老人在《致巴金》书信中这样写道：“我最近在无书报刊中，又看了一遍你的《随想录》，我掉了眼泪，我为有你这样一个老弟而感到自豪！”眼泪是冰心对《随想录》的珍贵赠礼，是一代女文豪对“文革”灾难的哭诉。

英雄所见略同，与巴金情同手足的曹禺看罢《随想录》也流泪了。“我的好多朋友告诉我，他们是读了巴金的书才参加革命的，才义无反顾地冲破封建思想与感情链条。他的那颗心从那时候起就照亮着人们的路。我尤其喜爱他晚年在沉痛的深思中写出的《随想录》。在“文革”中他受不了不可言诉的折磨，他的身和心都受伤了。他的文章使我们愤怒，使我禁不住流下了眼泪，也使我清醒。我看到他在暮年，在病床上，在他的小书桌前，

① 张明高、范桥编《周作人散文》，中国广播电视出版社，1992，第10页。

用解剖刀一点点地剖析自己，对一切都不留情。他想的是什么？我想，答案是再明白不过的。一颗赤诚的心，从年轻的时候，到八十三岁的今天，从未变过。"[①] 巴金通过《随想录》再现了"文革"，针砭了"文革"。这是为了让"文革"的悲剧永远不再上演，让可爱的中国不再有苦难的洗礼，从而走上健康发展的康庄大道。

著名作家王蒙参加《随想录》笔谈，他认为，如果谈巴老在他的文章里提到了一些很让人不好意思、一些让人不愉快的事情，巴老的这种态度对一些文过饰非的人、对一些投其所好的人，有一种警醒作用，使你觉得不好意思。使我印象特别深刻的，是他不仅仅是揭了伤疤，而且，我们看到了一种精神，一种公民的责任感、道德感。如果我们都有了这种责任感，国家的希望就在这上边。我不认为巴老的这些文章仅仅是揭伤疤的，它是一种最诚恳的呼号、吁请、请求，就是我们都用一种负责任的态度对待自己，对待我们的国家。[②] 王蒙的评价是中肯的。《随想录》揭伤疤是为了提醒国人不要好了伤疤忘了痛，永远吸收这惨重的教训。《随想录》站在时代的高度，体现了巴老对国家对人民高度负责的态度，而这个负责的态度就是国家与民族的希望所在。

与王蒙同时代的知名作家冯骥才在巴金百年诞辰撰专文《文坛的节日：我们为巴老的祝寿是一种由衷的感激》。因为由《家》到《随想录》，他一直是社会良知的象征。作家是生活的良知。它纯洁、正直、敏感、悲悯，且具先觉性。在封建迷雾笼罩世人时，它呼唤着觉醒的青年一代从令人窒息的封建之"家"冲出去；当"文革"暴力刚刚灰飞烟灭时，它不是跳出苦难开怀大笑，而是紧皱眉头，拿起世界上最沉重的器具——笔，写出心底思之最切的两个字：忏悔。它不饶恕"文革"，也不饶恕自己。因为他希望心灵的工作首先是修复，包括道德和人格的修复。他知道只有人的健全，社会的发展才可能健全。作家的良心是文学的魂。魂是一种精神生命。我们从巴金的作品一直可以摸到这种生命的脉搏。它始终如一、强劲有力地跳动着。[③]《随想录》体现着世纪的良心与良知，要求修复被"文革"践踏

---

① 曹禺：《心中的巴金》，《人民日报》1987 年 1 月 18 日版。

② 李存光编《世纪良知巴金》，人民文学出版社，2000，第 374 页。

③ 冯骥才：《文坛的节日》，《人民日报》2003 年 11 月 25 日第 17 版。

而沦丧的道德与法律，有力地推动着社会巨轮朝着健康而快速的轨道上滚滚前行。

冯牧把《随想录》与鲁迅晚年杂文相提并论。总称《随想录》的五本散文体，是一部完整的著作，一部无论在思想上、艺术上都是十年文学中的具有文献价值、思想价值、艺术价值的重要的著作。这是一部反映了时代声音的大书，而不是五本小书。这一百五十篇文字从众多的侧面反映了我们时代和历史发展的一个清晰面貌。里面包括了作者对于社会生活、思想生活、精神文明和道德情操的富有启迪的思想光辉。这部巨著在现代文学史上，可与鲁迅先生晚年的杂文相比。[①]《随想录》是巴老晚年献给祖国的文学礼物，它熔铸了老作家对社会世态万象的洞若观火的深察与沉思，闪烁着人性的光辉。如同鲁迅晚年杂文，无论是思想还是技法都臻于完美，发挥着如匕首如投枪的功效。

陈思和先生长文《〈随想录〉：巴金晚年思想的一个总结》这样评价：正因为《随想录》不是一份单纯的历史反思，它的意义也始终针对现实。我们可以从一百五十篇随想中读出一颗灵魂怎样在渐渐的觉醒，一种"五四"精神——现实战斗精神和个性的自觉精神，怎样的在新的历史时期中渐渐恢复了生命力。这也是艰难的，即使对巴金这样的德高望重的老作家来说也是这样的。我们从他的随想中可以不断读到关于冷风噩梦的征象，既可以体会到老人当时的心境与处境。这种艰难性也许更重要的是在人的内心深处。既然《随想录》揭示了"五四"精神的渐渐恢复与发扬的过程，他就不能不同时展示出作家本人的心灵的变化：心有余悸与义无反顾的交替消长。这种烙印也为后人留下了一道当代思想文化的阴影。虽然《随想录》的基本主题在八年前就被决定了，但在写作过程中，作家思想的深刻性、时代性与"文革"后中国的政治生活日益宽松、和谐的局面成正比例的发展。[②]"文学为社会、为人生"，文学作品是社会的再现。《随想录》发挥老作家的"五四"战斗精神，直面"文革"，毫不畏惧，对"文革"揭批的深度与广度是一般作品无可比拟的。《随想录》犹如一副猛药，救治了

---

① 李存光编《世纪良知巴金》，人民文学出版社，2000，第375页。

② 陈思和：《〈随想录〉：巴金晚年思想的一个总结》，《香港文学》1989年第11期。

昏睡十年的中国人的灵魂，对于“文革”之后极“左”思潮时隐时现的抬头，可谓是当头一棒，使中国政治生活步入正常发展的轨道。

巴金研究专家李存光先生在《巴金：文学道路上又一座丰碑》中认为，《随想录》是五十年代以来最有价值的代表作。它对于新时期思想文化建设的贡献，在于呼出了中国正直知识分子探求真理的心声，并且及时地提出和回答了许多需要以相当勇气来面对的问题。刘再复认为《随想录》记录了整整一个时代，具有珍贵的文献价值，是鲁迅之后，代表民族最高道义和良知的散文。与卢梭不同，巴金是与时代共忏悔的。《随想录》在文学史上的里程碑意义主要有三，即标志着新时期文学结束了套饰时代，进入了说真话的时代；标志着文学自我审判和忏悔的时代开始；也标志散文真正进入了关心人、尊重人的时代。贯穿巴老《随想录》的正是伟大的人道主义精神。①

从以上知名的作家与专家学者的评价中，不难看出《随想录》作为“中国的忏悔录”，在中国历史发展的进程中，架接了“文革”前后的社会风貌，通过对自己灵魂的拷问与忏悔，对“文革”时代的控诉与斥责，极大地解放了国人的思想，摆脱了极“左”思潮的侵袭。噩梦已经结束，美好未来在招手。《随想录》从思想源头上正本清源，使人们从混沌的迷雾中解脱出来。思想是行动的指南。思想清纯明正，中国人民在新时期逐渐摆脱了“两个凡是”与“资产阶级自由化”的纠缠与争论，专心专意从事经济建设。在某种意义上说，《随想录》是改革开放新时期中国历史进程中一盏高悬的明灯，照亮了中国人民的心灵。这盏明灯在新千年的时空中依然发出夺目的光彩，它时时刻刻提醒人们只有牢记“文革”的血泪教训，加大政治环境宽松的力度，中国的明天才会是一片艳阳天！

反思“文革”的伤痕文学成为当代文学的一道亮丽风景线；如今研究“文革”的论文数以千计，论著也达百余部之多；可喜可贺的是，当下社会反映“文革”如电视连续剧《路上有狼》的影视作品也层出不穷，蔚为壮观。不难发现，巴金《随想录》传播影响力巨大，推动了国人思想解放。

---

① 吴泰昌：《我亲历的巴金往事》，上海文汇出版社，2003，第131～132页。

第二节　《随想录》忏悔意识对外传播影响力：中外文化互为流播的有效媒介

——以巴金作品为传播视角研究

1979年对中国来说，是极不平凡的一年——“文革”刚刚过去，中国改革开放新航船开始起锚。中国作协前主席巴金正在写作反思“文革”的《随想录》，以满腔热情撰写《“五四”运动六十周年》。六十年前，多少热血青年从外国请来“Democracy”与“Science”，即“民主”与“科学”两位先生来改造黑暗的旧中国，从此中国革命面貌焕然一新，催生了中国共产党的成立。在该文中，巴金向全世界庄严宣言：“我们是‘五四’运动的产儿，是被‘五四’运动的年轻英雄们所唤醒，所教育的一代人。”[①] 新文化运动斗士们大量引进和传播外国先进文化，使巴金这一代人“看见了新的天地”。在时代的大变局中，世界性因素与多元成分让中国人大开眼界，西方现代思潮与先锋思潮对新文学运动发起人产生了深刻影响。陈思和先生认为，“五四”新文学运动是一场带有先锋意识的文学运动。[②] 巴金带着“五四”先锋意识，在传承文明的大道上硕果累累。

在风云激荡的七八十年间，巴金作为世界文化使者，积极翻译外国文学名著，让中国人民接受外国先进文明的熏陶；与此同时，《随想录》等作品被翻译成几十种外国文字，使五千年灿烂的中华文化在全世界范围折射出耀眼的光芒。精神交往理论被看作马克思和恩格斯的传播观。我国学者陈力丹在考察马恩原著后指出：马、恩在论述精神交往之际，同时也大量使用了现代传播学的基本概念。[③] 巴金的译作与原作，作为传播的有效媒介，在中外文化互相交流过程中，充分发挥了传播的功能。

---

① 巴金：《巴金全集》第16卷，人民文学出版社，1991，第66页。

② 陈思和：《试论“五四”新文学运动的先锋性》，《复旦学报》2005年第6期。

③ 陈力丹：《精神交往论：马克思恩格斯的传播观》，北京开明出版社，1993，第2页。

一 巴金翻译名著，传介外国文化

在答法国《世界报》记者问时，巴金曾经说："在所有中国作家之中，我可能是最受西方文学影响的一个。" 外国文学最早对巴金产生影响是无政府主义者克鲁泡特金的《告少年》和波兰作家廖抗夫的《前夜》。巴金说："我看见了在另一个国度里的一代青年为人民争取自由谋幸福的斗争之大悲剧，我第一次找到了我的梦景中的英雄，我找到了我的终身事业。"① 巴金怀着对未来出路的探索，来到法国求学，在西方名著的启发与熏陶下，创作了处女作《灭亡》，法国成为巴金走向文坛的起跑线。从此，他广泛涉猎世界文学名作，博采众长，如饥似渴地吸收西方文学技法，再以皇皇巨著成为驰名世界的作家。1980 年巴金在日本东京演讲《文学生活五十年》，列举了他效法的世界文学巨匠名单。"我在法国学会了写小说。我忘不了的老师是卢梭、雨果、左拉和罗曼·罗兰"，"除了法国的老师，我还有俄国的老师亚·赫尔岑、屠格涅夫、托尔斯泰和高尔基"，"我还有英国老师狄更斯；我也有日本老师"。② 由此可见，西方一些知名文学大师都成为巴金学习的榜样。巴金为了吸收外国文学精华，也为了改造和启蒙中国进步青年，积极翻译外国作品，自觉担当文化传播的使者。

巴金第一篇翻译小说是俄国迦尔洵的《信号》。巴金还翻译过屠格涅夫的长篇小说《父与子》和《处女地》，还有波兰廖抗夫的自传体小说《薇娜》。"文革" 后期，他又重新翻译年轻时代就开始翻译、后因抗战中断的俄国著名作家赫尔岑一百余万字的《往事与随想》。在剧作翻译上，以《夜未央》最具传播影响力，经巴金翻译后曾多次在国内上演。

众所周知，译者的个人家庭环境、成长历程不同，审美趣味也有所不同。巴金同样喜爱翻译自己中意的作品。"非令他怦然心动之作品他不开译，非令他心仪之作家不译介，非他力所能及之作品他不动笔，非令他生共鸣之作家他不眷顾。"③ 郭著章在《翻译名家》中把巴金的译作分作两类：

① 巴金：《信仰与活动》，《水星月刊》1935 年 5 月第 2 期。

② 巴金：《巴金论创作》，上海文艺出版社，1983，第 10 页。

③ 王友贵：《巴金文学翻译初探》，《巴金研究》2000 年第 1 期。

第一类是俄国无政府主义者和虚无主义革命者的传记和著作，巴金则爱好翻译他“精神上的母亲”克鲁泡特金的作品。巴金生活在官僚地主家庭，目睹社会底层人民的血泪生活，从《告少年》译著中希望找到一条救世的道路。巴金原名李尧棠，为了纪念在法国死去的朋友巴恩波，取一个“巴”字；为了说明克鲁泡特金对他影响，取一个“金”，可见克氏对巴金影响之深。第二类主要翻译屠格涅夫作品。在他看来，屠格涅夫的作品注入了深厚的社会内容，在作品中所追求的不仅仅是个人的自由和完善，而且强调了人的崇高社会责任感，把个性之美、个人的自由、性格的完善，提高到祖国和民族的解放事业这一思想高度来加以衡量，并给予充分地刻画和揭示，让他的主人公肩负起重大的社会解放使命。巴金从 1935 年发表他翻译的屠氏散文，到 1978 年出版译著《处女地》，长达四十三年之久。[①] 这一时期非常吻合中国三四十年代抗日、五六十年代抗美、抗苏的民族解放运动大背景。巴金通过译作，用屠格涅夫的不朽名著来塑造中国人民爱国精神，培养中华儿女建设新中国的神圣使命感。

仔细研读巴金自叙作品，在不同历史时期，巴金侧重点有所不同。在谈到谁对他影响最大时，巴金有时说他的第一个老师是卢梭，有时说影响最深的是托尔斯泰，有时推崇克鲁泡特金，有时则醉心于屠格涅夫。这些看起来矛盾的诸种说法，在巴金身上统一起来了。因为巴金的政治观点、美学思想、创作风格都有一个发展演变的过程，不同时期，在不同的问题上，自然有不同的答案。结合他的思想实际和创作实际来考察，我们可以列出这样一个影响巴金的外国作家的系统表：

俄国文学：（一）克鲁泡特金——妃格念尔——高德曼——柏克曼——斯捷普尼雅——阿尔志跋绥夫。（二）赫尔岑——车尔尼雪夫斯基——托尔斯泰——屠格涅夫——杜斯妥也夫斯基——契诃夫——高尔基等。

法国文学：卢梭——雨果——左拉——莫泊桑——罗曼·罗兰等。

其他欧美作家：狄更斯——王尔德——惠特曼——伏尼契夫人——托马斯·曼——《圣经》等。

日本作家：夏目漱石——田山花袋——芥川龙之介——武者小路实

① 陈思和、李存光主编《一双美丽的眼睛——巴金研究集刊卷三》，上海三联书店，2008，第 539 页。

笃——有岛武郎等。[①]

从系统列表中，我们可以看出，世界范围内的文学巨匠对巴金影响至深。外国文化孕育了巴金，欧风美雨熏陶了巴金。

勤奋、多产是巴金作译著的特点。巴金一生总共翻译了数百万字外国作品，后来结集出版。他在《巴金译文选集》中谈到自己的翻译。“我并不满意自己的译文，常常称它们为‘试译’。因为严格地说它们不符合信、达、雅的条件，不是合格的翻译。可能有人说它们‘四不像’：不像翻译，也不像创作，不像外国前辈的作品，也不像我平时信笔写出的东西。但是我像进行创作那样，把我的感情倾注在这些作品上面。丢失了原著的风格和精神，我只保留着自己的那些东西。可见我的译文是跟我的创作分不开的。”外国名著经过巴金翻译，融合了中国作家的思想与感情，契合中国本土化的需要，是一种艺术的再创作。巴金无疑发挥了一个作家的主观能动性，在东西文化激荡中，取其精华，去其糟粕。在西学东渐的浪潮里，掀起了一朵美丽的浪花。

1928 年末，巴金翻译高德曼的作品，就放开了手脚。巴金自述道：“我底译文并不是按字直译的，我把原文稍微改动一点，增加了几节进去，但对于原意并无妨害，因为我与本文作者高德曼共鸣。”翻译人家的文字不仅可以“改动”，还要“增加了几节进去”。这显然是巴金作为一个作家的再加工，是在“精神的母亲”高德曼共鸣下闪耀的思想火花。1939 年 9 月巴金重译亚米契斯的《过客之花》更加放开手脚。他这样直率地说：“最近翻着这本小书，觉得还可以重印，便费了一天的工夫把它修改一遍，改的地方不少，可以说是重译。不过原文不在手边，无法逐字校阅，或许仍有错误的地方也未可知。”“重译”在这里似乎应该理解为“重写”，因为“原文不在手边，无法逐字校阅”，当然是重新创作了。[②]

翻译曾是“文革”期间巴金的精神寄托。屠格涅夫的《处女地》，几十年前巴金根据英文本翻译过，现在又以俄文本原著重译。巴金选择这部名著的原因是什么呢？1974 年 8 月他在该书《译后记》中，特地引用屠氏散文《俄国语言》，表达了自己的心声：“在疑惑不安的日子里，在痛苦地担

① 谭洛非、谭兴国：《巴金美学思想论稿》，四川大学出版社，1991，第 304～305 页。

② 四川省作家协会编著《论巴金》，四川人民出版社，2003，第 441～442 页。

心着祖国命运的日子里，只有你是我唯一依靠和支持!”在“四害”猖獗的岁月里，巴金借俄国巨匠之口，倾诉自己内心的悲愤之情。赫尔岑《往事和随想》，是一部百余万字的政论、随笔和散文集。1928 年初巴金初到法国时候读到的，他感觉到中国当时的社会现状和 19 世纪沙皇统治下的俄国太相似了。1974 年 9 月完成《处女地》重译之后，巴金全力投入《往事和随想》这部名作的翻译之中。

1976 年周恩来总理离世。巴金不仅被剥夺了写作的权利，甚至连悼念总理的权利也没有，他把满腔悲愤倾注在《往事与随想》译著之中：

> 我每天翻译几百字，我仿佛同赫尔岑一起在 19 世纪的暗夜里行路。我像赫尔岑诅咒尼古拉一世的统治那样，咒骂“四人帮”的法西斯专政，我相信他们横行霸道的日子不会太久。[①]

在群魔乱舞的年代，俄国名著《往事与随想》的翻译，成为巴金痛苦心灵的疗养所，犹如“在寒夜里点燃篝火”[②]，使他不致倒在黎明前最黑暗的时期。世界文学宝库发出光与热，暖和了巴金冰冻的心，那是力量的源泉。巴金译介到中国的西方作品往往充满了血与火的斗争，充满了对苦难和不幸的同情，充满了对理想的追求，这是巴金译作的主旋律。五四新文化运动引领巴金进入域外文化的堂奥，他又几十年来执着地从事翻译工作，经过大作家艺术改造，一部部译著本土化，而成为中国人民吸收外国文明的精神财富!

二　翻译巴金名著，传播中华文明

1978 年 4 月，友人潘际炯从香港寄信给巴金，请他赐稿。此时，潘际炯供职于《大公报》，主持副刊《大公园》。巴金异常高兴。因为他知道国内尽管已有了发稿的空间，然而有些话在上海还是不好写，也不好发。而香港《大公报》无疑是一块理想的发稿园地。于是他在翻译《往事与随想》

---

① 巴金：《一封信》，《文汇报》，1977 年 5 月 21 日。

② 巴金：《巴金全集》第 21 卷，人民文学出版社，1991，第 640 页。

的间歇，1978 年 12 月 1 日写作了他的华章浩繁的巨著《随想录》的第一篇随想《谈〈望乡〉》。巴金之所以要为一部日本电影大发感慨，完全是针对当时国内的极“左”思潮。当《望乡》在中国内地上映以后，那些在“文革”中看惯了几个样板戏和《春苗》等电影的人们，却无法接受这样真实的电影画面。[①]

《随想录》在《大公园》引起社会注目，使文坛吹进一股清新的春风。一石激起千层浪，在社会的思想解放浪潮冲击下，极“左”思潮的余威渐渐消退了。

《随想录》一经香港《大公报》发表，很快引起世界有识之士的热切关注。目前在国际上已有日文本、法文本、俄文本、德文本、英文本等多种译本。其中日文本发行最早，书名叫《巴金随想录》，由筑摩书房出版，原社长柏原成光克服重重困难，此书才得以面世。译者是日本新闻界前辈石上韶。几十年前，巴金的《激流》三部曲和《寒夜》早已被译成日文，为广大日本作家和日本读者所喜爱。《随想录》问世后，马上又引起日本作家水上勉、宫川寅雄、西园寺公一等知名人士的高度关注。巴金的知心国际友人井上靖特地撰文《致巴金先生》，他读了日文版《巴金随想录》，深有感慨：“作为一个文学家，有如此雄心，不禁使我肃然起敬。书中的几篇随感，使我深受感动。我想，这样的随感辑成几卷，用诚恳真挚的文学家发自心底的呼喊，会使人们清楚地知道中国的‘文化大革命’和‘四人帮’究竟是什么，会使人们了解其全貌和内涵。它不仅使人们知道了那黑暗时代，而且会叫人思索更广泛的政治和文化问题。”[②] 日本作家这种感言，高度概括了《随想录》的时代意义，不仅是中国一部能够引起“百家争鸣”的巨著，更是具有广泛的国际影响的世界名著，丰富了世界文学长廊。

日本著名戏剧家木下顺二与巴金会晤时，特地带来了他在书页上加了许多批注的《随想录》《探索集》《真话集》日译本，对巴金说：

> 我知道你对自己的尖锐批评和自我解剖，是很痛苦的。但由此可

---

① 窦应泰：《巴金：最后 32 个春秋》，民主与建设出版社，2005，第 141 页。

② 李致、李舒主编《巴金这个人——献给中国当代文学大师巴金百年华诞》，成都时代出版社，2003，第 94 页。

见，你对未来、对现在有强烈的历史责任感。你在《春蚕》一文中说："我是春蚕，吃了桑叶就要吐丝，哪怕放在锅里煮，死了丝还不断，为了给人间添一点温暖。"这对我是一种批评，也是一种鼓励，因为我本想退休隐居了。

巴金以崇高的人格感染着木下顺二，他也要向巴金学习，晚年也决心尽自己的努力为社会多做贡献。人格的魅力是没有国界的，具有世界范围内的普适性，它会向世界人民源源不断地放射出耀眼的光芒，去普照共同前行的路。

日本作家和文化界人士板井洋史、代田智明、山口守，藤井省三等人在日本《猫头鹰》期刊"巴金文学专辑"上发表《随想录》座谈会记录。在谈到《随想录》的自我批评时，山口守说："巴金确实不断深刻地剖析自己，在《随想录》中就有他的自我反省……巴金似乎正处在三十年代鲁迅的位置。"藤井说："确实如此，别的作家在经历了'文革'复出之后，都说自己是被害者，而巴金却说自己也曾经是害人者，这样的文学家非常少。"山口说："可以说巴金是独一无二的。在这种意义上讲，我认为他是位非常优秀的作家，很好的文学家。"代田说："是的，他已是八十高龄的老人了，还要重新修正、建立自己的文学，这真不简单，确有类似鲁迅的性格。"① 巴金在《随想录》中体现的忏悔意识，反映了中华民族的自省精神，给隔海相望的邻国进步人士以强烈的心灵震撼。

法国作为巴金走向文坛的起点地，"巴金热"几十年来在法国一浪高过一浪，巴金的许多作品被译成法文。最早的法译文是巴金 1921 年的处女作《怎样建设真正自由平等的社会》，最迟法译文是 1989 年 3 月的《一封公开信》，前前后后长达六十余年之久，可以说是世界文学史上一种罕见的文学景观。1947 年明兴礼翻译巴金小说《雾》较为出名。成书出版的法文本有 1928 年的《灭亡》、1929 年的《复仇》、1931 年的《家》、1932 年的《海的梦》《春天里的秋天》、1934 年的《长生塔》、1938 年的《春》、1940 年的《秋》、1942 年的《龙·虎·狗》、1944 年的《憩园》、1946 年的《寒

① 徐开垒：《巴金传》，上海文艺出版社，1996，第 689～690 页。

夜》、1987 年的《随想录》。付印十七本书在十三家不同出版社出版，巴金成为法国最为引人瞩目的作家之一，每个阶段作品问世，都有相应的法译本问世。巴金的作品译文不需要太多的评注。《随想录》也只有两集添加了大量的评注，以便法国读者能够更好更准确理解。

《家》是巴金第一部被翻译成法文的长篇小说，汉学家明兴礼与巴金商洽翻译事宜，由倾心 27 年译成法文版《红楼梦》的著名华裔翻译家李治华进行翻译。1981 年《随想录》部分文章被译成法文，1992 年《随想录》选集法文本出版，2002 年出版了法文本《探索集》，完整地翻译了《随想录》。

法国对巴金研究的科研论文与巴金作品翻译是同步的。1986 年张立慧和李今主编的《巴金研究在国外》，收集了白礼哀、明兴礼等法国汉学家科研成果，巴金作品研究成为留法学生硕士、博士论文的研究对象。

巴金早已成为法国媒体的聚集对象。几十年来民间团体、知名报刊、电视台纷纷关注这位中国文坛的泰斗。1989 年 11 月 15 日巴金 85 岁诞辰，为了对巴金表示敬意，法国的中国研究会在巴黎赛努斯奇博物馆举行庆祝活动，由拉丽特、吴德明发起。1997 年 11 月 29 日《世界报》头版刊文："九十四岁巴金边吃辣面边搞政治"。2003 年 11 月 27 日《世界报》头版发文："无奈高龄近百，作家巴金要求安乐死。"2003 年 10 月 23 日《费加罗报》上，二十五年前曾与巴金有过一次晤谈的两名记者之一沙布龙撰文："巴金，樊笼中的蛟龙"。2004 年 3 月，值"中法文化年"项目之一——巴黎图书展开幕之际，《文学杂志》出版专号，向"老将巴金"致以敬意。2005 年 10 月 18 日，巴金去世的消息在法国电台和电视媒体上播出。法国三家大型日报均辟专栏刊登长篇逝者生平，文章的标题总体来说较为准确地反映了巴金在法国民众心目中的形象：比如浮德里克·勃班在《世界报》撰文"巴金，二十世纪中国文学的巨人"；多明尼克·吉乌在《费加罗报》发文"巴金，中国最具声名的作家"；皮埃尔·韩石"巴金不会写冬天。"① 巴金是中国文化的象征，在法国人民心中树立起一座伟岸的丰碑。巴金作品在西方国度里成为文化交流的纽带，备受学者和人民的关注与推崇。

巴金的作品在俄国也广为传播。五十年代发表了第一个真正的俄文本

① 陈思和、李存光主编《一粒麦子落地——巴金研究集刊卷二》，上海三联书店，2007，第 229～230 页。

巴金短篇小说集，收入《月夜》《长生塔》等九篇小说。1959 年莫斯科国立文学出版社出版了由费德林选编，彼得罗夫作序的两卷本《巴金文集》。这一时期，《激流》三部曲与《沉落》等小说俄文本均得以出版。1974 年 4 月，莫斯科国际友谊宫举行了纪念巴金诞辰七十周年晚会。1984 年彼得罗夫在苏联《妇女杂志》发表《纪念巴金八十大寿》，表达了俄国人民对中国文坛巨匠巴金的崇高的敬意。

1991 年俄国科学院远东研究所索罗金教授写作《遥远历程的路标》，在序言中，他对《随想录》内容、巴金英勇精神，其承认错误勇气进行妥当评价。他认为巴金一直保留着下列核心特点：作家对人类责任意识、对真理和争议的追求、对解除人类所受的各种社会和精神上的奴隶枷锁的痴心。①

巴金诞辰一百周年，圣彼得堡国立大学东方系举办了纪念巴金百岁《远东文学研究》国际学术研讨会。一共有来自七国五十位学者与会。谢列布利雅科夫在开幕词中，有信心地表示：21 世纪巴金的作品依然会打开精神顿悟、崇高理想、纯洁意图之世界，它们符合当代读者的道德要求，给予人们深刻的美感乐趣。② 捷罗霍夫丘夫的《当代中国文学中的巴金传统》引起了与会者的积极反应。学者将巴金及其同时代作家曾经面临的挑战与当代文学面临的问题作比较，针对如何对待外国文学问题进行探讨。莫斯科国立语言大学扎哈洛娃教授撰文《巴金散文》。她研究了散文作为一种文学形式的特点，并高度评价了巴金对推动散文发展的贡献。巴金作品具有不朽的永恒价值，俄国学者与人民对此给予充分肯定和赞赏。巴金代表作《家》为俄国学生必读之书。在俄国汉学教育中，比如在圣大东方系，对巴金作品的认识是汉学家培养不可分割的一部分。③

根据巴金先生 1934 年 30 岁时散文集《忆》翻译的《巴金自传》，由作家翟梅莉译出。2008 年 1 月由美国印第安纳波利斯大学出版社推出英文版，向英文读者介绍："它是 20 世纪中国最具影响力和最多著作之一作家的重

---

① 索罗金：《巴金选集》，莫斯科・彩虹出版社，1991，第 5 页。

② 谢列布利雅科夫主编《远东文学研究研讨会论文集》，圣彼得堡・和平玫瑰出版社，2004，第 15 页。

③ 陈思和、李存光主编《一粒麦子落地——巴金研究集刊卷二》，上海三联书店，2007，第 213～214 页。

要著作，反映了作者早期生活于他的有教养的、富裕的大家族中的肖像。”[①] 英文版《巴金自传》问世后，很快引起美国学者关注，加州—伯克利大学、普林斯顿大学的学者们纷纷撰写评论文章，给予高度认可。

2006年巴金逝世一周年之际，为了表示最好的纪念，召开巴金精神遗产研讨暨《随想录》出版二十周年座谈会。韩国全南大学李喜卿先生介绍了《随想录》韩文版在韩国学界的深远影响。

2008年1月繁体字版《巴金先生纪念集》由香港文汇出版社出版，珍藏本限量发行三百部，配有精美的特制藏书票，刻有“巴金文学馆珍藏”印，该版本不对外发售。普通本当然没有限量，在香港书市上广为流传销售。历史永远不能忘怀，“文革”结束初期，极“左”思潮余波未断，是香港《大公报》让不朽名著《随想录》得以问世，并在全世界读者中展开了一场轰轰烈烈的“百家争鸣”，丰富了世界文学宝库。

三 频授国际大奖，见证文化传播

巴金以等身的著作，不朽的作品奠定了自己在中国二十世纪文坛崇高的地位，成为中国人民家喻户晓的作家，赢得“2003年度中华文学人物”评选中“文学先生”桂冠。据《新浪网》2004年1月8日报道，获奖的评选词为：

“文学先生”巴金：

巴金是一个伟大而丰富的文学巨匠。他的文学生活跨越了两个世纪，近八十年的文学创作道路是他追求真理、探索人生的艰难历程，也是20世纪中国文化发展的一个缩影。他的小说《激流三部曲》、《寒夜》等已是中国新文学上的经典。晚年，他的《随想录》等著作，语言返璞归真，思想沉潜深宏，尤其是他顽强的求真意识，不懈的人文追求，成了几代知识者艰难前行的精神滋养。无论是他浩瀚的文学著述，还是他奇迹般的生命意志，都成了这个时代难以超越的丰碑。

① 陈思和、李存光主编《一双美丽的眼睛——巴金研究集刊卷三》，上海三联书店，2008，第523页。

评选词极其精练地概括了巴金对中国的杰出贡献，是“20 世纪中国文化发展的一个缩影”，可谓是一个象征性的“中国符号”。正因为如此，巴金还被评选为2003 年度“感动中国十大人物”之一，颁奖词如下：

> 巴金：
>
> 穿越一个世纪，见证沧桑百年，刻画历史巨变，一个生命竟如此厚重。他在字里行间燃烧的激情，点亮多少人灵魂的灯塔；他在人生中真诚地行走，叩响多少人心灵的大门。他贯穿于文字和生命中的热情、忧患、良知，将在文学史册中永远闪耀着璀璨的光辉。①

几十年来，巴金作品被翻译成外国文字，在全世界广泛传播。“巴金热”在一个又一个国家点亮了人民“灵魂的灯塔”，叩响了人民“心灵的大门”，故而获得一项又一项国际大奖，以表彰他在中外文化交流中不朽的功绩。巴金沟通中外文明，受到全世界人民的尊重。

1927 年，刚满二十三岁的巴金远赴法兰西留学，创作了第一篇小说《灭亡》，在叶圣陶的支持下，在《小说月报》上发表，在异国他乡走上了中国文坛。1979 年 4 月，时隔五十余年，他重新踏上这片梦里深情的地方，来到塞纳河畔，聆听巴黎圣母院的悠扬钟声。法国多家媒体采访，远在美国的华裔女作家聂华苓和她的丈夫、著名诗人安格尔也专程飞到巴黎，著名作家韩素音也闻讯赶来了。在巴金身边簇拥着这么多国际上负有盛名的文坛骁将，是国际文坛上的一次盛事。

1983 年 5 月 7 日，中国作家协会主席巴金八十华诞之际，来到上海展览馆宴会厅，接受法国总统密特朗代表法国人民授予他“法兰西共和国荣誉军团勋章”。在隆重的仪式上，一百多名中外记者围在巴金周围，闪光灯耀人眼目。5 时 45 分，密特朗总统径直走到巴金面前，紧紧握住他的双手：“尊敬的巴金先生，我见到你很高兴。我们早就了解你了，你的许多作品被翻译成法文。”在授勋讲话中，总统发表热情洋溢的演讲：

---

① 陈思和、李存光主编《生命的开花——巴金研究集刊卷一》，文汇出版社，2005，第 297 页。

大师：

我很荣幸地以法国政府的名义授予你荣誉军团的勋章。

……你的著作富有力量与世界性意义的敏锐力与清醒感，在注视着生活。

今天，在您的身后，在中国文学界里，新的一代正在崛起。他们从您的形象之中看到了自己，并且希望寄托在对您这位老人的效仿之中。对您这个老人来说，青春的美丽的东西，而且这一直是我鼓舞的源泉。“这一代正在准备，并且也已开始，循着您的脚印，由自己向世界表明，——表明一个现代的、开放的、富有多样性的中国正决心全力为人类伟大的文化运动做出贡献”。大师，法国通过您，谨向这一代人致以敬意。①

总统对巴金作品给予最高评价，用“世界性意义”来高度概括。他认为巴金是一个驰名世界的伟大作家，通过自己的作品，表达了对所有被压迫者的深切同情，为全人类的文学宝库做出了很大的贡献。

巴金感谢总统给他带来崇高的荣誉，致答词：

作为一个中国作家，我的作品被译成法文，受到读者的喜爱，这就是对我很大的荣誉了。我的第一部作品是在法国写成的，从此我走上了文学的道路。五十几年过去了。今天，总统阁下光临上海，在我病中给我授勋。我认为，并不是我个人有什么成就，这是你对我们社会主义中国的尊重，对历史悠久的中国文化的尊重，这是法国人民对中国人民友好的象征。我怀着愉快的、感激的心情接受这个荣誉。今后，我将为我们两国人民友谊的发展和文化交流，作出更大的努力。②

法国荣誉军团勋章正面中央，交叉着两面法兰西三色国旗，闪烁着夺目的光芒，凝结着中法文明融合的光辉。巴金传递着两国人民深厚的友谊，

① 徐开垒：《巴金传》，上海文艺出版社，1996，第711~712页。

② 吴泰昌：《我亲历的巴金往事》，文汇出版社，2003，第116页。

是实实在在、不折不扣的中法文化的传播者。

1980年4月，77岁高龄的巴金飞到东京，站在他下榻的旅馆阳台上，俯瞰这座当时亚洲最高的电视塔——作为现代东京标志的330米最高建筑东京塔，内心激动。历经"'文革'炼狱"般严峻考验，他作为文化使者访问日本。

1990年7月，日本为表彰巴金在中外文化传播可圈可点的功绩，授予他"福冈亚洲文化奖创设特别奖"，目的是"资助亚洲地区的文化发展和成长，同时加强相互理解，为和平事业作贡献。""以一个城市的名义，表彰对亚洲的学术文化有贡献的个人和团体，这在日本尚无先例，是日本首项国际奖"。在受奖五人中，巴金名列首位。授奖理由是：

> 巴金先生是一位处于现代中国文坛顶峰的作家，他的存在代表着亚洲的理性。

1919年5月4日，北京爆发了反帝反封爱国的"五四运动"。在这场运动中，巴金从超越国家的普遍性的高度为席卷全国的爱国主义敲响了警钟，其本人也在上海和法国参加了无政府主义运动。对于巴金先生来说，无政府主义是民众的解放，是自由、平等和博爱，是对人类之爱和人道主义的普遍性的追求。

……巴金的存在成为凝重历史的见证，对于亚洲的理性和文化的形成发挥了极大作用。可以说，以他的业绩而获得'福冈亚洲文化奖创设特别奖'当之无愧。[①]

中日文化交流，源远流长。早在唐代，日本便派遣十三批"遣唐使"，渡过大海，来到长安，学习租庸调制。遣唐使学成回国，进行日本历史上划时代的改革——"大化改新"，使日本由奴隶社会向封建社会转型；鉴真和尚东渡日本，传播中国文化。从此以后，中日两国人民世代友好往来。历史进入二十世纪与新千年，巴金作品被译成日文，在日本广为传播。巴金对于"亚洲的理性和文化"的形成发挥出极大的作用。

---

① 李存光：《巴金评传》，中国社会出版社，2006，第231~232页。

1982 年 3 月 5 日，意大利驻华大使塔马尼专程来到上海，代表意大利授予巴金“但丁国际荣誉奖”。但丁为了维护共和国独立，曾遭到残酷的迫害。为了唤醒人心，但丁创作《神曲》。意大利政府认为，巴金在“文革”中历经劫难，并在《神曲》中获得新生，故而应该获此殊荣。巴金说：“这是很珍贵的礼物。我很喜欢但丁的作品，在困难的时候，但丁作品增加了我的勇气。”著名诗人赵瑞蕻闻知巴金获得但丁奖时，诗兴大发，创作长篇抒情诗《再赠巴金先生——并祝贺他荣获意大利但丁国际奖》这样写道：

> 慷慨的人，多么慷慨！
> 把自己一生的心血凝结在书中，
> 让精神的花朵开放在黑夜里，
> 对未来微笑，点燃一盏希望的灯！
> ……
> “文革”中你背诵但丁的诗篇，
> 《神曲》给你力量和信心——
> “走自己的路，让别人议论去吧！”
> 浓云散尽，照临的是新的光明。
> 如今你获得“但丁国际奖”
> 为祖国带来了荣誉、艺术、青春！
> 但丁，文艺复兴前期的曙光啊，
> 我们向所有为世界增光的作家致敬！①

1990 年 2 月，苏联最高苏维埃主席团决定授予巴金“人民友谊勋章”，以感谢他“对苏联与中国文化发展所做出的重要贡献。”巴金翻译赫尔岑的《往事与随想》、屠格涅夫的《处女地》等俄国作品，而他自己的作品也被翻译成俄文，发行几百万册，成为世界文化全库中的优秀财富。巴金在答词中说：

① 李致，李舒主编《巴金这个人——献给中国当代文学大师巴金百年华诞》，成都时代出版社，2003，第 7 ~ 8 页。

> 发展人民之间的友谊是我一生的目标。我始终记得列夫·托尔斯泰那句话："把人民团结起来的就是最美的、善的。"直到今天，托尔斯泰仍是我尊敬的老师。我十四五岁的时候，俄国文学和他的人道主义精神，就曾唤醒我这个中国青年的年轻灵魂，使我懂得热爱文学，追求人民友谊，在几十年创作生涯中保持艺术家的良心。①

巴金作品成为中外文化传播的有效媒介，不仅属于中国，而且属于全人类；巴金以不朽的著作跨越国境，走向世界。在一定的程度上讲，巴金是世界文学的产儿。他吸收世界文坛泰斗的精神营养。伏尔泰为蒙难者仗义执言，大声疾呼，平反冤案。托尔斯泰等大师们给巴金以巨大的精神鼓舞。"文革"之后，巴金以"讲真话"为宗旨撰写《随想录》，在西方世界广为传播，成为人类的文化遗产。

巴金以强烈的人道主义精神，在中西文化之间架起了一座桥梁，有力地昭示着中国文化在世界中举足轻重的地位，从而具有世界性的意义。在市场经济社会的今天，人们受着拜金主义等腐朽思想的侵蚀，巴金作品体现出的人文情怀，有利于全世界人民树立正确的价值观和世界观。正因为如此，1975 年三十多位代表法国所有汉学机构的汉学家联名建议，要求将诺贝尔文学奖授予巴金。后来虽然因为文化意识形态"资本主义"与"社会主义"认识的差异，未能如愿以偿，但这足以证明巴金影响了全世界。1999 年中国天文学家在浩瀚的太空之上，发现了一颗闪亮耀眼的小星星。因为巴金在中外文化传播中做出了卓越的贡献，中国政府决定将其命名为"巴金星"。"巴金星"永远飞行在广袤的宇宙中，光耀于全人类！

第三节　《随想录》忏悔意识对外传播影响力经典个案分析：架设中法友谊的一座桥梁

——巴金作为文化传播使者之探析

在遥远的玛伦河畔，巴金在异国他乡翻译克鲁泡特金的巨著《人生哲

① 赵兰英：《巴金荣获苏联最高荣誉勋章》，《人民日报》（海外版），1990 年 4 月 12 日。

学》，还翻译廖杭夫的《薇娜》，并为外国女革命家写传。与此同时，巴金在法国创作《灭亡》，由此步入文坛。法国可谓是巴金的第二故乡。几十年后，巴金率领中国代表团访问法国，在他著名的《随想录》中详细地叙写着见证中法友谊的文字。巴金作为文化传播使者，在中法两国之间架设了一条沟通友谊的大桥，因此而获得法兰西荣誉勋章。

一 玛伦河畔，巴金在他乡走上文坛

巴金青年时代动身前往法国留学之际，收到大哥李尧林从苏州寄来的家信，信中充满无限的关心与提携之情：

> 你到法国后应当以读书为重，外事少管。因为做事的机会将来很多，而读书的机会却只有现在很短的时间。对你自己的身体也应当特别注意。有暇不妨多运动，免得生病。①

1927 年 1 月 15 日，二十三岁的巴金与朋友卫惠林一道，在黄浦江边登上了法国邮船公司“昂热”号邮轮，离开大上海，自费去法国留学。挥手告别祖国，他的内心如同东海波涛大浪一样翻滚，“再见吧，我不幸的乡土啊！我恨你，我又不得不爱你。”爱恨交加，离愁无边。

关于去法国留学原因与目的，巴金在接受采访时回答说：

当时我正在翻译克鲁泡特金的《面包攻略》；经朋友秦抱朴介绍与少年时代十分敬仰的美国社会活动家爱玛·高德曼通信；与朋友卫惠林等一起创办《民众》等刊物；在《时事新报》《民钟》等报刊上发表文章；在南京上学的时候，还参加了学生集体声援上海‘五卅’惨案的活动；家里也来信要我继承家业、光宗耀祖。这时我听到和看到的，都是饥饿和疾病、战争和死亡。我很痛苦，找不到出路，心里不得安宁，写文章也没有用。这时吴克刚等几个朋友从法国来信，还有一些从法国回来的朋友，都谈起当时法国的情况，我就打算去了。”②

---

① 巴金：《随想录》（合订本），生活·读书·新知三联书店，1987，第 570 页。

② 刘慧英编《巴金：从炼狱走来》，中国工人出版社，2001，第 20～21 页。

当时的中国，内有军阀混战，外有帝国主义侵略，处于水深火热之中。巴金喊出心灵痛苦“不幸的乡土啊”，一个追求进步的热血青年有这样的情感是在情理之中。为了探索救国救民真理，他想远渡重洋，求索出路。

“当时还年轻，主要是想去学法文，多读点书，把思想搞清楚一点。当时法国思想界很活跃，是很多外国知识青年感到新奇和十分向往的地方。另外，当时法国生活水平不高，经济上还负担得起。”从巴金谈话中，我们知道，巴金去法国还是想探求人生与社会之路。正如他在海行散记中所说：“我现在的信条是：忠实地生活，正当地奋斗，爱那需要爱的，恨那摧残爱的。我的上帝只有一个，就是人类。为了它我准备献出我的一切。”

一个月后，邮轮抵达马赛，巴金真正踏上这片神奇的地方。此时的中国发生了四·一二反革命政变，奉系军阀也杀害了李大钊等共产党员。法国巴黎援救无政府主义萨珂和凡宰地运动也告失败，抗议活动并不能阻止美国和中国凶残的暴徒残杀无辜的暴行。巴金在西方资本主义世界同样没有找到光明，内心十分痛苦，于是全身心投入翻译之中。仅仅用了两个月时间便译完了克鲁泡特金晚年著作《伦理学的起源和发展》上卷。

萨珂、凡宰地在波士顿监狱被电椅电死。巴金万分悲愤，写信给美国《到自由之路》社，控诉美国政府，着手写作处女作《灭亡》，诅咒这万恶的社会制度应该寿终正寝。

> 萨珂与凡宰地被害了。不要忘记他们含笑而受电椅死刑！萨珂在他一生之最后时间中还高呼，“无政府主义万岁！”；凡宰地在电椅上曾辩明他是无罪的。他们死了；他们做完了他们的责任，他们做得像“一个人”，像一个“殉道者”。这是他们，他们体现出无政府之美！这是他们，他们为着信仰而流了生命之血，并且相信他们的殉道可以救赎人类的。[①]

巴金在《写作生活底回顾》中说，凡宰地八月被处死之后，他出离愤怒，在异国他乡，数日之内写下了《灭亡》的十七章“杀头的盛典”、十八

---

① 陈思和、李辉、岑光：《巴金在法国（1927－1928）》，《巴金研究论集》，重庆出版社，1988，第97～98页。

章“两个世界”。以后又写下了第五章“一个平淡的早晨”、第十章“李冷和他底妹妹”、第十章“爱与憎”、第十一章“立誓献身底一瞬间”、第十二章“杜大心底悲剧”。他写作《灭亡》，因为凡宰地遇害，就调整写作篇章，把“杀头的盛典”“两个世界”提前创作。由此可以看出，凡宰地之死对巴金心灵的冲击何等之大，他要用手中的笔写出正义人士愤怒的呼声——黑暗腐朽的社会应该早日灭亡！

其实，我们现代人将“无政府主义”视为“洪水猛兽”，是一种带有偏见的误解。“无政府主义”固然有其局限性与不合理性，但它向往自由、平等、博爱，它追求人道主义与人文关怀，它要求个性解放，它主张消灭阶级压迫，呼唤民族平等，渴望人人互爱、社会大同等思想具有进步与合理性。两位无政府主义先驱被电死，深深刺痛了巴金的心。从小就植根在他心中的“爱一切人”“宽恕别人”的思想，受到了巨大的冲击！他感到每天只见着人吃人的悲剧。人能爱人吗？为什么在一个同样的人的世界中，一边是光明的、热的，而另一边却是黑暗的、冷的呢？他的诸多的“先生”们、朋友们，包括他自己，尽管以美丽的梦来安慰人们，然而人们依然是不断地饿死、冻死，被同类摧残而死。对于那些人，“梦”还有什么力量！他们会带着憎恨的记忆死去。痛苦中，巴金立誓要做一个替他们复仇的人。

正如他在《灭亡》中所写的那样：“我恐怖死，然而憎的力量却胜过了死底恐怖。我既然不能为爱之故而活着，我却愿为憎之故而死。到了死，我底憎恨才会消灭。”巴金坚信“正义永不会死！无政府永不会失败！”①

巴金一生都在说，他无意要做作家，似乎从这里可以找到答案。作为“五四”产儿的巴金被五四运动沸腾了热血，冲出大家庭的樊笼，立志为革命献出一切。在巴金当时看来，这个世界太腐朽，“无政府主义”主张吻合了当下社会人们的理想。在异国他乡，巴金继续从事革命活动，有感于心中的英雄惨遭杀害，他痛苦得无法自制，只好拿出自己的笔写作第一篇小说，希望用笔作思想斗争武器，与黑暗势力做斗争。

答法国记者问一文，如实记载了他在法国走上文坛的真实的心路历程。巴金青年时代两次“出走”。第一次与大哥走出四川，原因在于他反对封建

① 唐金海、张晓云：《巴金的一个世纪》，四川文艺出版社，2004，第 74 ~ 75 页。

家庭，控诉这种家庭的罪恶。巴金在封建大家庭生活了十九年，目睹了不少年青生命遭受摧残，因而主张反抗封建家长的专制，主张年轻人要坚决斗争，不能摧毁封建家庭，就逃出这个家庭。逃出去，为了自己，为了接触群众，为了寻求革命的道路。巴金第二次“出走”，是远赴法国留学。原因在于五四运动以后许多中国青年为了寻求救国救民之道，到法国取经。巴金来到法国也是为了这个目的、也是为了学习。虽然当时巴金已经受了无政府主义思潮的影响，但他把法国看作先进的文明国家。巴金这样回答法国记者：

> 我读过雨果、左拉的小说，读过 1789 年大革命的历史，我热爱那些作品和那些人物，至今还不能忘记。我是在法国开始想到写小说的。我读法国资产阶级大革命历史只是由于个人的爱好，那些领导人物为祖国、为个人信仰牺牲的精神使我十分感动，我特别喜欢这个称为“人民之友”的马拉。我对他的死感到遗憾，所以写了这篇小说。①

在法国，巴金如饥似渴地阅读雨果、左拉等大师名著，学习法国文学的写作技巧。在法国，巴金积极投身于进步革命浪潮，被“马拉之死”所感染，创作处女作《灭亡》。法国成了巴金的第二故乡。法国有着他平静、安宁又清寂的苦读岁月和终生不能磨灭的情感记忆。“五十年来我做过不少沙多——吉里的梦，在事繁心乱的时候，我常常想起在那个小小古城度过的十分宁静的日子。”“在我靠边挨斗的那一段时期中，我的思想也常常在古城的公墓里徘徊。到处遭受白眼之后，我的心需要找一个免斗的安静所在，居然找到了一座异国的墓园，这正好说明我穷途末路。沙多——吉里的公墓我是熟悉的，我为它写过一个短篇《墓园》。对于长时期挨斗的人，墓园就是天堂。我不是说死，我指的是静。在精神折磨最厉害的时候，我也有过短暂的悲观绝望的时刻，仿佛茫茫天地间就只有一张老太太的脸对我微笑。”时隔半个世纪，1979 年巴金重返法国。巴金是带着一连串青春的

① 陈思和、李存光主编《一双美丽的眼睛》，上海三联书店，2008，第 151 页。

记忆，在不断地追寻着青春的足迹。[①]

《随想录》共有九篇关于巴金访问法国的文章，五十余年不灭的记忆，沙里——吉里小城房东老太太的微笑，那静寂的墓园，曾经是巴金“文革”熬过批斗的求生的精神之源。足见法国在青年时代给了巴金永恒的回忆。在遥远的异国他乡，一颗中国文坛的巨星诞生了。

二 半个世纪，法国掀起“巴金热潮”

著名旅法翻译家李治华先生 1978 年 11 月译完《家》后致函巴金，并转来法国爱伯尔书店邀请巴金访法的信。1979 年 4 月 24 日巴金率领中国作家代表团访问法国。这时候距离青年时代游学法国已过去五十多个年头了，耄耋之年故地重游，真是“别有一番滋味在心头”。

在法国，巴金偕同徐迟、罗荪参观访问，与法国朋友交流。到达巴黎的当天下午就参观周恩来故居，一条狭小的街道上有一家小旅馆，那是周恩来当年在法国勤工俭学，组织巴黎共产主义小组的地方。巴金在追寻周总理当年的足迹。

在尼斯，巴金特地凭吊赫尔岑墓地。1928 年巴金第一次买到《往事与随想》，开始接触到赫尔岑的心灵。与诺·利斯特夫妇一见如故，只为共同热爱赫尔岑的著作。在公墓的小山上，巴金还记得赫尔岑自己的话：“我们把她葬在突出在海里的山坡上。……这周围也是一座花园。”十八年后赫尔岑也埋在这里。又过了两年，“他的家里人，他的朋友和他的崇拜者”在墓前竖起一座铜像。这铜像对巴金来说并不陌生，他不止一次地看见它的照片。这个伟大的亡命者穿着大衣凝望着蓝蓝的地中海，他在思索。巴金在《诺·利斯特先生》中写道：“（赫尔岑）留下三十卷文集。他留下许多至今还是像火一样燃烧的文章。它们在今天还鼓舞人们前进。”[②] 在尼斯，有一位法国太太拿了法泽本《寒夜》来找巴金，说她喜欢这本书，请求巴金为她签名，并希望巴金在扉页上写一句话。巴金对法国朋友说：“我们掉进了

---

① 周立民：《青春记忆的唤醒——关于〈随想录〉写作的精神资源》，载《一双美丽的眼睛》，上海三联书店，2008，第 244 页。

② 巴金：《随想录》，作家出版社，2005，第 45 页。

友谊的海洋里面。”这不是外交辞令，而是巴金带有真挚的感情的讲话。法国友人关心中国人民的斗争，愿意了解中国，勤奋地学习汉语，研究中国现代文学。法国读者关心巴金小说《家》《憩园》等主人公的命运，谈起来他们对那些人物十分熟悉。

在马赛，留下了年轻巴金美好的记忆。在1928年住过的美景旅馆前，巴金驻足观赏。马赛被他写进小说中。《马赛的夜》写着：“我住过的地方是小旅馆内五层楼上的一个小房间。”另一个短篇《不幸的人》叙述故事的人在旅馆中眺望日落，描绘广场上穷音乐师拉小提琴的情景，就是根据他自己的实感写的。在马赛，大仲马写作《基督山伯爵》，为他的英雄挑选了伊夫堡囚禁犯人的古堡。巴金特地乘船去游览古堡。

> 走出古堡，我重新见到阳光，一阵潮湿的海风使我感到呼吸自由。开船的时刻还没有到，我坐在一片大石上，法国友人给我拍了照。在这块大石的一侧有人写了“祖国万岁!”几个红色的法国字。望着蓝蓝的海水，我也想起了我的祖国……①

使巴金最难以想象的、像做梦似的，是在法国朋友热心支持下，他重新找到了五十多年前开始写作《灭亡》时寓居过的小旅馆，重访了他居住一年多的沙多——吉里小城。他的眼前仿佛再现房东老太太身影，那一声亲热的“晚安”，使年轻的巴金仿佛到了家一样。“她那慈母似的声音伴着我写完《灭亡》，现在又在这清凉如水的静夜伴着我写这篇回忆。愿她和她那位经常穿着围裙劳动的丈夫在公墓里得到安息。”房东太太的亲切声音永远回荡在巴金的心中，那是中法两国人民友谊的见证。市长招待会上，市长亲自赠送巴金一枚市徽和伟大诗人拉封丹的像章。这次重访法国使巴老懂得：中法友谊是永恒的，并没有结束的时候。即使他的骨头化为灰烬，他追求友谊的心也将在人间燃烧。

巴金的代表作《家》《寒夜》《憩园》《随想录》等法译本相继在巴黎出版，法国文学界掀起一股“巴金热”。法国笔会名誉主席克朗西埃在欢迎

---

① 巴金：《随想录》，作家出版社，2005，第50页。

会上说："亲爱的大师，您的名字、您的作品、您的榜样、您的生活，就意味着对正义和自由的热爱。从您年轻时代起，一种渴求而经久不息的激情指引着您的思想、作品和行动。您渴求进步，保护被剥削的人民……"巴金面对法国读者的友谊，面对法国人民的深情厚谊，感到这是他们对新中国的热爱，对中国人民的感情。他决心把自己想写的和应当写的东西写下来，作为对读者和朋友们的报答，对真诚、深厚的友谊的报答。为此，他庄严地表示："我一刻也不停止我的笔，它燃烧我自己，到了我成为灰烬的时候，我的爱我的感情也不会在人间消失。"①《随想录》中九篇访问法国的文章，将永远在世间流传下去，成为中法两国人民真情厚意的显著表现。"巴金热"当之无愧成为中国文化在法国传播的重要载体。

在巴金所喜欢的西方作家中，对他影响最大的是法国作家。这些法国作家大多数都是同社会上邪恶势力做过不妥协斗争的民主战士。巴金年轻时代所处的社会也是如出一辙，他反抗专制，追求光明，故而对这些民主战士的作品情有独钟。卢卡契说："优秀作家恰好是同劳动大众的运动一起出现的……左拉和法朗士、罗曼·罗兰表明了尖锐的政治立场之后却赢得了越来越高的威望，表现了法国发展的特殊性。"②这种特殊的民主风气是由法国作家们开创的，又反过来激励起更多的后来作家，使之成为法兰西民族的光荣传统。从卢梭猛烈批判社会黑暗势力，伏尔泰为宗教迫害案平反昭雪，一直到雨果痛斥小拿破仑，左拉、法朗士控诉"德莱福斯事件"，这像一条红线一样贯穿着法国民族史与文学史，它无疑激动了巴金和教育了巴金。巴金在《革命的先驱死囚牢中的六年》中多次重复了左拉的名句"我控诉"，并且还引用了法朗士、罗曼·罗兰等人在营救萨、凡活动中的抗议宣言。这些作家光耀的战斗人格，给了急于寻求人生道路的巴金莫大的鼓舞。③

法国作家对巴金的一生影响至深，五十余年后重访法国，他依然记忆犹新。在《再访巴黎》一文中，巴金动情地说：

---

① 李存光：《巴金评传》，中国社会出版社，2006，第194页。

② 〔匈〕卢卡契：《卢卡契文学论文集》（二），中国社会科学出版社，1981，第372页。

③ 陈思和、李辉：《巴金论稿》，人民文学出版社，1986，第223～224页。

这次来法访问我个人还有一个打算：向法国老师表示感谢，因为爱真理、爱正义、爱祖国、爱人民、爱生活、爱人间美好的事物，这是我从法国老师那里受到的教育。我在《随想录》第十篇中也说过类似的话。[①]

通观《随想录》，巴金发扬法国作家毫不妥协的战斗精神，对“文化大革命”的血腥暴行进行针砭、进行揭露，完完全全是左拉风范“我控诉”的再现。历经十年“文革”劫难，多少作家选择沉默，而巴金却要把“文革”记忆永远铭刻成文字，还大声疾呼建立“文革”博物馆，发誓给国人立下“遗嘱”，是何等难能可贵！巴金以自己的言行诠释着“法国老师”的教育。

左拉与罗兰，是西欧作家中对巴金影响最大的两位，左拉《萌芽》等名作注重细节真实的客观描写，对巴金《雾》的创作影响较大。罗兰的英雄主义观点是：“英雄的奋斗，并不是为着一生之渺小的成功，或功利，或一切能参与的观念；而是为整体，为生命自身去奋斗的。”这种奋斗必然陪伴着痛苦。但痛苦不是目的，只是一种考验，一种对伟大心灵的过滤器和净化器。“因为他是一个困苦者，所以便同情世上一切的困苦者。他现在不要求狂热的伴侣了，只想联合世间的孤独者，把所有悲愁的意义与宏壮，都展示给他们看。”[②] 这种悲壮博爱的思想，无疑能打动当时身处异国，寂寞孤独，但又弥漫着信仰狂热的青年巴金的心弦。[③] 我们从巴金作品《激流》《第四病室》可以看出左拉与罗兰对他的深远影响。巴金善于吸收法国作家的精神营养，使自己发展壮大起来，从而成为世界文坛大家庭一员。

凡是去法国的中国人一定不会忘记巴金这位文化传播的使者。著名作家刘白羽撰文《巴金世纪》：“在巴黎，有一天我坐在笔会中心窗前，忽然听到巴黎圣母院悠扬的钟声，我立刻想到了你。你就是在巴黎钟声中，拿起你的笔开始与中国的黑暗和腐朽开展了战斗。从此你手不停挥，名著迭出。百年为一个世纪，今天我可以这样说了，你自己凭着你的崇高的心灵，

---

① 巴金：《随想录》，作家出版社，2005，第42页。

② 〔奥地利〕茨威格：《罗曼·罗兰》，杨人楩译，商务印书馆，1947，第48页。

③ 陈思和、李辉：《巴金论稿》，人民文学出版社，1986，第231页。

创造出你的世纪、巴金的世纪。”[①] 历史永远不会忘记，巴金从法国文学起步，而几十年之后，“旋转在宇宙中的巴金星”更加明亮，更加辉煌。

后来迁移法国，获得诺贝尔文学奖的高行健先生撰写的《巴金在巴黎》，也忠实地记录了1979年巴金访法之行。巴黎第三、第七、第八这三所大学的中文系都分别举行了招待会，放映根据他的小说《家》改编的同名影片，用中文朗诵了他的文章。师生们全都读过巴金的作品。和读者见面是他最大的喜悦。他讲话仍然不多，但你可以从他的眼神中，从他讲话的声音中，感觉到他内心的激动。他一生辛苦都为着读者。对一个作家来说，没有比受到读者的热爱更为幸福的了。在巴黎最大的书店之一弗纳克书店，巴金遇到来自法国社会各方面的读者。当天《世界报》上已登出辩论会的大幅广告：“自由辩论：小说《家》的作者、中国当代著名作家巴金出席”。在阶梯式的会议厅里，连走道上都早已坐满了读者。据说，通常这样的辩论会一大半座位有人就不错了。巴金与法国读者进行友好地辩论与交流。一本本刚发行的法译本《家》送到巴老面前，人们排着队，等他签名。[②] 巴金访法落进了友谊的海洋——法兰西人民对中国人民的光荣的文化使者的炽热的友谊情海之中。

在巴黎最后一个早晨，在罗曼·罗兰和海明威住过的拉丁区巴黎地纳尔旅馆的七层楼上，巴金打开通往阳台的落地窗门，留恋地观望“巴黎的天空”。临别巴黎，感到“比在五十年前更有信心”。遂坐车前往戴高乐机场，登机返国。这次访法将近三周，“当时，法国的朋友告诉我们：在巴黎出现了‘巴金热’”[③]

---

① 刘白羽：《巴金世纪——写给巴金的贺辞》，《人民日报》2003年11月25日第14版。

② 高行健：《巴金在巴黎》，《当代》1979年第2期。

③ 唐金海、张晓云：《巴金年谱》百卷，四川文艺出版社，1989，第1141页。

征引文献与参考书刊

A

艾晓明：《青年巴金及其文学视界》，复旦大学出版社，2009。

阿部知二：《同时代人》，载《现代中国文学4（老舍巴金〈骆驼祥子〉〈憩园〉）》，日本河出书房新社，1970。

〔英〕艾尔默·莫德：《托尔斯泰传》，宋蜀碧、徐迟译，北京十月文艺出版社，1984。

〔美〕爱德华·威尔逊：《生命的未来》，陈家宽等译，上海世纪出版集团，2005。

B

巴金：《随想录》，作家出版社，2005。

巴金：《生之忏悔·〈黑暗之势力〉之考察》，载《巴金全集》（第12卷），人民文学出版社，1993。

巴金：《巴金书信集》，人民出版社，1991。

巴金：《巴金译文全集》（第1卷），人民文学出版社，1997。

巴金：《巴金全集》第16卷，人民文学出版社，1991。

巴金：《巴金全集》第21卷，人民文学出版社，1991。

巴金著，贾植芳等编：《我的写作生活》，百花文艺出版社，2006。

巴金：《忆鲁迅先生》，载《人民文学》创刊号，1949。

巴金：《再思录》，广西师范大学出版社，2004。
巴金：《鲁迅先生就是这样一个人》，载《赞歌集》，上海文艺出版社，1960。
巴金：《巴金论创作》，上海文艺出版社，1983。
巴金：《信仰与活动》，《水星月刊》1935年5月10日第二卷第二期。
巴金：《一封信》，《文汇报》1977年5月21日。
巴金：《他们的罪行应当得到惩处》，《解放日报》1955年6月12日。
巴金：《关于胡风的两件事》，《文艺日报》1955年7月。
巴金：《纪念雪峰》，香港《大公报》1979年9月4日。
巴金、胡风等人：《中国文艺工作者宣言》，《译文》1936年6月16日。
巴金：《怀念老舍同志》，香港《大公报》1979年12月25日~26日。
巴金：《忆》，《文学丛刊》，文化生活出版社，1936。
巴金：《在中国现代文学馆开馆典礼上的讲话》，《中国现代文学研究丛刊》1985年第3期。
巴金：《致青年作家》，《文艺报》1987年1月3日。
巴金：《新年试笔》，《解放日报》1959年1月1日。
〔俄〕别尔嘉耶夫：《自由的哲学》，董友译，广西师范大学出版社，2001。
白桦：《苦恋》，《争鸣作品选编》（第一辑），北京市文联研究部，1981。
本报评论员：《“五七”干校是看书学习和参加劳动的好地方》，《文汇报》1992年11月23日。

C

陈思和：《中国新文学整体观》，上海文艺出版社，2001。
陈思和：《巴金研究十年（1978—1988）》，香港文汇出版社，2009。
陈思和：《人格的发展——巴金传》，上海人民出版社，1992。
陈思和主编《文学探索丛书》，鲁贞银著，《重读胡风》，香港文汇出版社，2010。
陈思和编著《解读巴金》，春风文艺出版社，2002。
陈思和、李辉：《巴金论稿》，人民文学出版社，1986。
陈思和、李辉：《巴金研究论稿》，复旦大学出版社，2009。

陈思和、李存光主编《生命的开花——巴金研究集刊卷一》，文汇出版社，2005。
陈思和、李存光主编《一粒麦子落地——巴金研究集刊卷二》，上海三联书店，2007。
陈思和、李存光主编《一双美丽的眼睛——巴金研究集刊卷三》，上海三联书店，2008。
陈思和、李存光主编《一股奔腾的激流——巴金研究集刊卷四》，上海三联书店，2009。
陈思和、李辉、岑光主编《巴金在法国（1927－1928）》，《巴金研究论集》，重庆出版社，1988。
陈思和、辜也平主编《巴金：新世纪的阐释》，福建教育出版社，2002。
陈思和：《巴金提出忏悔的理由》，《文汇读书周报》2004年8月6日第6版。
陈思和：《试论“五四”新文学运动的先锋性》，《复旦学报》2005。
陈思和：《〈随想录〉：巴金晚年思想的一个总结》，《香港文学》1989年第11期。
陈思和：《关于“讲真话”的一封信》，《香港文学》2003年第5期。
陈早春、万家骥：《冯雪峰评传》人民文学出版社，2003。
陈独秀：《陈独秀文章选编》，上海三联书店，1984。
陈独秀：《答张永言》，《青年杂志》第1卷第4期。
陈竞：《学者吴福辉在沪与读者共话巴金：“他永远是座活火山”》，《文学报》2007。
陈丹晨：《巴金全传》，中国青年出版社，2003。
陈力丹：《精神交往论：马克思恩格斯的传播观》，开明出版社，1993。
曹禺：《致巴金——响应建立“中国现代文学馆”》，《人民日报》1981年4月2日。
曹禺：《心中的巴金》，《人民日报》1987年1月18日。
陈熙涵：《冰心之女忆长辈：巴金冰心憎爱最分明》，《文汇报》2004年12月24日。
谌容：《只因为是真话》，《文艺报》1986年9月27日。

崔恩卿、高玉琨主编《走近老舍——老舍研究文集》，京华出版社，2002。
〔奥地利〕茨威格：《罗曼·罗兰》，杨人楩译，商务印书馆，1947。
陈丹晨编：《巴金评说七十年》，中国华侨出版社，2006。

D

邓小平：《邓小平论文艺》，上海文艺出版社，1989。
窦应泰：《巴金最后32个春秋》，民主与建设出版社，2005。
端木：《最后的遗产》，《中国青年报》2003年11月25日。

F

冯雪峰：《雪峰文集》第4卷，人民文学出版社，1981。
冯雪峰：《冯雪峰致包子衍信（三）》，《新文学史料》1982年第4期。
冯雪峰：《关于巴金作品的问题》，《中国青年报》1955年12月20日。
冯骥才：《文坛的节日》，《人民日报》2003年11月25日第17版。
丰子恺：《丰子恺散文集》第6卷，浙江文艺出版社，1992。
丰子恺：《丰子恺自传》，江苏文艺出版社，1996。
傅光明：《平民写家老舍·小传》，安徽文艺出版社，2003。
傅光明：《老舍文学的北京地图》，山东画报出版社，2007。
傅光明：《口述历史下的老舍之死》，山东画报出版社，2007。
傅光明：《“舍予”+“基督”=“赴死”?》，《中国现代文学研究丛刊》2009年第5期。

G

〔苏〕高尔基：《文学论文选》，孟昌、曹葆华译，人民文学出版社，1958。
高行健：《巴金在巴黎》，《当代》1979年第2期。
高皋、严守其：《“文化大革命”十年史》，天津人民出版社，1986。
公安部、最高人民检察院、最高人民法院党组：《关于“胡风反革命集团”

案件的复查报告》，《人民日报》1980 年 7 月 21 日。
郭沫若：《拨开云雾见青天》，《光明日报》1957 年 6 月 27 日。
郭沫若：《跨上火箭篇》，《人民日报》1958 年 9 月 2 日。
谷苇：《论巴金》，上海书店出版社，1993。
谷苇：《巴金的情》，《行政与人事》1996 年第 4 期。

H

胡风：《回忆参加左联前后》，《新文学史料》1985 年第 1 期。
胡志明：《卡夫卡现象学》，文化艺术出版社，2007。
黄裳：《读巴金〈随想录〉》，香港《大公报》，1980。

J

贾植芳、唐金海、张晓云、陈思和编《巴金作品评论集》，中国文联出版公司，1985。
贾蕾：《巴金与域外文化》，北京语言大学出版社，2007。
姜小玲：《老舍之子舒乙谈我眼中的巴金》，《解放日报》2006 年 11 月 4 日。
姜小铃：《〈收获〉刊文纪念巴老逝世一周年》，《新闻午报》2006 年 9 月 14 日。
金净：《科学制度与中国文化》，上海人民出版社，1990。

K

匡兴：《托尔斯泰和他的创作》，北京出版社，1982。

L

〔法〕卢梭：《忏悔录》，陈筱卿译，中国书籍出版社，2005。
〔法〕卢梭：《论人类不平等的起源和基础》，李常山译，商务印书馆，1962。

〔俄〕列夫·托尔斯泰：《列夫·托尔斯泰文集》（第17卷），人民文学出版社，1989。
〔俄〕列夫·托尔斯泰：《列夫·托尔斯泰文集》（第15卷），人民文学出版社，1989。
鲁迅：《鲁迅全集》第11卷，人民文学出版社，1980。
李存光：《巴金评传》，中国社会出版社，2006。
李存光编《世纪良知巴金》，人民文学出版社，2000。
李辉：《胡风集团冤案始末》，人民出版社，1989。
李辉：《历史切勿割断，讥讽大可不必——再谈巴金〈随想录〉》，《文汇报》2003年6月18日第11版。
李致：《我的四爸巴金》，生活·读书·新知三联书店，2003。
李致编《巴金的内心世界——给李致的200封信》，四川人民出版社，2006。
李致、李舒主编《巴金这个人——献给中国当代文学大师巴金百年华诞》，成都时代出版社，2003。
刘屏：《一个小老头，名字叫巴金》，天津社会科学院出版社，2003。
刘慧英编《巴金：从炼狱走来》，中国工人出版社，2003。
李方平：《〈随想录〉与中国知识分子的人格独立》，《青海大学师院学报》1996年第4期。
刘白羽：《巴金世纪——写给巴金的贺辞》，《人民日报》2003年11月25日。
刘再复：《里程碑式的作品》，《文艺报》1986年9月27日。
卢启元主编《中国当代散文史》，广西人民出版社，1990。
〔匈〕卢卡契：《卢卡契文学论文集》（二），中国社会科学出版社，1981。
老舍：《老舍文集》（第4卷），人民文学出版社，1982。
楼肇明：《搏动着赤子之心的诗篇——读巴金〈随想录〉一、二集》，《当代》1981年第4期。
陆正伟：《巴金：这二十年（1986—2005）》，上海人民出版社，2006。
黎活仁、李小良、张永德：《我们对巴金〈随想录〉的意见》，香港《开卷》1980年第9期。
厉正宏：《国务院授予巴金“人民作家”荣誉称号》，《解放日报》2004年

11 月 26 日第 1 版。

M

梅志：《我陪胡风坐牢》，中国工人出版社，2002。
茅盾：《"左联"的解散和两个口号的论争》，《新文学史料》1982 年第 2 期。

P

彭小花编著《巴金的知与真》，东方出版社，2005。
卜召林等：《20 世纪中国文学与道德》，新华出版社，2007。
芾甘：《从资本主义到安那其主义》，香港文汇出版社，2009。

Q

秋石、黄明明编《我们都是鲁迅的学生——巴金与黄源通信集》，文汇出版社，2004。

R

无名氏：《柔剑的剑刺向哪里》（来稿摘要），《读书》1958 年第 19 期。
茹志鹃：《我心目中的巴金先生》，《文汇月刊》1982 年第 1 期。

S

上海巴金文学研究会编《巴金先生纪念集》，香港文汇出版社，2008。
四川作家协会编著《论巴金》，四川人民出版社，2003。
宋曰家：《巴金：永生在青春的原野》，山东文艺出版社，1997。
〔美〕索罗金：《巴金选集》，莫斯科·彩虹出版社，1991。

孙郁：《鲁迅与巴金》，《辽宁大学学报》1989年第4期。
孙兰、周建江：《“文革”文学综论》，远方出版社，2001。
舒乙：《我的思念——关于老舍先生》，中国广播电视出版社，1999。
舒乙：《再谈老舍之死》，《北京文学》1994年第8期。
舒乙：《巴金的三件大事》，新加坡《联合早报》副刊，1996年6月1日。
《十二大以来重要文献选编》（中），人民出版社，1986。

T

铁凝：《铁凝文集》，江苏文艺出版社，1996。
唐金海、张晓云：《巴金的一个世纪》，四川文艺出版社，2004。
唐金海、张晓云编著《巴金年谱》，四川文艺出版社，1989。
谭兴国：《走进巴金的世界》，四川文艺出版社，2003。
唐弢：《追忆雪峰》，《文汇增刊》1980年第1期。
唐弢：《回顾是为了前瞻》，《人民日报》1981年4月10日。
谭洛非、谭兴国：《巴金美学思想论稿》，四川大学出版社，1991。

W

王元化：《讲真话》，《文汇读书周报》2003。
王尧：《乡关何处：20世纪中国散文的文化精神》，东方出版社，1996。
武汉大学《批判“四人帮”资料》编写组：《批判四人帮资料》（二），武汉大学出版社，1976。
伍厚恺：《简论卢梭〈忏悔录〉的文学地位》，《成都大学学报》1997年第4期。
王友贵：《巴金文学翻译初探》，《巴金研究》2000年第1期。
汪应果：《巴金论》，上海文艺出版社，1985。
汪应果：《巴金论》，复旦大学出版社，2009。
吴中杰：《“讲真话”说的历史内涵》，《世界》2006年第2期。
王西彦：《焚心煮骨的日子》，香港昆仑制作公司，1991。

王西彦：《炼狱中的圣火——论巴金在“牛棚”和农村“劳动营”》，《花城》1996年第6期。

X

徐开垒：《巴金传》，上海文艺出版社，1996。
徐岱：《巴金的意义》，《文艺理论研究》2006年第2期。
徐复观：《中国知识分子精神》，华东师范大学出版社，2004。
徐懋庸：《巴金在台州》，《社会与教育》1933年第5卷第13期。
谢辉：《巴金等荣获“上海希望工程突出贡献奖”》，《光明日报》2004年3月24日。
萧乾：《更重大的贡献》，《文汇报》1994年4月1日。

Y

余秋雨、陈思和主编《巴金与一个世纪——“走近巴金”系列文化演讲集》，上海社会科学院出版社，2005。
杨匡汉主编《20世纪中国文学经验》（下册），东方出版社，2006。
阎焕东编著：《巴金自叙——掏出自己燃烧的心》，山西教育出版社，1993。

Z

〔日〕增田涉：《鲁迅印象记》，《海外回响——国外友人忆鲁迅》，高长虹译，河北教育出版社，2001。
张俊才、李扬：《二十世纪中国文学主潮》，河北教育出版社，2002。
张英：《巴金在“文革”中》，《东方纪事》1988年第6期。
张慧珠：《巴金随想论》，百花文艺出版社，1993。
张洁：《旧势力、旧制度的无畏的批判者》，《文艺报》1986年9月27日。
张学正：《巴金、孙犁晚年的心态》，《中华读书报》2004年5月26日。
张明高、范桥编《周作人散文》，中国广播电视出版社，1992。

张放：《关于〈随想录〉评价的思考》，《文学自由谈》1988年第6期。

《中国文艺家协会宣言》，《文学界》1936年7月10日。

中国社会科学院近代史所编《纪念五四运动六十周年学术讲座会论文集》，中国社会科学出版社，1980。

郑育之：《无私无畏的冯雪峰同志》，义乌市雪峰研究会主编，《雪峰研究通讯》第4期。

周扬：《1979年5月1日周扬致楼适夷信》，《新文学史料》1980年第4期。

周立民编《另一个巴金》，大象出版社，2002。

章含之：《跨过厚厚的大红门》，文汇出版社，2002。

赵丹：《管得太具体，文艺没希望》，《人民日报》1980年10月8日。

朱文华：《试论近代中国的“民族反省”思潮》，《复旦学报》1993年第3期。

图书在版编目(CIP)数据

巴金《随想录》忏悔意识成因传播与影响力研究/张静著.
—北京:社会科学文献出版社,2015.12
(文澜学术文库)
ISBN 978-7-5097-8103-6

Ⅰ.①巴… Ⅱ.①张… Ⅲ.①巴金(1904~2005)-随笔-文学研究 Ⅳ.①I207.67

中国版本图书馆CIP数据核字(2015)第225597号

·文澜学术文库·
巴金《随想录》忏悔意识成因传播与影响力研究

著　　者/张　静

出 版 人/谢寿光
项目统筹/恽　薇　高　雁
责任编辑/刘宇轩　陈凤玲

出　　版/社会科学文献出版社·经济与管理出版分社(010)59367226
地址:北京市北三环中路甲29号院华龙大厦　邮编:100029
网址:www.ssap.com.cn
发　　行/市场营销中心(010)59367081　59367090
读者服务中心(010)59367028
印　　装/三河市尚艺印装有限公司

规　　格/开　本:787mm×1092mm　1/16
印　张:21　字　数:333千字
版　　次/2015年12月第1版　2015年12月第1次印刷
书　　号/ISBN 978-7-5097-8103-6
定　　价/89.00元